한국 현대문학의 내면의식

한국현대문학의 내면의식

김 교 식

국학자료원

■ 서문

다양한 인간의 삶 속에서 새로운 의미망을 찾아 떠나는 여행자의 발걸음처럼 문학은 사람들로 하여금 인생의 이곳저곳을 떠돌게 하고 응시하게 하며 경우에 따라서는 깊은 사색에 잠기게도 한다. 문학은 인간의 일상적 현상을 있는 그대로 재현한 것이 아니라 시인이나 작가들의 상상력에 의한 변형의 과정을 거치면서 재창조된 자아의 내면세계를 표출한다. 우리는 인간의 삶을 재인식하는 과정에서 생성되는 문학적 산물을 통하여 시인이나 작가들의 다양한 세계 인식과 문학적 소양을 체험하게 되며 이 과정에서 문학의 효용 가치가 생성되는 것이다.

문학 활동의 과정에서 제기되는 인간의 내면의식에 대한 관심은 자아 성찰의 문제로 귀결되기 마련이다. 인간의 내면의식은 알 수 없는 형태로 잠재해 있기도 하지만 많은 경우에는 현상적 자아가 인식하지 못하는 사이에 의식의 밖으로 표출되기도 한다. 이 과정에서 인간의 내면의식에 관심을 갖는 작가들은 다양한 작품의 기법과 작가의식을 통하여 자아를 성찰하게 된다.

이 책의 제1부는 필자가 대학원 과정 동안 관심을 갖고 공부하면서 집필했던 박사학위 논문을 수록한 것이다. 학위 논문을 책으로 발간한다고 생각하니 논문을 제출하고 심사를 받던 때의 일들이 생각난다. 그 중에서도 어설프고 서투른 필자의 논문을 날카롭고 자상한 배려로 따뜻하게 안아주신 한상수, 김진석, 민찬, 김외곤 선생님의 고마움을 잊을 수가 없다. 특히 부족한 제자를 언제나 걱정하고 아껴주시는 송기한 교수님의 사랑은 내 인생의 커다란 자양분이다. 이 자리를 빌어 감사의 마음을 전한다.

　제1부는 1930년대 이상(李箱)의 작품을 중심으로 한국현대문학에 다양하게 나타나는 주체의 내면의식 표출에 관하여 연구한 것이다. 이상(李箱)은 자아를 견고하고 실체적인 통일체로 보는 전통적인 개념에서 탈피하여 자아의 분열 현상을 초현실주의와 심리소설의 기법으로 묘사하고 있다. 제2부와 제3부는 필자가 자아의 내면의식 표출에 관심을 갖고 공부하면서 틈틈이 발표한 논문들을 정리한 것들이다.

　문학 작품을 통하여 많은 사람들의 삶을 엿보며 살아온 필자에게 내 이름이 적힌 책을 처음으로 발간한다는 일은 참으로 기쁘고 좋은 일이다. 하지만 나의 글이 나를 떠나 세상으로 첫 발을 내딛는다는 것에 대한 막연하고 아득한 두려움이 앞서는 것은 숨길 수 없는 사실이다. 설익은 글들 속에서 부끄러움을 앞세우며 책을 발간하는 것은 이것이 나의 새로운 문학 연구의 출발점으로 인식되기 때문이다.

　끝으로 현재의 필자가 있기까지 애써주고 보살펴주신 부모님과 가족들, 그리고 가슴에 뻥 뚫린 부모님의 자리를 사랑의 힘으로 도담하게 메워준 아내에게 두 손 모아 고마움을 전한다. 바쁜 중에도 이 책이 출판되기까지 애써주신 국학자료원 정찬용 사장님과 여러분께 감사드린다.

2009년 봄
저자

■ 차례

제1부

이상(李箱) 문학에 나타난 주체의 내면의식 연구

이상(李箱) 문학에 나타난 주체의 내면의식 연구

Ⅰ. 서론

1. 문제 제기와 연구사 검토

인간은 무한한 이상세계를 추구하지만 종국에는 현실 세계에서 발을 뗄 수 없는 구조적 모순을 내포하고 있다. 인간의 가치를 발현시켜 주는 문학 역시 그러한 모순의 논리 속에서 창조된 것이다. 문학작품은 그 모순의 논리 안에서 생성된 복합적이고 다층적인 체계를 지닌 하나의 유기체라 할 수 있다.

문학은 인간의 일상적 의미를 있는 그대로 재현한 것이 아니라 작가의 상상력을 동원하여 변형 과정을 통하여 재창조된 세계의 표현이다. 이처럼 인간의 삶을 재인식하는 과정에서 생성되는 문학을 통하여 우리는 작가의 다양한 세계 인식과 문학적 소양을 직·간접적으로 체험하게 된다. 이 과정에서 문학의 효용 가치가 생성되는 것이다.

이상(李箱) 문학에 대한 기존의 연구는 다양한 접근 방식에 의해 시도되었다.[1] 그 구체적인 연구 방법 중 첫 번째가 이상(李箱)의 전기적 사실을 근거로 한 작가론이나 작품론을 들 수 있다. 전기적 사실에 근거한 이상(李箱) 연구[2]는 그의 작품을 해석하는 데 많은 기여를 하였다. 하지만 전기적 사실에 근거한 연구 방법은 이상(李箱) 문학 연구에 있어서 그의 실제 삶과 문학 작품과의 변별성이 희석되는 맹점을 안고 있어 주의를 요한다.

　다음으로 정신분석적 방법에 의한 접근 방식이다. 정신분석적 방법에 의한 이상(李箱) 문학 연구[3]는 그의 문학 연구에 많은 업적을 남겼

1) 김주현에 의하면, 1999년 조사 당시 이상(李箱) 문학에 대한 연구는 총 800여 편을 상회한다고 기술하고 있다. (김주현, 『이상 소설 연구』, 소명출판, 1999, 409면 참조) 또한 그는 이 책의 부록에서 이상 문학 연구 목록을 시대별로 수록해 놓았다.

2) 고　은, 『이상평전』, 민음사, 1974.
　김구용, 「레몽에 도달한 길」, 『현대문학』, 1962. 8.
　김기림, 「고 이상의 추억」, 『조광』, 1937. 6.
　김옥희, 「오빠 이상」, 『현대문학』, 1962. 6.
　＿＿＿, 「큰 오빠 이상에 대한 숨겨진 진실을 말한다」, 『레이디경향』, 1985. 11.
　김윤식, 『이상연구』, 문학사상사, 1987.
　김향안, 「이상과의 결혼」, 「理想에서 창조된 이상」 등, 『문학사상』, 1986. 4~1987. 1.
　류광우, 「이상 문학 텍스트의 구현방식과 의미 연구」, 충남대 박사학위논문, 1993. 2.
　문종혁, 「몇 가지 이의(異議)」, 『문학사상』, 1974. 4.
　＿＿＿, 「심심산천에 묻어주오」, 『여원』, 1974. 4.
　박태원, 「고 이상의 편모」, 『조광』, 1937. 6.
　윤태영, 「이상의 생애」, 『절망은 기교를 낳고』, 교학사, 1968.
　＿＿＿, 「자신이 건담가라던 이상」, 『현대문학』, 1962. 12.
　임종국, 「이상론」, 『고대문화』 1호, 1995. 12.
　정인택, 「불상한 이상」, 『조광』, 1937. 12.
　조용만, 「이상 시대, 젊은 예술가의 초상」, 『문학사상』, 1987. 4~6.

3) 고석규, 「시인의 역설」, 『문학예술』, 1957. 4~7.
　김승희, 「이상시 연구 - 말하는 주체와 기호성의 의미작용을 중심으로」, 서강대 박사학위논문, 1992. 8.
　김우종, 「이상론」, 『현대문학』, 1958. 5.
　김종은, 「李箱의 理想과 異常」, 『문학사상』 12호, 1973. 9.
　이어령, 「나르시스의 학살 - 이상의 시와 그 난해성」, 『신세계』, 1956. 10.
　정귀영, 「이상 문학의 초의식 심리학」, 『현대문학』, 1973. 7~9.
　조두영, 「이상초기 작품의 정신분석」, 『신경정신의학』, 1977. 12.

다. 정신분석학과 심리주의적 연구의 접근은 모더니즘 문학의 작가 심리나 자의식을 해명하는 데 기여하였다. 하지만 작품 속의 등장인물과 실제 작가 이상(李箱)을 동일시하는 문학 작품을 텍스트로 하여 작가를 분석하는 과오를 범하기도 하였다.

세 번째는 텍스트의 내재적 분석을 통한 형식주의 및 구조주의적 연구 방법4)을 들 수 있다. 이상(李箱) 문학의 난해한 기교와 인위적 가공미를 형식적으로 접근한 연구는 그의 문학적 특성을 밝히는데 상당히 공헌하였다.

마지막으로 미학적 연구 방법5)을 논의할 수 있다. 미학적 연구 방법

조연현, 「근대정신의 해체」, 『문예』, 1949. 11.

4) 김윤식, 『이상문학텍스트연구』, 서울대학교 출판부, 1998.
  김주현, 「이상소설의 글쓰기 양상 연구」, 서울대 박사학위논문, 1998. 2.
  긴중하, 「'날개'외 패턴 분서」, 『한국 현대소설 자품론』, 문장사, 1981.
  우정권, 「이상의 글쓰기 양상」, 서울대 석사학위논문, 1996. 8.
  이강수, 「이상 텍스트 생산과정 연구」, 서울대 석사학위논문, 1997. 2.
  이승훈, 「이상시연구 – 자아의 시적 변용」, 연세대 박사학위논문, 1983. 8.
  이영자, 「'오감도'의 구조와 상징 연구」, 명지대 박사학위논문, 1986. 8.
  임명섭, 「이상의 문자 경험 연구」, 고려대 박사학위논문, 1997. 8.
  최미숙, 「한국 모더니즘시의 글쓰기 방식에 관한 연구 – 이상과 김수영을 중심으로」, 서울대 박사학위논문, 1997. 8.
  최병우, 「이상소설고 – 서술구조를 중심으로」, 서울대 석사학위논문, 1982.
  최혜실, 『한국모더니즘 소설연구』, 민지사, 1992.
  황도경, 「이상소설의 공간연구」, 이화여대 박사학위논문, 1993.

5) 김윤식, 「유클리트 기하학과 광속의 범주」, 『문학사상』, 1991. 9.
  김주현, 「'종생기'와 복화술」, 『외국문학』, 1994. 9.
  나병철, 「1930년대 후반 도시소설 연구」, 연세대 박사학위논문, 1990. 2.
  명형대, 「1930년대 한국 모더니즘 소설의 공간구조 연구」, 부산대 박사학위논문, 1991. 2.
  문홍술, 「이상 문학에 나타난 주체분열과 반담론에 관한 연구」, 서울대 석사학위논문, 1991.
  서준섭, 「1930년대 한국 모더니즘 문학 연구」, 서울대 박사학위논문, 1988. 8.
  이강수, 「이상 텍스트 생산과정 연구」, 서울대 석사학위논문, 1997.
  이복숙, 「이상시의 모더니티 연구 – 단절성과 추상성을 중심으로」, 경희대 박사학

에서는 다다·쉬르레알리즘적 특성, 모더니티, 미적 자의식, 상호텍스트성 등이 다양하게 논의되었다. 또한 실존주의, 건축이나 기하학, 시간과 공간 의식 등도 넓은 의미의 미학적 접근에 의해 연구가 진행되었다.

이상(李箱) 문학에 대한 기존의 다양한 연구는 이상(李箱) 문학의 학문적 깊이와 넓이를 확장하였다. 김일태는 이러한 이상(李箱) 문학 연구사를 4기로 나누어 고찰하고 있다. 제 1기(태동기)는 인물 중심의 실증주의적 연구로 1930년대부터 시작된 이상(李箱) 문학의 초창기 연구에 해당한다. 1930년대 초기의 이상(李箱) 인물론은 그의 외모를 주로 다루는 경향이 짙었으며, 후기의 이상(李箱) 인물론은 전기적 사실을 바탕으로 하여 이상(李箱)의 정신적인 역동성을 고찰하고 있다. 제 2기(발전기)는 1950~60년대의 연구로 이상(李箱) 문학을 서구 문예사조와 비교하여 연구하였다. 이상(李箱) 문학의 모더니즘적 이해, 이상(李箱) 문학의 다다이즘적 이해, 이상(李箱) 문학의 Sur－realism적 이해 등이 그것이다. 제 3기(모색기)는 1970년대부터 새로운 문예 비평방법과 다양한 인접 학문의 이론을 연구 방법으로 응용하면서 학문적 규명의 깊이와 넓이를 증대시켜 간 시기이다. 제 4기(전환기)는 1980년대 후반부터 문학작품의 구조와 이상(李箱) 문학의 자의식, 이상(李箱) 문학의 정신분석적 이해 등을 감안한 연구의 시기이다.[6]

이상(李箱) 문학에 대한 다양한 선행 연구 방법은 이상(李箱) 문학

위논문, 1988. 2.
이재선, 「이상 문학의 시간의식」, 『한국현대소설사』, 홍성사, 1979.
정덕준, 「한국 근대소설의 시간구조에 관한 연구」, 고려대 박사학위논문, 1984. 8.
최혜실, 「한국 모더니즘 소설 연구」, 서울대 박사학위논문, 1991. 2.
황도경, 「이상의 소설 공간 연구」, 이화여대 박사학위논문, 1993. 8.
6) 김일태, 「이상문학 연구사」, 『국민어문연구』 제1집, 1988, 166~201면.

의 폭넓은 이해와 더불어 난해하다는 그의 작품을 우리 근대 문학의 의미망 안으로 끌어들이는 데 공헌하였다.

하지만 이상(李箱) 문학에 관한 그 동안의 많은 연구에도 불구하고, 난해한 언어와 형식의 인위적 파괴, 기하학과 수식의 원용, 사소설적인 소설 전개 등은 아직까지도 꾸준히 그의 문학에 대한 해석을 시도하게 하는 강한 흡인력을 지니고 있다.

문학은 인간의 정신활동에 의하여 생성된다. 인간의 모든 활동을 정신과 육체로 이분화 할 수는 없겠지만, 만약 그 분할이 가능하다면 문학은 인간의 정신활동 영역에 속한다고 하겠다. 특히, 20세기에 접어들면서 인간은 정신세계에 보다 많은 관심을 기울이기 시작하였다. 이것은 프로이트 이후 '무의식'이라는 인간의 내면 공간을 문학의 주요 관심사로 다루고 있는 데에서 확인할 수 있다.

결국, 인간의 무의식에 관한 문학적 관심은 자아 탐구의 문제에 초점이 모아진다. 그동안 많은 작가들은 자아의식의 탐구에 심혈을 기울였는데 이 과정에서 다양한 작품의 기법과 작가의식이 생성되었다. 본 연구에서는 한국문학에 다양하게 나타나는 인간의 무의식과 자아 의식의 탐구를 1930년대 이상(李箱)의 작품에서 확인하고자 한다.

일반적으로 이상(李箱) 문학의 성격은 우선 문장의 파격적인 습벽에서 쉽게 노정된다. 그의 시에는 재래의 운율과 띄어쓰기가 파기되어 나타나기도 하고, 때로는 숫자와 기호, 수식 등이 도입되기도 한다.

이상(李箱)은 '거울'을 통하여 자아를 발견하고 성찰하였다. 또한 '아내'를 통하여 전도된 일상을 확대시킨다. 이상(李箱) 문학은 대립항의 중간에서 그 양극을 통합하려는 노력의 소산이라 할 수 있다. 이 과정에서 그는 기존의 어법을 부정하고 급진적 실험정신을 통해 작품을 형상화한다.

본 연구에서는 다양하게 발전하여 온 기존 연구들을 밑거름으로 하여 이상(李箱)의 시와 소설에 나타난 주체의 양상과 무의식에 초점을 맞추어 연구를 진행할 것이다.

본 연구에서는 이상(李箱)의 작품에서 대립의 형태로 나타나는 주체의 양상과 작품을 형성하는 작가의 기저에 내재해 있는 무의식을 밝힘으로써 이상(李箱) 문학에 대한 기존의 평가를 재고하고, 그의 문학에 대한 본질을 새롭게 조명하고자 한다. 또한 그의 문학 작품에 나타나는 심리주의의 기법은 어떤 양상을 띠고 있으며, 이러한 기법의 문제는 그의 내면의식과 어떠한 관계를 맺으면서 소설로 형상화되어 있는지를 고찰하고자 한다.

2. 연구의 방법과 내용

그 동안 이상(李箱)의 문학에 대한 연구는 여러 각도에서 다양하게 이루어져 왔다. 그렇다면 이상(李箱)의 문학은 어떤 이유로 그렇게 많은 관심을 갖게 하는가. 이에 대한 답을 얻기 위해서는 이상(李箱)이 살았던 시대, 그가 활동했던 1930년대의 문학적 현실을 먼저 살펴보아야 할 것이다. 왜냐하면, 문학은 시대적 상황 속에서 사유하고 고뇌하며 빛을 던져 주는 삶의 한 형태로 이해될 수 있기 때문이다. 이것은 작가가 속해 있는 시대는 이미 그 작가에게 영향을 끼치고 있다는 것을 의미한다.

1930년대는 세계사적 규모에 걸친 파시즘의 등장으로 새로운 역사적 상황이 전개된 시기이다. 파시즘은 무엇보다도 비합리성을 그 속성으로 하는 것으로, 당대의 사회주의자와 자유주의자를 포함한 지식인 모두에게 커다란 충격과 위기의식을 불러일으키는 요인이 되었다. 사회주의나 자유주의가 기본적으로 근대적 합리성을 전제로 한 사상이라면 여기에 정면으로 배치되는 파시즘은 이들 사상의 존립 자체를 문제시하는 것이다. 근대사회가 파시즘의 시대를 맞아 종언의 위기에 처하게 되었다는 불안감은 당시 지식인들을 지배하던 일반적인 분위기로, 이러한 분위기는 이에 그치지 않고 문학에도 상당한 영향을 미치게 되었다.[7]

이상(李箱)이 작품활동을 했던 1930년대는 우리 나라의 지식인들이 일본 식민 체제의 암담한 현실 속에서 좌절하고 방황하며 고뇌하다가 종래에 문학 정신의 공동현상을 초래한 시대이다.

1930년대는 암흑 정치의 첫 장막이 내리고 만주사변(1931)과 함께 일본 제국주의의 침략 정책이 시작되었던 시기이다. 이로 인하여 제반 사상과 행동의 자유는 봉쇄 당하였다. 또한 일본의 침략적 도구에 의한 서구 문물의 일방적인 도입은 전통적인 사고 방식과 기존 질서를 급격히 붕괴시키는 등 국내외에 전반적으로 위기의식이 고조되었다. 언론의 탄압과 출판물에 대한 검열이 강화되면서 식민지 지식인들은 외부로의 통로가 사실상 막히게 되었다. 그리하여 그들은 인간의 내면 세계에 대한 깊은 탐구와 한글 운동에 결사적으로 집착하게 되었다.[8]

모든 가치가 사라져 버리고 혼돈과 좌절이 팽배했던 시기, 내일에 대한 희망은 사라지고 어둠과 부조리가 가득하여 절망만이 존재하였던 때에 이상(李箱)은 그것으로부터의 탈출구로 문학을 선택하였다.

이상(李箱)은 자신의 운명과 근대 문명의 운명이 동일하게, 아무리 발버둥쳐 보아도 벗어날 수 없는, 폐쇄된 회로 속에 놓인 것임을 날카롭게 인지하였다. 그 속에서 생과 사, 선과 악, 현실과 환상, 합리와 비

---

7) 진정석, 「김동리 문학 연구」, 서울대 석사학위논문, 1993, 7면.
8) 조연현, 『한국 현대문학사 개관』, 정음사, 1987, 218면.

합리를 구별한다는 것 자체가 가당치 않은 일이다. 한글「오감도」계열의 시 작품들은 이러한 그의 인식을 드러낸 것으로, 그에 따른 무력감과 위기의식을 동시에 담고 있는 점에서 문제적이다.9)

문학 연구의 대상으로서의 문학성이란 작품에 사용된 특별한 지배적 요소들의 기법을 대상으로서 연구하고자 하는 문학적 노력의 일환으로 볼 수 있다. 시적 이미지는 습관적인 것을 새로운 견지에서 표현하거나 또는 그것을 예기치 않은 문맥 속에 넣음으로써 낯설게 만든다. 이처럼 이미지는 형식주의자들이 의도하는 '낯설게 만든다'라는 문학의 미학적 효과를 강화하기 위한 수단으로 사용되고 있다. 이상(李箱) 문학의 '난해함'과 '복잡함' 등은 결국 보편적이지 않은 그의 문학적 인식과 기법에서 기인한 것이다.

모더니즘은 현대인의 삶을 총체적으로 반영하고 있다. 여기서 현대성이란 20세기라는 세계적 상황과 밀착되어 나타나는 정신상황을 뜻한다. 한국 문단에서의 이와 같은 모더니즘은 주지주의와 초현실주의 그리고 심리주의 계열의 소설로 나누어 볼 수 있다.

본 연구에서는 이상(李箱)의 작품에 나타난 주체의 다양한 양상과 무의식을 분석하기 위하여 정신분석과 초현실주의적 접근을 시도하고자 한다. 이상(李箱) 작품에 표출된 주체는 대체로 이항대립의 구조를 취하고 있다. 이것은 이상(李箱)이 장르의 벽을 넘나드는 무의식의 세계에서부터 그의 글쓰기가 시작되고 있는 것과 연관되어 있다고 하겠다. 주체의 다양한 대립 구조는 그의 소설에서 심리소설의 기법으로 표출되기도 한다.

한국 심리소설의 대표적 작가인 이상(李箱)의 작품 경향은 현실과

---

9) 김윤중,「1930년대 후반기 한국 모더니즘 문학의 세계관 연구 – 김기림과 이상을 중심으로」, 서울대 박사학위논문, 1995, 85면.

대상이 자의식에 스며드는 것을 철저히 막아내는 과정에 있다. 우선 그의 소설은 일상적 현실에서 철저히 도피하면서 시작된다. 즉, 현실의 괴로움에서 그 존재의 세계로부터 이탈하려는 유혹에 일단 의식의 절멸을 꾀한다.

한국 문단에서 모더니즘은 1920년대 중반부터 논의되기 시작하였다. 그 중에서도 다다이즘은 모더니즘의 여러 유파 가운데 가장 빠른 시기인 1924년에 소개되었다.[10] 당시의 한국문단이 현대성의 성취와는 상당한 거리에 있었음을 감안할 때 이것은 상당히 획기적인 일로 평가할 수 있다.

초현실주의가 "문학과 예술의 형식적인 범주를 한결같이 무시"[11] 했듯이, 이상(李箱) 문학은 장르적인 측면에서 글쓰기의 등차가 거의 없다. 그의 문학은 시・소설・수필이 장르에 구분 없이 서로 넘나들고 있기 때문이다. 이것은 이상(李箱)이 문학의 각 장르가 지니고 있는 형식이나 내용의 특수성을 인정하지 않았음을 의미한다. 그에게 있어서 모든 문학 장르는 자신의 내면 세계를 표현하기 위한 동일한 문자 행위의 연속일 따름이었다. 말하자면, 그가 형태상의 "시, 소설 등을 선택했지만 그것은 그러한 형태의 무의미함을 보이기 위한 방편"[12]이었던 것이다.

초현실주의와 연관된 이상(李箱)의 반문학적 자세는 형식의 파괴라는 양상으로 나타난다. 이상(李箱)은 언어의 특수한 교신 형태로 근대 문학에서 관습처럼 사용되어 온 띄어쓰기와 구두점을 의도적으로 무

---

10) 다다이즘을 한국 문단에 처음으로 소개한 이는 고한용인데, 그가 소개한 다다이즘의 대표적인 글로는 「따따이즘」(『개벽』 51호, 1924. 9.)과 「서울에 왔던 따따이스트의 이야기」(『개벽』 52호, 1924. 10.)가 있다.

11) C. W. E, Bigsby, 『다다와 초현실주의』(박희진 역), 서울대학교 출판부, 1984, 84면.

12) 김윤식, 『한국근대문학사상 비판』, 일지사, 1987, 74면.

시하고 있다. 또한 일어·영어·불어 등을 포함한 외국어의 사용은 물론 수학·기하학·물리학·의학·건축 용어 등 비문학적 용어들을 구사하고 있다. 더 나아가 「오감도」, 「선에 관한 각서」 등의 시에서 보듯, 숫자만으로 이루어진 작품뿐만 아니라 기하학적인 도형들을 삽입하고 있다.

이러한 문법의 파괴 현상은 현행의 언어체계를 해체하고 부정하는 조어(造語)나 오자(誤字)의 구사를 통하여 한 극점을 보여준다. 주지하다시피, 「오감도(烏瞰圖)」에서 까마귀 '오(烏)'자는 새 '조(鳥)'자의 의도적인 오기이다. 또한 「침몰(沈歿)」도 '물에 잠긴다'라는 의미에서는 '침몰(沈沒)'로 표기해야 한다.13) 그런데 이것은 그의 문학에서 집요하게 추구하고 있는 방법론이라는 점에서 단순한 기괴 취미나 말장난으로 치부할 수는 없다. 이것은 "기호놀이가 아니고 그 놀이를 기획하고 통제하는 원리 자체를 가리킴인 만큼 방법론적 정신"14)에 해당된다. 언어 형식에 변화를 줌으로써 그 의미의 변화를 추구하고 있다. 초현실주의자들이 사물의 존재의 합리적인 관계를 박탈하여 새로운 창조적인 관계를 맺어주기 위하여 시도했던 전위(dépaysement) 기법에 해당하는 것이다.

초현실주의는 자동기술법의 개념을 중심으로 하여 형성되었다. 브르통이 자동기술법을 구상한 것은 1919년 무렵부터였다. 다다이스트로 활동하던 그는 차라에게 보낸 편지에서 논리나 문법의 틀에서 벗어난 표현 양식에 대해 탐구하고 있음을 밝히고 있다. 그런데 이것은 당시의 아방가르드 문학인 입장에서 볼 때 그만의 독특한 발상은 아니었

---

13) 이밖에도 「지비(紙碑)」, 「자상(自像)」, 「파첩(破帖)」 등의 작품 제목도 이상이 일상의 언어 문법을 파괴하기 위하여 의도적으로 변형시킨 조어에 해당된다.

14) 김윤식, 『이상소설연구』, 문학과 비평사, 1988, 105면.

다. 이미 미래주의의 마리네티는 물론 다다의 피카비아, 트리스탄 챠라 등이 말의 자유 혹은 무의미의 언어를 구사하여 전통적 시학과는 다른 새로운 시의 반시적 경향을 예고하고 있었기 때문이다. 이들의 공통된 태도는 의미를 지향하는 시가 아닌, 의미를 거부하는 시를 통해서 전통적인 시적 창조의 관행을 무시하려는 경향을 보이는 점이었다.15)

자동기술법은 약 5년 뒤인 1924년 '초현실주의 제1차 선언'을 통해 구체화되었다. 브르통이 이것을 체계화할 수 있었던 것은 동시대의 시인들에 비하여 방법론에 민감하고 심리학과 철학의 영역에 속하는 논리적 기반 확립에 열중한 결과였다. 그 중에서도 무의식의 사실적인 표현 방법론과 관련하여 프로이트의 심층심리학이 미친 영향은 절대적인 것이었다.

프로이트에 의하면, 심적 구조는 이드・자아・초자아로 이루어져 있다. 그 중에서 가장 근본적인, 가장 오래된 가장 큰 것은 이드이다. 그것은 무의식의 일차적인 본능의 영역이다. 이드는 의식적・사회적 개인을 구성하는 각종의 형태나 원칙에서 자유이다. 그것은 시간의 영향을 받는 일도 없고, 모순에 고뇌하는 일도 없다. 그것은 '가치도, 선악도, 도덕도' 아는 바 없다. '그것은 자기보존도 구하는 바 없다.' 그것이 지향하는 일체는, 모든 쾌락의 법칙에 따라서 본능적인 욕구를 만족시킨다고 하는 것뿐이다.16)

내면 심리의 표현 방법을 모색하던 브르통이 무의식의 탐구에 초점을 맞춘 것도, 그것이야말로 인간의 삶을 지배하는 가장 중요한 '현실'

---

15) 오생근, 「자동기술과 초현실주의적 이미지」, 『문예사조의 새로운 이해』(오생근・이성원・홍정선 엮음), 문학과 지성사, 1996, 248면.
16) H. 마르쿠제, 『에로스와 문명』(김종호 역), 박영사, 1975, 39면.

이자 '실체'로 보았기 때문이다. 이 과정에서 자동기술법은 의식과 무의식의 중간 상태에서 우연한 체험을 계기로 하여 구체화된다.

초현실주의의 또 다른 특징은 성(性)의 문제에서 분명하게 드러난다. 이것은 자동기술·꿈·광기 등과 더불어 합리주의를 비판하기 위한 목적에 대한 충분한 수단이 되었다. 이들이 꿈과 더불어 에로티시즘에 심취된 것은 프로이트의 영향 때문이었다. 프로이트에 의하면, "문화는 인간의 사회적인 존재만이 아니고, 생물적인 존재도 제약하여, 인간존재의 한 부분만이 아니고, 그의 본능 구조 그 자체를 제약"하는 "억압의 역사"라는 것이다.[17] 이것의 안티테제로 프로이트는 인간사에 있어서 성이 중심 역할을 한다고 주장했다. 이런 논리는 초현실주의자들에게 그대로 수용되었다. 그 자체가 합리주의적인 제반 가정들에 대해서 직접적인 도전이자 파괴적인 요소가 되기에 충분했기 때문이다. 이 과정에서 잠재의식 속에 견고히 뿌리박은 성은 초현실주의 병기실에 중요한 무기로 자리를 잡았다.

성은 자연발생적인 것, 본능적인 것, 그리고 직관적인 것을 환기시킬 뿐만 아니라, 합리적인 통제가 극한점을 지니고 있다는 점에서 환상의 문제와 직결되었기 때문이다. 그들은 사랑은 상극의 성의 화해, 교미와 연관이라는 관점에서 동성애를 제외한 모든 형태의 사랑과 여성의 옹호자로 나서게 된다. 이것은 공적인 문화가 거부한 경험의 영역을 효율적으로 재생시킨 것으로 볼 수 있다.[18]

또한 초현실주의는 '우연의 구조'를 통하여 작품의 형태를 결정짓게 하고, 무의식의 휘발성으로 하여 돌발적이고 충격적인 이미지를 제

---

17) 위의 책, 97~99면 참조.

18) C. W. E. Bigsby, 『다다와 초현실주의』(박희진 역), 서울대학교 출판부, 1984, 97~99면 참조.

시하고자 했다. 의식이 있는 상태에서 무의식의 세계와 같은 정신적 환경을 조성하여 논리의 단절 현상을 추구하기 위한 의도된 시도였다.

그럼에도 불구하고 우연은 초현실주의의 제반 활동에 있어서 점차적으로 더 중요한 역할을 하게 된다. 그것은 우연의 구조가 다분히 의도적인 조작의 결과였다고 하더라도 현대시의 병치은유 형태와 유사했기 때문이다. 말하자면, 파격적인 방법으로 언어와 이미지들을 병치시킴으로써 새로운 의미가 생성될 수 있었던 것이다. 이것은 사물의 합리적인 관계를 박탈하여 새로운 창조적인 관계를 맺어주는 전위 (dépaysement), 해체와 파괴를 통해 새로운 세계를 가능케 하는 변형 (déformasion) 등으로 발전하여 초현실주의 예술의 핵심적인 기법이자 특징이 되었다.

초현실주의의 전위적 예술정신과 창작기법은 시대를 초월하여 오늘날의 예술에도 강력한 영향력을 미치고 있다. 따라서 그 형태는 다르지만 아직도 진행 중에 있다고 할 수 있다.

> 근대의 태동과 더불어 프로이트는 욕망을 충족시키는 유일한 대상은 죽음뿐이라고 하였다. 그렇다면 욕망은 인간을 존재하게 하는 동력인 것이다. 그렇지만 허상을 실재라고 믿기에 그것을 얻으려 수단과 방법을 가리지 않을 때, 특히 남을 조정하고 제도를 만들어 자신의 욕망을 대의명분 속에 숨기려들 때, 욕망은 권력자의 눈길처럼 음험해진다. 인간은 대상이 허상임을 알 때 그것을 향한 집착에서 벗어날 수 있고, 자신의 시선 속에 타인을 억압하는 욕망의 시선이 깃들어 있음을 깨달을 때 좀더 쉽게 타인을 이해할 수 있다.[19]

---

19) 자크라깡 저, 『욕망이론』(민승기·이미선·권택영 역), 문예출판사, 1994, 11~12면.

라깡은 프로이트가 발견한 무의식을 끌어들였다. 그리고는 소쉬르의 언어관을 적용하여 구조주의(종래는 후기구조주의) 이론을 만들었다.

"무의식은 언어처럼 구조되어 있다"라는 말은 라깡의 이론을 가장 분명하게 표현한다. 이때 "언어처럼"은 바로 은유와 환유로 구조된 '차이'의 체계인 언어를 말하기도 하고, 언어는 기표와 기의로 이루어진다는 소쉬르의 언어관을 일컫는 것이기도 하다. 라깡은 「무의식에 있어 문자가 갖는 권위」라는 글에서 기표와 기의가 어떻게 대응관계를 벗어나 기표가 절대적인 것이 되는지를 보여주고 있다. 무의식에 언어체계를 끌어들임으로서 프로이트의 무의식은 의식의 차원으로 부상된다. 인간은 언어를 통하지 않고는 존재할 수 없기 때문이다. 또 소쉬르 언어관으로부터 기표의 절대적 우위성을 끌어내었기에 라깡은 구조주의를 넘어서 후기구조주의에 이른다.

라깡은 사유의 체계에 언어의 구조를 끌어들였다. 그는 프로이트가 발견한 무의식이나 성본능을 억압하고 자아의 자율성만을 강조한 모던시대 정신분석학이 보수적인 엘리트주의로 흐르고 있다고 생각하였다. 그래서 프로이트의 무의식과 성본능을 귀환시키면서 이것이 소쉬르 언어학을 적용하여 주체가 어떻게 언어(혹은 기표)의 지배를 받는지 보여주었다. 소쉬르는 언어는 사물을 지칭하는 기표와 지칭당하는 대상인 기의로 이루어져 있다고 하였다. 그리고 언어는 차이(혹은 관계)에 의해 변별의 기능을 갖는 자의적 체계라고 하였다. 이 두 가지 정의는 각기 기호학과 구조주의로 가는 토대가 되는데 앞의 것은 기표와 기의의 관계가 일 대 일의 정확한 대응이 되지 못하고 기의가 미끄러져 의미가 수없이 확산되는 언어의 비유성 쪽으로 나가고, 뒤의 것은 은유와 환유의 두 축으로 정립되어 정·반의 대립항이라는 구조주의 시학을 낳았다. 라깡은 이 두 가지를 모두 적용하여 주체와 욕망을 해석하였다.

주체는 대상에게 욕망을 느낀다. 그것이 자신의 결핍을 완전히 채워 줄 것이라고 믿기 때문이다. 주체는 그것만 얻으면 아무 것도 욕망하지 않으리라 믿는다. 그러나 그 대상을 얻어도 욕망은 여전히 남는다. 아무 것도 욕망하지 않는 것은 곧 죽음뿐이다. 그렇다면 대상은 실재처럼 보였지만 허구이다. 대상을 실재라고 믿고 다가서는 과정이 상상계요, 그 대상을 얻는 순간이 상징계요, 여전히 욕망이 남아 그 다음 대상을 찾아 나서는 게 실재계이다. 그리고 이때 실재라고 믿었던 대상이 대타자이고 허구화된 대상이 소타자이다.

라깡은 주체를 결핍으로 보고 욕망을 환유로 보았다. 그것은 주체를 대상에 대한 왜곡된 집착에서 벗어나게 할 뿐 아니라 스스로도 어쩔 수 없는 오인의 구조를 지니고 있다는 것을 깨닫게 하여 "타자의식"을 갖게 한다. 그리고 이 타자의식이 라깡의 이론이 지닌 미덕이요, 그의 이론이 문학, 정치, 사회, 여성이론으로 확장되는 근거가 된다.

자신이 세상에 의해 보여짐을 의식할 때 주체는 분리되고 인간은 고립과 소외를 벗어나 무대 위에 서게 된다. 이것이 라깡의 타자의식이다. 그러므로 그의 타자의식은 사회의식이다. 그는 타자의식이 없는 시선을 사악한 것으로 보기 때문이다.[20]

무의식, 은유와 환유, 기표, 남근, 상상계와 상징계, 시선과 응시의 분열을 통해 라깡은 데카르트식 중심주의를 해체하고 인간이 욕망의 주체임을 보여준다. 반복, 중심해체, 주체의 분열 등을 통해 단 하나의 재현을 거부하며 타자의식을 보여주고 있다.

기표와 기의는 근본적으로 서로 다른 질서를 가지고 있다. 그것들은

---

20) 위의 책, 35면.

의미작용에 저항하는 저항선에 의해 처음부터 분리되어 있는 것이다. 이러한 언어과학의 전제들은 기표의 특성을 정확하게 연구할 수 있는 길을 열어주고 기의를 생성하는 데 있어 어느 정도까지 기표가 그 영향력을 행사할 수 있는가를 생각하게 해준다.

언어는 사물을 지시하는 것이 아니라 또 다른 의미작용을 만들어낼 뿐이다. 어떤 의미작용도 또 다른 의미작용을 참조하지 않고서는 지속될 수 없기 때문이다. 이 논의를 좀더 극단적으로 밀고 나가면 언어(기표)가 기의의 전 영역을 대신할 수 있다는 명제가 생겨나게 된다. 기의는 기표로서만 존재할 수 있으며(기의는 기표의 결과물이란 의미에서) 이때 기표는 필연적으로 기의의 차원에서 행해지는 모든 욕구들을 충족시킨다. 우리가 언어 속에서 구성된 대상을 파악할 수 있다 할지라도 언어 속에서 구성된 대상은 단순히 지정된 대상이 아닌 개념이라는 것을 잊어서는 안 된다. 사물(thing)이란 기표 자체도 명사로 사용될 때는 이중적이고도 다양한 의미를 갖는다.21)

기표들은 모두 주체 속에 자리를 잡을 때에만 제 기능을 발휘할 수 있다. 여기서 제기되는 난점은 주체가 마치 기의처럼 기능해야 하지만 동시에 끊임없이 기표 아래로 미끄러진다는 사실이다.

기의의 정신분석은 고고학자의 작업과 유사하다. 그것은 겹겹이 쌓여진 의미의 층위를 정신분석이라는 삽을 들고 파 내려간다. 그래서 케케묵은 태고의 신비가 햇살에 드러나듯, 유아기에 억압된 작가의 무의식적 징후들이 속속 드러나게 된다고 믿는다.22)

---

21) 사물(thing)이란 기표가 갖는 기의는 실제 사물이 아니라 또 다른 기표들이다. 그러므로 언어를 사물과 단어 간의 일 대 일 대응으로 설명하려는 어떠한 시도도 가능하지 않다.

22) 김연권, 「기의의 정신분석이냐? 기표의 정신분석이냐?」, 『현대비평과이론』 제12호, 한신문화사, 1996, 60면.

라깡은 기의에 대한 분석에 충실한 심리 ─ 전기 비평이나 문학적 형상에 집착하는 주제 비평을 통렬하게 비판하였다. 그는 이미지의 환원적인 해석에서 벗어나 텍스트를 기표들이 끝없이 이동하는 공간으로 열어 놓았다. 그러기에 라깡의 정신분석은 기의의 정신분석을 거부하고 기표의 기능을 중시한다.

그렇다면 라깡에게 과연 기표란 무엇인가? 라깡의 기표는 소쉬르에서 빌어 온 개념이다. 그런데 소쉬르는 기의를 기표 위에 놓고 의미 작용을 나타내는 막대기를 놓지만, 라깡은 이러한 구조를 뒤집어 기표를 기의 위에 놓고 기표에 우위성을 부여한다. 그런데 여기서 눈여겨볼 점은 기표가 그것에 대응하는 지시물을 갖기보다는 다른 기표로 끝없이 미끄러지면서 효과를 창출한다는 점이다.

라깡은 꿈이나 문학 텍스트가 모두 무의식이 활동하는 공간으로 보고, 무의식의 모든 효과들은 바로 언어로 귀착된다고 생각하였다. 그래서 그는 무엇보다도 언어의 작용에 관심을 집중하였다.

라깡의 기표이론에서 핵심적인 사항은 기표의 음성적 특징이기도 하지만, 앞에서 보았듯이 기표가 기의에 일 대 일로 대응하지 않고 독자적인 삶을 산다는 점(즉 의미는 고정된 것이 아니라 불확정적이라는 점)이기도 하다.

라깡은 자기이면서도 자기가 아닌 것처럼 여겨지는 존재를 타자(他者)[23]라고 불렀다. 대타(大他)란 무의식 속의 자기 자신이다. 무의식 속의 자기 자신이 자기한테 건네는 말을 "꽉 찬 말 laparole plaine"이라고 한다. 우리는 하루 종일 무수한 이야기들을 하면서도 그 이야기는 다른 사람에 관한 이야기이기 쉽고 또 상대방이 듣건 말건 혼자 떠드

---

23) 이때의 타자는 대문자 A의 Autre, 즉 대타자(大他者). 이후로는 대타(大他)라 함. 대타라고 하면 대타(代打)가 연상됨.

는 말이기 쉽다. 이런 말을 "텅빈 말 la paroke vide"이라고 부른다.[24)

라깡은 무의식적 측면을 실행하기 위하여 '거울단계'를 제시하였다. 거울단계란 생후 6개월 내지 18개월 된 어린아이가 거울에 비친 자기 영상을 보고 매우 즐거워하는 모습을 관찰함으로써 유래되었다. 거울단계는 이미 라깡의 모든 사상을 포함하고 있는 씨앗(胚種)이라 할 정도로 중요하고 라깡의 모든 이론을 꿰뚫을 만하다. 이 거울단계는 또다시 세 가지 단계를 거쳐 마무리된다.

첫 번째 단계는 거울 속에 비친 자기 모습과 우연히 마주치게 되면 아이는 그 모습을 자세히 들여다보다가, 거울 속의 그 아이를 향해 웃어 보이거나 어떤 제스처를 해 보이게 된다. 아이는 거울 속의 영상을 자기가 아닌 다른 아이의 실재적인 모습으로 생각하고는 잡아 보려고 하거나 거울 뒤로 돌아가 찾아내려고 한다. 하지만 아이는 거울 뒤에도 그런 존재가 없다는 사실을 알게 되면서 거울 속의 존재가 실재인 물이 아니고 하나의 영상에 불과하다는 것을 발견하게 된다. 이것이 두 번째 단계. 마지막으로 아이는 타인의 것이라고 생각한 거울에 비친 영상이 그저 영상일 뿐이라는 것을 알게 되고 또한 그 영상은 결국 자신의 모습이라는 사실을 깨닫는다.[25)

주체의 형성은 의미의 과정을 통해 이루어진다. 주체는 의미의 과정 자체와 욕망의 부정성 negativity에 의해 형성된다. 라깡에 의하면 그것이 무의식의 발견이 함축하는 의미이다.[26)

라깡은 「무의식에서 문자의 기능」(『에크리』)에서 기표를 제한하는

---

24) 김종주, 「라깡과 정신분석」, 『현대시사상』 여름호, 고려원, 1994, 78면.

25) 김형효, 『구조주의의 사유 체계와 사상』, 인간사랑, 1989, 238면.

26) 로잘린드 카워드·존 엘리스, 「라깡과 주체의 문제」(이미선 옮김), 『현대시사상』 여름호, 고려원, 1994, 147면.

것들에 대해 설명한다. 기표의 단위는 다음 두 가지 조건에 의해 제한된다.

> (1) 기표는 명확한 형태인 음소로 나타낼 수 있다. 음소는 고정된 위치를 갖진 않지만 공시적 체계의 일부가 된다. 공시적 체계에서 소리는 한 언어 내에서 다른 소리와 구분된다. 그러므로 문자는 공시적 체계 속에 규정된 기표의 구조로 간주될 수 있다.
> (2) 기표의 단위들은 엄격한 규칙에 따라 결합한다. 이것을 통해 라깡은 지형학적인 계층이 필요하다는 것을 가정하게 된다. 라깡은 지형학적 계층을 의미의 연쇄고리라고 부른다.[27]

기표의 연쇄고리가 기의에 겹치는 것, 즉 의미의 생성은 "고정점"이라는 허구적인 모형으로 나타낼 수 있다. 의미를 입증히는 제3의 용어가 발화에 의해 촉발되어서 의미의 연쇄고리를 종결짓는 경우에만 의미가 발생한다.

프로이트는 꿈에서 끝없는 의미의 미끄러짐이 일어난다는 것을 증명한다. 이 끝없는 의미의 미끄러짐이 1차 과정의 특성이다. 이 미끄러짐은 압축과 전치를 통해 일어난다. 연상의 여러 가닥이 교차할 때 이 가닥들의 모든 의미가 압축에 의해 하나의 사상에 집중된다. 그리고 전치에 의해 원래 다른 사상에 속해 있던 깊은 의미와 강도가 겉으로는 사소해 보이는 사상으로 옮겨진다.

라깡에게 주체는 복잡하게 형성된다. 주체의 형성에는 주체의 분열, 혹은 분리라는 개념이 포함된다. 주체는 먼저 어머니의 신체에 대해 느끼던 일체감으로부터 분리된다. 그런 다음 거울단계에서 주체는 자

---

27) 자크라깡 저, 『욕망이론』 (민승기 · 이미선 · 권택영 역), 문예출판사, 1994, 149면.

아 이상의 환상적인 총체성으로부터 분리된다. 마지막으로 주체는 분리를 겪음으로써 상징 속에서 한 자리를 부여받게 된다. 이 형성과정을 통해 주체와 무의식이 만들어지고 이때 상상계적인 관계와 상징계적인 관계가 나타난다.

주체성에 대한 라깡의 개념이 논의될 때 강조되어야 할 것은 차이의 체계로부터 의미를 만들어 내는 주체가 형성되며 이와 동시에 무의식이 형성된다는 것이다. 이 점에 대해 강조하는 것은 바로 상상계와 상징계의 상태를 의미와 연관시켜서 파악하기 위해서이다.[28]

라깡에 의하면 자의식의 변증법에 의해 의미의 과정이 구성된다. 의미의 과정 때문에 개인의 발화행위(진실 속에서 주체가 차지하는 자리)는 목격자인 제 3의 용어가 불려 들어오는 경우에만 입증된다. 그러므로 주체는 구조의 중심이라는 위치를 잃게 된다.

목격자인 제3의 용어가 불려 들어오는 과정은 라깡의 타자개념의 기초가 된다. 타자라는 용어는 현기증을 일으킬 정도로 매우 자주 사용된다. 이 용어가 매우 중요하기 때문이다. 즉, 타자는 변증법 속에서 중심적인 자리를 차지한다. 하나의 기표가 의미를 가지려면 그 기표는 자신의 외부에 존재하는 한 상태를 나타내야 한다. 이런 점에서 타자는 기표의 자리로 간주될 수 있다.

거울단계에 나타나는 자기애적인 동일시에는 두 개의 동시적인 순간이 존재한다. 이 순간들은 이상적인 자아 the ideal ego와 자아 이상 the ego ideal의 구분과 일치한다. 첫 번째, 이상적인 자아는 실재계, 즉 총체성을 지닌 신체적인 이미지와 상상계적으로 동일시하는 것을 나타낸다. 두 번째, 자아 이상에는 어린아이가 자신의 존재를 다른 사람

28) 위의 책, 154면.

과의 관계 속에서 보게 된다는 사실이 내포되어 있다. 그것은 어린아이가 자신의 파편 적인 존재를 자신이 대면하고 있는 이미지의 자리에서 보기 위해서이다.[29)

　무의식은 욕구·요구·욕망의 구성으로부터 나타난다. 주체와 무의식의 원인은 주체를 상징적인 세계로 이끄는 것과 동일한 과정이다. 이 때문에 라깡은 가끔 무의식을 타자의 담론이라고 부른다. 주체와 언어는 부정, 논리적인 영점, 존재의 결여의 환유 위에서 형성된다. 남근의 상징적 기능에 의해 주체가 포함된 구조 속에서 욕망 하는 주체가 만들어진다. 남근이 기표라는 주장이 이제는 보다 명확해진다. 거세를 가정함으로써 결여가 만들어진다. 결여를 통해 욕망이 만들어지고 이 욕망은 문화적인 목적에 맞도록 조직된다. 즉, 주체는 거세에 의해 상상계로부터 상징계로 옮겨가게 된다.

　전통적인 문학의 형식과 주제에 대한 모더니즘의 반항은, 일차대전의 파국이 서구의 문명과 문화의 기초와 연속성에 대한 인간의 신뢰를 뒤흔들어 놓은 후로 강렬하게 나타났다. T. S. 엘리어트는 1923년 제임스 조이스의 「율리시즈」를 평한 글에서 말한 바와 같이, 비교적 일관성이 있고 안정된 사회 질서를 전제로 하는 전통적 문학작품 구성의 양식은 "오늘날의 역사가 되고 있는 無爲와 無政府 상태라는 거창한 파노라마"와는 어울릴 수가 없었다.

　조이스나 에즈라 파운드와 마찬가지로 엘리어트는 한 작품 속에서 문화적 과거에 속하는 종교나 신화를 바탕으로 하는 잃어버린 질서에다 현재의 무질서를 대조시킴으로써, 당대의 무질서를 표현해낼 수 있

---

29) 위의 책, 166면.

는 새로운 형식이나 새로운 양식을 실험했다.[30] 예를 들어 「황무지」에서 엘리어트는 시적 언어의 표준적 흐름을 분편화된 발화로 대치하고, 전통적인 시의 구조의 일관성 대신에 부분들을 뒤죽박죽으로 순서를 바꿔놓는 방법을 사용하고 있는데 그렇게 함으로써 서로 연관성이 없는 구성 요소들은 독자가 스스로 발견하거나 창안해 내게 되는 연결 요소에 의해서 관계가 지어진다.

조이스의 「율리시즈」와 그보다도 더욱 혁신적인 「피네건의 경야」에 이어지는 모더니즘 소설의 주요 작품들은 소설의 연속성을 깨뜨리고 작중 인물을 재현시키는 표준적 방법에서 떠나고 서술적 언어의 전통적 통사법과 일관성을 위반함으로써, 종래의 산문 소설의 기본 관례를 타파하고 있다.

그러나 한국문단에서의 불안의식은 서구의 그것과는 상당한 차이가 있다. 서구 제국들은 식민지 한국과는 달리 급등하는 파시즘 세력에 대항할 수 있는 정치적 대응력 뿐만 아니라 정신적 위기를 극복할 수 있는 문화적 기반을 갖추고 있었다. 서구의 불안의식은 근대문명이 지니고 있는 문화적 속성의 발로에 지나지 않을 뿐만 아니라, 이것을 극복하기 위한 견고한 자아의 정체성을 내포하고 있다고 볼 수 있다.

이에 반하여 한국문학에서의 불안의식은 식민지 지식인의 자폐적인 절망과 허무의식이 주조를 이루고 있다. 이 시기 대부분의 작가는 불안감을 극복하기 위하여 적극적이고 능동적인 자세를 취하는 것이 아니라 절망과 허무의 분위기를 그려내는 차원에 그치고 있다. 이것은 허무와 불안으로 대표되는 식민지 지식인의 절망적인 삶의 표현이라고 볼 수도 있으나 삶의 치열성이 거세되어 있다는 점에서 지극히 수

---

30) M.H.Abams, 『문학용어사전』 (최상규 옮김), 보성출판사, 1991, 172면.

세적이고 피동적인 모습으로 드러날 수밖에 없었다.

이와 같은 불안의식은 사실주의적 세태소설보다는 자의식의 문제를 다룬 내성문학에 주로 반영되었다고 볼 수 있다. 한국문학에서의 불안의식은 그 철학적 배경이나 문학적 전개 양상은 서구와 다를지라도 심리소설의 주된 소재가 되었던 동시에 그것을 통하여 밀도있게 형상화되었다고 볼 수 있다.

현대 문예사조에서 근대주의 내지 현대주의로 번역되는 모더니즘은 매우 모호하고 혼용된 개념으로 쓰이고 있다. 이것은 일반적 의미로는 근대 또는 현대생활에서 가장 두드러진다고 생각되는 가치를 정치·종교·철학·예술 등을 통해서 표현하고 실천하려는 정신적 경향을 뜻한다. 그 중에서도 문예사조상에서의 모더니즘은 제1차 세계대전 이후 문학과 예술에서 개념·감각·형식 그리고 문체상의 가장 뚜렷한 변화로 간주되는 사조를 의미한다. 그러므로 이것은 입체파·미래파·주지주의파·이미지즘파·신심리주의파 등 현대문학의 모든 유파를 포괄하고 있는 상위개념일 뿐만 아니라, 다다이즘·쉬르레알리즘·표현파·신즉물주의 등과도 밀접한 연관이 있는 사조로 볼 수 있다.[31]

이와 같은 모더니즘은 현대인의 삶의 총체성을 완결감 있게 반영하기 위하여 전대의 문학 양식이었던 사실주의와 자연주의를 극복하려는 구체적인 시도를 보여주고 있다. 그리고 이 때의 현대성이란 20세기라는 세계적 상황과 밀착되어 나타나는 정신상황을 뜻한다고 볼 수 있다. 한국문단에서의 이와 같은 모더니즘은 이론적으로는 주로 김기림과 최재서에 의하여 탐구되었다. 그 중에서도 김기림이 시의 비평과

---

31) 문덕수,『한국 모더니즘 시 연구』, 시문학사, 1981, 41~42면.

창작에 몰두했다면, 최재서는 모더니즘 계열의 주지주의의 소개와 그 소설의 비평에 역점을 두었다. 그리고 창작의 면에서는 김기림을 필두로 정지용·김광균·장만영 등의 주지주의 유파, 이상(李箱)을 정점으로 하여『三四文學』동인들이 포함되는 초현실주의 갈래, 이상(李箱)의「날개」, 최명익의「心紋」등으로 대표되는 심리주의 계열의 소설로 나누어 볼 수 있다.[32]

　심리소설은 모더니즘 문학의 중요한 양식 가운데 하나로 다루어지고 있다. 최재서는 심리소설이 가지는 인간 내면의 관찰이란 점을 정확히 인식하고 있으면서도 그 관찰의 대상이 분열된 지식인의 자의식에 국한될 때만 의의를 두고 있다. 그 이유는 당시 한국문단이 가지고 있던 특이성-현실의 급박함, 지식인의 사명의식 등으로 한국 심리소설이 서구 심리소설의 기법적 측면에 천착해 들어갈 여유와 의의를 갖지 못하고 현실에 직면한 지식인의 자의식과 연결되어버린 때문이었다.[33]

　한국 심리소설의 대표적 작가인 이상(李箱)의 작품경향은 현실, 대상이 자의식에 스며드는 것을 철저히 막아내는 과정에 있다고 할 수 있다. 우선 그의 소설은 일상적 현실에서의 철저한 도피로부터 시작된다. 즉, 현실의 괴로움에서 그 존재의 세계로부터 이탈하려는 유혹에 일단 의식의 절멸을 꾀하고 있는 것이다. 그것의 한 방법이 게으름이다. 그러나 이 시간은 이상(李箱)에게 계속 유지될 수 없으며 대상은 우리들 속으로 연달아 개입하여 자아와의 관계를 맺으려 한다. 이에 "생각 = 대상 + 주체"라는 필연적 인간조건을 따르지 않을 수 없으면

---

32) 김진석,『한국심리소설연구』, 태학사, 1998, 48~49면.
33) 최혜실,「1930년대 한국 심리소설연구-최명익을 중심으로」, 서울대 석사학위 논문, 1986, 14~21면.

서도 동시에 자아망각이 되도록 대상을 파악하는 요술을 마련해야 했다. 이것이 대상을 그 자체의 모습으로 즐기어 묘사하는 것이다.34) 이처럼 이상(李箱)은 자아를 개방하지도 않고 남의 의식 속으로 들어가 보려고도 하지 않았다.

심리소설이란 주로 작중 인물의 의식의 모습을 그려내기 위하여, 언어표현 이전 단계의 의식을 규명하는 데 중점을 둔 형태의 소설35)이라고 정의할 수 있다. 이러한 작중 인물의 내면의식을 표출하기 위해서는 특수한 기법적 장치를 필요로 한다. 그러므로 심리소설은 다른 유형의 소설보다도 기법상의 실험을 거듭해 왔다고 볼 수 있는데, 이러한 심리소설의 문학적 특질을 규명하기 위해서는 기법 문제의 검토가 필연적이다.

심리소설은 논자에 따라 '의식의 흐름'의 소설, 내성소설, '내적 독백'의 소설 등으로 지칭되기도 한다. 이러한 용어들은 심리나 의식의 특질과 관련되어 명명된 것으로 기법적 특질을 규명하는 중요한 거멀못이 된다. 그러나 심리소설이란 장르 자체가 혼용된 개념으로 사용되어 왔던 것처럼, 그 작품 기법을 지칭하는 용어도 애매하고 유기적 관계를 맺고 있는 것이 사실이지만 본고에서는 편의상 다음의 몇 가지로 나누어 고찰해 보기로 하겠다.

심리소설의 가장 큰 특징은 크게 세 가지로 볼 수 있다. 자유 연상의 원리에 의한 의식의 흐름의 표현, 영화의 기법을 응용한 몽타주의 수법, 작중 인물의 내면 의식을 담은 내적 독백 등이 그것이다.

심리소설이 '의식의 흐름'을 다룬 소설이라 할 때, 이것은 소재적인

---

34) 정명환, 「부정과 생성」, 『한국인과 문학사상』, 일조각, 1973, 305~375면.

35) 로버트 험프리 지음, 『現代小說과 意識의 흐름』(이우건·유기룡 옮김), 형설출판사, 1984, 15면.

면에서의 특질을 규정한 것이라고 볼 수 있다. '의식의 흐름'은 시간과 공간을 초월하여 부유하는 무질서한 파편들의 결합으로 이루어져 있다. 이것은 의지력이 왕성하게 작용할 때조차도 오랫동안 집중된 상태로 지속될 수 없다.

여기에서 작가는 유동적인 의식의 흐름을 일관성 있는 구조로 환치시키기 위하여 심리학적 연상의 원리를 이용하게 된다. 이러한 연상의 원리는 계속해서 집중된 상태로 지속되지는 않는다. 그러나 기억, 감각, 상상력 등이 부유하는 연상의 원리를 통제한다. 대부분의 작가들은 이와 같은 심리학적 문제에는 관심을 두지 않는다. 그보다는 기억, 감각, 상상력 등으로 복잡하게 얽혀 있는 마음의 분위기를 연상수법을 통하여 사실적으로 제시하는데 초점을 맞추고 있다.

심리소설은 모두가 연상의 원리를 토대로 하고 있다. 이것은 직접 내적 독백 뿐만 아니라 의식의 단순한 묘사를 다룬 작품에 있어서도 마찬가지이다. 그것은 그 구성이나 깊이가 어떻든지 간에 작중 인물의 의식의 흐름을 표현하기 위하여 작가는 심리학적 연상의 원리를 사용할 수밖에 없기 때문이다.[36]

심리소설은 유동하는 의식을 표현하기 위하여 영화에서 쓰이는 몽타주의 기법을 원용하고 있다. 이러한 몽타주의 기법을 데이셔스는 시간의 몽타주와 공간의 몽타주의 방법으로 나누어 보고 있다.[37]

몽타주는 관념의 상호관계 또는 연합을 나타내기 위하여 여러 가지 영상을 빠르게 연결시키기도 하고, 하나의 영상에다 다른 영상을 중복시키기도 하며, 하나의 영상에 초점을 맞추어 놓고, 그 주위를 관련이 있는 다른 영상으로 둘러싸는 등의 방법을 이용하기도 한다. 그것도

---

36) 김진석, 『한국심리소설연구』, 태학사, 1998, 27~31면.
37) 로버트 험프리 지음, 이우건·유기룡 옮김, 앞의 책, 91면.

본질적으로는 한 주제의 구성적 요소의 방법, 또는 여러 가지 다른 관점을 '다양성의 동일'로 나타내려는 방법이다.

심리소설은 이와 같은 몽타주 기법 가운데서도 다양한 의식의 상호 관련이나 연합을 보여주기 위하여 시간과 공간의 몽타주를 사용한다. 시간의 몽타주에서 주된 탐구의 대상은 시간 의식이다. 현대인에게 있어서 시간은 생활의 보편적 조건으로써 인간과 사회를 인식하는데 가장 중요한 요인으로 인식되고 있다. 이것은 자아의 문제와 불가분의 관계를 맺고 있을 뿐만 아니라 인간의 탐구와 사회의 연구에도 직결된다. 그리고 시간의 이와 같은 의미는 현대 문학에도 그대로 반영되고 있다.

공간의 몽타주는 시간은 고정되어 있고 공간적인 요소가 변화하는 것을 의미한다. 문학작품은 어느 것을 막론하고 시간적인 요소와 공간적인 요소가 아울러 내재되어 있다. 말하자면 이 둘은 병렬적인 대등한 관계를 맺고 있는 것으로 볼 수 있다. 심리소설의 공간구조는 그 시간구조와 마찬가지로 변이성과 유동성을 바탕으로 하고 있다. 일반적으로 계기적인 시간의 흐름에 바탕을 둔 소설의 공간구조는 그 시간의 변화에 따른 논리적인 변천을 추구하고 있다.

이러한 몽타주의 기법은 본질적으로 한 주제에 대해 다양하거나 복합적인 관점, 즉 단적으로 말해서 다양성을 보여주기 위한 수법이라 할 수 있다. 시간과 공간의 몽타주 기법은 유동적인 의식의 흐름을 보다 효과적으로 드러내기 위한 기법의 응용으로 볼 수 있다.

내적 독백은 '의식의 흐름'과 가장 빈번히 혼돈되는 용어이다. 내적 독백이란 소설에 있어서 표면상 부분적으로 혹은 전혀 말해지지 않은 작중 인물의 의식 내용 및 과정을 표현하는 데 사용되는 기법으로서, 이러한 심적 과정이 신중한 언어로 형성되기 직전에 여러 가지 의식제

어 단계에 있는 그대로를 묘출하려는 것이다.[38]

내적 독백은 편의상 직접 내적 독백과 간접 내적 독백의 두 가지 기본형으로 구별된다. 직접 내적 독백은 작가의 개입이 거의 없이 독자에게 직접적으로 의식을 나타내 보여 준다. 즉, 작중 인물은 작중 장면 내의 어느 누구에게 이야기하고 있는 것이 아니며, 그렇다고 하여 실제로 독자에게 이야기하고 있는 것도 아니다. 요컨대 그 독백은 마치 독자가 전혀 없는 것처럼 완전히 솔직한 상태로 제시된다.

직접 내적 독백과 간접 내적 독백의 근본적인 차이점 중의 하나는, 전자에서는 1인칭 대명사를 사용하는 것이고, 후자에서는 3인칭 혹은 2인칭 대명사를 사용한다는 것이다. 간접 내적 독백은 항상 독자에게 작가의 존재를 느끼게 하는 반면, 직접 내적 독백은 작가를 완전히 혹은 거의 배제한다는 점이다. 간접 내적 독백은 전지적 시점의 작가가 말로 표현되지 않은 소재를 마치 작중 인물의 의식으로부터 직접 나온 것처럼 묘사하고, 설명과 서술에 의해서 독자를 이끌어 가는 내적 독백의 유형이라 할 수 있다.[39]

소설 기법의 가장 확고한 토대는 작가가 전지적 시점에서 서술한다는 재래의 약속이다. 소설을 객관화하기 위해서는 어떠한 기교를 사용하든 간에 그 저변에는 작가의 전지성을 당연한 것으로 인정하는데 이것이 곧 예술이다. 그러면서도 이러한 기본적인 약속을 감추려는 것이 예술적 기교이다.

심리소설의 작가는 일반적인 작가가 그렇듯이 독자에게 무언가 하고 싶은 말, 전하고자 하는 가치관을 가지고 있다. 다만 다른 작가와는 달리, 이런 가치관을 극화하는 무대로써 의식 활동이라는 내면 세계를

---

38) 위의 책, 50면.
39) 위의 책, 58면.

선택하는 것이다. 그러나 의식 활동이라는 것은 사적인 것이며, 작가가 독자의 신뢰를 얻기 위해서는 어디까지나 사적인 것으로 묘사되어야 한다. 그러므로 심리소설에서는 작가의 사적인 가치, 사적인 연상 및 사적인 관계를 포함하고 있기 때문에 독자에게 의식의 객관성을 마련하기 어렵다.

이상(李箱)의 소설은 '의식의 흐름'(stream of consciousness)을 연상법에 의해서 전개하는 내적 독백(interior monologue)과 솔리로키(soliloquy)[40]의 기법을 사용하고 있다.

이와 같이 심리소설의 작가들은 그들의 목적을 달성하기 위하여 동일한 기본 장치를 사용해 왔다. 그것은 심리학적 연상의 제법칙에 따라 의식 내용을 부유하게 하고, 표준적인 수사 문식을 불연속성과 압축성으로 나타내며, 이미지와 상징에 의하여 다양하고 극단적인 단계의 의미를 시사하는 것으로 대표될 수 있다.

심리소설의 기법적 장치로 의식의 흐름, 시간과 공간의 몽타주, 내적 독백 외에도 사적 내밀성의 문제, 은유에 의한 변형, 단절 등을 들 수 있다. 그러나 실제의 작품에서 이러한 기법들은 혼용되고 복합적인

---

40) 솔리로키가 비록 혼자 말하는 것임에는 틀림이 없지만, 내적 독백과 다른 점은 작품 속에 모습을 보이는 직접적인 청중을 가정하고 있다는 점이다. 이러한 특성 중에서 가장 중요한 것은 문맥상의 일관성인데, 그 이유는 솔리로키의 목적이 플롯과 행동에 관련된 감정과 사상을 전달해 주는 것인 데 반하여 내적 독백의 목적은 무엇보다도 의식의 본질을 전달하는 것이기 때문이다.
'의식의 흐름'의 소설에서 나타나는 솔리로키는 작가의 개입 없이 암암리에 청중을 가정하고 직접 작중 인물로부터 독자에게 인물의 의식의 내용과 과정을 묘사해 주는 기법이라 정의될 수 있다. 따라서 솔리로키는 필연적으로 내적 독백보다 솔직하지 못하며 묘출되는 의식의 깊이도 내적 독백에 비해 제한되어 있다. 시점은 항상 작중 인물편에 있고 의식의 단계는 표층에 가까운 것이 보통이다. 실제로 솔리로키를 사용하는 '의식의 흐름'을 다루는 소설의 목적은 종종 솔리로키와 내적 독백을 병용함으로써 완전하게 달성된다. (로버트 험프리 지음, 『現代小說과 意識의 흐름』(이우건·유기룡 옮김), 형성출판사, 1984, 68~69면.)

양식으로 쓰이고 있다. 이러한 의미에서 심리소설의 기법적 특질을 다음과 같이 요약할 수 있다.

첫째, 소재면에서 인간의 의식적이고 정신적인 경험의 세계를 다루고 있다는 점이다. 그리고 그 구체적인 항목으로 감각, 기억, 감상, 환상, 상상 등 직접적인 요소와 직관, 비젼(vision), 통찰력, 지식 등 심리학적 현상까지 포함한다.

둘째, 기법면에서 의식의 흐름, 내적 독백, 시간과 공간의 몽타주 등 다양한 수법을 구사하고 있다. 따라서 다른 장르의 소설에 비하여 작중 인물의 심적 경험이 사실적이고 구체적으로 제시된다.

셋째, 구성면에서 유동적이고 복잡한 의식의 탐구에 초점을 맞추었기 때문에 시간과 공간의 착오현상이 두드러지게 나타난다. 여기에서 대부분의 심리소설은 계기적인 사건의 흐름이 파괴된 형태로 나타나며, 이것이 심화될 경우에는 플롯의 해체현상이 일어나게 된다.

본 연구에서는 이와 같은 연구 방법을 통하여 1930년대 한국 모더니즘 작가 이상(李箱)의 문학에 나타난 주체의 양상과 작가의 무의식이 어떻게 표출되고 있는가를 살펴보고자 한다.

먼저 Ⅱ장에서는 이상(李箱)의 시 작품에 나타난 시적 대상의 대립 구조를 분석할 것이다. 이상(李箱)은 「烏瞰圖」를 비롯한 다수의 시편에서 작품의 외적 이항대립의 구도를 통해 내면 세계의 무의식적 환상을 작품의 표면으로 끌어올리고 있다. 이상(李箱)의 시에서는 초현실주의자들이 현실을 초월하는 수단으로써 창안했던 초현실주의 기법들이 다양하게 구사되었고 이를 통해 그의 초현실적 초월의 정신, 자유의 정신을 표현했다. 그런 의미에서 그의 시는 그를 억압하는 현실에 대한 반항이면서 그 현실을 극복하자했던 초현실주의자의 꿈의 기록이라 할 수 있다.

Ⅲ장과 Ⅳ장에서는 심리소설의 기법적 특징이 이상(李箱)의 작가의식과 어떻게 연결되어 작품으로 승화했는지 알아보고자 한다. 구체적으로 이상(李箱)의 의식 속에 항상 내재되어 있는 '내면의식의 흐름과 주체의 일탈'의 문제, 그의 작품에 나타난 '폐쇄적 공간과 의식의 절멸화'의 문제, 식민지 시대 문제 해결의 극단성을 내포한 '실존적 불안과 죽음의식', 또 다른 탈출구인 '경제성의 상실과 사적 내밀성' 문제 등으로 나누어 다양하게 사용된 심리주의 기법과 그의 작가의식과의 관계를 구명하게 될 것이다. 이러한 작업을 통하여 이상(李箱)이 추구하고자 하였던 문학의 본질이 드러날 것으로 생각된다.

Ⅴ장에서는 1930년대 한국 문학을 대표하는 이상(李箱) 문학이 문학사적 측면에서 어떠한 의의를 지니고 있는지 정리해보고자 한다.

본 연구는 이상(李箱)의 시와 소설에 나타난 주체의 대립 양상과 무의식의 표출에 초점을 맞추었다. 1930년대 암울한 현실 속에서 이상(李箱)은 무의식의 표출을 통하여 자아를 확장시키고 있다. 또한 그의 소설 작품은 심리소설의 기법이 많이 사용되고 있는데 이러한 소설의 기법이 작가의 내면의식과 어떠한 관계에 의하여 소설로 형상화되는지를 살펴볼 것이다.

Ⅱ. 무의식의 환상과 자의식의 과잉

한국 현대문학에서 이상(李箱)과 그의 문학에 대한 연구는 다양한 방법에 의하여 이루어져 왔다. 하지만 이상(李箱) 문학에 대한 관심과 연구는 여전히 계속되고 있다.

이상(李箱)의 문학에는 해답이 없다. 이상(李箱) 이전에도 이상(李箱) 이후에도, 우리 문학은 대부분 인간의 삶과 예술에 대하여 어떤 해답을 제시하고자 했다. 이상(李箱)의 문학이 유별난 것은 인간의 존재와 예술에 대해 어떤 해답을 제시하고자 한 것이 아니라 본질적인 질문을 던지고 있다는 점이다. 그러므로 이상(李箱)의 문학을 통해 우리는 다시 한번 인간과 예술에 대해 더욱 치열하고도 진지한 질문을 던져야 한다. 그것이 이상(李箱) 문학의 의미를 온전히 간직할 수 있는 길이 아닐까 한다.[41]

이상(李箱)의 시(詩)는 대부분 대립의 안과 밖의 구조로 짜여 있는데 그러한 안과 밖의 구조는 '거울'과 '문' 등의 시적 대상을 중심으로 이루어져 있다. 이상(李箱)의 시에서 '거울'은 대체로 단절과 대립된 자아의 또 다른 모습이 발견되는 매개체로 표현되어 있다. 또한 '문'은 문 안의 상황과 단절·대립된 문 밖의 상황을 인식케 하는 매개체로 작용하고 있다. '거울'을 중심으로 단절·대립된 거울 밖의 자아와 거울 안의 자아, 그리고 '문'을 중심으로 단절·대립된 문 밖의 상황과 문 안의 상황은 상호 연속되기를 추구한다. 그러나 거울이 지닌 차단의 속성으로 인하여 거울의 안과 밖의 자아는 온전히 연속되지 못한다.[42]

이상(李箱)의 시는 대립의 구조로 짜여져 있다. 그것은 현실적 자아와 이상적 자아, 부정과 긍정 등 자아의 대립과 단절의 형태로 나타난다. 이상(李箱)은 그의 시 작품에서 이러한 이항대립의 구도를 통해 합일의 내면의식을 표출하고자 하였다.

---

41) 권영민, 「이상 문학 60년, 새로운 형식의 물음을 찾아」, 『이상 문학 연구 60년』, 문학사상사, 1998, 6~7면.
42) 정효구, 『現代詩와 記號學』, 느티나무, 1989, 276~277면.

1. 암울한 현실과 무의식의 환상

1930년대 한국문학에서 불안의식은 식민지 지식인의 자폐적인 절망과 허무의식이 주조를 이루고 있다. 이 시기 대부분의 작가는 불안감을 극복하기 위하여 적극적이고 능동적인 자세를 취하는 것이 아니라 절망과 허무의 분위기를 그려내는 차원에 그치고 있다. 이것은 허무와 불안으로 대표되는 식민지 지식인의 절망적인 삶의 표현이다. 그러나 다른 한편으로 보면 삶의 치열성이 거세되어 있다는 점에서 지극히 수세적이고 피동적인 모습으로 드러날 수밖에 없었다.

이상(李箱)의 문학은 "처음부터 끝까지 불안의 소산물"[43]이라 할 만큼, 그의 문학의 바탕에는 불안의식이 깔려 있다. 그의 불안문학은 문예사조상으로는 서구의 근대적인 불안문학의 계보와 그 선이 닿아 있지만, 그에게 있어 불안은 그의 유년기 가성 환경, 청년기의 신체적 조건, 시대적 환경 등의 복합적 요인에 의하여 철저히 체질화, 생리화[44]된 것이다.

이상(李箱)의 문학은 자의식의 문학이요 극단적일 만큼 내면 지향적인 문학이다. 그의 문학에서 외적 현실이나 일상적 감정 혹은 전통적인 문학적 규범 등은 철저하리만큼 거세되고 왜곡되거나 부정되어 있다. 한국 근대 작가 중 이상(李箱) 만큼 현실에서 소외된 인간의 내면 심리를 깊고도 적나라하게 보여준 작가는 없다.

> 13人의兒孩가道路로疾走하오.
> (길은막다른골목이適當하오.)

---

43) 김종은,「李箱의 理想과 異常 — 韓國藝術家에 關한 精神醫學的 追跡(其一)」,『문학사상』10호, 1973. 7. 242면.
44) 김교선,「불안문학의 계보와 이상」,『현대문학』86호, 1962, 234면.

第1의兒孩가무섭다고그리오.
第2의兒孩도무섭다고그리오.
第3의兒孩도무섭다고그리오.
第4의兒孩도무섭다고그리오.
第5의兒孩도무섭다고그리오.
第6의兒孩도무섭다고그리오.
第7의兒孩도무섭다고그리오.
第8의兒孩도무섭다고그리오.
第9의兒孩도무섭다고그리오.
第10의兒孩도무섭다고그리오.

第11의兒孩가무섭다고그리오.
第12의兒孩도무섭다고그리오.
第13의兒孩도무섭다고그리오
13人의兒孩는무서운兒孩와무서워하는兒孩와그렇게뿐이모였
고.
(다른事情은없는것이차라리나았고)

그中에1人의兒孩가무서운兒孩라도좋소.
그中에2人의兒孩가무서운兒孩라도좋소.
그中에2人의兒孩가무서워하는兒孩라도좋소.
그中에1人의兒孩가무서워하는兒孩라도좋소.

(길은뚫린골목이라도適當하오.)
13人의兒孩가道路로疾走하지아니하여도좋소.

위 시의 제목 '烏瞰圖(오감도)'는 '鳥瞰圖(조감도)'의 기호조작으로
서 사고의 왜곡을 상징적 언어조작을 통해 표현하려고 할 때 쓰이는
기법이다. 조감도란 대상을 멀리 올라가 높은 곳에서 내려다 본 그림

이므로 자연히 대상이 속해 있는 현실로부터 철수하여 감정이 배제된 상황에서 관찰하려는 작가의 의도가 있다고 보인다. 따라서 '烏瞰圖'란 작가의 정서 억압 내지 둔화의 표상이라고 볼 수 있다. 인용된 시는 의미가 난해하고, 언어의 배열이 낯설어 독자로 하여금 작품에 대해 심한 정서적 거리감을 야기한다. 작품의 내용을 보더라도 현실과는 큰 괴리를 느끼는 상황으로 정서 공감을 지니기 힘들다.

작품 속에서 무서움에 과도하게 반복강박(repetition－compulsion)을 보이면서도 무서움의 대상은 모호하고 은닉되어 있으며, 두려운 상황 타개의 대안으로는 극적인 退行反轉, 즉 막다른 골목이 뚫린 골목으로 대치됨으로써 새로움에 대한 공포를 드러내는 등 감정의 전개가 변동성이 심하고 정서의 일관성이 부족해 유아적 퇴행 양상을 보여 준다.[45]

위에 인용한 「烏瞰圖 詩 第一號」[46]는 대립구조의 양상을 보인다. 즉, '무서운 兒孩'와 '무서워하는 兒孩' 그리고 '막다른 골목'과 '뚫린 골목' 등이 그것이다. '兒孩가 무섭다'라는 말은 나의 무서움이 아니라, 兒孩의 무서움을 일컫는다. 여기에는 시각적인 원근법칙과 시적 화자인 '나'의 경험이나 편견이 작용하게 된다. 그러므로 '兒孩가 무섭다'라는 말의 정확한 의미는 '兒孩들이 무섭다고 그러는 것처럼 보인다'라는 의미이다. 그러나 여기에는 "兒孩들이 무섭다"라고 하는 것처럼 보이지만, 안 무서울 수 있다는 의미도 내포하고 있다.

---

45) 김상배·유재엽, 「이상의 오감도 중 시제1호의 한 연구」, 『논문집』 제27집, 단국대학교, 1993, 62~63면.

46) 이승훈 엮음, 『이상문학전집 1』, 문학사상사, 1989, 17~18면.
  「烏瞰圖」는 ≪朝鮮中央日報≫에 1934년 7월 24일부터 8월 8일까지 연재한 시로서, 연재 도중 독자들의 비난으로 중단된 연재시이다. 이후 작품을 인용할 경우 작품명과 면 수만 표기함.

兒孩들이 실제로 무섭다고 한다면 兒孩들의 무서움은 공포가 아니라 불안이다. 하이데거는 "불안은 언제나 …에 대한 불안이다. 그러나 이것, 혹은 저것에 대한 불안은 아니다. …에 대한 불안은 항상 …때문의 불안이다."[47]라고 하였다.

'兒孩가 무섭다'라는 서술의 의미는 작가가 兒孩의 내면에 위치하여 兒孩가 무서워하는 것을 보고 있다는 의미이다. 결국 '兒孩가 무섭다'라는 말은 '무서운 兒孩'로 표현할 수도 있고, '무서워하는 兒孩'로 표현할 수도 있다. 왜냐하면 '무서운 兒孩'가 '兒孩가 무섭다'라는 말과 마찬가지로 이중의 시점에서 해석이 가능하기 때문이다. 즉, '무서운 兒孩'에는 ① '兒孩가 무서워한다'라는 兒孩 시점에서의 해석과 ② '兒孩를 무서워한다'라는 작가 관찰자 시점에서의 해석이 가능하다. 그래서 '무서운 兒孩'를 '兒孩가 무서워한다'라는 兒孩 시점에서의 의미로 볼 때 이 말은 '무서워하는 兒孩'라는 작가 시점에서의 표현과 같은 의미인 것이다. 즉, '무서운 兒孩'란 작가가 全知的 입장에 서서 兒孩의 심리 상태를 해설하고 분석하여 서술하는 전지적 작가 서술이고, '무서워하는 兒孩'란 작가가 兒孩의 외면에서 兒孩가 무서워하는 것을 관찰하는 3인칭 관찰자 서술인 것이다. 다시 말하면, '兒孩가 무섭다' = '무서운 兒孩' = '무서워하는 兒孩' = '무서움을 느끼는 兒孩'가 된다.

'무서운 兒孩'와 '무서워하는 兒孩'는 모두 '무서움을 느끼는 兒孩'이다. 이런 입장에서 '무서움을 느끼는 兒孩'를 '무서운 兒孩'와 '무서워하는 兒孩'로 구분하여 표현하더라도 모두 동일한 의미를 나타내므로 이렇게 불러도 좋고 저렇게 불러도 좋다는 심리가 발생하게

---

47) 하이데거, 『形而上學이란 무엇인가』 (최동희 역), 서문당, 1978, 58면.

된다. '막다른 골목'과 '뚫린 골목'도 같은 맥락에서 이해할 수 있다.

兒孩들은 도로를 질주하고 있을 뿐이다. 兒孩들은 그들이 무서움을 느끼는 것이 무엇 때문인지 명확하게 인식하지 못하고 있다. 또한 그들은 도로를 질주하는 그들의 행위가 막다른 골목이라는 한계상황 때문이라는 것을 모르고 있다.

그러나 이상(李箱)은 이러한 兒孩들의 상황이 막다른 골목이 의미하는 바의 실존적 한계 상황 때문이라는 명확한 상태로서 인식하고 있기 때문에 이상(李箱)의 무서움은 불안이 아니라 공포라고 할 수 있다. 도로로 질주하는 兒孩들을 도망하는 것으로 보는 것은 兒孩들이 아니라 이상(李箱) 바로 그 자신인 것이며, 이 詩를 읽고 있는 독자들인 것이다. 즉, 이상(李箱)은 이 시에서 兒孩들의 불안을 통해 자신의 공포를 투사한 것으로 볼 수 있다.

이상(李箱)의 분열된 공간은 밀폐된 공간에 안주하지 못한 이상(李箱)이, 외부 세계로 시선을 돌리는 데서 생성되었다. 분열된 공간은 밀폐된 공간의 인식을 전제로 형성된 공간이라고 할 수 있다. 그러나 외부 공간과 내부 공간의 그 어디에서도 안주할 수 없었던 이상의, 그의 자아 또한 심하게 분열되어 나타난다.

시에 나타난 외부 세계로의 탈출은, 탈출을 시도하는 순간에 거울로 상징되는 벽에 부딪혀, 분열된 자아는 서로 합일점을 찾지 못하고 바라보기만 하는, 공간의 분열을 인식하게 되는 탈출이다. 반면에 「날개」에서는 상당한 공간적 탈출이 이루어지고 의식적 자아는 현실적 자아에 상당히 접근한 듯이 보이나, 탈출의 결과는 항상 더 큰 갈등과 고난과 회의를 주었다는 점에서 그 탈출 역시 시에서와 마찬가지로 또 다른 절망의 인식이 시작되는 탈출이라고 할 수 있겠다.[48]

「烏瞰圖 詩 第一號」는 권태로울 만큼 단조로운 언어 유희를 통하여 수사의 해체와 무의미를 조장하고 있다. '13인의 兒孩' 모두가 '무서운 兒孩'이면서 '무서워하는 兒孩'이다. 13인의 아이가 무서움을 느끼는 동시에 스스로가 무서움의 대상이 되는 것이다. 무서움은 분명한 실체로 존재하지만 그 대상이나 원인은 불분명하다. 도피만이 유일한 길이다. 이 점에서 아이들의 질주는 무서움 그 자체의 상징이자 그것으로부터 벗어나고자 하는 필사적인 몸부림이라고 하겠다. 그런데 兒孩들이 질주하는 길은 뚫린 골목이든 막다른 골목이든 관계가 없는 것처럼 진술되어 있다. 첫 부분의 '막다른골목이적당하오'와 끝 부분의 '뚫린골목이라도적당하오'라는 상반된 구절에서 그것을 확인할 수 있다. 그러나 이것은 논리적으로 볼 때 결코 양립할 수 없는 일이다. 아이들이 질주하는 길은 '뚫린골목'이 적당하며, 질주하지 않는 길은 '막다른골목'이라도 상관없기 때문이다. 그런 만큼 시적 자아의 진술은 달아나도 벗어날 수 없는 폐쇄된 현실에 대한 역설적 표현이다. 이런 의미에서 이 시는 실체를 알 수 없는 불안의식과 그것으로부터 벗어날 수 없는 한계상황을 자동기술의 원리로 제시하였다고 볼 수 있다.

> 나의아버지가나의곁에서조을적에나는나의아버지가되고또
> 나는나의아버지의아버지가되고그런데도나의아버지는나의아
> 버지대로나의아버지인데어쩌자고나는자꾸나의아버지의아버
> 지의아버지의……아버지가되느냐나는왜나의아버지를껑충뛰
> 어넘어야하는지나는왜드디어나와나의아버지와나의아버지의
> 아버지와나의아버지의아버지의어버지노릇을한꺼번에하면서
> 살아야하는것이냐[49]

---

48) 유재순, 「이상문학에 나타난 공간의식 연구」, 『호남어문학』 제2호, 1994, 158면.
49) 「烏瞰圖 詩 第二號」, 『전집 1』, 21면.

위에 인용한 「烏瞰圖 詩 第二號」에서 우선 눈에 띄는 형식적 특징은 '나'와 '아버지'라는 동일어가 반복적으로 사용된다는 점이다. 더불어 이상(李箱)이 다른 시와 소설 작품에서도 자주 사용하고 있는 것처럼 이 시 작품에서도 띄어쓰기를 무시하고 있다는 것이다. 결론부터 말하면, 이상(李箱)이 작품 창작에 있어 띄어쓰기를 무시한 것은 끊임없이 이어지는 무의식의 흐름 상태를 표현하기 위함이다. 이처럼 떠도는 무의식의 흐름을 이상(李箱)은 자동기술법에 의해 작품으로 형상화하고 있다.

이상 문학에 있어서 가장 두르러진 형식적인 특징의 하나는 띄어쓰기를 무시한, 붙여쓰기의 서술 방식이라고 본다. 띄어쓰기를 없앤 글쓰기는 이상 문학에 있어서 매우 커다란 비중을 차지하고 있는데 특히 시에서는 거의 전면적이라 할 수 있다.

띄어쓰기를 무시함으로써 이상은 형식의 낯설음과 아울러 내용 자체의 낯설음의 효과, 즉 이중적인 효과를 노리고 있다. 띄어쓰기의 무시라는 이상 특유의 서술 방식은 러시아 형식주의자들이 개념화한 '낯설게 하기'(defamiliarization)의 한 기교에 해당된다고 본다. '예술의 기교란 대상을 낯설게 하기, 곧 형태를 어렵게 하고 지각의 시간을 길게 하는 방법에 지나지 않는다. 왜냐하면 지각의 과정 그 자체가 미학적 목적인 까닭이다. 따라서 지각의 과정은 연장되어야 하는 것이다.'라는 V.쉬클르프스키의 지적은 이상(李箱) 작품이 지니고 있는 붙여쓰기의 효과에 대한 적절한 설명이 되리라 본다. 요컨대 이상은 자신의 작품들을 조금 더 낯설게 또는 난해하게 만듦으로써 독자들에게 보다 신선한 충격을 주고 나아가 이것에서 보다 더 새로운 의미를 창출해 낸 것이라고 생각된다.50)

이상(李箱) 시 전체를 관류하는 중요한 수사법은 반복과 열거이다.

그것들을 중심으로 이상(李箱)은 의미가 사라진 글쓰기를 시도한다. 기존의 시 텍스트에서 지켜지던 일반 시작법 규칙을 위반한 그의 수사 기법은, 종종 권태로울 만큼 단조로운 언어유희와 '무의미의 의미'를 추구하는 현실풍자의 역설로 나타난다. 무의미한 반복으로 일관한 동일한 어구 나열은, 그의 문학을 비문학적인 무의미문학으로 규정짓게 한다. 그러나 동시에 반복으로 일관한 그의 글쓰기는, 당대의 삶을 미메시스하는 문학행위라는 의미를 갖는다.[51]

　　이상(李箱)의 시 「烏瞰圖 詩 第二號」에서는 '나'와 '아버지'의 대립구조[52]가 나타난다. '나'와 '아버지'의 대립구조는 확대해서 보면, 이승훈의 말처럼 '나'와 '조상'의 대립이라고 할 수 있다. 이처럼 이상(李箱)이 '아버지'로 대표되는 '조상'과 대립할 수 있는 근거는 그의 전기적 사실에서 찾을 수 있다. 그것은 바로 양자 컴플렉스로 나타난다. 이상(李箱)은 유아기 때 백부의 집에 양자로 가는데 그 과정에서 동일시의 혼란, 여성공포증 등의 불안의식이 이상(李箱)의 내면 세계에 자리잡게 된다.[53] 이러한 불안의식은 이상(李箱)으로 하여금 '아버지', 즉 '조상'에 대한 부정적인 시각을 갖게 한다. 이상(李箱)의 '조상'

---

50) 이중재, 『'구인회' 소설의 문학사적 연구』, 국학자료원, 1998, 246면.

51) 전정구, 「이상의 글쓰기와 수사학적 성격」, 『한국언어문학』 제37집, 1996. 12, 32면.

52) 이승훈은 이 작품의 해설에서 다음과 같이 서술하고 있다.
　　"이 시는 '나'와 '아버지', 나아가 '나'와 '조상'의 관계를 노래하고 있다. '나'는 '조상'을 부정하지만, 비록 무능력하지만 조상은 엄연히 조상이기 때문에 그러한 부정은 심리적 갈등을 낳는다. 이러한 갈등은 '나'가 '나'와 '조상'의 역할을 동시에 할 수밖에 없는 삶에 대한 비판으로 끝난다. 사회학적 측면에서는 '나'와 '조상'의 대립은 19세기적 봉건의식과 20세기적 현대의식의 대립을, 정신분석학적 측면에서는 어린시절의 양자의식이 모티브가 된다." (「烏瞰圖 詩 第二號」, 『전집 1』, 21~22면.)

53) 이에 대해서는 고은의 글(「김해경의 실향」, 『이상평전』, 향연, 2003, 36~48면)을 참조.

에 대한 부정적 심리 상태를 작품으로 형상화 한 것이 바로「烏瞰圖
詩 第二號」이다.

이 시가 갖고 있는 가장 큰 의미는 '나'가 '아버지'를 타도한다는 사
실에 있다. 이는 이 시에서 '나'가 18회, '아버지'가 17회 나옴으로써
'나'가 '아버지'를 수적으로 그리고 상징적으로 압도한다는 측면에서
그러하다. 더구나 이 시에 나오는 나와 아버지의 역할을 살펴보면 아
버지가 얼마나 보잘 것 없고 허술한 존재인가를 금방 알 수 있다. 이 시
의 처음에서 우리는 아버지가 나의 곁에서 조는 것으로 나온다. 이는
아버지가 늙어가고 있다는 것을 의미함과 동시에 아버지가 어린애처
럼 힘이 없는 존재임을 보여주는 것이기도 하다.[54]

'나'는 '나의 아버지'이고 '나'는 '나의 아버지의 아버지의 아버지의
…… 노릇을 한꺼번에' 하면서 살아가야 한다. 즉, '나'라는 자아의 역
할을 뛰어 넘어 '아버지'의 역할까지도 대신하여야 한다. '나'가 나의
역할 뿐만 아니라 아버지의 역할까지 수행해야 하는 것은 아버지가 아
버지로서의 기능을 제대로 못하고 있음을 의미한다. 그래서 제 기능을
감당하지 못하는 아버지는 '나'에게 부정적인 존재일 수밖에 없다. 그
러면서도 '나'는 부정적인 존재인 아버지의 역할을 대신해야 한다고
한탄하고 있다. 이것은 작품 외적으로 드러나 있듯이 '나'가 아버지의
역할까지도 대신해야 하는 불합리함에서 자신의 처지를 한탄하는 것
이다.

그러면서도「烏瞰圖 詩 第二號」에서 '나'는 부정적 존재인 '아버
지'의 역할까지도 감당하며 살아가고 있다. 그것은 이 시에서 '나'는
외적으로는 '아버지'와 대립의 구조 양상을 띠고 있지만, 그 내면에는

---

54) 이정호,「'오감도'에 나타난 기호의 이상한 질주 – 라캉의 정신분석을 원용한 '오
감도' 읽기」,『문학사상』300호, 1997, 165~166면.

'나' 스스로가 '아버지'의 역할을 수행하며 살고 있는 즉, '나' 또한 '아버지'와 동일한 존재일 수밖에 없음을 인정하고 있는 셈이다. 시적 화자인 '나'는 '아버지'를 부정적으로 생각하고 있지만 '나' 또한 '아버지'일 수밖에 없는 존재이다. 이것은 작품의 표면에서는 '나'와 '아버지'가 대립의 구조로 표현되어 있지만 그 내면에는 같은 처지에 있는 합일의 구조를 추구하고 있음을 의미한다. 이상(李箱)은 이처럼 형식적 대립의 구조를 통하여 내면적 합일을 지향하고 있다.

이상 문학의 이런 측면은 난해성으로 나타난다. 이 점은 초현실주의의 시가 모호하다고 규탄되는 것과 같은 맥락이라고 하겠다. 그런데 그 근본 요인은 언어나 예술 형태의 파괴 자체에 있는 것이 아니다. 그것은 "본질적으로 표현할 수 없는 것을 표현하는 하나의 수단"55)에 불과하기 때문이다. 이런 점에서 난해성의 근본 원인은 무의식의 세계를 탐구하고자 하는 초현실주의의 근본 목적과 직접적인 연관이 있다고 하겠다.

초현실주의란 일종의 카타르시스적 결과로서의 해제(解除)반응(abreation)과 흡사함을 알 수 있다. 해제반응이란 카타르시스에 의하여 생기는 치료적 현상을 말하는 것으로 과거의 불쾌한 심적 타격에 기인된 무의식적으로 억압된 기억이나 감정을 의식화시켜 재생시킴으로써 마음의 긴장이 풀리는 현상을 말한다.56)

무의식의 탐구와 관련하여 자동기술은 범상한 물체들에게 비범한 특질을 부여하고, 외관상으로 관련이 없는 물체들, 사상들, 혹은 단어들을 맞부딪히게 하고, 고의로 물체와 그것의 배경을 갈라놓는 불연속

---

55) C.W.E. Bigsby, 『다다와 초현실주의』 (박희진 역), 서울대학교 출판부, 1984, 82면.
56) 김종은, 「이상문학의 심층심리학적 분석 – 오감도에 대한 초현실주의적 접근」, 『문학과비평』 1987 겨울호, 330면.

적인 단절의 기능을 수행하게 된다. 여기서 초현실주의 문학은 "어떤 지성을 지니고도 도저히 이해할 수 없는 문장"[57]들로 결합된 추상적인 영상 덩어리의 집합체가 되는 것이다.

> 그사기컵은내骸骨과흡사하다. 내가그컵을손으로꼭쥐었을때
> 내팔에서는난데없는팔하나가接木처럼돋히더니그팔에달린손
> 은그사기컵을번쩍들어마룻바닥에메어부딪는다. 내팔은그사기
> 컵을死守하고있으니散散이깨어진것은그럼그사기컵과흡사한내
> 骸이다. 가지났던팔은배암과같이내팔로기어들기前에 내팔이或
> 움직였던들洪水를막은白紙는찢어졌으리라. 그러나내팔은如前
> 히그사기컵을死守한다.[58]

인용한「烏瞰圖 詩 第十一號」는 무의식을 중심으로 하여 이루어져 있다. 그것도 시인에 의해 의도적으로 소성된 상태라기보다는 이성의 통제에서 완전히 벗어난 순수한 무의식의 세계이다.

정서는 원래 주관적이며 개인적이다. 이미지가 환기하는 정서가 신선감을 주는 이유도 이 주관성에 있다. 시인은 대상을 특수한 관점으로 보고 있으며, 그 대상엔 시인의 주관적 감정이 착색되어 있다. 따라서 시의 이미지는 실제의 대상과는 다른 것이며, 시인의 주관적 감정에 따라 선택된 것이다. 즉, 이미지의 선택은 자의적이 아니라 시인이 표현하고자 한 주관적 정서에 좌우된다. 정서는 '이미지 선택'의 원리이다. 정서는 한 편의 시 속에 선택된 여러 이미지들을 동일화하고 통일시킨다.[59]

---

57) C. W. E. Bigsby, (박희진 역), 앞의 책, 84면.
58)「烏瞰圖 詩 第11號」,『전집 1』, 43면.
59) 김준오,『시론』, 삼지원, 1982, 107면.

이 시의 총 5행 가운데 현실적인 사건은 끝 행뿐이다. 그 나머지 행은 모두 환상 속의 사건들이다. 이것들을 초현실주의의 임의적이고, 비논리적이고, 그리고 우연이 가진 파괴적인 본질에 의해 강제적으로 결합해 놓고 있는 것이다. 이런 사실은 두 번째 행만을 보아도 자명해진다. 이 시행에는 두 개의 팔이 나온다. '사기컵'을 쥐고 있는 실제의 팔과 그 팔에서 접목처럼 돋아난 환상의 팔이 그것이다. 그 가운데 환상의 팔이 사기컵을 마루바닥에 둘러 메치고 있다. 그런데 3행에서 보듯이 깨어진 것은 사기컵이 아니라 해골이다. 이것은 쥐고 있던 '사기컵'과 자신의 '해골'을 동일시한 데서 이루어진 환상이다.

4행에서 그 '사기컵'은 '홍수를 막은 백지'에 비유되어 있다. 만약 현실의 팔이 움직였다면 '사기컵'은 깨어지고 물은 쏟아졌을 것이라는 의미이다. 그러나 정작 중요한 사실은 '내팔은여전히그사기컵을 사수하고있'다는 점이다. 아주 파격적인 일들이 연속적으로 일어난 것 같지만 실제로는 아무 일도 일어나지 않았다는 것이다. 이것은 의식이 지배하고 있는 현실세계에서는 불가능한 일이다. 이런 사실 자체가 무의식이고 환상이다. 따라서 이 시는 무의식 속의 환상, 즉 꿈의 한 장면을 기술해 놓은 것으로 볼 수 있다.

> 싸움하는사람은즉싸움하지아니하던사람이고또싸움하는사람은싸움하지아니하는사람이었기도하니까싸움하는사람이싸움하는구경을하고싶거든싸움하지아니하던사람이싸움하는것을구경하든지싸움하지아니하던사람이싸움하는구경을하든지싸움하지아니하던사람이나싸움하지아니하는사람이싸움하지아니하는것을구경하든지하였으면그만이다.[60]

---

60) 「烏瞰圖 詩 第三號」, 『전집 1』, 23면.

「烏瞰圖 詩 第三號」에서 이승훈은 이 시에 등장하는 인물을 네 사람[61]으로 보고 있다. 하지만 이 시의 궁극적인 대립의 구조는 '싸움하는 사람'과 '싸움하지 아니하는 사람'이다. 확대하여 살펴보면, 세상의 모든 인간은 '싸움하는 사람'과 '싸움하지 아니하는 사람'으로 양분할 수 있다. 싸움은 어떤 이유에서건 상대가 있어야 가능하다. 그렇다면 이상(李箱)의 시에 나타나는 싸움의 상대는 누구인가에 주목하게 한다. 「烏瞰圖 詩 第三號」의 주요 관심은 여기에 쏠려 있다.

이상(李箱) 문학에 있어서 이러한 싸움의 대상은 「烏瞰圖 詩 第一號」의 '무서운 兒孩'와 '무서워 하는 兒孩', 「烏瞰圖 詩 第二號」의 '나'와 '아버지', 「烏瞰圖 詩 第三號」에서의 '싸움하는 사람'과 '싸움하지 아니하는 사람', 「烏瞰圖 詩第十五號」의 '거울 속의 나'와 '거울 밖의 나' 등 여러 가지 양상으로 나타난다. 즉, 현실의 모든 것이 싸움의 대상일 수 있다. 하지만 궁극적으로 이상(李箱) 문학에서 '싸움하는 사람'이 누구이든 아니면, '싸움하지 아니하는 사람'이 누구이든 그것은 상관이 없다. 중요한 것은 어떠한 대상에 의해서건 '싸움' 그 자체가 형성되어 있다는 것이다.

그렇다면 왜 이상(李箱)은 모든 대상들과 싸워야 하는지에 관심의 초점이 모인다. 결론적으로 이상(李箱)에게 있어서 싸움의 대상은 식민지라는 시대적 상황에 따른 지식인의 무기력함, 결핵으로 인한 죽음에 대한 공포, 평탄하지 못한 가정 등 그의 주변에 있는 모든 것이라고 할 수 있다. 또한 그를 둘러싼 외적 대상뿐만 아니라 내면적 자아 또한 싸움의 대상인 것이다.

---

61) 이승훈에 의하면 이 시에는 네 사람이 나오는데 그것은 곧 '싸움하는 사람', '싸움하던 사람', '싸움하지 아니하는 사람', '싸움하지 아니하던 사람' 등이다. (「烏瞰圖 詩 第三號」, 『전집 1』, 23면.)

이처럼 이상(李箱)이 내면적 또는 외면적으로 싸움을 할 수밖에 없는 것은 그의 의식 속에 끊임없이 흐르고 있는 무의식의 파편들 때문이다. 그래서 그의 문학은 사적 내밀성의 특성을 띠고 있다. 즉, 그는 내적 자아의 의식을 작품으로 형상화함에 있어서 여러 대상들의 표현 가능성을 싸움이라는 현상으로 부각시킴으로서 시의 구조를 설정하고 있다. 이러한 대립의 구조는 겉으로 보기에는 양분된 싸움의 형태로 제시되어 있지만 사실은 그러한 싸움의 대립구조를 설정함으로써 또 다른 합을 도출하려는 변증법의 논리가 숨겨져 있음을 알 수 있다.

「烏瞰圖 詩 第一號」에서 이상(李箱)은 '무서운 兒孩'와 '무서워하는 兒孩', '막다른 골목'과 '뚫린 골목'이라는 시적 대상의 대립 구조를 형성하였다. 여기서 '무서운 兒孩'와 '무서워하는 兒孩' 및 '막다른 골목'과 '뚫린 골목' 등은 모두 이상(李箱) 자신의 불안의식을 표출한 것으로 볼 수 있다. 그러므로 '兒孩가 무섭다' = '무서운 兒孩' = '무서움을 느끼는 兒孩'라는 등식이 성립될 수 있다.

「烏瞰圖 詩 第二號」에서는 '나'와 '아버지'의 대립 양상이 상정되어 있다. '나'는 '아버지'를 부정적인 존재로 인식하고 있다. 그러면서도 '나'의 내면에서는 '나' 또한 '아버지'일 수밖에 없다. 이것은 「烏瞰圖 詩 第二號」에서 '나'와 '아버지'라는 시적 대상이 대립의 구조로 표현되어 있지만 사실은 '나'와 '아버지'는 동일한 처지에 속해 있어 합일의 구조를 추구하고 있음을 내포하고 있다. 이상(李箱)은 이처럼 형식적 측면에서는 대상의 대립적 구조를 설정하고 있지만 그것을 통해 시인의 내면적 무의식의 합일을 지향하고 있다.

「烏瞰圖 詩 第十一號」는 이성의 통제에서 완전히 벗어난 순수한 무의식의 세계를 중심으로 하여 이루어졌다. 「烏瞰圖 詩 第十一號」에서는 아주 파격적인 사건이 연속적으로 일어난 것 같지만 사실은 아무 일도 일어나지 않았다. 이것은 의식이 지배하고 있는 현실세계에서는 불가능한 일이다. 따라서 이상(李箱) 문학에 나타난 무의식적 환상을 이 시에서 찾을 수 있다. 이 시는 무의식 속의 환상, 즉 꿈의 한 장면을 자동기술에 의해 표출하고 있다.

「烏瞰圖 詩 第三號」에서는 '싸움하는 사람'과 '싸움하지 아니하는 사람'이라는 대립구조의 양상이 표출되고 있다. 이상(李箱)에게 있어 그의 주변의 모든 것은 싸움의 대상이다.「烏瞰圖 詩 第三號」에서 중요한 것은 싸움을 하든 그렇지 않든 그것이 중요한 것이 아니라 '싸움' 그 자체가 무엇을 의미하는가가 중요하다. 이상(李箱)은 겉으로는 싸움이라는 형태를 제시하여 시적 대상을 통해 대립의 구조를 설정하고 있지만 그 내면에는 싸울 수밖에 없는 상황에 대하여 말하고 있다.

이상(李箱)의 문학은 자의식의 문학이요 극단적일 만큼 내면 지향적인 문학이다. 그의 문학에서 외적 현실이나 일상적 감정 혹은 전통적인 문학적 규범 등은 철저하리만큼 거세되고 왜곡되거나 부정되어 있다.

1930년대 불행한 시대를 풍미했던 이상(李箱)은 시적 대상의 대립구조에 의해 작품을 형상화하였다. 즉,「烏瞰圖」를 비롯한 다수의 시편에서 이상(李箱)은 작품의 외적 이항대립의 구도를 통해 내면 세계의 무의식적 환상을 작품의 표면으로 끌어올리고 있다.

2. 자아의 분열과 존재의 이항대립

초현실주의나 모더니즘에서의 '현대성'이란 20세기라는 시대적 상황과 밀착되어 나타나는 정신 상황을 뜻한다. 이것은 흔히 지적되듯이 니이체적 상황, 일체의 의식적 사고는 무의식의 내용이라 할 충동의

가면이라고 주장하는 프로이트의 폭로, 의식이란 언제나 그 자체의 편향된 시각에서 세계를 봄으로 허위의 세계라고 설파하는 맑스의 허위의식의 개념, 곧 이데올로기의 허위성으로 대표된다고 볼 수 있다.

이처럼 20세기 이전까지 인간의 정신상황을 꿰뚫고 흐르던 합리적 사고방식의 허위를 독파하게 될 때 우리는 현대성이란 말과 조우하게 되었던 것이다. 따라서 이러한 정신적 상황은 하우저(A. Hauser)의 지적처럼 세기전환의 폭로학, 즉 폭로심리학의 측면에서 바라본 것을 의미한다고 볼 수 있다.[62]

이상(李箱) 문학의 현대성도 폭로심리학 측면에서의 자아에 대한 탐구에서 비롯되었다고 할 수 있다. 최재서에 의하면, 이것은 '내향적 타입'에서 비롯된 순의식의 세계로 작중자아의 신경과 감수성은 면도날같이 예민할 뿐만 아니라 자아분열적이라는 것이다. 그리고 현대인이 자기 자신에 대한 성실성과 날카로운 지성의 두 모순을 포용하고 있는 동안, 이 분열의 비극성은 성실하게 표현하는 외에 달리 처치할 도리가 없다고 보았다.[63]

이 문제와 관련하여 이상(李箱)은 자신 속에 또 하나의 비판적 자아를 설정해 놓고 있다. 이것은 현대인들이 겪고 있는 자아의 해체현상과 같은 의미를 지닌다. 그런 만큼 자의식은 분석적이고 도해된 모습으로 나타난다.

> 거울속에는소리가없오.
> 저렇게까지조용한세상은참없을것이오.

---

62) 이승훈, 『시론』, 고려원, 1983, 242면.
63) 최재서, 『최재서평론집』, 청운출판사, 1961, 195면.

거울속에도내게귀가있오.
내말을못알아듣는딱한귀가두개나있오.

거울속의나는왼손잽이오.
내握手를받을줄모르는－握手를모르는왼손잽이오.

거울때문에나는거울속의나를만져보지를못하는구료마는
거울이아니었던들내가어찌거울속의나를만나보기만이라도
했겠오.

나는지금거울을안가졌오마는거울속에는거울속의내가있오.
잘은모르지만외로된事業에골몰할께요.

거울속의나는참나와는反對요마는
또꽤닮았오.
나는거울속의나를근심하고診察할수없으니퍽섭섭하오.[64]

　인용한 시 「거울」을 통하여 이상(李箱)은 하나의 새로운 세상을 발견한다. 거울은 다만 빛의 반사에 의하여 비춰진 대상을 시각에 되돌려 주는 물건에 불과하지만, 따지고 보면 이 사실보다 더 경이로운 것도 없다. 그것은 지리상의 발견보다 더 놀라운 자아의 발견을 대동하고 있기 때문이다. 거울의 발명은 나르시스적 양면성으로 인간의 외면뿐만 아니라 내면에까지 깊이 접근한다. 거울 속에는 소리가 없다. 당연하다. 그러나 그것은 놀라운 일이다. 거울 속의 세상과 거울 밖의 세상이 같으면서도 다르다는 놀라움이다. 거울 속에도 한 세계가 있고, 저렇게까지 "조용한 세상은 참 없을" 것이라는 놀라움이다. 모든 상상

---

64) 「거울」, 『전집 1』, 187면.

력의 시작은 이러한 놀라움의 발견에 있다. 그리하여 이상(李箱)은 이 놀라움의 세계 속으로 뛰어든다.[65]

위에 인용한 시 「거울」의 중심 제재는 '거울'이다. 일반적으로 거울은 가장 인위적이자 정적인 사물이다. 그런 만큼 사물을 객관적이고 정확하게 투영할 수 있는 물건이다. 이것이 시적 제재로 쓰일 때는 자기반성과 밀접한 연관이 있다. 그러나 이 시에서 거울은 현실적 자아와 무의식적 자아가 만나는 공간이기도 하지만 그로 인하여 차단되는 단절의 벽이기도 하다. 이와 같은 이중의 상징적인 의미 가운데 작중 자아가 분석의 대상으로 삼고 있는 것은 후자이다.

'거울속의나'는 악수도 받을 줄 모른다. 더 나아가 현실의 나에게 위협적이고 위험할 수밖에 없는 '외로된사업'에 골몰하고 있다. 이것은 무의식적 자아는 현실의 자아와 단절되어 있을 뿐만 아니라 통제 불능의 상태임을 뜻한다. 나는 '거울속의나'와의 통합을 갈망하고 있지만 좌절의 양상으로 끝나는 것은 아니다. 이것이 동적 구조로 환치되었을 때 삶의 모든 질서를 파괴하는 불안의식과 초극할 수 없는 공포로 자리잡게 된다.

라깡(Jacques Lacan)은 초기 프로이트의 이론과 구조주의 언어학을 접목하여 새롭게 주체의 분열을 주장하였다. 그는 1956년에 '프로이트로의 회귀'를 구호로 하여 정신분석학적 이론과 실천을 심리학적으로 적용하였다. 여기에서 '프로이트로의 회귀'라는 말은 엄밀히 말해 프로이트가 이드라는 성적 충동에 일차성을 부여했던 후기의 프로이트가 아니라 의식과 다른 차원에서 무의식의 존재와 작용을 밝혀낸 초기의 프로이트를 의미한다. 즉, '이드/초자아/자아'라는 후기 프로이트

---

65) 김창근, 「만해시와 이상시에 나타난 시적 상상력 분석」, 『동의논집』 제7집, 1982. 12, 31면.

의 범주가 아니라 '의식/무의식'이라는 초기의 범주를 받아들이며, 후자의 범주가 프로이트 사상의 진정한 정신을 담고 있다고 보는 것이다.[66] 이를 통해 나온 "무의식은 언어처럼 구조화되어 있다"라는 라깡의 명제에서 우리는 프로이트와 언어학이 결합되고 있음을 볼 수 있다. 여기에서 라깡은 데카르트 이후 이성 중심적 사유방식으로 인해 감추어진 무의식적인 측면을 드러내고자 한다.

라깡은 이러한 무의식적 측면을 실행하기 위해 '거울단계'(mirror image)를 제시한다. 아이는 자신의 몸을 가눌 수는 없지만 거울에 비친 자신의 이미지를 총체적이고 완전한 것으로 가정한다. 이 형태는 정신분석용어로 '이성적 자아(idéal−eog)'라 불리는데, 이는 타자에 의해 보여짐을 모르는 객관화되기 이전의 '나'에 해당된다.[67]

이상(李箱)의 시 작품에는 '거울'을 모티브로 한 작품이 많이 나타난다. 이상(李箱)의 시에는 세 가지 자아가 존재한다. 그 하나는 본래적 자아이고, 그 둘은 거울 밖의 자아이며, 그 셋은 거울 안의 자아이다. 그런데 거울 밖의 자아와 본래적 자아는 동일시 되기가 일쑤이므로, 자칫하면 두 가지의 자아만이 이상(李箱)의 시에 존재하는 것처럼 생각하기 쉽다. 이상(李箱)의 시는 존재하는 거울 밖의 자아와 거울 안의 자아가 다음과 같은 다양한 관계를 형성한다.

---

66) 이는 프로이트의 정신을 살려 그의 텍스트를 새롭게 읽어 프로이트적 정신에 따라 해석된 프로이트를 다시 프로이트에게 되돌려 주자는 것이다. 이를 위해 라깡은 프로이트로서는 참조할 수 없었던 소쉬르와 구조언어학의 성과를 바탕으로 프로이트적 의미를 프로이트에게 되찾아 주려고 한다. 이로써 라깡은 정신분석학과 구조언어학을 접합하는 '라깡적 영역'을 확보하게 된다. (이진경, 「라깡 : 도둑맞은 편지, 도둑맞은 무의식」, 한국산업사회연구회, 『탈현대사상의 궤적』, 새길, 1995, 242~243면.)

67) J. Lacan, 『욕망이론』 (권택영 편역), 문예출판사, 1994, 15면 참조.

㉮ 거울 밖의 자아가 주체적 기능을 담당하고 거울 안의 자아가
　　대상적 기능을 담당하는 경우.
㉯ 거울 밖의 자아가 대상적 기능을, 거울 안의 자아가 주체적 기
　　능을 수행하는 경우.
㉰ 거울 밖의 자아와 거울 안의 자아가 각각 동시에 주체이면서
　　대상으로서의 기능을 수행하는 경우.[68]

　이상(李箱)의 거울 주제의 시 가운데 대표작이 되는「烏瞰圖 詩 第
十五號」의 첫 대목은 실제로 초상화 － 거울 속의 그가 이쪽 현실을
내다보며 하는 말처럼 들린다. "나는 거울 없는 내실에 있다. 거울 속
의 나는 역시 외출중이다. 나는 지금 거울 속의 나를 무서워하며 떨고
있다. 거울 속의 나는 어디 가서 나를 어떻게 하려는 음모를 하는 중일
까." 이상에게서는 일상의 모든 행동이 순수자아를 더럽히는 음모의
성격을 지닌 것으로 파악되었다. 소모성 질환을 앓는 환자였으며, 한
걸음을 내디딜 때마다 보이지 않는 눈의 감시를 의식해야 했던 이 식
민지 청년은 본질 자아의 회복이라는 생각에 과도하게 집착했다.「烏
瞰圖」밖의 시「異常한 可逆反應」에서는 "현미경 / 그 밑에 있어서
는 인공도 자연과 다름없이 현상되었다"고까지 쓴다. 자신을 그 세포
속으로까지 미세하게 파고 들어가면 본연의 자기가 편린으로나마 남
아 있으리라고 생각했던 것이다.[69]

1

　나는거울없는內室에있다. 거울속의나는역시外出中이다. 나는
至今거울속의나를무서워하며떨고있다.　거울속의나는어디가서

──────────
68) 정효구,『現代詩와 記號學』, 느티나무, 1989, 278면.
69) 황현산,「'오감도' 평범하게 읽기」,『창작과비평』1998 가을호, 348면.

나를어떻게하려는陰謀를하는中일까.

2

罪를품고식은寢床에서잤다. 確實한내꿈에나는缺席하였고義足을담은軍用長靴가더럽혀놓았다.

3

나는거울있는內室로몰래들어간다. 나를거울에서解放하려고. 그러나거울속의나는沈鬱한얼굴로同時에꼭들어온다. 거울속의나는내게未安한뜻을전한다. 내가그때문에圈圍되어떨고있다.

4

내가缺席한나의꿈. 내僞造가登場하지않는내거울. 無能이라도좋은나의孤獨의渴望者다. 나는드디어거울속의나에게自殺을勸誘하기로決心하였다. 나는그에게視野도없는들窓을가리키었다. 그들窓은自殺만을爲하는들窓이다. 그러나내가自殺하지아니하면그가自殺할수없음을그는내게가르친다. 거울속의나는不死鳥에가깝다.

5

내왼편가슴心臟의位置를防彈金屬으로掩蔽하고나는거울속의내왼편가슴을겨누어拳銃을發射하였다. 彈丸은그의왼편가슴을貫通하였으나그의心臟은바른편에있다.

6

模型心臟에서붉은잉크가엎질러졌다. 내가遲刻한내꿈에서나는極刑을받았다. 내꿈을支配하는者는내가아니다. 握手할수조차없는두사람을封鎖한巨大한罪가있다.[70]

위의 시는 「烏瞰圖 詩 第十五號」로 거울을 모티브로 쓰여졌다. 1

---

[70] 「烏瞰圖 詩 第十五號」, 『전집 1』, 49~50면.

연은 거울을 매개로 하여 '거울 속의 나'와 '거울 밖의 나'라는 대립구조의 양상을 띤다. '나'는 거울 없는 內室에 있다. '거울 속의 나'는 지금 "外出中"인데 '나'는 지금 "거울 속의 나를 무서워하며 떨고 있다." 그것은 '거울 속의 나'가 "어디 가서 나를 어떻게 하려는 陰謀를 하는 중"이기 때문이다. 즉, '거울 밖의 나'는 '거울 속의 나'를 무서움의 존재로 파악하고 있다. 어떤 대상에 대하여 무서움을 느끼는 것은 자아의 결핍에서 비롯된다. 이러한 자아의 결핍은 '內室'에 거울이 없음으로 '거울 속의 나' 또한 존재할 수 없음을 의미한다. 그에 따라 '거울 밖의 나' 또한 부재할 수밖에 없다. 이러한 자아의 결핍을 통해 이상(李箱)은 대상에 대한 두려움을 표현하고 있다.

인용 작품은 이상(李箱)의 거울이 어떤 기능을 하고 있는지 가장 선명하게 보여주는 작품이다. 이 작품 속의 화자인 '나'는 지금 '실내'에 있고, 그 속에서 '유리거울'을 마주하고 있다. 그는 이 유리거울을 통하여 자아가 분열돼 있음을 느낀다. 그런데 그는 자신이 거울을 통하여 발견한 자아를 보며, "무서워하며 떨고" 있고, "음모를 할까" 두려워하고, 그에게서 "우울한 얼굴"을 읽어낸다. 그는 자신이 거울을 통하여 인식한 자화상을 부담스러워한다.

결국 이것은 그가 "나는 무엇이며 누구인가"라고 끝까지 따라다니며 다그칠 때, 그 답은 나야말로 절망스럽고, 허무하고, 무의미하며, 두렵기만한 존재가 아니냐는 결론에 다다를 것이 분명하다. 내가 모든 것을 사물화시켜 버리고 세계와 진정한 교류를 할 수 없을 때, 그런 가운데서 나는 누구이며 무엇이냐고 다그쳐 물을 때, 그것도 사물화된 유리거울 앞에서 이런 질문을 던질 때, 그에 따른 대답은 앞서 말한 내용과 같은 것일 터이다.

위 인용작품 속의 화자인 '나'는 마침내 이러한 자화상이 부담스러워 그가 발견한 자아에게 자살을 권유한다. 그러나 문제는 자아탐구를 감행하는 '내'가 자살하지 않는 한, 그 거울을 통하여 발견한 자아 또한 사라질 수 없다는 것에 있다. 그럼에도 불구하고 작품 속의 화자인 '나'는 그가 발견한 거울 속의 자아를 향하여 권총을 발사한다. 하지만 이것은 불발로 끝나고 만다. "彈丸은그의왼편가슴을貫通하였으나그의心臟은바른편에있"기 때문이다. 그는 여기서 커다란 죄의식을 느끼며 영원히 평행으로 달릴 수밖에 없는 거울 밖의 자아인 자신과 거울 속의 자아의 이른바 탐구된 자아를 의식한다. 우리는 이로부터 실내에서, 그것도 사물화된 인공의 유리거울을 통하여 자아를 발견하고 더 나아가 탐구하겠다는 한 사람의 고통과 비극을 읽어낼 수 있다. 인간들이란 "나는 누구이며 무엇인가"라는 자의식을 가질 때부터 지울 수 없는 고통을 운명처럼 지고 산다. 그러나 이런 물음에 대한 답을 실내에서, 그것도 사물화된 유리거울 앞에서 구하고자 할 때, 그 고통은 훨씬 크고 그 결과 또한 더욱더 부정적일 확률이 크다.[71]

'거울 밖의 나'는 '罪를 품고' 잠을 잤다. 그런데 '거울 밖의 나'는 '내 꿈에 缺席'하였다. 내가 나의 꿈에 결석하였다는 것은 자신의 의지와 상관없이 꿈이 진행되었음을 의미한다. 자신의 의지가 없는 꿈의 진행은 타자에 의해 지배되었음을 의미한다. 그리고 내가 결석한 꿈은 '義足을 담은 軍用長靴'에 의해 더럽혀진다. 2연에서 자아가 자신의 꿈에 결석한다거나 군용장화가 꿈을 더럽힌다는 것은 '거울 밖의 나'가 핍박받고 있음을 의미한다. 이러한 핍박받는 자아는 1연에서 앞으로 행해질지 모르는 '거울 속의 나'의 '음모'에 무서워하는 것과 그 맥을 같이 한다고 하겠다.

---

71) 정효구, 「李箱 문학에 나타난 <사물화 경향>의 고찰」, 『개신어문연구』 제14집, 1997, 514~515면.

그러면서도 '거울 밖의 나'는 '거울이 있는 內室'로 몰래 들어간다. 왜냐하면 거울 속에서 '거울 밖의 나'를 '解放'시키기 위해서이다. 1연과 2연에서 대립적이던 '거울 속의 나'와 '거울 밖의 나'는 3연에 와서 화해의 틀을 모색한다. 즉, '거울 밖의 나'는 거울에서 자신을 해방시키기 위해 몰래 거울이 있는 내실로 들어갔다. 그러나 만나고 싶지 않았던 "거울 속의 나는 沈鬱한 얼굴로 동시에 꼭 들어온다." 그러면서 '거울 속의 나'는 '거울 밖의 나'에게 "未安한 뜻을 傳한다." 그것은 '거울 밖의 나'가 '거울 속의 나' 때문에 갇혀 있듯이 '거울 속의 나' 또한 '거울 밖의 나'로 인해 갇혀 있기 때문이다.

피안의 세계를 열망하게 되는 닫힌 공간에서의 자아는 지속적인 자살에의 열망으로 나타난다. 유희적 공간이 밀폐된 공간보다 훨씬 더 하강되고 침잠된 공간이라고 한다면, 피안의 공간은 분열된 공간보다 훨씬 더 파괴적이고 공격적인 양상으로 나타난다.

그러나 그의 밀폐된 공간이 현실 공간의 왜곡된 구조였던 것과 마찬가지로, 피안의 공간 역시 창조적 상상력이 발휘되어 자아 확대를 통한 진취적 힘이 작용되는 천상의 공간이 되지 못하고, 분열된 공간의 극심한 파괴 형태를 보여 주고 있는 죽음의 공간이 되고 만다.[72]

'거울 속의 나'와 '거울 밖의 나'는 서로가 서로를 가두고 있다. 이러한 서로의 구속에서 벗어나는 것은 죽음뿐이다. 그래서 '거울 밖의 나'는 '거울 속의 나에게 自殺을 勸誘'한다. 그렇지만 '거울 속의 나'는 '거울 밖의 나'가 자살하지 않으면 그도 자살할 수 없다고 한다. 이것은 1연과 2연에서 보였던 대립의 구조에서 합일의 구조로 나아감을 의미한다. 그 합일은 '거울 속의 나'와 '거울 밖의 나'가 자살, 즉 죽음으

---

72) 유재순, 「이상문학에 나타난 공간의식 연구」, 『호남어문학』 제2호., 1994, 172면.

로써 가능하다.

房거죽에極寒이와닿았다. 極寒이房속을넘본다. 房안은견딘다.
나는讀書의뜻과함께힘이든다. 火爐를꽉쥐고집의集中을잡아땡
기면유리窓이움푹해지면서極寒이혹처럼房을누른다. 참다못하
여火爐는식고차겁기때문에나는適當스러운房안에서쩔쩔맨다.
어느바다에 湖水가미나보다. 잘다져진房바닥에서어머니가생기
고어머니는내아픈데에서火爐를떼어가지고부엌으로나가신다.
나는겨우暴動을記憶하는데내게서는억지로가지가돋는다. 두팔
을벌리고유리창을가로막으면빨래방망이가내등의더러운衣裳
을뚜들긴다. 極寒을걸커미는어머니－奇蹟이다. 기침藥처럼따끈
따끈한火爐를한아름담아가지고내體溫위에올라서면讀書는겁이
나서곤두박질을친다.[73]

이 시는 방안과 방밖의 대립을 노래하고 있다. '방안'은 '화로'의 이
미지로, '방밖'은 '극한'의 이미지로 제시되었다. 이 시는 극한 속에서
식은 화로를 안고 '讀書', 곧 삶의 의미를 깨닫고자 하나 힘이 들고, 환
상 속에서 어머니가 더운 화로를 들고 들어와, 다시 독서를 시작하나
독서가 제대로 되지 않았다는 것을 내용으로 하고 있다. 이어령 교수
에 의하면, 이상(李箱) 시의 공간은 소설 「날개」에서처럼 '방안'과 '바
깥'의 두 세계의 대응성을 나타내고 있다. 이 시 역시 '바깥'의 추위가
'방안'을 위협하는 것으로 그 상징성을 획득하고 있다. 따라서 「화로」
는 '방안'으로 상징되는 자기내면의 실존성, 즉, '바깥' 추위를 막는 생
명을 표상한다고 하겠다.

門을암만잡아다녀도안열리는것은안에生活이모자라는까닭이

---

73) 「火爐」, 『전집 1』, 55면.

다. 밤이사나운꾸지람으로나를졸른다. 나는우리집내門牌앞에
서여간성가신게아니다. 나는밤속에들어서서제웅처럼자꾸만滅
해간다. 食口야封한窓戶어데라도한구석터놓아다고내가收入되어
들어가야하지않나. 지붕에서리가내리고뾰족한데는鍼처럼月光
이묻었다. 우리집이않나보다. 그러고누가힘에겨운도장을찍나
보다. 壽命을헐어서典當잡히나보다. 나는그냥門고리에쇠사슬늘
어지듯매어달렸다. 門을열고안열리는門을열려고.74)

위에 인용한 시 「家庭」에서 '나'와 '가정'은 단절된 상태에 있다.
'나'는 그 단절감에서 극복하고자 하나 여의치 않다. 이 시에서 보여주
고 있는 자기 기만의 허세는 결국 실패로 돌아가는 모습이 갈등으로
나타나고 있음을 볼 수 있다.

"門을암만잡아다녀도안열리는것은안에生活이모자라는까닭"으로
표현되어 있다. 이것은 자신의 열등감에 대한 보상심리로써 자기기만
이 시작되나 어쩔 수 없는 현실의 상황은 그의 시를 오히려 좌절로 이
끌어내리고 있음을 알 수 있게 한다. "밤"으로 환치된 현실과 그 밤이
꾸짓는 열등감의 보상문제, 자신의 가정에 대한 열등감은 "여간성가
신게아니다"라는 피해의식이 결국 자기기만의 허세로 등장되고 있다.
이는 자신을 속일 수 없는 이율배반적인 속성이 "門을열고안열리는門
을열려고"하는 절망적 현실인 것이다.

「家庭」에서 시적 자아는 심리적으로 폐쇄된 '門'에 투사되어 있다.
그래서 '밤'의 어두운 상징이 환각처럼 "나를 졸른다"라고 하는 강박
관념에 사로잡히게 된다. 이와 같은 시적 자아의 투사는 심리적으로
현실 생활 속에서 실현될 수 없는 상상적 세계를 작품 속에 상징형식
으로 이입시키는 자아실현의 원리에서 기인한다고 하겠다.

---

74) 「家庭」, 『전집 1』, 59면.

"生活이모자라는까닭에", "封해진窓戶 때문에" 자아는 한없이 어두운 음영 속에 유폐되어 있다. 이러한 대상에 대한 자아의 감정이 '門'이라고 하는 이미지로 상징화된 것이다. '문'은 이상의 시나 소설에서 특별한 의미를 갖는, 이를테면 하나의 '모티프'라고 해도 좋은 것이다.[75]

이상의 시에서는 초현실주의자들이 현실을 초월하는 수단으로써 창안했던 초현실주의 기법들이 다양하게 구사되었고 이를 통해 그의 초현실적 초월의 정신, 자유의 정신을 표현했다. 그런 의미에서 그의 시는 그를 억압하는 현실에 대한 반항이면서 그 현실을 극복하고자했던 초현실주의자의 꿈의 기록이라 할 수 있다.

1930년대 불행한 시대를 살다간 이상(李箱)의 시「烏瞰圖」는 대립의 양상으로 나타난다. 시「烏瞰圖」에서 이상(李箱)은 이항대립의 구도를 통해 합일의 내면의식을 표출하고 있다.

「거울」은 이상(李箱)으로 하여금 새로운 세상을 발견하게 한다. 일반적으로 '거울'은 사물을 객관적으로 정확하게 투영할 수 있는 대상이다. 이것이 시적 제재로 사용될 때는 자기반성과 밀접한 관련을 맺는다.

이상의 시「거울」은 현실적 자아와 무의식적 자아가 만나는 공간이기도 하지만 '거울'로 인하여 차단되는 단절의 벽이기도 하다. 작품「거울」에서 '거울 밖의 나'는 '거울 속의 나'를 무서움의 존재로 파악하고 있다. 어떤 대상에 대하여 무서움을 느끼는 것은 자아의 결핍에서부터 비롯된다. 이러한 자아의 결핍은 '내실(內室)'에 거울이 없음으로 '거울 속의 나' 또한 존재할 수 없음을 의미한다. 그에 따라 '거울

---

75) 홍경표, 「의미추상과 상징언어 – 이상 시와 김춘수 시의 의미해석 일단」, 『현대시논총』, 1982, 521~522면.

밖의 나' 또한 부재할 수밖에 없다. 이러한 자아의 결핍을 통하여 이상 (李箱)은 대상에 대한 두려움을 표현하고 있다.

「烏瞰圖 詩 第十五號」에서는 '거울 밖의 나'와 '거울 속의 나'가 대립의 구조로 설정되어 있다. '거울 밖의 나'는 현실적 자아로 볼 수 있으며, '거울 속의 나'는 이상적 자아로 파악할 수 있다. 이 두 자아는 대립의 구조 속에 있다가 다시 합일을 이룬다. 그 합일은 자살, 즉 죽음이다. 이상(李箱)에게 있어 죽음은 현실에서 해방될 수 있는 내면의식의 표출이다. 죽음은 단절이 아니라 현실의 극복을 의미하는 연속의 공간인 것이다.

「화로(火爐)」는 '방안'과 '방밖'의 공간을 대립의 구조로 분할하고 있다. '방안'은 '화로'의 이미지로 따뜻함을, '방밖'은 '극한'의 이미지로 제시되어 있다. 「화로(火爐)」에서 이상(李箱)은 '방밖'의 추위가 '방안'을 위협하는 것으로 그 상징성을 획득하고 있다. 그러므로 「화로(火爐)」는 '방안'으로 상징되는 내면의 실존성, 즉 '바깥'의 추위를 막는 생명성을 표상한다고 하겠다.

「가정(家庭)」에서 시적 자아는 심리적으로 폐쇄된 '문(門)'에 투사되어 있다. 시적 자아의 투사는 심리적으로 현실 생활 속에서 실현될 수 없는 상상적 세계를 작품 속에 상징 형식으로 이입시키는 자아 실현의 원리에서 기인한다고 하겠다.

이상(李箱)의 시는 초현실주의 기법들이 다양하게 구사되었고 이를 통해 초월의 정신, 자유의 정신을 표현하였다. 이상(李箱)의 시는 억압적 현실에 대한 반항이며 현실을 극복하고자 했던 꿈의 기록이라 하겠다.

Ⅲ. 주체의 일탈과 닫힌 공간

1. 내면의식의 흐름과 주체의 일탈

어느 시대, 어느 작가에게나 대두되는 문학의 영원한 주제는 '사랑'이다. 이는 인간의 삶 속에 '사랑'이라는 문제가 매우 다양하게 분포되어 있으며, 그 내부에 인생의 기본 골격을 내포하고 있기 때문이다. 인간에게는 생활의 기본적인 물질적 조건 외에 정신적인 차원의 애정이 있어야만 사람답게 살 수 있는 것이다.

이러한 의미에서 이상(李箱) 또한 애정의 문제를 등한시하지 않았다. 이상(李箱)은 그의 문학에서 끊임없이 대두되는 '애정'의 문제를 자아성찰로 확대시키는데, 특히 그는 소설 창작에 있어 '의식의 흐름'을 통하여 이 문제를 표현하고 있다.

이상(李箱)이 몸담았던 구인회의 다른 작가들은 연애에 있어서 그들이 공리성을 배제하고 개인의 감정과 인격을 중요시하고 여성을 온전한 인격으로서 인식했다는 점, 가부장제로부터의 탈피에 대한 전망을 남성과 여성의 화합과 단결에서 찾고 있다는 점 그리고 부권 중심 체계의 극복 양상으로 모권중심주의의 가능성을 제시하고 있다는 점에서 문화적 페미니즘에서 제기하고 있는 자기 결정과 자기 의존성, 이론성(남성과 여성)의 조화, 모권제의 비전에 근접하고 있다. 결국 구인회 작가들은 계몽주의적 페미니즘과 사회주의적 페미니즘을 벗어나 문화적 페미니즘의 가능성을 연 작가들이라 하겠다.[76]

그러나 이상(李箱)에게 있어 '애정'은 보편적이지 않다. 그것은 그

---

76) 이명희, 「'구인회' 작가들의 여성의식 – 김기림, 박태원, 이태준을 중심으로」, 『어문논집』 제6집, 숙명여대 국어국문학과, 1996.

가 경제적 자율성을 거세당했기 때문이다. 이상(李箱)에게 있어서 생활은 경제적 측면에서만 본다면 자립하지 못한 의존의 형태이다. 이러한 경제적 의존관계는 '애정'에 있어서도 다양한 양상으로 전이되어 나타난다.

> 또 거미. 아내는꼭거미. 라고그는믿는다. 저것이어서도로환투를하여서거미형상을나타내었으면 — 그러나거미를총으로쏘아죽였다는이야기는들은일이없다. 보통 발로밟아죽이는데신발신기커녕일어나기도싫다. 그러니까마찬가지다. 이방에 그외에또생각하여보면 — 맥이뼈를디디는것이빤히보이고, 요밖으로내어놓는팔뚝이밴댕이처럼꼬스르하다 — 이방이그냥거민게다. 그는거미속에가넓적하게드러누워있는게다. 거미내음새다. 이후덥지근한내음새는아하 거미내음새다. 이방안이거미노릇을하느라고풍기는흉악한내음새에틀림없다. 그래도그는안해가거미인것을 잘 알고 있다. 가만둔다. 그리고기껏게을러서아내 — 人거미 — 로하여금육체의자리 — (或, 틈)를주지않게한다.[77]

위에 인용한 작품 「지주회시」에서 '그'는 '아내'를 '거미'로 인식하고 있다. 현실적인 측면에서 보았을 때 무능하고 현실을 도외시한 '그'가 '아내'의 도움없이 생존할 확률은 거의 없다. 이러한 비현실적이고 무력한 주인공을 현실세계에 존립시키기 위해 작가는 그 반대적 속성이 강한 아내를 동반시키는 것이다. 여성들이 가정 속에 머물며 가사를 돌보는 것이 전부이던 1930년대 당시, 아내는 '그를 먹여살리'기 위해 카페에서 여급생활을 하며, 다른 남자들로부터 받은 화대로 생계를 잇는다.[78]

---

77) 「지주회시」, 『전집 2』, 298면.
78) 박선경, 『現代 心理小說의 精神分析』, 계명문화사, 1996, 76~77면.

그러면서도 경제적으로 사육 당하고 있는 '그'는 '아내'를 "총으로 쏘아 죽"이고 싶고 "발로 밟아 죽"이고 싶다는 충동을 느낀다. 또한 따지고 보면 '그'가 잠을 자는 방도 아내의 것이니 "이 방이 그냥 거미"라고 생각한다. 그래서 그 방을 나서고 싶지만 그는 잠자리에서 일어나기도 싫다. 그는 게을러서 "人거미"인 아내에게 육체의 자리를 주지 않아 아내는 방 밖에서 부스럭거리는 것이다. 즉, 주인공인 '그'는 '아내'를 애정의 대상으로 보고 있는 것이 아니라 죽이고 싶은 증오의 대상으로 인식하고 있다. 「지주회시」에서 '아내'는 당대 현실을 상징하는 전형적 인물이다. 그렇다면 '그'의 '아내'에 대한 증오는 '현실'에 대한 증오로 보아도 옳을 것이다. '그'가 '현실'에 대하여 증오를 느끼는 것은 결국, 경제성의 상실로 인한 '사회적 결핍'의 반영이다.

그런데 아이러니하게도 '그'는 증오의 대상인 '아내'와 부부라는 연을 계속 이으며 한울타리 안에서 살고 있다. 이상(李箱)은 '그'와 '아내'의 부부생활을 다음과 같이 서술하고 있다.

> 도무지그의머리에서 그 거미의어렵디어려운발들이사라지지않은데들은크리스마스라는한마디말은참서늘하다. 그가어쩌다가그의아내와부부가되어버렸나. 아내가그를따라온것은사실이지만 왜따라왔나? 아니다. 와서왜가지않았나─그것은분명하다. 왜가지않았나 이것이분명하였을때─그들이부부노릇을한지 ─년반쯤된때─아내는갔다. 그는아내가왜갔나를알수없었다. 그까닭에도저히아내를찾을길이없었다. 그런데아내는왔다. 그는왜왔는지알았다. 지금그는아내가왜안가는지를알고있다. 이것은분명히왜갔는지모르게아내가가버릴징조에틀림없다. 즉 경험에의하면그렇다. 그는그렇다고왜안가는지를일부러몰라버릴수도없다. 그냥아내가설사또간다고하더라도왜안오는지를잘알고있는그에게로불쑥돌아와주었으면하고바라기나한다.[79]

'人거미'인 아내와 그는 어쩌다가 부부가 되었다. 어쩌다가 부부가 된 것처럼 '그' 또한 어쩌다가 '아내'와 살고 있다. 사랑이 없는 결혼이란 정상적일 수 없다. 남녀가 만나 결혼하여 한 가정을 형성한다는 것[80]은 그 기저에 서로에 대한 애정이 자리잡고 있어야 함은 지극히 당연한 것이다. 그러나 '그'와 '아내'는 아무런 애정도 없이 어쩌다가 부부가 되었다. 또한 부부가 되어서도 일년 반쯤 지나서 '아내'는 '그'를 떠났다. 떠났다가 다시 돌아온 '아내'가 왜 안 가는지 '그'는 알고 있다. '아내'가 떠나지 않는 이유는 "왜 갔는지 모르게 아내가 가버릴 징조"를 그는 이미 알고 있기 때문이다.

「지주회시」에서 겉으로 보기에는 '그'의 '아내'에 대한 애정이 결여된 것처럼 보인다. 하지만 이상(李箱)은 결여된 것처럼 보이는 '애정'을 더욱 부각시키고 있다. 그것은 '그'가 '아내'에 대하여 너무나 잘 알고 있음을 아이러니하게 묘사한 것에서 알 수 있다. 이처럼 이들 부부의 '애정'은 '봄날 같이 따뜻한 크리스마스에 수염을 깎으라'고 권유하는 '아내'에게서도, 그런 '아내'의 의견을 수렴하여 수염을 깎고 방을 나서는 '그'에게서도 확인할 수 있다.

> 뚱뚱신사는바로그의아내가다니고있는카페R회관주인이었

---

79) 「지주회시」, 『전집 2』, 299면.

80) 가족은 그 가족이 처한 시대와 지역에 따라, 즉 시간과 공간에 따라 다양한 양상을 나타내는 것이 특징이다. 특히 근대에 이르러 가족 구조는 형태의 외적 변화뿐만 아니라 기능, 가족원의 역할에 이르기까지 급속도로 변화하고 있다. 이 과정에서 가정의 파괴나 혼란은 즉각적으로 전 사회의 혼란을 불러 일으키며, 그것은 형이상학적인 모든 것으로 파급되어 간다. 이 점에서 가족의 문제는 단순하게 한 가정의 문제에만 국한되지는 않는다. 이것은 그 시대의 정치, 경제, 사회, 문화 등 모든 문제를 포괄하는 총체성을 띤 갈등의 양상으로 나타난다. (최재석, 『한국가족연구』, 민중서관, 1970, 250~260면 및 김현·김윤식, 『한국문학사』, 민음사, 1977, 48~52면 참조.)

다. 아내가또온것 서너달전이다. 와서그를먹여살리겠다는것이었다. 빚「百圓」을얻어쓸때그는아내를앞세우고이뚱뚱이보는데타원형도장을찍었다. 그때유까다를입고내려다보던눈에서느낀굴욕을오늘이라고잊었을까. 그러나 그는 이게누군지도채생각나기전에어언간이뚱뚱이에게고개를수그리지않았나. 지금. 지금. 골수에스미고말았나보다. 칙칙한근성이 - 모르고그랬다고하면말이될까? 더럽구나. 무슨구실로변명하여야되나. 에잇! 에잇! 아무것도차라리억울해하지말자 - 이렇게맹서하자. 그러나그의뺨이화끈화끈달았다. 눈물이새큼새큼맺혀들어왔다. 거미 - 분명히그자신이거미였다. 물뿌리처럼야외들어가는아내를빨아먹는거미가 너자신인것을깨달아라. 내가거미다. 비린내나는입이다. 아니 아내는그럼그에게서아무것도안빨아먹느냐. 보렴 - 이파랗게질린수염자국 - 퀭한눈 - 늘씬하게만연되나마나하는형영없營養을 - 보아라. 아내가아내다. 아내아닐수있으랴. 거미와거미거미와거미나 서로빨아먹느냐. 어디로가나. 마주야웨는까닭은무엇인가.[81]

  '그'는 A취인점에서 '아내'를 앞세워 돈 百圓을 빌린 '뚱뚱이'를 만난다. 위에 인용한 인용문에서 '그'는 '뚱뚱이'를 보고 '아내'를 앞세워 돈을 빌릴 때 '뚱뚱이'에게 자신이 느꼈던 굴욕감을 토로하고 있다. 즉, '그'는 '뚱뚱이'가 "유까다를입고내려다보던눈에서느낀굴욕을오늘이라고" 잊을 수가 없다. 잊기는커녕 그 굴욕감은 이미 '그'의 "골수에스미고" 말았다. 그래서 '그'는 "뺨이화끈화끈달"아 오르고 있다. 마침내 '그'는 '아내' 앞에서 '뚱뚱이'에게 당한 굴욕감 때문에 "눈물이새큼새큼맺"힌다. 이처럼 무능한 자신의 모습 속에서 '그'는 자신이 '아내'를 빨아먹고 사는 '거미'임을 깨닫는다. 이러한 '그'의 깨달음은

---

81) 「지주회시」, 『전집 2』, 301면.

현실에 적응하지 못하고 떠도는 자신의 거세된 생활에 대한 반성이며, 거세된 생활의 회복이다.

'아내' 앞에서 '그'가 같은 남성으로서 '뚱뚱이'에게 느낀 굴욕감은 자신의 초라함[82]에서부터 비롯된다. '그'의 내면에 자리잡은 스스로의 초라함으로 인하여 '그'는 뺨이 화끈거리며 눈물을 흘릴 수밖에 없다. 결국, '그'는 '뚱뚱이'이와의 비교에서 열등감에 빠져 있으며, 경제성을 상실한 남성으로서의 좌절감에 젖어 있다.

그러나 이상(李箱)은 이러한 '그'의 열등감과 좌절감의 내면심리를 반어적으로 표출함으로써 '그'가 그것들을 극복할 수 있음을 암시하는 하나의 복선을 제시하고 있다. 그것은 '그'가 스스로 '아내'를 빨아 먹고 사는 '거미'로 인식하는 데에서 비롯된다. 여기서 '그'가 스스로 '아내'를 빨아먹고 사는 '거미'로 인식하는 것은 '그'의 '아내'에 대한 애정이 존재하기 때문에 가능하다. 이상(李箱)은 '그'의 '아내'에 대한 애정을 '연상 수법'을 통해 다음과 같이 묘사하고 있다.

　　도저히알아볼수없는이긩가망가한臾와그는어디서술을먹었다.　분명히아내가다니고있는R회관은아닌그러나역시그는그의아내와조금도틀린곳을찾을수없는너무많은아내들을보고소름이끼쳤다.　별의별세상이다.　저렇게해놓으면어떤것이어떤것인지—오—가는것을보면알겠군—두시에는남편노릇하는사람들이일일이영접하러오는그들여급의신기한생활을그는들어알고있다.　아내는마주오지않는그를애정을구실로몇번이나책망하였으나　들키면어떻게하려느냐—누구에게—즉—상대는보기싫은

82) 이같이 이상의 질투는 여성(아내 및 창녀)과의 관계나 친구와의 관계 등과 같은 횡적(또는 사회적) 관계뿐만 아니라 자손 및 조상과의 종적(또는 삶과 죽음에 걸린) 관계 모두에서 소외되고 박탈된 자의 존재 위치를 의미하는 것이다. (이경훈, 「질투의 수사학—이상 연구 8」, 『연세어문학』제30·31호 합집, 1992, 115면.)

넓적하게생긴세상이다. 그는이왔다갔다하는똑같이생긴화장품
－ 사실화장품의高하가그들을구별시키는외에는표난데라고는
영없었다 － 얼숭덜숭한아내들을두리번두리번돌아보았다. 헤헤
－ 모두 그렇게지 － 가서는방에서(참당신은너무닮았구려) － 그
러나내아내는화장품을잘사용하지않으니까 － 아내의파리한바
탕주근깨 － 코보다작은코, － 입보다얇은입 － (화장한당신이화
장안한아내를닮았다면?) － 「용서하오」 － 그러나아내만은왜그렇
게야위나. 무엇 때문에 (네罪) (네가모르느냐) (알지) 그러나이여
자를좀보아라. 얼마나이글이글하게살이알르냐잘쪘다. 곁에와
앉기만하는데도후끈후끈하구나. 吳의귓속말이다. 「이게마유미
야이뚱뚱보가 － 하릴없이양돼진데좋아좋단말이야 － 金알났는
게사니이야기알지(알지)즉화수분이야 － 하룻저녁에三원四원五
원 － 잡힐물건이없는데돈주는전당국이야 (정말?) 아 － 나의사랑
하는마유미든」 지금쯤은아내도저짓을하렸다. 아프다. 그의찌
푸린얼굴을얼른吳가껄껄웃는다.83)

‘오(吳)’와 술을 마시러 간 ‘그’는 그곳에서 “너무많은그의아내들”
을 만난다. 여급들의 생활을 통하여 ‘그’는 ‘아내’의 집 밖에서의 생활
을 미루어 짐작하고 있다. 여기서 ‘그’는 ‘아내’를 여급으로 인식하고
있다. 하지만 ‘그’는 ‘아내’를 여급으로 인식하면서도 화장한 다른 여
급들과 화장을 잘 하지 않는 ‘아내’ 사이에 차별성이 존재하고 있다고
말한다.

‘그’는 많은 여인들 중에서 자신의 아내만 야위어 가는 것에 대하여
“(　)”를 통하여 자문자답하고 있다. 즉, ‘그’는 “무엇때문에 (내罪) (네
가모르느냐) (알지)”라고 하며 자신 때문에 ‘아내’가 야위어 가고 있다
고 생각한다. ‘그’는 야위어 가는 ‘아내’를 생각하면서 눈 앞에 보이는

---

83) 「지주회시」, 『전집 2』, 305~306면.

여급들을 통해 "지금쯤아내도저짓을하렸다"라고 말하고 있다. '그'는 여급들의 행동에서 '아내'와 여급을 동일시하고 있다. '그'는 '아내'와 여급들을 동일하게 인식하면서도 여급이자 아내인 '그'의 '아내'에 대하여 "아프다"라고 감정을 밝히고 있다. '그'는 '아내'가 여급 생활을 할 수밖에 없는 현실을 아파하고 있다.

'그'의 '아내'에 대한 인식의 변화는 '그'가 '아내'의 부정한 생활을 확인하였다는 데에 그치지 않는다. '그'는 '아내'의 여급 생활이 자신의 무능함에서 비롯되었음을 깨닫고 '그'와 '아내'의 현실을 아프게 인식한다. 이러한 '그'의 인식의 변화는 경제적 의존관계 속에서 거미처럼 '아내'를 빨아먹고 사는 '그'에게는 자아의 상실을 의미한다.

이처럼 '그'는 자아의 상실 속에서 아내의 부정 사실을 확인하게 되는데, 여기서 '그'에게 아내의 부정 사실은 아무런 의미가 없다. 다만 많은 여급들이 수많은 아내들 같다고 말하는 것은 '아내'와 '여급'의 동일시가 아니라 '그'에게 '아내'는 세상에서 가장 특별한 존재임을 의미한다. 이렇게 본다면 「지주회시」에서 이상(李箱)은 '그'의 '아내' 가 도덕성을 상실한 것으로 서술하고 있는데 이것은 1930년대의 어둡고 험난한 현실의 대변일 뿐이다. 그렇기 때문에 '그'는 "하룻저녁에 三원四원五원"을 받으며 양돼지 같은 놈들에게 몸을 바치는 '아내'를 생각하면 얼굴을 찌푸릴 수밖에 없다.

> 양말 - 그는아내의양말을생각하여보았다. 양말사이에서는신기하게도밤마다지폐와은화가나왔다. 五十전짜리가딸랑하고방바닥에굴러떨어질   때든는그음향은이세상아무것도비길수없는가장숭엄한감각에틀림없었다. 오늘밤에는 아내는또몇개의그런은화를정강이에서배앝아놓으려나그북어와같은종아리에난돈자죽 - 돈이살을파고들어가서 - 고놈이아내의정기를속속들이

빨아내이나보다. 아-거미-잊어버렸던거미-돈도거미-그러
나눈앞에놓여있는너무나튼튼한쌍거미-너무튼튼하지않으냐.
담배를한대피워물고-참-아내야. 대체내가무엇인줄알고죽지
못하게이렇게먹여살리느냐-죽는것-사는것-그는천하다그
의존재는너무나우스꽝스럽다 스스로지나치게비웃는다.

그러나-두시-그황홀한동굴-房-을향하여걸음은빠르다.
여러골목을지나-롯야너는너갈데로가거라-따뜻하고밝은들
창과들창을볼적마다-닭-개-소는이야기로만-그리고그림
엽서-이런펄펄끓는심지를부여집고그화끈화끈방을향하여쏟
아지는듯이몰려간다. 전신의피-무게-와있겠지-기다리겠지
-오래간만에취한실없는사건-허리가녹아나도록이녀석-이
녀석-이엉뚱한발음-숨을힘껏들이쉬어두자. 숨을힘껏쉬어
라. 그리고참자에라. 그만아주미쳐버려라.[84]

돈 또한 '그'에게 있어서는 거미이다. "돈이살을파고들어가서-고
놈이아내의정기를속속들이빨아"먹는 거미일 수밖에 없다. 그러면서
도 '그'는 아내의 "양말사이에서는신기하게도 밤마다지폐와은화"가
나오는 것을 즐기고 있다. "五十전짜리가딸랑하고방바닥에굴러떨어
질때듣는그음향은이세상아무것도비길수없는가장숭엄한감각"이라고
생각하는 것은 '그'의 돈에 대한 집착을 의미한다.

이처럼 '그'의 돈에 대한 집착은 어디에서 비롯되는 것일까. 돈은
'그'에게 있어서 정상적인 삶에의 갈구이다. 자본주의 사회에서 돈은
남성성의 획득을 의미한다. 그렇다면 '그'에게 이러한 돈에의 집착은
"대체내가무엇인줄알고죽지못하게이렇게먹여살리"는 아내에 대한
집착으로 환원된다. 돈의 획득, 경제성의 획득은 아내에 대한 애정의
획득인 동시에 자아의 획득을 의미한다. 이러한 돈에 대한 집착은 다

---

84) 「지주회시」, 『전집 2』, 308~309면.

음에 인용한 부분에서도 나타난다.

> 술이점점더취하여들어온다. 그는이자리에서어떻다고차마입을벌릴정신도용기도없었다. 吳와뚱뚱주인이그의어깨를건드리며위로한다. 「다른사람이아니라우리A취인점전무야. 술취한개라니 그렇게만알게나그려. 자네도아다시피내일망년회에전무가없으면사장이없는것이상이야. 잘화해할수는없나」「화해라니누구를위해서」「친구를위하여」「친구라니」「그럼우리점을위해서」「자네가사장인가」그때뚱뚱주인이 「그럼당신의아내를위하여」 百원씩두번얻어썼다. 남은것이百五十원 − 잘알아들었다. 나를위협하는모양이구나 「이건동화지만세상에는어쨌든이런일도있소. 즉百원이석달만에꼭五百원이되는이야긴데꼭되었어야할五百원이그게넉달이었기때문에감쪽같이한푼도없어져버린신기한이야기요. (吳야내가좀치사스러우냐) 자이런일도있는데일개여급발길로차는것쯤이야팥고물이아니고무엇이겠소? (그러나吳야일없다일없다) 자나는가겠소왜들이렇게성가시게구느냐, 나는아무것에도참견하기싫다. 이술을곱게삭이고싶다. 나를보내주시오아내를데리고가겠고. 그리고는다마음대로하시오」[85]

이처럼 '그'의 돈에 대한 집착은 정상적인 삶에의 열망을 나타내기 위한 것이다. 돈에 대한 집착은 '그'의 의식의 회복을 의미하며 사회로의 환원을 뜻하는 것이다. 또한 "그황홀한동굴 − 房 − 을향하여걸음을 빠르"게 걷는 것은 닫혀 있는 공간의 개방을 의미하며, " − 와있겠지 − 기다리겠지 − "하고 아내가 자기를 기다려 주기 바란다. 아내가 기다리는 집으로의 귀가는 그에게 있어 거세된 생활의 회복을 의미하고, 아내의 애정을 기대하는 것이다. 이와 같은 현상은 「失花」에서도 그대로 나타나 있다.

---

85) 「지주회시」, 『전집 2』, 311면.

「先生님! 이 女子를 좋아하십니까-좋아하시지요-좋아요-
아름다운 죽음이라고 생각해요-그렇게까지 사랑을 받은-男
子는 幸福되지요-네-先生님-先生님 先生님」

(先生님 李箱 턱에 입 언저리에 아-수염 숱하게도 났다. 좋게
도 자랐다.)

「先生님-뭘-그렇게 생각하십니까-네-담배가 다 탔는데
-아이-파이프에 불이 붙으면 어떻게 합니까-눈을 좀-뜨세
요. 이야기는-끝났읍니다. 네-무슨 생각 그렇게 하셨나요.」

(아-참 고운 목소리도 다 있지. 十里나 먼-밖에서 들려오는
-값비싼時計소리처럼 부드럽고 正確하게 潤澤이 있고-피아니
시모-꿈인가. 한시간 동안이나 나는 스토리-보다는 목소리를
들었다. 한 시간-한 시간같이 길었지만 十分-나는 졸았나? 아
니 나는 스토리-를 다 외운다. 나는 자지 않았다. 그 흐르는 듯
한 연연한 목소리가 내 感官을 얼싸안고 목소리가 갔다.)

꿈-꿈이면 좋겠다. 그러나 나는 잔 것도 아니요 또 누웠던 것
도 아니다.[86]

위에 인용한 「失花」에서 '나'는 姸이와 사이가 나빠져 동경에 와 있
다. '나'는 동경 C孃의 방에서 C孃으로부터 소설이야기를 듣고 있다.
그러나 '나'는 C孃의 이야기를 들으면서 서울에 있는 姸이를 계속 생
각하고 있다. 비록 서울에 있을 때 姸이의 부정 사실을 알게 되어 일본
에까지 오게 되었지만,[87] '나'는 계속해서 姸이를 사랑하고 있고, C孃

---

86) 「실화」, 『전집 2』, 358~359면.

87) 사노 마사히토(佐野正人)는 「구인회 멤버의 일본유학 체험」이라는 글에서 구인회
의 핵심 멤버인 정지용, 김기림, 이상을 중심으로 그들의 일본유학 체험을 서술하
고 있다. 그에 의하면 김기림과 정지용의 경우 일본에서의 유학 생활은 문학적으
로 수확을 가져다 주었다고 한다. 김기림의 새로운 사조의 흡수와 정지용의 시적
개화는 개인적인 차원의 문학적 수확이라 할 수 있다. 그렇게 본다면 식민지라고
하는 한계 상황에서의 일본유학이 그들에게는 개인적으로 풍부한 체험을 통한 문
학적 수확이라 할 수 있다.

의 목소리를 들으며 "아ー참 고운 목소리도 다 있지"라고 姸이를 상기한다. 현실에서 듣는 목소리는 C孃의 것이지만, '나'의 내면에는 姸이의 목소리가 환청처럼 들리고 있는데 이것을 이상(李箱)은 몽타주의 기법으로 묘사하고 있다.

이처럼 "十里나 먼ー밖에서 들려오는ー값비싼 時計소리처럼 부드럽고 正確하게 潤澤이 있고ー피아니시모"같은 환청이 들리는 것은 '나'의 내면에 姸이에 대한 사랑이 존재하고 있음을 암시하고 있는 것이다.

> (가)「당신의 텁석부리는 말(馬)을 聯想시키는구려. 그러면 말 아! 다락같은 말아! 貴下는 점잖기도 하다만은 또 貴下는 왜 그리 슬퍼 보이오! 네?」(이놈은 無禮한 놈이다)
>
> 「슬퍼? 응ー슬플밖에ー二十世紀를 生活하는 데 十九世紀의 道德性 밖에는 없으니 나는 永遠한 절름발이로다.」[88]
>
> (나) 佛蘭西말의 리듬은 C孃의 언더ー더 워취 講義처럼 曖昧하다. 나는 하도 답답해서 그만 울어 버리기로 했다. 눈물이 좔좔 쏟아진다. 나미꼬가 나를 달랜다.
>
> 「너는 뭐냐? 나미꼬? 너는 엊저녁에 어떤 마찌아이에서 방석을 비고 十五分동안ー아니 아니 어떤 삘딩에서 아까 너는 걸상에 포개앉았었느냐 말해라ー헤헤ー飮碧亭? N삘딩 바른 편에서부터 둘째 S의 사무실? (아ー이 주책 없는 李箱아

반면 이상(李箱)은 1936년 10월 동경에 도착해서부터 일본에 대한 심각한 실망감을 입었다. 동경에서의 짧은 기간 동안 「종생기」, 「봉별기」, 「권태」 등을 집필한 배경에는 이상(李箱)이 동경에서 문학적 '재생'을 꿈꾸었을 것이라 짐작된다. 이상(李箱)에게 있어서 동경 또는 일본유학은 '근대'와 직결되는 것으로 여겨졌다. 그러나 그에게 동경체험은 '근대'와는 동떨어진 껍데기 뿐이었다. (佐野正人, 「九人會メンバーの日本留學體驗ー鄭芝溶, 金起林, 李箱の場合をめぐってー」, 『인문과학연구』 제4호, 전주대 인문과학종합연구소, 1998, 65~66면 참조.)

88) 「실화」, 『전집 2』, 368면.

東京에는 그런 것은 없읍네) 계집의 얼굴이란 다마네기다. 암만 베껴 보려므라. 마지막에 아주 없어질지언정 正體는 안 내놓으니」[89]

위에 인용한 (가)에서 이상(李箱)은 20세기를 생활하는 데 19세기의 도덕성 밖에는 없는 자신을 영원한 절름발이라고 슬퍼하고 있다. 20세기를 살기 위해서는 20세기의 도덕성이 필요한 것이지 19세기의 도덕성을 갖고 있으니 슬픈 것이다. 즉, C孃의 소설 이야기 중에서 완전한 사랑은 "죽음"이라고 암시하고 있듯이 20세기에는 사랑을 앞세워야 한다는 것이다. 19세기적 도덕이나 윤리를 앞세워 姸이의 부정을 사랑으로 감싸 안지 못하는 '나'는 그래서 "永遠한 절름발이"일 수밖에 없다.

(나)에서 니미꼬와 Y군이 四次元世界의 테미를 佛蘭西말로 회화한다고 해서 '내'가 답답해하며 울 이유는 없다. 그런데 '나'는 답답하여 눈물을 쫄쫄 흘리고 있다. '나'는 달래는 나미꼬를 보면서 姸이의 부정 장소인 '飮碧亭, N빌딩, S의 사무실' 등을 상기하고는 자신의 주책없음을 깨닫는다. 이렇게 답답해하거나 눈물을 흘리는 것, 또 자신의 주책없음을 깨닫는 것은 姸이에 대한 그리움이 절실함을 확인하는 작업인 것이다. 그리고 계집이란 다마네기 같아서 아무리 그 속을 보려 하여도 끝내는 정체를 보여주지 않는다고 말하고 있다.

이것은 비밀의 실체를 추구하기 위한 姸이의 감정을 '나'가 이해한다는 것으로 보아도 좋을 것이다. 이 부분에서 이상(李箱)이 말하고자 하는 비밀의 정체가 분명해진다. 그것은 姸의 부정에 대한 폭로 그 자체가 아니다. 그 보다는 姸이 서울에서 보낸 편지의 공개를 통하여 그

---

89) 「실화」, 『전집 2』, 369면.

녀가 아직도 자신의 끈끈한 애정의 테두리에서 벗어나지 못하고 있음을 환기시켜 놓고 있는 것이다. 이것을 바꾸어 말하면 주인공은 姸과의 애정관계에서 실패하지 않았으며 감정적으로 자신의 소유라는 점을 단적으로 입증하는 것이다.[90)]

그러나 이상(李箱)은 여인과의 통속적인 사랑만을 노래한 것은 아니다. 그의 사랑의 근저에는 인류애가 바탕을 이루고 있다. 작품 「休業과 事情」에서 이상(李箱)은 "德不孤 必有隣(『논어』(論語) 이인편(里仁篇)에 나오는 말. 덕있는 사람은 외롭지 않나니 반드시 이웃을 갖는다는 뜻)"[91)]을 제시하여 이웃사랑을 이야기하고 있다. 「休業과 事情」에서 '보산'은 그의 이웃사람인 'SS'와의 관계가 원만하지 못하다. 그들의 관계는 서로 얼굴도 맞대기 싫을 정도로 감정이 악화되어 있다. 그러나 "德不孤 必有隣"이라는 논어의 문구를 삽입함으로 인하여 '보산'과 'SS'가 화해하고 친해질 수 있는 복선을 깔고 있는 것이다.

> 가만가만히들려오는 노래소리는 분명히SS의노래소리에틀림없는데아마SS도저렇게밤을낮으로삼아서지내는가 그러면SS도음양의좋은이치를터득하였단말인가아니다. 그따위뚱뚱보SS의나쁜뇌를가지고는도저히 그런것을깨달아낼수가있다고는추측되지않는일이다. 저것은분명히SS의불섭생으로말미암아일어나는불면증이다. 병이다잠이아니오니까 저렇게청승스럽게일어나앉아서 가장신비로운것을보기나하듯이노래를부르고있는 것이다. 그러나그것은그렇다고하여두겠지만 아까낮에들리던개선가의SS의목소리는들을수없을만치 지저분히흉한것이었음에반대로 이밤중의SS의목소리의무엇이라고저렇게아름다움이여 하고보산은감탄하지아니할수없었을만치 - (중략) - 보산이그래도

90) 김진석, 『한국 심리소설 연구』, 태학사, 1998, 108~109면.
91) 「휴업과 사정」, 『전집 2』, 162면.

> SS의노래소리에   이렇게도감격하고있는것은공연히여태까지가
> 지고오던   SS에대한경멸감과우월감을일시에무너드려버리는것
> 이되고말지나않을까 그것이퍽불안하면서도 보산은가만히SS의
> 노래소리에 귀를기울이고앉아있다.92)

　　고요한 밤 3시에 들려오는 'SS'의 노래 소리를 들으면서 '보산'은 새
벽까지 깨어 노래를 부르는 'SS'와의 동질감을 느낀다. 또한 'SS'의 노
래를 들으며 그의 목소리의 아름다움에 감탄하고 있다. 그 동안 'SS'에
대한 경멸감과 우월감이 일시에 무너져 버리는 것을 불안해 하면서도
'보산'은 'SS'의 노래 소리에 귀를 기울이고 있다. 이것은 침을 뱉는 더
러운 행동을 했던 'SS'에 대한 감정의 회복 과정이라 볼 수 있다.

> 　　보산의그림자는보산을닮지아니하고 대단히키가작고똥똥하
> 다느니보다도 똥똥한것이 거의SS를닮았구나불유쾌한일이로구
> 나 왜하필그까짓뇌가 나쁜똥똥보SS를 닮는단말이냐 그렇지만
> 똥똥한것과 통통한것은대단히다른것이니까 하필닮았다고 말할
> 것도아니니까 그까짓것은아무래도좋지않으냐하더라도 왠일로
> 이렇게SS의목소리가아름다울까하고　보산은그SS가매어달리기
> 만하면반드시이마당에다대고 춤을배앝는 불결한들창이있는 담
> 밑으로가까이가서가만히　그쪽SS의방노래소리가흘러나오는것
> 이 과연여기인가아닌가하고 자세히엿들어보아도 분명이노래소
> 리가나오는곳은여기인데93)

　　'보산'에게 있어 'SS'의 존재는 침만 뱉지 않으면 있으나 마나 한 존
재이다. 하지만 '보산'은 'SS'의 노래 소리를 듣고 그 아름다움에 흠뻑

---

92)「휴업과 사정」,『전집 2』, 156~157면.

93)「휴업과 사정」,『전집 2』, 157면.

취해 있다. '보산' 자신의 그림자가 "뚱뚱한 것이 거의 SS를 닮"은 것은 '보산'과 'SS'의 동일시를 의미한다. 이러한 '보산'과 'SS'의 동일시는 '보산'에게 있어 자아의 획득을 의미한다.

> 아내에게 내객이 있는 날은 이불 속으로 암만 깊이 들어가도 비 오는 날 만큼 잠이 잘 오지는 않았다. 나는 그런 때 아내에게는 왜 늘돈이 있나 왜 돈이 많은가를 연구했다.
> 내객들은 장지 저쪽에 내가 있는 것은 모르나보다. 내 아내와 나도좀 하기 어려운 농을 아주 서슴지 않고 쉽게 해 던지는 것이다. 그러나 내 아내를 가운데 서너사람의 내객들은 늘 비교적 점잖았다고 볼수 있는 것이 자정이 좀 지나면 으레히 돌아들 갔다. 그들 가운데는 퍽 교양이 옅은 자도 있는 듯 싶었는데 그런 자는 보통 음식을 사다먹고 논다. 그래서 보충을 하고 대체로 무사하였다.
> 나는 우선 내 아내의 직업이 무엇인가를 연구하기에 착수하였으나 좁은 시야와 부족한 지식으로는 이것을 알아 내이기 힘이 든다. 나는 끝끝내 내 아내의 직업이 무엇인가를 모르고 말려나 보다.[94]

위에 인용한 작품 「날개」에서 아내의 방과 내 방 사이는 장지로 막혀 있다. 이처럼 장지로 막혀 있는 '아내의 방'과 '내 방'은 서로 다른 공간적 의미를 갖는다.[95] '나'는 내객이 들은 날은 잠을 잘 수가 없다.

---

94) 「날개」, 『전집 2』, 325~326면.

95) 닫힌 공간과 열린 공간은 더 세분할 수 있다. 세분할 때 이분법적 공간의 컨텍스트가 그 형체를 드러낸다. 서술자의 방은 가운데 장지를 중심으로 나뉘어 있고, 따로 출구가 없는 이 방은 아내의 방을 반드시 거쳐야 나오고 들어갈 수 있다. 아내는 서술자의 절대적인 공간에 개입해서 서술자의 삶을 에워싸고, 공간을 차단한 존재다. 따라서 닫힌 공간은 아내의 존재와 분리해서 생각할 수 없다. 아내는 전통과 현대가 뒤섞인 존재다. (송창섭, 「상징 날개와 욕망 트럭(1) ─ 이상의 '날개'

'나'가 아내의 방에 내객이 들은 날 잠을 잘 수 없는 것은 아내에 대한 사랑은 차치하고라도 아내의 방에서 일어나고 있는 상황들에 대한 강한 불만의 표현이다. 이것은 남성의 보호본능일 것이다. 이러한 불만을 나는 아내로 인하여 사육된다는 현실적 상황 때문에 제대로 표출하지도 못한다. 다만 이불을 뒤집어 쓰고 잠을 자려 하나 그도 여의치 않아 '나'는 관심을 아내의 돈으로 돌린다.

「날개」는 관계의 파탄을 보여주는 단편적 내용으로 사회의 전체적 정황을 환기시키기 위해, 최소한 두 가지 기법을 사용하고 있다. 하나는 사회의 근원적 모순을 암시적으로 드러내는 상황을 선택하여, 다시 그 공간적 배경을 상징적으로 설정한 점이다. 「날개」에서 아내와 '나'의 왜곡된 관계는 이 소설의 핵심적인 내용을 구성하며, 그것은 전체 사회의 모순을 암시하는 기능을 갖는 것으로 생각된다. 부부관계는 가장 기초적인 사회적 관습인데, 「날개」에서는 주인공이 그 관계를 가장 신뢰하고 있음에도 불구하고('나는 이만큼까지 내 아내를 소중히 생각한 것이다.') 결국 그 관계의 모순을 인정하지 않으면 안되는 상황('우리 부부는 숙명적으로 발이 맞지 않는 절름발이인 것이다')을 보여주고 있다.

이 소설의 전개는 플롯이 결말을 향해 발전되어 가는 계기적 순간들마다 아내와 '나'의 관계의 모순이 점차 분명히 폭로되는 장면이 삽입되고 있다. 그래서 '나'는 결국 아내와의 관계가 근원적으로 잘못된 것임을 깨닫고 발길을 돌릴 곳을 잃어버리게 된다. 이러한 모순의 인식은 은연중에 제반 사회적·인간적 관계의 파탄을 암시하는 것으로 해석될 수 있다.[96]

와 김기덕의 '나쁜 남자'」, 내러티브 제6호, 2002, 187면.)

96) 나병철, 「'날개'에 나타난 현대성과 현실성」, 『연세어문학』 제19집, 1986. 12,

작품 「날개」에서 '나'는 경제적으로 거세된 비현실적 인간으로 그려져 있다. 그러나 '나'는 장지 저쪽(아내의 방)에서 일어나는 모든 일에 신경을 곤두세우고 있다. 그것은 '나'의 '아내'에 대한 관심과 사랑 때문에 가능한 일이다.

어느날 나는 고 벙어리를 변소에 갖다 넣어 버렸다. 그때 벙어리 속에는 몇푼이나 되는지도 모르겠으나 고 은화들이 꽤 들어 있었다.

나는 내가 지구 위에 살며 내가 이렇게 살고 있는 지구가 질풍신뢰의 속력으로 광대무변의 공간을 달리고 있다는 것을 생각했을 때 참 허망하였다. 나는 이렇게 부지런한 지구 위에서는 현기증도 날 것 같고 해서 한시 바삐 내려 버리고 싶었다.

이불 속에서 이런 생각을 하고 난 뒤에는 나는 고 은화를 고 벙어리에 넣고 넣고 하는 것조차가 귀찮아졌다. 나는 아내가 손수 벙어리를 사용하였으면 하고 희망하였다. 벙어리도돈도 사실에는 아내에게만 필요한 것이지 내게는 애초부터 의미가 전연 없는 것이었으니까 될 수만 있다면 그 벙어리를 아내는 아내 방으로 가져갔으면 하고 기다렸다. 나는 내 아내 방으로 가져다 둘까 하고 생각하여 보았으나 그 즈음에는 아내의 내객이 원체 많아서 내가 아내 방에 가 볼 기회가 도무지 없었다. 그래서 나는 하는 수 없이 변소에 갖다 집어넣어 버리고 만 것이다.

나는 서글픈 마음으로 아내의 꾸지람을 기다렸다. 그러나 아내는 끝내 아무 말도 나에게 묻지도 하지도 않았다. 않았을 뿐 아니라 여전히 돈은 돈대로 내 머리맡에 놓고 가지 않나? 내 머리맡에는 어느덧 은화가 꽤 많이 모였다.[97]

145~146면.
97) 「날개」, 『전집 2』, 328면.

내객이 다녀간 날 '아내'는 '나'에게 은화를 준다. '나'는 내객들이 '아내'에게 돈을 놓고 가는 것이 풀 수 없는 의문인 것처럼 '아내'가 '나'에게 주는 은화 역시 의문이다. 하지만 '나'는 '아내'가 주는 은화에 흥미를 느끼지 못한다. 다만 '나'는 '아내'가 사다 준 벙어리 저금통에 은화를 집어 넣을 뿐이다. 그런데 '나'는 의미 없이 은화를 넣기만 하던 벙어리 저금통을 변소에 버리는데 이러한 행위는 나에게 생긴 심경의 변화를 의미한다. '나'는 벙어리 저금통을 아내의 방에 갖다 놓으려 하였으나 아내의 방에는 "내객이 원체 많아서" 갖다 놓을 수 없었다고 변명하고 있다. 그래서 나는 벙어리 저금통을 "하는 수 없이 변소에 갖다 집어넣어 버리고 만"다. 그리고는 '아내'의 꾸지람을 기다리고 있다.

'아내'의 꾸지람을 예상하고서 그러한 행동을 한 것은 '나'에게 있어서는 커다란 변화이다. 일종의 자기 영역을 확보하기 위한 시위인 것이다. '아내'의 경제성 확보라는 미명 아래 행해지는 부정의 현실들을 '나'는 아파하고 있다. '아내'는 그러한 사실을 너무나 잘 알고 있다. 그래서 '아내'는 "꾸지람을 기다리"는 '나'에게 아무 말도 묻지도 하지도 못하는 것이다. 할 말이 없는 것이다. 그리고는 다시 '아내'는 '나'에게 돈을 주기 시작한다. 여기서 돈은 자본주의를 상징하며, 자본주의에서 돈의 노예가 된 '나'와 '아내'를 통하여 돈 앞에서 인간은 어떠한 부도덕한 행위나 비인간적 가치관도 용납될 수 있음을 역설하고 있다. 즉, 자본주의에 대한 강한 불만을 폭로한 것으로 볼 수 있다.

이상(李箱)이 자신의 1인칭 스타일을 파격적이라고 생각했다면, 그 파격성은 바로 염상섭 류의 것과 같은 객관성 확보를 위한 사실주의적 기법을 낡은 것이라고 보았다는 데 있을 것이다. 「날개」의 서두가 확실히 암시하고 있는 만큼, 이상(李箱)은 모더니즘을 앞서간다고 생각한 작가다. 이것이 착각이었는지의 여부에 관계없이, 이상(李箱)은 최 재서가 평가했듯이 전통 양식을 벗어난 실험적 양식을 시도했던 작가다. 그런데 서술자는 근대적 공간 안에 살면서 근대적 공간을 성립시키는 사회적 요소들에 익숙하지 않은 자아의 모습을 보여준다. 형식상으로 근대를 앞질러간다는 실험정신의 소유자가 정작 근대적 삶의 물질적 조건에는 낯설어한다는 이율배반적 모순에 「날개」의 비밀이 담겨 있다.[98]

이상(李箱)은 그의 문학에서 끊임없이 대두되는 '애정'의 문제를 자아성찰로 확대하였다. 특히 그는 소설 창작에 있어서 '의식의 흐름'을 통하여 '애정'의 문제를 표현하고 있다.

「지주회시」에서 '아내'는 당대 현실을 상징하는 전형적 인물이다. 그렇다면 '그'의 '아내'에 대한 증오는 '현실'에 대한 증오로 보아야 옳을 것이다. '그'가 '현실'에 대하여 증오를 느끼는 것은 결국, 경제성의 상실로 인한 자아의 '사회적 결핍'을 의미한다고 하겠다. 「지주회시」에서 이상(李箱)은 '그'의 '아내'가 도덕성을 상실한 것으로 서술하고 있지만 사실은 1930년대의 어둡고 험난한 현실의 대변일 뿐이다.

이러한 현실에 대한 불만은 '그'의 돈에 대한 집착으로 나타난다. '돈'은 '그'에게 있어서 정상적인 삶에의 갈망이다. 자본주의 사회에서 돈은 남성성의 획득을 의미한다. 이러한 돈에의 집착은 '아내'에 대한 집착으로 환원된다. 돈의 획득, 경제성의 획득은 아내에 대한 애정의 획득인 동시에 자아의 획득을 의미한다.

심리소설은 작중 인물의 내면에 흐르고 있는 무의식을 형상화한다.

---

98) 송창섭, 「상징 날개와 욕망 트럭(1) ─ 이상의 '날개'와 김기덕의 '나쁜 남자'」, 『내러티브』 제6호, 2002, 183~184면.

그러한 형상화에 있어서 내적 독백과 시간과 공간의 몽타주 기법 등은 혼용되어 나타난다. 이것은 통속적인 연애를 포함하여 이웃 사랑과 당대의 현실적 아픔까지도 껴안으려는 시도이다. 다시 말해서 이상(李箱)의 애정은 현실인식의 또 다른 방법이며, 자아의 획득 과정에 있다고 할 수 있다. 이것을 이상(李箱)은 심리소설의 기법을 이용하여 작품에 나타내고 있다.

2. 폐쇄적 공간과 의식의 절멸화

시간을 이해하지 않고는 삶과 죽음, 신과 우주 등 인간의 근원적인 물음에 답을 제공하기란 심히 어렵다는 것은 주지의 사실이다. 시간의 정의는 단순히 시간이란 무엇인가 하는 문제에만 국한되지 않는다. 그것은 인간이란 무엇인가, 우주란 무엇인가, 죽음이란 무엇인가 등 형이상학적인 문제들과 직접 또는 간접으로 연관되어 있다. 그래서 많은 사람들이 시간에 대한 문제는 철학자나 사상가들이나 연구하는 어렵고 까다로운 것이라고 접근을 꺼려 왔다. 그러나 시간이란 무엇인가 하는 풀기 어려운 문제를 생각하는 사람은 단순히 시간은 시계로 재는 것이라고 생각하는 사람보다 이 문제에 대하여 이해가 깊은 것은 사실이다.

이상(李箱)의 소설에 등장하는 남성은 앞에서 언급했듯이 남성적 활동성이 거세되어 있고 사회적으로 쓸모없는 인간 즉, 잉여인간으로 서술되어 있다. 「지주회시」에서 주인공인 '그'는 경제적 바이얼리티를 상실한 무능한 인간으로 그려지고 있다. 이러한 인간적인 활동성의 거세는 '그'에게 있어 시간이 남아도는 것에서부터 시작된다. 남성으로서 사회적 활동의 거세는 시간의 불필요성을 의미한다.

그러니까아내는대답할일이생기지않고 따라서부부는식물처
럼조용하다. 그러나식물은아니다. 아닐뿐아니라여간동물이아
니다. 그래서그런지그는이귤궤짝만한방안에무슨연줄로언제부
터이렇게있게되었는지도무지기억에없다. 오늘다음에오늘이있
는것. 내일조금전에오늘이있는것. 이런것은영다지지않기로하
고 그저 얼마든지 오늘 오늘 오늘 오늘 헐일없이눈가린마차말의
동강난視야다. 눈을뜬다. 이번에는 생시가보인다. 꿈에는생시를
꿈꾸고생시에는꿈을꿈꾸고 어느것이나재미있다. 오후네시. 옮
겨앉은아침 - 여기가아침이냐. 날마다다. 그러나물론그는한번
씩한번씩이다. (어떤巨大한母체가나를여기다갖다버렸나) - 그
저한없이게으른것 - 사람노릇을하는체대체어디얼마나기껏게
으를수있나좀해보자 - 게으르자 - 그저한없이게으르자 - 시끄
러워도그저모른체하고게으르기만하면다된다. 살고게으르고죽
고 - 가로대사는것이라면떡먹기다. 오후네시, 다른시간은다어
디갔나. 대수냐. 하루가한시간도없는것이라기로서니무슨성화
가생기나.99)

이상(李箱)에게 있어서 시간은 객관적인 시간이 아니고, 주관적 시
간만 존재한다. 그래서 그는 "오후네시, 옮겨앉은아침 - 여기가 아
침"이라고 생각한다. 또한 눈을 뜨고서도 "꿈에는생시를꿈꾸고생시
에는꿈을꿈꾸고 어느것이나재미있다"고 여긴다. 이렇게 시간을 잊어
버렸다는 것은 삶이 무의미하다는 것이다. 삶을 무의미하게 여기는 사
람은 종래에는 "살고게으르고죽고"마는 것이다. 그래서 "하루가한시
간도 없"어도 아무런 상관이 없다.

하루가 한시간이 없어도 아무런 상관없는 이상(李箱)에게 시간의
부재는 잉여된 삶을 의미한다. 이러한 잉여된 시간을 '그'는 잠으로 보

---

99) 「지주회시」, 『전집 2』, 297면.

낸다. 그래서 그에게 '잠'은 남아도는 시간으로부터의 도피이다. '잠'은 인간에게 내일을 위한 활력소를 제공하는 휴식의 시간이 되어야 한다. 하지만 '그'에게는 생활을 위한 재충전의 시간이 필요가 없다. 왜냐하면 '그'에게는 생활이 없기 때문에 시간이 필요 없으며, 필요 없는 시간을 '잠'으로 보낸다. 그래서 '그'에게 있어서 '잠'은 현실을 도피한 시간인 것이다.

작품 「날개」에서 정오의 객관적 시간은 주인공이 갖고 있는 주관적인 시간의식과 대립되는 시간이다. 주인공은 자신의 정신적 버릇에 의해 습성적으로 주관적인 시간에 몰두하게 되므로 늘 객관적 시간에 대해 자신감이 없는 상태에 있었다. 그러한 시간 의식에 비해 볼 때 정오의 시간은 객관적 시간의 정점이며, 현실의 시간, 삶의 시간이라고 할 수 있다. 한편 공간적으로 볼 때 주인공은 어둠의 공간에 칩거하는 버릇을 갖고 있다. 그 어둠의 공간에 대립되는 것으로서 빛의 공간은 객관적 삶의 의미를 갖는다고 할 수 있다. 아직도 여전히 객관적인 행동 능력을 상실한 상태에 있는 주인공에게는 빛으로 충만된 정오의 공간이 극도로 현란하게 느껴진다. 이처럼 현실의 시공이 삶과 욕망으로 가득차는 순간, 의식의 방향이 세계로 향해 있는 '나'는 현란함 속에서 삶에 대한 향수를 느끼게 되며, 그것이 행동으로 해소될 수 없다는 자각과 함께 세계와의 단절된 관계를 인식하게 된다.[100]

이러한 시간의 불필요함은 「휴업과 사정」에서도 나타난다.

> 꼭한시간만자고 일어날까그러면네시 또조금있다가는밥을먹
> 어야지아니지다섯시 왜그러냐하면 소화가안되니까한시간은앞

---

100) 나병철, 「'날개'에 나타난 현대성과 현실성」, 『연세어문학』 제19집, 1986. 12, 135면.

앉다가 네시에드러누우면아니지여섯시 왜그러냐하면 얼른잠이
들지아니하고 적어도다섯시까지 한시간을끄을것이니까 여섯시
여섯시에일어나서야 전기불이모두들어와있을것이고 해도져서
도로밤이되어있을터이고 저녁밤끼도벌써지냈을것이니 그래서
야낮에일어났다는의의가어느곳에있는가 공원으로산보를가자
나무도보고바위도보고소학교아이들도보고 빨래하는사람도보
고 산도보고 시가지를내려다보고 매우효과적이고 의미심장한
일이아닐까보산은곧일어나서 문간을나선다.[101]

인용문에서 '보산'은 오후 2시에 일어나 'SS'의 침 뱉는 행위로 인하
여 신경전을 벌이다가 다시 밥을 먹고 잠을 잘 생각을 한다. 앞에서 보
았듯이 '보산'에게 있어서의 '잠' 또한 비생산적인 삶의 방관이다. 밥
을 먹고 소화를 시키고 잠이 들기까지 한 시간을 끌고 그리고 한 시간
을 자고 다시 밤이 되어 일어나는 '보산'에게 시간은 무의미한 도구에
불과하다. '보산'의 시간 개념으로는 아직 아침인 오후 시간은 그에게
있어 잠을 자도 그만 자지 않아도 그만인 것이다.

방밖에서아내는부스럭거린다. 내일아침보다는너무일르고그
렇다고오늘아침보다는너무늦은아침밥을짓는다. 예이덧문을닫
는다. (敏활하게) 방안에색종이로바른반닫이가없어진다. 반닫이
는참보기싫다. 대체세간이싫다. 세간은어떻게하라는것인가. 왜
오늘은있나. 오늘이있어서 반닫이를보아야되느냐. 어둬졌다. 계
속하여게으르다. 오늘과반닫이가없어져라고. 그러나아내는깜
짝놀란다. 덧문을닫는 - 남편 - 잠이나자는남편이덧문을닫았더
니생각이많다. 오줌이마려운가 - 가려운가 - 아니저인물이왜잠
을깨었나. 참신통한일은 - 어쩌다가저렇게사(生)는지 - 사는것
이신통한일이라면또생각하여보면자는것은더신통한일이다. 어

101) 「휴업과 사정」, 『전집 2』, 153면.

떻게저렇게자나? 저렇게도많이자나? 모든일이 稀안한일이었다. 남편. 어디서부터어디까지가부부람－남편－아내가아니라도그만아내이고마는고야. 그러나남편은아내에게무엇을하였느냐－담벼락이라고외풍이나가려주었더냐. 아내는생각하다보니까참무섭다는듯이－또정말이지무서웠겠지만－이닫은덧문을얼른열고, 늘들어도처음듣는것같은목소리로어디말을건네본다. 여보－오늘은크리스마스요－봄날같이따뜻(이것이원체틀린禍근이다)하니 수염좀깎소.102)

소설 독자에게 가장 친숙한 심리소설의 기법은 전지적 시점의 작가에 의한 서술이다.103) 전지적 시점의 작가에 의한 서술은 작중 인물의 의식 내용과 의식 과정을 나타내는 기법으로 재래적 방법104)을 통하여 작중 인물의 내면 의식을 묘사하는 것이다.

위의 인용문에서는 이상(李箱)은 하는 일없이 잠만 자는 남편을 서술하고 있다. 여기서 지적해야 할 것은 「지주회시」의 서술자는 '그'이다, 그러나 위에 인용한 부분은 '아내'에 의하여 서술되고 있다. 이러한 서술자의 변화는 이상(李箱)소설에 나타나는 특징 중의 하나이다. 이상(李箱)은 서술자의 변화를 통하여 '잠'만 자는 무능력한 '남편'을 '아내'의 시각으로 서술하여 사회적 활동성이 거세된 한 남성의 현실도피를 더 극대화하고 있다.

또한 "－ －"와 같은 옆줄을 사용하여 서술자(아내)의 의식의 흐름을 표현하고 있다. 아내는 날씨가 봄날같이 따뜻하니 수염 좀 깎으라고 남편에게 권하면서 "－오늘은크리스마스요－"라는 의식의 흐름을

---

102) 「지주회시」, 『전집 2』, 298면.

103) 로버트 험프리 지음, 『현대소설과 의식의 흐름』 (이우건·유기룡 옮김), 1984, 형설출판사, 64면.

104) 여기서 재래적 방법이란 기존의 전지적 작가 시점을 의미함.

표현한다. 또한 "( )"을 통하여 작가가 개입하고 있다. 이 소설은 서술자로 보아 3인칭 관찰자 시점이어야 함에도 불구하고 "(이것은원체틀린禍근이다)"라고 하여 작가가 직접 개입하고 있다. 이상(李箱)은 이처럼 옆줄 "－ －"이나 괄호 "( )"를 사용하여 작중 인물의 의식의 흐름과 작가의 직접 개입을 표현하고 있다.

이상(李箱) 소설에서 이러한 서술자의 변화는 「휴업과 사정」에서도 나타난다.

> 어떤때에는사람된체면으로서는 도저히적을수없는끔찍끔찍한사건을만들어서당연히 그위에다적어놓고차곡차곡내려읽는다. 그리고난다음에는 또짓는다. 보산은SS의그런나날이의좋지못한도전적태도에대하여서는생각하여본다. 결코SS에게는보산에게대하여악의가없는 것을 보산이알기는쉬웠으나그러나그러면왜그들창에서앞으로 일백팔십도의넓은 전개를가졌으면서도구태여이마당을향하여 춤을배앝느냐그리고도아주천연스러운시치미를딱땐얼굴로앞전망을내어다보거나들창을닫거나하는것은누가보던지혹은도전적태도라고오해하기쉽지않은가를SS는알만한데도모르는가모르는체하는가 그것을물어보고싶지만나는그까짓풍풍보같은자와는말을주고받기는싫으니까 그러면나는 그대로내어버려두겠느냐 날마다똑같은일이똑같은정도로계속되는것은인생을심심하게하는것이니까 나에게있어서그보다도더무서운일은 다시없겠으니하루바삐그것을물리쳐야할것인데그러면나는SS의부인에게 편지를쓰리라SS군에게.[105]

작품 「휴업과 사정」은 3인칭 시점으로 전개된다. 하지만 위의 인용문에서는 서술자가 3인칭에서 '나'라는 1인칭으로 변화된 것을 알 수

---

105) 「휴업과 사정」, 『전집 2』, 150~151면.

있다. 다시 말하면 3인칭 관찰자 시점에서 'SS'가 '보산'의 마당을 향하여 침을 뱉는 행동을 관찰자의 입장에서 서술하다가 1인칭인 '나'로 시점이 변화하는 것이다. 이러한 서술자의 시점 변화는 앞의 「지주회시」에서도 보았듯이 등장인물의 내면을 묘사하기 위한 하나의 장치이다. 그러니까 3인칭 관찰자의 시점에서 서술하다가 '나'라는 1인칭으로의 시점 변화를 통하여 '보산'의 내면 심리를 더욱 부각시키고 있다. 말하자면, 'SS'의 침 뱉는 행위에 대하여 "하루바삐그것을물리쳐야"하기 때문에 1인칭으로 서술자를 바꾸어서 그 의지와 내면 의식의 타당성을 부여하기 위한 장치인 것이다.

이런편지를써서는떡SS의부인에게먼저전하여주면SS의부인은 반드시이것을읽으리라 읽고난다음에는 마음가운데에이는분노 와모욕의념을이기지못하여 반드시남편SS에게육박하리라ー여 보대체이런창피를왜당하고있단말이오당신은도야지만도못한 사람이오 하고들이대이면뚱뚱보SS는반드시황겁하여 아아그런 가 그렇다면오늘부터라도그춤배앝는 것만은그만두지배앝을지 라도보산의집마당에다대고배앝지만않으면고만이지창피할것 이야. 무엇이있나이러면SS의부인은 화가막법꼭까지치받쳐서편 지를짝짝찢어버리고그만울고말것이니까 SS는그러면내다시는 춤배앝지않으리라 그래가면서드디어항복하고말 것이다. 아아 그러면된다보산은기쁜생각이 아침의기분을상쾌히한것을좋아 하면서변소를나서면 삼십분이라는적지아니한시간이없어졌다. 나와보면아직도SS는들창에 매어달려있으며 보산이이리로어슬 렁어슬렁걸어오면서싱글싱글웃는것을보자마자또춤을큼직하 게 한번탁뱉았다. 역시이번에도보산의마당의가까운한점에가래 가떨어진다. 그것을보는보산은다시화가치뻗쳐서 어찌할길을모 르고투스부러쉬를뺏아던지고 물을한입문다음움질움질하여가 지고SS의들창쪽을향하여 확뿜어본다.106)

인용문에서 '보산'은 삼십분 동안 변소에 앉아서 'SS'의 침 뱉는 행동을 저지할 방법을 생각하고 있다. 생각 끝에 '보산'은 'SS'의 부인에게 편지를 쓸 것을 결심하고는 그 후에 벌어질 일에 대하여 혼자서 상상하고 있다. 위에 인용한 부분에서 '보산'은 변소에 앉아서 자신이 보낼 편지로 인하여 'SS'에게 파급될 일들을 'SS'와 그의 부인의 대화로 서술하고 있다. 대화의 서술에 있어서 정상적인 서술이 아니라 중간중간에 작중 인물(보산)의 생각이 끼어들어 있다. 이것은 '보산'이 자신의 편지로 인하여 'SS'의 침 뱉는 행동이 멈추어지기를 바라는 '보산'의 기대심리를 묘사한 것이라 할 수 있다. 그러한 생각은 '보산'을 기쁘게 하고 상쾌하게 하였지만 삼십분이라는 시간은 사라지고 없다. 여기서 "아침의 기분"이 상쾌하다고 했는데 여기에서의 아침은 '보산'이 기상한 오후 2시의 기계적 시간을 의미한다. 이러한 점을 미루어 이상(李箱)에게 있어서 시간은 주관적일 수밖에 없다.

> 吳는장부를뒤져주소씨명을차곡차곡써내려가면서미남자인
> 채로생동생동(살고)있었다. 調査部라는패가붙은방하나를독차지
> 하고　방사벽에다가는빈틈없이方眼지에그린그림아닌그림을발
> 라놓았다. 「저런걸많이연구하면대강은짐작이나스렸다」「도통
> 하면돈이돈같지않아지느니」「돈같지않으면그림方眼지같은가」
> 「方眼지?」「그래도통은?」「흐흠－나는도로그림이그리고싶어지
> 데」그러나吳는여위지않고는배기기어려웠던가싶다. 술－그림
> 색? 吳는완전히吳자신을활활열어젖혀놓은모양이었다. 흡사 그
> 가 吳앞에서나세상앞에서나그자신을첩첩이닫고있듯이. 오냐왜
> 그러니　나는거미다.　연필처럼야위어가는것－피가지나가지않
> 는혈관－생각하지않고도없어지지않는머리－칵막힌머리－코
> 없는생각－거미거미속에서　안나오는것－내다보지않는것－취

106) 「휴업과 사정」, 『전집 2』, 151~152면.

하는것 – 정신없는것 – 房 – 버선처럼생긴房이었다. 아내였다.
거미라는탓이었다.107)

　　내적 독백이란 소설에 있어서 표면상 부분적으로 혹은 전혀 말하여
지지 않은 작중 인물의 의식 내용 및 과정을 표현하는 데 사용되는 기
법으로서, 이러한 심적 과정이 신중한 언어로 형성되기 직전에 여러
가지 의식제어 단계에 있는 그대로를 묘출(描出)하려는 것이다.108) 위
에 인용한 부분에서 이상(李箱)은 서술자를 변화시켜 "나는거미다"라
고 서술하고 있다. 서술자가 '그'에서 '나'로 바뀐 것이다. 이러한 서술
자의 변화는 작가의 의도된 서술로 '그'의 자의식 내지는 열등감을 표
현하기 위해서는 3인칭보다 1인칭이 더욱 적절하기 때문에 사용된 것
이다.
　　이처럼 3인칭에서 1인칭으로의 시점 변화를 통하여 작가는 '그'의
사회로 편입하지 못한 열등의식을 고취시키고 있다. '그'는 연필처럼
야위어가는 거미이고, 피도 통하지 않는 혈관을 갖고 있으며 생각하지
도 않고 꽉 막힌 머리를 보유하고 있어 정신없이 방에만 처박혀 있는
비정상적인 인물이다. 이러한 등장인물의 내면심리를 나타내기 위하
여 이상(李箱)은 내적 독백109)을 선택하였고, 그것을 의식의 흐름110)

---

107) 「지주회시」, 『전집 2』, 300면.
108) 로버트 험프리 지음, 『현대소설과 의식의 흐름』 (이우건・유기룡 옮김), 형설출
　　판사, 1984, 50면.
109) 인용문에서는 옆줄 " –　– "을 이용하여 내적 독백의 기법을 표출하고 있다.
110) 인용문에서 "나는 거미다. 연필처럼야위어가는 것" 그 야위어 가는 것에서 "피
　　가지나가지않는혈관"이 자유연상의 원리에 의하여 나타난다. 또 "생각하지않
　　고도없어지지않는머리"에서 자신의 머리는 "캭막힌머리"를 자유연상하며, "코
　　없는생각"에서 "거미거미속에서 안나오는것 – 내다보지않는것 – 취하는것 –
　　정신없는것"으로 그것은 다시 "房"으로 귀결된다. "버선처럼생긴房"에서 아내
　　를 연상하고 연상된 아내를 통하여 거미의 이미지를 떠올리는 것이다. 이러한

으로 표현하고 있다.

이러한 내적 독백의 기법은 다른 작품 「휴업과 사정」에서도 나타난다.

① 너의그동물적행동은무엇이냐. 나의자조의너에게대한모멸적표정을너는눈이잇거든보느냐못보느냐

③ 고나서는

① 노하느냐 웃느냐너도사람이거든 좀노할줄도알아두어라 모르거든너의부인에게물어보아라 빨리노하라. 그리하여다시는그와같은파렴치적행동을거듭하지말기를바란다.

③ 그러면SS는

② 보산아노하는것이란다무엇이냐 나는적어도 그까짓일에노하고싶지는않다 따라서나의그동물적행동이란대체나의어떠한행동을가르켜말하는것인지는모르나나의행동의어느하나라도너를위하여변경할수는없다.

③ 이렇게답장이오면

① SS야나는너에게최후통첩을보낸다. 너같은사회적저능아를그대로두어서는 인류의해독이될것이니까 나는너를내일아침네가또그따위짓을개시하는것과동시에총살을하여버리리라 총 총 총 총은나의친한친구가공기총을가진것을나는잘알고있으니까그는그것을얼른빌려줄줄로믿는다. 너는그래도조금도무섭지않은가 네가즉사까지는하지않을지모르지만얼굴에생길무서운흠을무엇으로 가리려는가 너는그흉한흠으로말미암아일생을두고 결혼할수없는불행을맛보리라

③ 그러면

② 보산아너는무슨정신이냐나는이미결혼하였다는것을모르느냐나의아내는너를미워하리라

일련의 서술은 의식의 흐름 즉, 자유연상의 원리에 의하여 나타난 작가의 내면의식이라 할 수 있다.

③ 그러면

① SS들어보아라나는너의부인에게편지를하여버릴것이다너의
　　그더러운행동을사실대로일일이적어서는　그러면너의부인
　　은　너를얼마나모욕하며　혐오할것인가를너같은똥똥보의나
　　쁜뇌를가지고는아마추측해내기는어려울것이다

③ 그러면

② 보산아너는무엇이라고나는놀리느냐　너는나의아내를탐내는
　　자인것이분명하다.　나는너를살인죄로고소할것이다법률이
　　너에게가할고통을너는무서워하지않느냐

③ 그러면111)

(번호는 필자가 붙힌 것임)

　위의 인용문에서 보면 알 수 있듯이 ①은 '보산'의 대화 내용이고,
②는 'SS'의 대화 내용이며, ③은 작가의 말이다. '보산'은 변소에 앉
아 'SS'와의 일을 상상하고 있다. '보산'의 생각을 내적 독백의 형식을
빌어 'SS'와 대화하는 것처럼 표현한 것이 특이하다. 대화체라는 방법
을 사용하여 내적 독백의 형식을 감추고 있는 것이다. 하지만 꼼꼼히
읽어보면 대화체로 서술은 되어 있지만 이것은 모두 '보산'의 머리 속
에서만 진행되고 있는 것이다. 특히 「휴업과 사정」에서는 이러한 서술
이 많이 쓰이고 있다. 이러한 대화체의 서술을 통하여 작가는 '보산'의
의식의 변화를 서술하고 있다.

　방은밤마다홍수가나고 이튿날이면쓰레기가한삼태기씩이나
낫고 - 아내는이묵직한쓰레기를담아가지고늦은아침 - 오후네
시 - 뜰로내려가서그도대(代)리(理)하여두사람치의해를보고들
어온다. 금긋듯이아내는작아들어갔다. 쇠와같이독한꽃 - 독한

---

111) 「휴업과 사정」, 『전집 2』, 160면.

거미 ― 문을닫자. 생명에뚜껑을덮었고 사람과사람이사귀는버
릇을닫았고 그자신을닫았다. 온갖벗에서 ― 온갖관계에서 ― 온
갖희망에서 ― 온갖慾에서 ― 그리고온갖욕에서 ― 다만방안에서
만그는활발하게발광할수이었다. 미역핥듯핥을수도있었다. 전
등은그런숨결때문에곧잘꺼졌다. 밤마다이방은고달팠고 뒤집어
엎었고 방안은기어병들어가면서도빠득빠득버티고있다. 방안은
쓰러진다. 밖에와있는세상 ― 암만기다려도그는나가지않는다.
손바닥만한유리를통하여꿋꿋이걸어가는세월을볼수있을따름
이었다. 그러나밤이그유리조각마저도얼른얼른닫아주었다. 안
된다고.112)

방은 닫힌 공간이고 폐쇄의 공간이다. 이상(李箱)의 소설에서 '방'
은 현실과 유리된 '나'만의 공간으로 설정되어 있다. 이러한 닫힘과 폐
쇄의 공간 설정을 통하여 이상(李箱)은 철저히 현실과 유리된 삶을 살
아가는 작중 인물을 제시하고 있다.

1930년대 『단층』지 소설에서도 '방'이라는 공간 배경이 두드러지
게 나타난다. 현대소설에서의 공간은 단순히 등장인물이 활동하는 물
리적 배후가 아니다. 그것은 소설의 의미구조와 관련하여 상징성을 띠
고 있다고 할 수 있다.

때를 만나지 못한 선비들이 자연에서 은둔생활을 하듯이 『단층』지
소설의 작중인물들도 식민지 현실에 비판적인 채 그들의 '방' 안에서
은둔하고 있는 것이다. 그러나 은둔생활을 하는 선비들은 마냥 자연에
서의 은둔생활에 만족하는 것이 아니라, 때를 기다리고 있다. 즉 그들
은 그들이 원하는 때를 만나면 은둔 생활을 청산하고 현실 생활에 나
설 준비가 되어 있는 것이다. 『단층』지 소설의 주인공들도 마찬가지

---

112) 「지주회시」, 『전집 2』, 301~302면.

라고 볼 수 있다. 현실에서 이상을 펼 수 없었던 '방' 안에서 그들의 이상을 꿈꾸고 그 이상을 실현시킬 수 있을 때를 기다린다. 이렇게 볼 때 『단층』지 소설에 나타난 '방'의 상징적 의미는 '은둔'의 공간으로써, 작중인물들이 그 '방' 안에서 이상을 꿈꾸고 또 그 이상을 펼 수 있을 때를 기다리고 있는 공간이라 할 수 있다.113)

이상(李箱)은 현실과 동떨어진 또 다른 세상을 '방' 안에서 만들고 있다. 방 안에서만 그는 "활발하게 발광할" 수 있고 자유로울 수 있다. 자신의 '방'에서만 자유로울 수 있는 것은 유리된 현실과 분리된 것이 아니라 타협할 수 없는 현실과의 끊임없는 싸움의 전개로 볼 수 있다. 그래서 그가 방에서 현실세계를 볼 수 있는 유일한 공간인 "손바닥만 한유리"창을 밤이 얼른 닫아준다. 왜냐하면 '그'가 밖으로 나가지 못하게 하기 위함이다. 밖으로 나가면 안 된다고 밤은 '그'에게 일깨워주고 있다. 1930년대 식민지 현실과 타협하지 말 것을 밤이 일러주고 있는 것이다. 이렇게 이상(李箱)은 현실과 유리된 삶을 살 수밖에 없는 인물을 설정함으로써 당시의 현실적 부적응을 대변하고 있는 것이다.

그의눈은주기로하여차차몽롱하여들어왔다개개풀린시선이 그마유미라는고깃덩이를부러운듯이살피고있었다. 아내 - 마유미 - 아내 - 자꾸말라들어가는아내 - 꼬챙이같은아내 - 그만좀 마르지 - 마유미를좀보려무나 - 넓적한잔등이푼더분한폭, 幅, 폭을 - 세상은고르지도못하지 - 하나는옥수수과자모양으로무럭무럭부풀어올고하나는눈에보이듯이오그라들고 - 보자어디좀보자 - 인절미굽듯이부풀어올라오는것이눈으로보이렷다. 그러나그의눈은어항에든금붕어처럼눈자위속에서그저오르락내

---

113) 정규희, 「'단층' 誌 소설의 공간연구 - '방'의 상징성을 중심으로」, 『국어국문학논문집』 제13집, 동아대 국어국문학과, 1994, 310~311면.

이상(李箱) 문학에 나타난 주체의내면의식 연구 105

리락꿈틀거릴뿐이었다. 화려하게웃는마유미의복스러운얼굴이
海草처럼느리게움직이는것이희미하게보일뿐이었다. 뭇는이런
코를찌르는화장품속에서웃고소리지르고손뼉을치고또웃었
다.114)

　'그'는 살찐 '마유미'를 보면서 부러워하고 있다. 왜냐하면 '마유미'
의 모습에 비해 '그'의 '아내'는 "꼬챙이 같이 오그라들고" 있기 때문
이다. '나'의 '아내'가 자꾸만 말라가는 것은 '나'가 '아내'를 빨아먹고
살기 때문이다. 그러한 자책감은 술기운에 의하여 "아내-마유미-
아내-자꾸말라들어가는아내"에서처럼 '아내'와 '마유미'가 겹쳐 보
인다. 이는 심리소설에서 자주 쓰이는 몽타주(montage)의 기법115)이

---

114) 「지주회시」, 『전집 2』, 306~307면.

115) 영화의 기본적 장치는 몽타아즈(montage)라는 것이다. 이차적인 장치 가운데는
　　"멀티플 뷰우"(multiple-view), "슬로우 업"(slow-up), "페이드 아웃"(fade-
　　outs), "커팅"(cutting), "클로우즈 업"(close-up), "파노라마"(panorama), 그리고
　　"플래쉬 백"(flash-back)과 같은 제어장치가 있다. 영화에서 말하는 몽타주는
　　여러 가지 사고의 상호 관련이나 연합을 보여 주기 위한 일련의 장치로서, 이에
　　는 영상들을 재빨리 연결시키거나 하나의 영상에 다른 영상을 중첩시키거나 혹
　　은 하나의 영상에 초점을 맞추어 두고 그 주의를 관련이 있는 영상으로 에워싸
　　는 수법들이 있다. 그것은 본질적으로 한 주제에 대해 다양하거나 복합적인 관
　　점, 즉 단적으로 말해서 다양성을 보여주기 위한 수법이다. (로버트 험프리 지음,
　　『현대소설과 의식의 흐름』(이우건·유기룡 옮김), 형설출판사, 1984, 90면.)
　　소설에서 이 몽타주를 사용하는 데는 두 가지 방법이 있음을 데이서스는 지적한
　　다. 그 한 가지 방법은 주제가 공간에 고정되어 있고 작중 인물의 의식이 시간 속
　　에서 변화하는 방법인데, 그 결과 시간 몽타주(time-montage) 즉, 어느 한 시점
　　의 영상과 관념을 또 다른 시점의 영상과 관념에 겹쳐놓는 방법이 된다. 다른 방
　　법으로서는 시간은 물론이고 고정되어 있고 공간적인 요소가 변화하는 방법으
　　로 결과적으로 공간 몽타주(space-montage)가 된다. 후자의 방법은 <의식의
　　흐름>의 소설에서 보조적 기법으로 자주 쓰여지기는 하지만 반드시 의식의 묘
　　사를 포함하는 것은 아니다. 그 방법으로는 "카메라 아이"(camera eye)나 혹은
　　"멀티플 뷰우"(multiple view) 등이 있는데, 이들 모두가 동시점에 있어서 여러
　　영상이 동시에 발생할 수 있음을 암시해 주는 용어들이다. (위의 책, 91~92면.)

다. '마유미'를 보면서 '아내'의 깡마른 모습을 연상하는 것은 영화의 기법(몽타주)을 사용하여 자연스럽게 묘사하고 있는 것이다. 그러면서 "세상은고르지도못하"다고 하여 평등하지 못한 현실을 부정하고 있다.

작품 「失化」는 시간의 역전 현상이 두드러지게 드러난 작품이다. 즉, 이 소설의 사건 구조는 과거의 사건(서울, 10월 23일부터 24일까지)과 현재의 사건(동경, 12월 23일부터 24일까지)들이 혼류되어 있다. 이 작품을 사건의 시간적 흐름에 따라 다시 배열하면 '3장 → 7장 → 5장 → 9장 전반부 → 2장 → 4장 → 6장 → 8장 → 9장 후반부'가 된다. '3장, 7장, 5장'은 10월 23일에서 24일까지 서울에서의 사건이고, '9장 전반부, 2장, 4장, 6장, 8장, 9장 후반부'는 동경에서 12월 23일에서 24일까지의 사건을 말한다.116)

이러한 시간과 공간의 역전현상은 심리소설의 몽타주 기법에 의하여 나타난다. 이러한 몽타주 기법은 유동적인 의식의 흐름과 함께 나타나는데, 이처럼 이상(李箱)은 자유연상의 원리를 이용하여 그 타당성을 부여하고 있다.

계기적인 시간의 흐름에 있어 엄격히 구분되는 서울에서의 사건과 동경에서의 사건이 이 연상수법에 의해 인과적으로 융합되고 있다. 즉, '담배'(2장) '국화' '파르스름한 입술'(4장) '안개'(6장) 등의 연상매체를 통하여 시간과 공간을 초월한 체험의 연속성과 동시성을 획득하게 되었다.117)

---

116) 김진석, 「李箱文學研究 − '지주회시'와 '실화'에 나타난 心理小說的 傾向을 중심으로」, 『서원대 논문집』 제24집, 1989, 19~20면.

117) 위의 논문, 21면.

파이프에 불이 붙으면?

끄면 그만이지. 그러나 S는 껄껄ー아니 빙그레 웃으면서 나를 타이른다.

「箱! 姸이와 헤어지게. 헤어지는 게 좋을 것 같으니. 箱이 姸이와 夫婦? 라는 것이 내 눈에는 똑 부러 그러는 것 같아서 못 보겠네.」

「거 어째서 그렇다는 건가」

이 S는, 아니 姸이는 일찍이 S의 것이었다. 오늘 나는 S와 더불어 담배를 피우면서 마주 앉아 談笑할 수 있다. 그러면 S와 나 두 사람은 親友였던가.[118]

동경 C孃의 방에서 C孃의 이야기를 들으며 무슨 생각을 골똘이 하는 '나'에게 C孃은 "파이프에 불이 붙으면 어떻게 합니까"하고 묻고 있다. 여기서 동경이라는 현실적 공간이 연상기법을 통하여 제3장 서울에서의 사건으로 전이된다. 시간적 배열에 의하면 서울에서의 사건(10월 23일에서 24일까지)이 동경에서의 사건(12월 23일에서 24일까지) 보다 앞서지만 소설의 전개는 그것이 역전되어 동경에서의 공간적 상황이 먼저 설정되어 있고, 선행되었던 서울에서의 사건이 "파이프의 불"로 인하여 상기되는 형식으로 설정되어 있다.

「실화」는 이상의 작품 가운데 실험적인 탐구의식이 가장 강하게 반영된 작품이다. 그 이전의 작가들이 보여주는 것을 목표로 삼았고, 그것에 대하여 성공을 거두었던 것도 사실이었다. 이런 의미에서 그들은 실제와 유사한 세계를 묘사하는 데 진력한 장인(匠人)이었다고 할 수 있다. 그러나 「실화」에서 이와 같은 대응적 리얼리즘의 요소는 발견되지 않는다. 오히려 사건이 진행될수록 작품의 내용은 불투명하고 난해

---

118) 「실화」, 『전집 2』, 359면.

해진다. 그리고 이와 같은 현상은 구조적인 문제로까지 확대되어 작품 자체가 거대한 모순덩어리와 같은 혼란한 양상을 드러낸다. 여기서 <발자끄>류의 리얼리즘은 철저히 붕괴된 양상으로 나타난다. 이것은 이상(李箱)이 소설을 표현의 수단이 아니라 탐구의 수단으로 삼았다는 증거로 볼 수 있다.[119]

> (1) 나는 잠시 그 溪間流水 같은 목소리의 主人 C孃의 얼굴을들여다 본다. C君이 범과 같이 健康하니까 C孃은 血色이 없이 입술조차 프르스레하다. 이 오사게라는 머리를 한 少女는 來日 學校에 간다. 가서 언더ー더 워취의 계속을 배운다.
> 사람이ー
> 秘密이 없다는 것은 財産 없는 것처럼 가난하고 허전한 일이다.
> 講師는 C孃의 입술이 C孃이 좀 蚯배를 앓는나는 理由 外의 또 무슨 理由로 조렇게 파르스레한가를 아마 모르리라.
> 講師는 맹랑한 質問 때문에 잠깐 얼굴을 붉혔다가 다시 제 地位의 懸隔히 높은 것을 느끼고 그리 외쳤다.
> 「쪼꾸만 것들이 무얼 안다고ー」
> (2) 그러나 姸이는 히힝 하고 코웃음을 쳤다. 모르기는 왜 몰라ー姸이는 지금 芳年 二十, 열여섯살 때 즉 姸이가 女高 때 修身과 體操를 배우는 여가에 간단한 속옷을 찢었다. 그리고 나서 修身과 體操는 여가에 가끔 하였다.
> 여섯ー일곱ー여덟ー아홉ー열ー
> 다섯해ー개 꼬리도 三年만 묻어 두면 黃毛가 된다든가 안 된다든가 원ー
> 修身時間에는 學監先生님, 割烹時間에는 올드미스先生님, 國文時間에는 곰보딱지先生님ー

---

119) 김진석, 「이상 문학에 나타난 시간의식과 서사구조」, 『인문과학연구』 제10호, 서원대 인문과학연구소, 2001, 87면.

「先生님 先生님－이 귀염성스럽게 생긴 姸이가 엊저녁에 무엇을 했는지 알아내면 용하지」

黑板 위에는「窈窕淑女」라는 額의 黑色이 淋漓하다.

「先生님 先生님－제 입술이 왜 요렇게 파르스레한지 알아 맞추신다면 참 용하지」

姸이는 飮碧亭에 가던 날도 R英文科에 在學中이다. 전날 밤에는 나와 만나서 사랑과 將來를 盟誓하고 그 이튿날 낮에는 깃싱과 호－손을 배우고 밤에는 S와 같의 飮碧亭에 가서 옷을 벗었고 그 이튿날은 月曜日이기 때문에 나와 같이 같은 東小門 밖으로 놀러가서 베－제했다. S도 K敎授도 나도 姸이가 엊저녁에 무엇을 했는지 모른다. S도 K敎授도 나도 바보여 姸이만이 홀로 눈가리고 야웅하는데 稀代의 天才다.[120]

위에 인용한 (1)의 공간은 동경 C孃 방으로 설정되어 있다. '나'는 C孃과 동거하는 C君이 "범과 같이 健康하니까" C孃의 입술이 파르스레하다고 생각한다. 그러면서 "사람이－秘密이 없다는 것은 財産없는 것처럼 가난하고 허전한 일이다."라고「失化」의 1장에서 제시한 부분을 반복 사용하고 있다. 비밀은 지적인 산물이다. 즉, 지식이 있는 사람들이 비밀이 더 많다는 것이다. 비밀은 타인에게 드러내지 않으며, 타인을 속이기 위해서 자신의 속을 감춘다. 그러므로 비밀은 소극적인 자기 방어의 방법이며 자신만이 소유하고 있을 때 가치가 있는 것이다. 밝혀진 비밀, 폭로된 비밀은 비밀로서의 신비감이 없어진다. C孃의 입술이 혈색 없이 파르스레한 이유를 '나'는 이미 알고 있는 이상 그 비밀은 생명력을 상실한 것이다.

C孃의 파르스레한 입술을 보면서 '나'는 (2)에서처럼 姸이를 연상한다. 이는 C孃의 입술을 보면서 현재(동경에서 12월 23일)에서 과거

---

120)「실화」,『전집 2』, 362~363면.

(서울에서 10월 23일)로의 이동을 의미한다. 다시 말해서 파르스름한 C孃의 입술을 매개로 과거 서울에서의 姸이를 상기하는 것이다. 이것은 연상에 의한 시간과 공간의 몽타주 기법을 사용한 예라고 할 수 있다.

　　나는 어데까지든지 내 방이 – 집이 아니다. 집은 없다.– 마음에 들었다. 방안의 기온은 내 체온을 위하여 쾌적하였다. 나는 내 방 이상의 서늘한 방도 또 따뜻한 방도 희망하지는 않았다. 이 이상으로 밝거나 이 이상으로 아늑한 방을 원하지 않았다. 내 방은 나 하나를 위하여 요만한 정도를 꾸준히 지키는 것 같아 늘 내 방에 감사하였고 나는 또 이런 방을 위하여 이 세상에 태어난 것만 같아서 즐거웠다.
　　그러나 이것은 행복이라든가 불행이라든가 하는 것을 계산하는 것은 아니었다. 말하자면 나는 내가 행복되다고도 생각할 필요가 없었고 그렇다고 불행하다고도 생각할 필요가 없었다. 그냥 그날그날을 그저 까닭없이 펀둥펀둥 게을르고만 있으면 만사는 그만이었던 것이다.
　　내 몸과 마음에 옷처럼 잘 맞는 방 속에서 뒹굴면서 축 처져 있는 것은 행복이니 불행이니 하는 그런 세속적인 계산을 떠난 가장 편리하고 안일한 말하자면 절대적인 상태인 것이다. 나는 이런 상태가 좋았다.
　　이 절대적인 내 방은 대문간에서 세어서 똑 – 일곱째 칸이다. 럭키세븐의 뜻이 없지 않다. 나는 이 일곱이라는 숫자를 훈장처럼 사랑하였다. 이런 이 방이 가운데 장지로 말미암아 두 칸으로 나뉘어 있었다는 그것이 내 운명의 상징이었던 것을 누가 알랴?[121]

　　작품 「날개」에서 방은 자기만의 공간으로 설정되어 있다. 그래서

---

121) 「날개」, 『전집 2』, 321면.

'그'는 '집'의 개념보다는 '방'의 개념에 만족하고 있다. 이상(李箱)에게 방은 "나 하나를 위하여 요만한 정도를 꾸준히 지"켜 주는 것이 중요하고 감사하다. 감사의 정도가 아니라 '나'는 아예 "이런 방을 위하여 이 세상에 태어"났다고 즐거워한다. 그러나 이러한 자기만의 공간을 획득하고 있는 이상(李箱)에게 '방' 그 자체가 행복일 뿐이지 불행일 수는 없다. 그는 그저 "게으르고만 있으면 만사"가 통하는 사람이다.

가족은 그 가족이 처한 시대와 지역에 따라, 즉 시간과 공간에 따라 다양한 양상을 드러낸다. 근대에 이르러 가족 구조는 형태의 외적 변화뿐만 아니라 기능, 가족원의 역할에 이르기까지 급속도로 변화하고 있다. 이 과정에서 가정의 파괴나 혼란은 즉각적으로 전 사회의 혼란을 불러일으키며, 그것은 형이상학적인 모든 것으로 파급되어 간다. 이 점에서 현대 문학에서의 가족의 문제는 그 시대의 정치, 경제, 사회, 문화 등 모든 문제를 포괄하는 총체성을 띤 갈등의 양상으로 나타난다.[122]

위의 인용문에서 '방'이라는 공간은 '그'에게 중요한 의미를 내포하지 못한다. '방'이라는 공간이 의미를 갖지 못한다는 것은 가족구성원으로서의 애착을 갖지 못함을 의미한다. 이러한 현상은 "절대적인 방" 가운데 장지로 말미암아 두 칸으로 나뉘어 있는 아내와의 공간적 단절을 의미한다. 이러한 공간적 단절은 애정의 결핍에서 그 원인을 찾을 수 있다. 이처럼 아내와의 단절을 표면화하고 있는 것이 장지이다. 장지로 인한 공간의 분할은 아내의 방인 아랫방과 나의 방인 웃방으로 나뉘어져 공간을 통한 사회적 거세를 돋보이게 하고 있다.

---

122) 최재석,『한국가족연구』, 민중서관, 1970, 250~260면 및 김현·김윤식,『한국문학사』, 민음사, 1977, 48~52면 참조.

아랫방은 그래도 해가 든다. 아침결에 책보만한 해가 들었다 가 오후에 손수건만해지면서 나가 버린다. 해가 영영들지 않는 웃방이 즉 내 방인 것은 말할 것도 없다. 이렇게 볕 드는 방이 아 내 해이요 볕 안드는 방이 내 해이오 하고 아내와 나 둘 중에 누 가 정했는지 나는 기억하지 못한다. 그러나 나에게는 불평이 없 다.123)

위의 예문에서처럼 장지를 경계로 해가 잘 드는 아랫방은 아내의 방 이고, "해가 영영들지 않는 웃방"이 내 방인 것이다. 하지만 그렇게 방 을 정한 것이 누구의 의견인지도 모른다. 그렇다고 '나'는 해가 영영 들지 않는 웃방의 신세라고 하여 불평을 갖지는 않는다. 이것은 '나'의 경제성 상실에 따른 일말의 양심일 것이다. 불평이 없다고는 하였지만 다음의 예문에서 보면 그는 끝없이 해가 드는 아내의 방으로 탈출을 시도하고 있다.

아내가 외출만 하면 나는 얼른 아랫방으로 와서 그 동쪽으로 난 들창을 열어 놓고 열어 놓으면 들여비치는 볕살이 아내의 화 장대를 비쳐가지각색 병들이 아룽이 지면서 찬란하게 빛나고 이 렇게 빛나는 것을보는 것은 다시 없는 내 오락이다. 나는 쪼꼬만 「돋보기」를 꺼내 가지고 아내만이 사용하는 지리가미를 끄실려 가면서 불장난을 하고 논다. 평행광선을 굴절시켜서 한 초점에 모아 가지고 고 초점이 따끈따끈해지다가 마지막에는 종이를 끄 실르기 시작하고 가느다란 연기를 내이면서 드디어 구녕을 뚫어 놓는데까지에 이르는 고 얼마 안 되는 동안의 초조한 맛이 죽고 싶을 만치 내게는 재미있었다.124)

---

123) 「날개」, 『전집 2』, 321~322면.
124) 「날개」, 『전집 2』, 322면.

인용한 예문에서처럼 '나'의 아랫방으로의 진출은 새로움이고 즐거움이다. 그래서 '나'는 아내의 방에서 "쪼고만 돋보기를 꺼내 가지고 아내만이 사용하는 지리가미를 끄실려가면서 불장난을 하고 놀고, 아내의 손잡이 거울을 가지고 놀고, 가지각색의 화장품 병들을 들어다" 보며 논다. 여기서 '나'는 화장품을 통하여 아내의 체취를 느끼고 있다. 이러한 놀이를 통하여 '나'는 자신의 공간(웃방)을 탈출하여 또 다른 세계(아내의 방)로의 진출을 꿈꾸고 있음을 확인할 수 있다. 또한 자신의 방보다 아내의 방에서 느끼는 별난 경험(놀이)을 통하여 이상(李箱)은 '해'의 이미지를 부각시키고 있는 것이다. 즉, '해'는 밝음, 희망, 미래, 축복, 남성, 힘 등 이런 것들의 의미로 문학에서는 사용되고 있음을 상기한다면, '나'가 느낀 작중의 '해'를 매개로 한 아내의 방에서의 놀이는 그대로 밝음이고, 희망이고, 미래이고, 축복이고, 남성이고, 힘인 것이다. 그러나 '나'는 이러한 긍정적인 삶에의 참여를 거부당하고 있다. 여기에서 그는 시간과 공간의 유폐를 단행하며, 그것을 위하여 끊임없이 의식의 절멸화를 시도하게 되는 것이다.

이상(李箱)에게 있어서 시간은 객관적인 시간이 아니고, 주관적인 시간만 존재한다. 시간이 불필요하다는 것은 삶이 무의미하다는 것이다. 하루가 한 시간이 없어도 아무런 상관이 없는 이상(李箱)에게 시간의 부재는 잉여된 삶을 의미한다. 이러한 잉여된 삶을 '그'는 잠으로 보낸다. 그래서 '그'에게 '잠'은 남아도는 시간으로부터의 도피이다. '그'에게 생활이 없기 때문에 시간이 필요없으며, 필요없는 시간을 '잠'으로 보낸다. 그래서 '그'에게 있어서 '잠'은 현실을 도피한 시간인 것이다.

이상(李箱)의 소설에서는 서술자의 시점 변화를 통하여 등장 인물의 내면 세계를 구체적으로 묘사하고 있다. 즉, 3인칭 관찰자 시점에서 서술하다가 1인칭으로의 시점 변화를 통하여 등장 인물의 내면의식을 표출하고 있는 것이다. 이처럼 등장 인물의 내면 세계를 표출하기 위하여 이상(李箱)은 내적 독백을 사용하기도 하고 의식의 흐름을 표현하기도 한다.

또한 시간과 공간의 역전 현상은 심리소설의 몽타주 기법에 의하여 나타난다. 이러한 몽타주 기법은 유동적인 의식의 흐름과 함께 나타나는데, 이처럼 이상(李箱)은 자유 연상의 원리를 이용하여 그 타당성을 부여하고 있다.

이상(李箱)의 소설에서 '방'은 닫힌 공간이고 폐쇄의 공간이다. 이상(李箱)의 소설에서 '방'은 현실과 유리된 '나'만의 공간으로 설정되어 있다. 이러한 닫힘과 폐쇄의 공간 설정을 통하여 이상(李箱)은 철저히 현실과 유리된 삶을 살아가는 작중 인물을 제시하고 있다.

이상(李箱) 소설에서 등장인물은 자신의 '방'에서만 자유로울 수 있다. 이것은 등장인물이 현실과 분리된 것이 아니라 타협할 수 없는 현실과의 끊임없는 싸움의 전개로 볼 수 있다. 이상(李箱)은 그의 작품에서 현실과 유리된 삶을 살 수밖에 없는 인물을 설정함으로써 당시의 현실적 부적응을 대변하고 있다.

Ⅳ. 자아의 고립과 불안의식

1. 실존적 불안과 죽음의식

죽음은 인간이 사색해 온 주제 중에서도 시간과 가장 밀접하게 관련되어 있는 주제 중의 하나이다. 죽음은 한 인간에게 있어 시간의 소멸로도 혹은 시간의 초월로도 인식된다. 종교와 철학은 죽음의 극복을 통해 인간을 구원하고 해방시키고자 노력해 왔다. 그러나 오랜 시간 동안의 노력에도 불구하고 오늘날 인간들은 각종 죽음의 공포로 괴로워하고 있다.

문학도 이러한 죽음의 공포에서 예외는 아니다. 이재선은 "문학은 끊임없이 죽음에 반응하는 모습을 보인다. 죽음은 어느 시대에도 변하지 않는 문학의 영원한 주제이다. 그것은 어느 시대에나 삶의 앞을 가로막고 있는 생의 근본 문제이기 때문"[125]이라며 죽음과 문학의 관련성에 대하여 말하고 있다. 그러나 조선시대의 문학은 비극적 결말이 없는 문학, 즉 "죽음이 배제된 문학"이라는 평가를 받고 있다. 그러나 현대문학은 죽음을 적극적으로 수용한 문학이라고 평가된다.[126] 특히 1920년 이후 김동인·현진건·염상섭·나도향·최서해 등의 작품에서 볼 수 있듯 죽음 자체가 문학의 주제와 깊은 연관을 갖게 된다.

이상(李箱)은 그의 나이 22세에 「이상한 가역 반응」이라는 시를 문단에 발표했을 때 이미 폐결핵 환자였다. 이상(李箱)의 신체적인 질환은 그가 문단에 참여하고 나서 얻은 것이 아니었기 때문에 그의 사적인 사회생활에는 아무런 제약이 없었지만 파괴적 자학의 증세는 바로

---

125) 이재선, 『한국문학주제론』, 서강대출판부, 1989, 227면.
126) 위의 책, 242면.

이때부터 구체적으로 등장하고 있는 것이 아닌가 사료된다. 그러나 그는 그 결함을 극복하기 위하여 어떠한 노력을 했었다는 사실을 발견할 수가 없다. 이로 볼 때 그는 이미 삶을 포기한 상태에 접어들었던 것으로 판단된다. 따라서 그의 방탕한 생활은 가속화 되었고 폐결핵은 더욱 악화되는 결과에 이른 것이다. 폐결핵으로 인하여 건축기사직을 내놓고 백천온천으로 치료를 하러 들어가지만 요양은 고사하고 술집에 드나들면서 술집기생(금홍)과 동거하는 파행적 삶은 그러한 예가 될 것이다.

이상(李箱)의 문학에서 '죽음의식'은 내재된 절망적인 자조의 심리적 기능으로 등장하는데 이는 자기 자신에게 폭력을 가함으로써 얻어지는 쾌감을 느끼려는 일종의 새디즘적 성향이라 할 수 있다.

이상(李箱)의 경우 가학의 자기모순은 대개 그의 소설에서 잘 나타나 있음을 볼 수가 있다. 가학의 근원은 타인이나 그 외에 다른 모든 것에 대한 공격적인 폭력성이 적대감을 품고 있음으로써 선행된다. 이러한 가학의 폭력성은 억압당한 정신적 불안을 탈피하고자 하는 데서 기인하게 되는데 행위 자체에 적대감을 내포하여 공격 성향으로 바뀐다. 자학적 폭력의 공격수단은 그 위치를 바꿔 다른 사람을 향하여 칼을 내미는가 하면 자신의 열등감을 보상받기 위한 심리적 방어기재가 직접적인 표현수단으로 행위의 실현이 되고 있음을 볼 수 있다. 타인에게 가하고 싶은 공격적인 충동, 시대적인 상황이 부여한 단절의식과 비정상적인 성장기, 지병인 폐결핵 등은 이상(李箱)의 문학에 있어 가학이든 자학이든 학대의 형태로 나타난다. 이러한 학대의 형태는 곧 죽음으로 해결하고자 하는, 즉 이상(李箱)에게 있어서 막다른 문제 해결 방법의 하나로 죽음은 어쩌면 자연스러운 결과일 것이다.

이러한 죽음의식은 이상(李箱)의 작품 도처에 나타나고 있다. 작품

「失花」에서 '나'는 姸이와 S의 부정 사실을 확인하고는 그에 대한 배신감으로 죽음을 생각한다.

> 머리맡 책상 설합 속에는 서슬이 퍼런 내 면도칼이 있다. 頸動脈을 따면－妖物은 鮮血이 댓줄기 뻗치듯하면서 急死하리라. 그러나－
> 나는 일찌감치 면도를 하고 손톱을 깎고 옷은 갈아 입고 그리고 例年十月二十四日 경에는 死體가 며칠만이면 썩기 시작하는지 곰곰 생각하면서 모자를 쓰고 인사하듯 다시 벗어 들고 그리고 房－姸이와 半年 寢食을 같이하던 냄새 나는 房을 휘－둘러 살피자니까 하나 사다 놓네 놓네하고 기어 뜻을 이루지 못한 금붕어도－이 房에는 가을이 이렇게 짙었건만 菊花 한 송이 裝飾이었다.[127]

인용문에서 '나'는 책상 설합 속의 서슬 퍼런 면도칼로 배신한 姸이의 "頸動脈을 따면 急死"하리라고 생각한다. 어쩌면 사랑하는 사람의 부정 사실을 알게 되었을 때 이러한 생각을 하는 것은 당연한 결과일 것이다.

그러나 '나'는 그 면도칼로 면도를 하고 손톱을 깎고 옷을 갈아 입고 방을 나선다. 방을 나서다가 姸이와 함께 지낸 냄새 나는 방을 둘러보고는 금붕어를 사다 놓기로 약속한 것을 이루지 못하고 가을 동안 국화 한송이로 장식된 방 즉, 姸이와의 잔잔한 사랑의 추억을 생각하고 있다. 여기서 '나'는 비록 姸이의 부정한 사실을 알게 되어 살해의 욕망까지 느꼈지만 姸이를 살해할 용도로 쓰여지리라 생각했던 면도칼로 면도를 하고는 방을 둘러 보며 姸이를 아직도 사랑하고 있음을 서

---

127) 「실화」, 『전집 2』, 361면.

술하고 있다.

> 「연애를 했어요! 高尙한 趣味－優雅한 性格－이런 것이 좋았다
> 는 女子의 遺書예요－죽기는 왜 죽어－先生님－저 같으면 죽지
> 않겠읍니다－죽도록 사랑할 수 있나요－있다지요－그렇지만
> 저는 모르겠어요.」
> 　(나는 일찍이 어리석었더니라. 모르고 姸이와 죽기를 約束했더
> 니라. 죽도록 사랑했건만 面會가 끝난 뒤 大略 二十分만 지나면 姸
> 이는 내가 「설마」하고만 여기던 S의 품안에 있었다.)
> 　「그렇지만 先生님 그 男子의 性格이 참 좋아요－담배도 좋고
> 목소리도 좋고－이 小說을 읽으면 그 男子의 音聲이 꼭－웅얼웅
> 얼 들려오는것 같아요. 이 男子가 같이 죽자면 그때 당해서는 또
> 모르겠지만 지금 생각 같아서는 저도 죽을 수 있을 것 같아요 先
> 生님 사람이 정말 죽을 수 있도록 사랑할 수 있나요 있다면 저도
> 그런 戀愛 한 번 해 보고 싶어요」
> 　(그러나 철不知 C孃이여. 姸이는 約束한 지 두 週日 되는 날 죽지
> 말고 우리 살자고 그립디다. 속았다. 속기 시작한 것은 그때부터
> 다. 나는 어리석게도 살수 있을 것을 믿었지. 그뿐인가 姸이는 나
> 를 사랑 하느라고까지.)[128]

　위에 인용한 부분에서 이상(李箱)은 "「　」" 부분에서는 동경에서 C
孃과 실재로 이야기하고 있는 부분을 표현하고 있고, "(　)" 부분에서
는 '나'가 혼자서 한 말 즉, 내적 독백에 의한 자신의 내면 심리를 표현
하고 있다. 심리소설에서 이러한 내적 독백은 홀로 쓰이지 않고 대개
는 '자유연상의 원리'와 같이 쓰이는 경우가 많다. 위의 경우에도 C孃
에게 연애 이야기를 들으면서 자신이 사랑하는 姸이를 연상하는 것이
그러하다.

---

128) 「실화」, 『전집 2』, 357~358면.

C孃은 소설 속의 이야기를 통하여 진정한 사랑 이야기를 하고 있다. 그래서 자신이 사랑하는 男子가 죽자고 하면 함께 죽을 수 있는 그런 연애를 해 보고 싶어한다. 그러나 '나'는 C孃의 이야기를 통하여 姸이와 '나'와의 죽음도 같이 할 수 있는 사랑의 약속을 상기하면서 그것은 어리석다고 생각한다. 다시 말해서 죽음까지 약속한 사랑이 진실되지 못하였을 때 느낀 일종의 배신감을 상기하고 있다.

프로문학의 공리성과 정치성을 배격하면서 작가의 개인성 즉 주체 또는 개성을 강조하고 언어나 문체 등 문학의 형식적 측면을 존중했던 구인회 작가들은 여성을 민족적 혹은 문화적으로 계몽을 하기 위한 차원에서의 여성도 아니며 정치적 헤게모니나 사회의 계급 해방 아래 존재하는 여성이 아니라 단지 자율적 존재로서 인정되는 여성을 요구한다. 그들은 여성을 '인격'으로 이해하고 존중할 것을 요구하며 일 개개인의 '개성과 독창성'에 주목한다. 인류에게 있어서 가장 신성한 가치로 사랑을 예거하면서 실리와 공리로부터 절연된 개인의 정신적 사랑을 강조한다.[129]

「실화」에서 姸이의 부정 사실을 알게 된 '나'는 집을 나온다. 집을 나온 '나'는 죽음을 결심하지만 어떻게 죽을 것인가를 고민하고 있다. 나는 "十年 긴-歲月을 두고 세수할 때마다 自殺을 생각"하여 왔고 지금도 죽음을 결심하고 있다. 나는 죽기 위하여 "온갖 流行藥을 暗誦"하고 "人道橋, 變電所, 和信商會 屋上, 京元線" 등을 생각해 보지만 이런 것들이 가소로울 뿐이다.

勿論 이것은 虛談이다. 그러나 姸이는 나를 挽留하지 않는다. 나

---

129) 이명희, 「'구인회' 작가들의 여성의식 — 김기림, 박태원, 이태준을 중심으로」, 『어문논집』 제6집, 숙명여대 국어국문학과, 1996, 244면.

는 밖으로 나갔다.

나왔으니, 자-어디로 어떻게 가서 무엇을 해야 되누.

해가 서산에 지기 전에 나는 二三日內로는 반드시 썩기 시작해야 할 한개 「死體」가 되어야만 하겠는데, 도리는?

도리는 막연하다. 나는 十年 긴-歲月을 두고 세수할 때마다 自殺을 생각하여 왔다. 그러나 나는 決心하는 方法도 決行하는 方法도 아무 것도 모르는 채다.

나는 온갖 流行藥을 暗誦하여 보았다.

그리고 나서는 人道橋, 變電所, 和信商會 屋上, 京元線, 이런 것들도 생각해 보았다.

나는 그렇다고-정말 이 온갖 名詞의 羅列은 可笑롭다-아직 웃을 수는 없다.[130]

십 년 세월 동안 세수를 하면서 자살을 생각했다는 것은 매일 자살 충동을 느꼈다는 것인데 그렇다면 이상(李箱)에게 있어서 죽음은 무엇일까? 죽음은 현실과 또 다른 세계의 전개를 의미한다. 이상(李箱)에게 있어서 죽음은 끝이 아니라 또 다른 세계로의 돌파구로서의 공간인 것이다. 죽음의 세계를 상상함으로써 그는 배신과 치욕과 상처의 현실에서 해방될 수 있다는 내면 의식을 묘사하고 있다. 하지만 '나'는 죽음을 실현시키지는 못한다.

愈政! 愈政만 싫다지 않으면 나는 오늘밤으로 치뤄버리고 말 작정이었다. 한 개 妖物에게 負傷해서 죽는 것이 아니라 二十七歲를 一期로 하는 不遇의 天才가 되기 위하여 죽는 것이다.

愈政과 李箱-이 神聖不可侵의 찬란한 情死-이 너무나 엄청난 거짓을 어떻게 다 주체를 할 작정인지.

「그렇지만 나는 臨終할때 遺言까지도 거짓말을 해 줄 決心입니다」

---

130) 「실화」, 『전집 2』, 364면.

「이것 좀 보십시오」

하고 풀어 헤치는 兪政의 젖가슴은 草籠보다도 앙상하다. 그
앙상한 가슴이 부풀었다 구겼다 하면서 斷末魔의 呼吸이 서긎다.

「明日의 希望이 이글이글 끓습니다」

兪政은 운다. 울 수 있는 外의 그는 온갖 表情을 다 忘却하여 버
렸기 때문이다.

「兪兄! 저는 來日 아침車로 東京 가겠습니다」

「……」

「또 뵈옵기 어려울걸요」

「……」131)

　죽기를 결심한 '나'는 유정을 찾아간다. '나'는 姸이 때문이 아니라
"不遇의 天才"가 되기 위하여 죽는 것이라고 하지만 그것은 모두 거
짓이다. '나'는 "臨終할 때 遺言까지도 거짓말"을 할 것이라고 말한
다. 이는 유정과 같이 죽자는 것이 아니라 살고 싶다는 하소연인 것이
다. 그래서 "草籠보다도 앙상"한 유정의 호흡하는 젖가슴을 보며 죽음
을 철회하고 만다. 그리고는 東京行을 결심한다.

　죽음은 동양적인 사고에서 본다면 陽의 시간에서 陰의 시간 속으로
들어간다고 할 수 있다. 그런 점에서 동양인이 생각하는 죽음은 단절
의 세계가 아니라 새로운 가능성의 세계이다. 이상(李箱)이 지향하는
죽음도 가능성의 세계이며, 이승과 저승이라는 이원적 세계의 갈라짐
을 넘어 그의 삶과 분리될 수 없는 하나의 세계에 속하는 죽음이기도
하다. 그의 죽음을 운명적이거나 허무적인 죽음으로 규정하는 것은 죽
음의 한 단면만을 본 것에 불과하다. 그는 죽음까지 포용하면서 삶의
의미를 추구하였다. 그에게 있어 죽음은 陰과 陽처럼 특성은 다를지

---

131)「실화」,『전집 2』, 367~368면.

라도 공유해야 할 하나의 세계임에 틀림없다. 무엇보다도 이상(李箱)은 죽음을 통해 죽음을 극복하고자 하였다. 죽음을 극복하는 것은 이상(李箱)에게 있어서 또 다른 방법의 현실 극복인 것이다.

이상(李箱)의 문학은 자의식의 문학이요 극단적일 만큼 내면지향적인 문학이다. 그의 문학에서 외적 현실이나 일상적 감정 혹은 전통적인 문학적 규범 등은 철저하리만큼 거세되고 왜곡되거나 부정되어 있다. 한국 근대작가 중 이상(李箱)만큼 현실에서 소외된 인간 내면의 리얼리티를 깊이 있고 적나라하게 보여준 작가는 없었다.

이상(李箱)의 문학은 "처음부터 끝까지 불안의 소산물"[132]이라 할 만큼, 그의 문학의 바탕에는 불안이 깔려 있다. 그의 불안문학은 문예사조상으로는 서구의 근대적인 불안문학의 계보와 그 선이 닿아 있지만, 그에게 있어 불안은 그의 유년기의 가정 환경, 청년기의 신체적 조건, 시대적 환경 등의 복합적 요인에 의하여 철저히 체질화, 생리화된 것이었다.[133]

정신의학자의 분석에 의하면 그의 불안은 근본적으로 그의 유년기의 가족환경에 기인한다고 한다.[134] 그에 관한 전기적 자료에 의하면 그는 어머니의 젖을 떼고서 곧 백부 댁에 양자로 가, 前父 소생을 데리고 후취로 들어 온 백모의 냉대를 받으며 자라게 된다. 어머니를 오이디푸스 컴플렉스의 대상으로 삼게 되는 유년기에 생모와의 이별을 강요당하고 백모의 냉대 속에서 사촌 형제와 승산 없는 경쟁을 되풀이해야 했던 그는 소위 분리불안(separation anxiety)에 의한 공포와 불안에

132) 김종은,「李箱의 理想과 異常 - 韓國藝術家에 關한 精神醫學的 追跡(其一)」,『문학사상』10호, 1973, 242면.
133) 김교선,「불안문학의 계보와 이상」,『현대문학』86호, 1962, 234면.
134) 김종은, 앞의 논문, 244~245면.

시달리지 않을 수가 없었다. 그리하여 유년기에 이미 건전한 자율성보다는 수치감과 의혹에, 진취성 대신 죄의식에 잠겨 외부 현실과 동떨어져 조용히 살아가는 자폐성의 성격을 지니게 되었다.[135]

그의 불안은 또한 그가 청년기에 발병하여 그후 내내 그를 육체적으로 불능화하고 괴롭힌 끝에 마침내 사망에까지 이르게 한 신병 즉 결핵으로 인해 가중되었던 듯하다. 24살에 각혈로 기수직을 사임한 것으로 볼 때 그는 이미 훨씬 이전부터 폐(肺)를 앓았던 것 같다. 폐 질환의 진행과 더불어 그는 그것이 종국으로 초래할 죽음 곧 존재절멸에 대한 불안에 사로잡혀 있었던 것 같다. 여기에다 당대 식민지 한국의 시대적 분위기가 더욱 그의 존재적 불안의식을 심화시킨 듯하다. 즉 그의 20대 전후의 한국은 식민지로서도 최악의 상황 속에 신음하던 암흑기였다. 만주사변에서 중일전쟁으로 치닫는 동안 일제의 군사적 폭력정책이 바야흐로 한국은 물론 대륙에까지 국제적 지배원리가 되어 가는 시기였다. 뛰어난 지성과 예민한 감성의 소유자로 그는 수년간의 짧은 작가생활을 암흑기 속에서 보내야 했으며, 개체적 존재를 위협하는 당대의 압도적 폭력적 분위기 속에서 누구보다 민감하게 존재절멸의 불안의식을 감지하였을 것이다.

그런데 인간에게 있어서 가장 근원적인 불안은 항상 궁극적인 非存在(無), 즉 자기 자신의 존재를 보존할 수 없다는 사실에 대한 불안이다. 비존재의 위협에 대한 유한한 존재의 불안은 실존 자체에 속하여 있기 때문에 제거할 수도 피할 수도 없는 것이다.

이상(李箱)의 내면 깊이 자리잡고 있는 불안은 그를 현실과 절연시켜 자의식의 세계에 유폐시키며, 그 속에서 지향의 대상을 잃은 그의

---

135) 김종은, 위의 논문, 245~246면.

자아는 분열을 일으킨다.[136] 그의 많은 시 작품은 이러한 자아분열의 양상을 되풀이하여 보여주고 있는데, 그 대표작은 「거울」(1933)이다. 이 작품에서 그는 거울을 자의식의 세계에 비유하여, 그의 자아가 거울 속의 자아와 거울 밖의 '참 나'로 분열되어 있음과, 두 자아의 통합이 거의 불가능함을 암시하고 있다. 거울 속의 자아는 물론 병든 자아이고 집요한 불안에 시달리는 자아이며, 거울 밖의 참된 자아를 위협하는 자아이다. 그러나 자의식 속의 병든 자아와 자의식과 자의식 밖의 참된 자아는 서로 분리할 수 없는 관계이다.

이상(李箱)의 문학은 인간의 깊은 내면 속의 불안과 함께 그것의 해소 혹은 그로부터의 도피 양상을 적나라하게 보여주고 있다. 그 첫 번째의 양상은 성적 유희이다. 그의 불안의식, 특히 죽음의 위협에 대한 존재적 불안은 그를 성적본능의 충동에 몰입케 한다. 그의 문학에서 성(性)은 가장 중요한 제재 중의 하나이다. 그러나 그는 정신적·육체적으로 이성과 정상적인 성적 관계를 맺을 수 없는 처지이며, 따라서 성에 관한 그의 태도는 진지한 것이 아니라 유희적이거나 왜곡된 것이 된다.

불안에서 벗어나려는 이상(李箱)의 절망적인 시도는 또한 그를 자살 충동에 사로잡히게 한다.[137] 왜냐하면 죽음만이 그의 근원적이고 집요한 불안을 궁극적으로 소멸시켜 줄 수 있기 때문이다. 그의 작품에서 '자살'이란 낱말이 빈번히 사용되고 있는데, 다음의 「烏瞰圖 詩第十五號」의 일부는 그의 불안과 자살 충동과의 관계를 잘 드러내 주고 있다.

---

136) 정명환·김용직 편, 「부정과 생성」, 『李箱』, 문학과 지성사, 1983, 85~86면.
137) 이재선, 「전통과 반역─사실주의와 이상문학의 시간」, 『한국문학의 전통과 변혁』, 서강대, 1976, 106~107면.

내가缺席한나의꿈, 내僞造가登場하지않는내거울, 無能이라도
좋은나의孤獨의渴望者다. 나는드디어거울속의나에게自殺을勸誘
하기로決心하였다. 나는그에게視野도 없는들窓을 가리키었다.
그들窓은自殺만을爲한들窓이다. 그러나내가自殺하지아니하면그
가自殺할수없음을그는내게가르친다.　거울속의나는不死鳥에가
깝다.[138]

　이상(李箱)의 문학에서는 극단적일 만큼 불안과 자의식이 표출되어
나타난다. 그것은 그가 양자로 지낸 유년에서 발단하였으며 그러한 환
경은 또한 불안과 자의식에서 벗어나기 위한 문학적 특징으로 나타나
는 것이다. 그것은 성적유희와 자살 충동 등의 형태로 작품에 투영되
어 있다.

　이상(李箱)의 주요 시 작품이 근원적 불안에 시달리는 그의 내밀하
고도 깊은 자의식의 세계를 적나라하게 보여주고 있다면, 그의 주요
소설작품은 자아와 현실과의 관계 및 현실을 대하는 그의 태도를 잘
보여주고 있다. 이상(李箱)의 작품 중 단편소설의 형태에 가까운 것은
「날개」(1936), 「지주회시」(1936), 「봉별기」(1936), 「동해」(1936), 「환
시기」(1938), 「실화」(1939), 「단발」(1939) 등이다. 이 중 대표적인 작
품은 「날개」와 「지주회시」인데, 이들 작품에서 주인공을 에워싸고 있
는 현실은 모두 속악하고 부정적인 것이다. 이러한 현실은 대개 주인
공의 아내로 대표되며 그들은 거의 직업적인 매음녀이거나 도덕성을
상실한 인물로 제시되어 있다. 또한 현실 혹은 아내와 불가피하게 관
계를 맺으며 살아가야 하는 주인공들은 현실적응이나 개조의 행동력
을 상실하고 자의식의 세계에 유폐되어 무의미한 지적 유희나 감각적
자극만을 일삼는 정신병리적 인물이다.

---

138) 「烏瞰圖 詩 第十五號」, 『전집 1』, 49면.

이들 주인공과 현실을 대표하는 아내와의 관계는 비정상적이거나 남녀 역할이 전도된 것이 대다수이다. 「날개」와 「지주회시」에서 주인공[139]은 매음녀인 아내에 기생하여 삶을 이어가고 있다. 그리고 이러한 주인공과 아내와의 관계는 어떤 '화합'이나 '만남'이 없는 영구적인 병행관계에 있다.

이러한 화합 불가능의 원인은 첫째 현실의 속악성에 있다. 주인공의 아내인 여성들은 매음녀이며, 도덕성이 결여되어 있다. 또한 이들과 관련되어 있는 인물들이나 사물들도 모두 속악하고 부정적인 것들이다. 「지주회시」는 이러한 현실에 대한 부정적 인식이 가장 잘 드러나 있는 작품이다.

그러나 이상(李箱) 소설의 주인공들은 이러한 속악한 현실에 적응하거나 그것을 개조하기 위하여 진지하거나 적극적인 태도를 보이지 못한다. 그들은 「날개」의 주인공이 반드시 아내의 방을 통해야만 출입

---

[139] 이계열은 「지주회시」와 「날개」에 드러난 주인공의 의식 양상을 다음과 같이 정리하고 있다.

첫째, 주인공들은 자아분열 상태에 있다. 현상적 자아는 세계의 속악성(이중성)에 폐색적으로 침잠해 있는 반면, 본질적 자아는 현상적 자아가 담지한 그 세계를 조소, 비난한다. 그리고 그 부정적 세계를 동물적 상상력(「지주회시」에서는 거미, 「날개」에서는 여왕봉)으로 표상하며, 돈이 그 촉매역할을 한다.

둘째, 주인공들은 두 자아의 갭을 해소시키지 못한다. 「지주회시」에서는 악을 악으로 맞받아치는 저항적 심리가 보이기는 하나 이는 자기모멸에 대한 자해적 표징으로서이다. 그리고 「날개」에서는 일상적인 삶을 상실한 세계에서 양생으로의 삶을 회구하지만 어떠한 방향성도 존재하지 않는다. 결국 주인공들의 두 자아의 모순 상태는 궁극적으로 생에의 의지 — 사상의 부재에 기인한다.

셋째, 주인공들의 문학에 대한 태도가 드러나 있다. 「지주회시」에서 문학은 "길 아닌길"인 것이다. 그러나 '그'는 문학도이다. 그리고 「날개」에서 문학은 "自身을 僞造"하는 것으로 간주된다. 이런 의식은 주인공의 존재(자아분열 — 자기위조)와 너무나 닮아 있다. 즉 문학과 삶이 동일차원에 놓여 있다. (이계열, 「이상 소설 연구 — '지주회시', '날개'를 중심으로」, 『어문논집』 제6집, 숙명여대 국어국문학과, 1996, 233~234면.)

할 수 있듯이 현실과 불가피하게 관계를 맺으며 살아가야 함을 알고 있다. 하지만 그들의 자폐적인 성격으로 인해 자의식 속에 들어앉아 자아를 모두 부정하거나 현실을 희롱 혹은 모독함으로써 왜곡된 병리적 쾌감 속으로 도피한다.

이상(李箱)의 문학은 그의 일생에 비추어 볼 때 부정에 철저했으면서도 그것이 생성과 결부되지 못하고 자기파괴에 귀착되어 버린 듯한 느낌을 주는 것이 사실이다.[140] 그러나 한국 근대 작가 중 이상(李箱)만큼 근원적인 불안에 시달리는 인간 내면의 모습을 깊이 있고 적나라하게 표출한 작가는 없었다. 이 점에서 그의 문학은 계속 주목의 대상이 될 것이다.

이상(李箱)의 문학에서 죽음의식은 내재된 절망적인 자조의 심리적 기능으로 등장하는데 이는 자기 자신에게 폭력을 가함으로써 얻어지는 쾌감을 느끼려는 일종의 새디즘적 성향이라 할 수 있다.

이상(李箱)에게 있어 죽음의식은 현실세계와 또 다른 세계의 전개를 의미한다. 이상(李箱)에게 죽음은 끝이 아니라 또 다른 세계로의 돌파구이다. 이상(李箱)은 죽음의 세계를 상상함으로써 배신과 치욕과 상처의 현실에서 해방될 수 있는 내면 세계를 표출하고 있다.

이상(李箱)의 문학은 인간의 내면 속의 불안과 함께 그것의 해소 혹은 그로부터 도피의 양상을 보여주고 있다. 그것의 첫 번째 양상은 성적 유희이다. 그의 불안의식, 특히 죽음의 위협에 대한 존재적 불안은 그를 성적 본능의 충동에 몰입케 한다. 그의 문학에서 성(性)은 가장 중요한 제재 중의 하나이다.

이상(李箱) 문학에서는 극단적일 만큼 불안과 자의식이 표출되어

---

140) 정명환, 김용직 편, 앞의 논문, 96면.

나타난다. 그것은 그가 양자로 지낸 유년에서 발단하였으며 그러한 환경은 또한 불안과 자의식에서 벗어나기 위한 문학적 특징으로 나타난다. 그것은 성적 유희와 자살 충동 등의 형태로 작품에 투영되어 있다.

2. 경제성의 상실과 사적 내밀성

소설에서 심리적 기법의 가장 확고한 토대는 작가가 전지적 시점에서 서술한다는 점이다. 그러면서도 작가들은 독자들에게 자신의 묘사가 실제로 존재하는 허구적인 것이지만 그것이 자신과는 별도로 존재하는 것으로 받아들일 수 있도록 인식시키려는 시도가 이루어져 왔다. 어떠한 심리소설의 작가도 표면적으로는 자신의 의식과정을 기록하지 않는다. 그러나 모든 심리소설은 정도의 차이는 있지만 객관적으로 쓰여진 것이라 할 수 있다. 즉, 작품이 아무리 자서전적 색채를 띠고 있어도 심리소설을 쓴 작가는 항상 창조된 작중 인물의 의식을 그리고 있는 것이지 작가 자신의 의식을 그리고 있는 것은 아니다.

그러나 의식이라는 것은 사적인 것이어서 작가가 독자의 신뢰를 얻기 위해서는 사적인 의식을 사적인 것으로 묘사해야 한다. 그러므로 심리소설의 작가는 의식의 구조를 실제 그대로 묘출하여야 하며, 거기에서 독자를 위한 어떤 의미를 추출해 내야 한다.

심리소설의 작가들은 사적 내밀성의 의식을 객관화하기 위한 기본 장치를 사용해 왔다. 그것은 첫째, 심리학적 연상의 제 법칙에 따라 의식의 내용을 부유하게 하고 있다. 둘째, 표준적인 수사 문식으로 불연속성과 압축성을 나타낸다. 셋째, 이미지와 상징에 의하여 다양하고 극단적인 단계의 의미를 시사한다.

이상(李箱) 소설의 주인공들은 남성주인공이거나 가부장적 문화권

안에서 또는 남성이 가지는 모든 性的 특성과 특권을 반납해버린 모습으로 출발한다. 이러한 주인공은 비현실적이고 무기력하며, 폐쇄적인 자아로 여성에 의지해서 삶을 계획하는 모습을 지닌다.[141] 일종의 정신분열자로 진단되는 이러한 주인공들은 관념이나 사색, 지성적인 것 등 정신적인 영역이나 세속을 이탈한 것에 지향점을 둔 인물들로 제시되어 있다. 이들은 현실과 유리되어 있고, 현실의 지배논리를 이탈할 수 있는 '정신분열자'를 자처한다.

이러한 작중 인물의 설정은 작가 자신의 의도적인 실험정신[142]의 결과라 할 수 있다. 이상(李箱)은 기존의 허구적 서사물에 대응하는 전위적인 언어체계를 담아내기 위하여 아이러니와 위트와 파라독스와 같은 언술적 방법을 사용하리라고 사전에 제시하였다.

굳바이. 그대는 이따금 그대가 제일 싫어하는 飮食을 貪食하는 아이러니를 實踐해보는 것도 좋을 것 같소. 위트와 파라독스와…….[143)

내용을 이루는 세계 인식의 방식은 구조의 기법적 측면과 언제나 맞물리게 마련이다. 위에서 지적한 언어 기법적 측면에 대한 작가의 배려는 내용적 측면에도 동시에 맞물려, 기존의 세계 인식을 뒤집는 결과를 가져오게 된다. 이것은 기존 서사물의 언표적 체계와 그를 바탕으로 형성되는 작품세계에 대해 '아이러니와 위트, 풍자'와 같은 방법으로 상투적이고 비본질적인 면을 드러내겠다고 전제하는 것이다. 이

---

141) 박선경, 『現代 心理小說의 精神分析』, 계명문화사, 1996, 53면.
142) 김진석, 「이상 문학에 나타난 시간의식과 서사구조」, 『인문과학연구』 제10호, 서원대 인문과학연구소, 75~76면.
143) 「날개」, 『전집 2』, 318면.

는 기존의 언어체계에 의한 서사물과 서사물이 담게 되는 세계 인식의 한계를 벗어나서 새로운 서사세계를 가능케 하리라는 점을 시사하는 것이다.

서사문학으로서의 소설은 자아와 세계의 갈등을 서술자를 통해 객관적으로 서술하는데 초점을 맞춘다. 이 때의 서사는 시간적인 연계 속에서 이루어지는 사건에 의미를 부여하는 것이다. 따라서 비유나 이미지는 사건의 전개를 위한 문체 이론의 하위 개념이 된다. 이에 반하여 시인들은 매우 정밀하고 주관적인 어떤 것, 그 결과 지시적인 언어를 회피하는 어떤 것을 전달하려고 하기 때문에, 비유에 의해서 시인이 의도하는 바를 표현한다.[144]

초현실주의의 특성은 소설에도 그대로 나타난다. 그 일례로 「날개」의 프롤로그에 해당되는 전반부를 들 수 있다. 작가는 지적 파라독스를 통하여 작중자아의 자아분열적인 의식세계를 제시해 놓고 있다. 무의식에 가까운 내면 세계를 내적 독백의 형태로 기술해 놓고 있는 것이다. 이것은 사건의 전개라기보다는 연상의 나열인 듯한 느낌을 준다. 그 문장 하나하나가 시를 연상케 하는 감각적 이미지로 이루어져 있어 설화적 기능이 위축되어 있다. 문장 구성상 최소 단원으로 압축된 직접화법을 구사해 마치 마음 속에 떠오르는 생각들을 그대로 기술한 듯한 느낌을 준다. 이와 같이 그의 소설은 사건의 전개를 통한 스토리의 제시보다는 의식의 한 모퉁이를 스쳐가는 연상들을 포착[145]하는

---

144) 김진석, 「오정희 소설 연구」, 『인문과학연구』 제12호, 서원대 인문과학연구소, 2003, 69면.

145) '맑스 말사스 마도로스'라는 무의식적 기표들이 음운의 유사성에 따른 자유연상을 통해 문맥 속으로 들어온 것으로 볼 수 있다. 즉 ㅇ, ㅏ, ㅅ, ㅡ, ㅍ, ㅣ, ㄹ, ㄴ, ㄷ과 같은 기본적 음소에 ㅁ, ㄱ, ㄴ 등이 추가되어, '아 ─ 스'가 '마 ─ 스'의 형태로 음성적 유사성을 통해 기표가 확장되었다. 그러므로 이는 단순한 언어

데 초점을 맞추고 있는 것이다.

> 「박제가 되어 버린 천재」를 아시오? 나는 유쾌하오. 이런 때
> 열애까지가 유쾌하오.
>
> 육신이 흐느적흐느적하도록 피로했을 때만 정신이 은화처럼
> 맑소. 니코틴이 내 횟배 앓는 배속으로 스미면 머리 속에 으레히
> 백지가 준비되는 법이오. 그 위에다 나는 위트와 파라독스를 바
> 둑의 포석처럼 늘어놓소. 가증할 상식의 병이오.146)

이상(李箱)의 소설은 전통적인 자아의 개념이 송두리째 붕괴되고 있다는 사실을 보여주고 있다. 모더니즘에서 이것은 비연속성에 의한 단절의 현상으로 나타난다. 그것은 자아나 의식은 시간과 공간을 초월하여 부유하는 무질서한 파편들의 결합으로 이루어져 있기 때문이다. 이런 것들을 결합하여 어떤 종류의 "통일체로 만든다는 것은 그 무질서한 파편들이 오로지 '동일한' 자아의 퍼스펙티브(perspective)에 관계되거나 이 퍼스펙티브 속에서 포착될 때만 의미 ─ 유의적이고 연상적인 이미지에 의하여 밝혀지는 의미 ─ 가 발생"147)하게 된다. 이것을 위하여 작가는 의식의 흐름, 연상수법, 내적 독백, 시간과 공간의 몽타주 등 다양한 문학적 기법을 구사한다. 그 중에서도 연상수법은 자동기술과 밀접한 연관이 있다. 그것은 의식이나 무의식이라는 내적 세계는 객관적인 현실의 인과관계보다는 오히려 '의미 있는 연상'(significa

---

조합의 장애가 아니라 오히려 그 확장에 속할 터이다. 이상 문학은 이렇듯 무의식 언어의 표출이라는 측면에서 우리 모더니즘 문학에서 중요한 의미를 갖는다고 할 수 있다. (김주현, 『이상 소설 연구』, 소명출판, 1999, 415면.)

146) 「날개」, 『전집 2』, 318면.

147) Hans Meyergoff, 『문학과 시간현상학』(김준오 역), 삼영사, 1978, 58면.

nt association)에 의하여 전개되기 때문이다. 따라서 그 작품은 유동적인 내면 세계를 자동기술을 통하여 무질서하게 받아 쓰기한 듯한 인상을 준다.

> 그러나뭇는여위지않고는배기기어려웠던가싶다. 술 – 그럼색? 뭇는완전히뭇자신을활활열어젖혀놓은모양이었다. 흡사그가뭇앞에서나세상앞에서나그자신을첩첩이닫고있듯이. 오냐왜그러니나는거미다. 연필처럼야위어가는것 – 피가지나가지않는혈관 – 생각하지않고도없어지지않는머리 – 칵막힌머리 – 코없는생각 – 거미거미속에서안나오는것 – 내다보지않는 것 – 취하는것 – 방 – 버선처럼생긴방이었다. 안해였다. 거미라는탓이었다.[148]

이것은 술이 만취된 상태를 자동기술을 통해서 서술해 놓은 것이다. 이 짧은 인용문 안에서도 무의식의 세계를 반영하듯, 화자의 관점이 뭇·그·아내 등으로 급격히 옮겨간다. 그것도 연속적인 이야기의 구조가 아니라 별개의 사물과 사건들이 무질서한 모자이크 형태로 연결되어 있는 듯하다.

이 점에서 「지주회시」는 난해한 실험문학의 형태를 띠게 된다. 그러나 이러한 무질서 속에는 분명한 질서가 자리잡고 있다. 연상수법이 그것이다. 이미지의 논리를 통해 무질서한 내면 세계를 그대로 재현해놓고 있는 것이다. 작품 내용이 혼란스러워 보이는 것은 표현의 대상자체가 혼란스럽기 때문이다. 이것은 객관정신의 발로 이외의 다름이아니다. 이 점에서 초현실주의는 기존의 리얼리즘보다도 더 "실제적인"[149] 세계를 지향하는 것이다. 따라서 이것은 4분의 3은 보이지 않

---

148) 「지주회시」, 『전집 2』, 300면.

는 빙산 같은 인간 존재를 "혼돈에 입각하여 세계를 다시 파악하기 위한 필사적인 시도"150)에 해당된다고 할 수 있다.

이상(李箱)에게 있어서 소설 쓰기는 그의 그림 그리기와는 다르게 자기 혐오적 담론의 예술 형식이며, 우발과 무작위로 위장한 철저히 계산된 終生에로의 담론들이다. "봉별기", "환시기", "종생기"는 한정된 시간과 공간 속에서의 파괴와 생성의 지루하면서도 즐거운, 번쩍이면서도 어두운 기지와 전복으로 넌더리나는, 그래서 더욱 따분한 이상(李箱)식 언어놀이의 오락실이다.151)

개인의 내면적 변화에 관심을 기울이는 이러한 소설은 단적으로 표현하자면 "미학적 자의식 혹은 자기 반영성"152)의 문학이라고 이름할 수 있다. 개인적인 것을 공적인 것으로 소설화하는 이러한 태도는 이상(李箱)과 김유정에게서도 나타난다. 이상의 경우, 「날개」, 「종생기」 등을 포함한 그의 모든 글쓰기는 허구의 창조라기보다는 그 자신의 삶을 드러내는 일종의 私小說로서, 인생의 구체적이고 실천적인 삶을 글쓰기로써 기록화하고 있다.

소설뿐 아니라, 수필과 시를 통한 전 작품에서 그는 자신을 가공할 만한 한 사람의 주인공으로 설정하여 글을 쓰고 있다. 그의 첫 소설이라 할 수 있는 「十二月 十二日」(『조선』, 1930. 2~12)은 어린 시절의 백부와 생부에 대한 기억을 바탕으로 한 자전적 이야기이다. 이 작품은 에필로그에 쓰여진 참담한 과거의 공개장이란 언급에서도 나타나

---

149) Hans Meyerhoff, 앞의 책 (김준오 역), 72면.

150) R. M. 알베레스, 『현대소설의 역사』 (정지영 역), 중앙일보사, 1978, 111면.

151) 김종구, 「李箱 / 異常 / 以上, 剝製된 오르페우스의 終生의 談論들」, 『한국언어문학』 제37집, 1996. 12, 18면.

152) 유진 런, 『마르크시즘과 모더니즘』 (김병익 역), 문학과 지성사, 1991, 46면.

듯 3세의 어린 시절부터 생부의 곁을 떠나 백부의 집에서 성장하기까지의 일그러진 자신의 과거를 다룬 작품이다.[153]

이러한 맥락에서 이상(李箱)의 소설에 등장하는 인물 중에는 등장인물이 작가 자신인 경우가 많다. 「휴업과 사정」에서도 이러한 부분이 나타난다.

> 밤이이슥히보산의한낮이다달아와있었다. 얼마있으면보산의오정이친다. 보산은고인의말대로 보산이얼마나음양에관한이치를잘이해하여정신수양을하고있는것인가를 다른사람들은하나도모르는것이섭섭하기도하였으며 또는통쾌하기도하였다. 보산은보산의정신상태가얼마나훌륭히수양되어있는것인가 모른다는것을마음속에굳게 믿어오고있는것이었다. 양의성한때를잠자며 음의성한때를깨어있어 학문하는것이얼마나이치에맞는일인가 세상사람들아왜노르느냐도탄에붙힌현대도시의시민들이 완전히구조되기에는 그들이빠져있는불행의깊이가너무나깊어버리고만것이로구나 보산은가엾이여긴다. 읽던책을덮으며 그는 종이를내어놓아시를쓴다.[154]

「휴업과 사정」에서 '보산'은 "양의성한때를잠자며 음의성한때를깨어있어 학문"을 한다. 그는 책을 읽으며 또한 시를 쓴다. 더욱 우리가 관심을 기울여야 할 것은 작중 인물인 '보산'이 이상(李箱)의 필명이라는 사실이다.[155] 이러한 점을 염두한다면 「휴업과 사정」은 이상(李箱)의 자서전적 소설이라고 하여도 무방할 것이다.

---

153) 유기룡, 「1930년대 '구인회'의 반이념적문학의 특성」, 『어문론총』 제31호, 1997. 8, 408면.

154) 「휴업과 사정」, 『전집 2』, 155면.

155) 김윤식은 「휴업과 사정」이 "『朝鮮』(1932. 4)에 甫山이란 필명으로 발표된 것"이라고 적고 있다.(「휴업과 사정」, 『전집 2』, 162~163면.)

잠은 잘 오는 적도 있다. 그러나 또 전신이 까칫까칫하면서 영 잠이 오지 않는 적도 있다. 그런 때는 아무 제목이나 제목을 하나 골라서 연구하였다. 나는 내 좀 축축한 이불 속에서 참 여러가지 발명도 하였고 논문도 많이 썼다. 시도 많이 지었다. 그러나 그것들은 내가 잠이 드는 것과 동시에 내 방에 담겨서 철철 넘치는 그 흐늑흐늑한 공기에다 – 비누처럼 풀어져서 온 데 간 데가 없고 한잠 자고 깨인 나는 속이 무명 헝겊이나 메밀껍질로 띵띵찬 한 덩어리 베개와도 같은 한 벌 神經이었을 뿐이고 뿐이고 하였다.156)

‘나’는 잠이 오지 않을 적에는 이불 속에서 “발명도 하였고 논문도 많이 썼다. 시도 많이 지었다.” ‘나’의 이런 점을 미루어 보면 ‘나’는 사회적 활동이 거세되어 정신적으로만 살아가는 인물인 것이다. ‘나’는 이불 속에서 발명도 하고 논문도 쓴다. 그리고 시도 짓는다. 이러한 ‘나’의 모든 활동은 정신적 산물인 것이다. 하지만 이러한 이불 속에서의 생각들은 정리되지 못하고 “흐늑흐늑한 공기에 다 – 비누처럼 풀어져서 온 데 간 데”가 없다. 이러한 상황은 ‘나’의 사회를 바라보는 시각을 결정짓는다.

나는 그러나 그런 이불 속의 사색생활에서도 적극적인 것을 궁리하는 법이 없다. 내게는 그럴 필요가 대체 없었다. 만일 내가 그런 좀 적극적인 것을 궁리해 내었을 경우에 나는 반드시 내 아내와 의논하여야 할 것이고 그러면 반드시 나는 아내에게 꾸지람을 들을 것이고 – 나는 꾸지람이 무서웠다느보다도 성가셨다. 내가 제법 한 사람의 사회인의 자격으로 일을 해 보는 것도 아내에게 사설 듣는 것도 나는 가장 게으른 동물처럼 게으른 것이 좋

---

156) 「날개」, 『전집 2』, 323~324면.

았다. 될 수만 있으면 이 무의미한 인간의 탈을 벗어버리고도 싶었다.

　나에게는 인간사회가 스스로왔다. 생활이 스스로왔다. 모두가 서먹서먹할 뿐이었다.[157]

　'나'는 아내에 의하여 사육되고 있다. "내가 그런 좀 적극적인 것을 궁리해 내었을 경우에 나는 반드시 내 아내와 의논"을 하여야 한다. '적극적인 것'이란 앞에서 보았던 '발명, 논문, 시' 등의 사색 생활에 따른 결과물일 것이다. 또한 '적극적인 것'이란 아내는 이해하지 못하는 '나'만의 생활인 것이다. 그래서 '나'는 그러한 자신의 생활을 아내에게 알리면 아내로부터 꾸지람을 듣는다. 자신의 생각과 생활을 이해하지 못하는 아내가 '나'는 그래서 성가신 것이다. 이러한 자신과 아내와의 내적인 갈등은 '나'의 사회관에도 뿌리를 깊이 한다. 그래서 '나'는 "가장 게으른 동물처럼 게으르"고 싶고, "될 수만 있으면 이 무의미한 인간의 탈"을 벗고 싶은 것이다. '나'는 무의미한 인간의 탈을 쓴 동물에 지나지 않는 것이다. 그래서 "나에게는 인간사회가 스스"롭고 생활이 그렇고 "모두가 서먹서먹하"여 주체적 자아의 획득을 포기하는 것이다. 자본주의 사회에서 경제성의 미확보는 일종의 패배의식의 내포를 의미하는 것이다.

　이러한 자아의 패배의식은 자아의 고립 형태로 형상화된다. 이러한 고립은 이상(李箱)으로 하여금 작중 인물의 설정에 있어 작가 자신을 모델로 한 예들로 나타난다.

　나는 自古로 이렇게 驕慢하고 고집센 藝術家를 좋아한다. 큰 藝術家는 그저 누구보다도 驕慢해야 한다는 일이 내 持論이다.

---

157) 「날개」, 『전집 2』, 324면.

多幸히 이 네 분은 서로들 親하다. 서로 親한 이분들과 親한 나
不肖 李箱이 보니까 如上의 性格의 順次的 差異가 있는 것은 재미
있다. 이것은 或 不幸히 나 혼자의 재미에 그칠는지 憂慮지만 그
래도 좀 재미있어야 되겠다.158)

이상(李箱)의 전기적 사실에서도 알 수 있듯이 그는 1930년대 구인
회의 일원으로 활동하였다. 위에 인용한 '네 분'은 김기림, 박태원, 정
지용, 김유정을 나타내고 있다. 이들은 모두 구인회의 일원으로 이상
(李箱)과는 개인적 친분이 두터웠던 것으로 알려져 있다. 그것은 다음
의 인용문을 보면 확실히 알 수 있다.

小說을 쓸 作定이다. 네 분을 各各 主人으로 하는 네 篇의 小說이
다.159)

그의 소설에 제시된 작중 인물들은 이처럼 文人인 경우가 많다. 그
것은 이상(李箱)이 스스로 자신의 생활을 작품화한 것으로 볼 수 있다.
이런 의미에서 본다면 이상(李箱)의 소설은 사적 내밀화를 그대로 답
습했다고 할 수 있다. 다시 말해, 이상(李箱)의 의식과 작중 인물의 의
식이 흡사하게 나타나고 있다는 것이다.

이러한 현상은 그의 작품에 등장하는 작중 인물의 명명에서 보면 더
욱 확연하게 드러난다. 즉, '甫山'이라는 이상(李箱)의 필명이라든가
자신의 이름(李箱)을 그대로 작중 인물로 제시하는 행위는 소설의 자
서전적 요인의 출발이 될 것이다.

앞에서 살펴보았듯이 심리소설은 사적 내밀성의 객관성을 획득하

---

158) 「金裕貞」, 『전집 2』, 237면.
159) 「金裕貞」, 『전집 2』, 237면.

기 위하여 심리학적 연상의 제 법칙에 따라 의식의 내용을 부유하게 하고 표준적인 수사 문식으로 불연속성과 압축성을 나타낸다. 그리고 이미지와 상징에 의하여 다양하고 극단적인 단계의 의미를 부여한다.

이상(李箱) 문학의 특징은 자의식의 위기적 국면이 현실적 사회적 의미 연관과 밀접한 관계를 유지하고 있다는 점에서 찾을 수 있을 것이다. 그의 처녀작인 「十二月 十二日」은 이상 자신의 자전적인 요소를 매개로 하여 쓰여진 소설로써, 그의 운명론적 인식이 잘 드러나 있는 것으로 평가받고 있다. 반면, 초기 일문시들의 경우는 그의 고등 공업 교육의 지식을 근간으로 한 산만한 수식과 기하학적 구성이 주류를 이루고 있어 이채롭다. 현실의 절망에서 벗어나기 위해 이상이 몰입했던 것이 바로 수학과 기하학으로 대표되는 관념의 세계였던 까닭이다. 이는 도피적이요, 자기 기만적인 특성을 지닌 것으로 이해된다. 그는 스스로 그와 같은 문제점을 인식하여, 이 두 계열의 결합을 꾀하게 된다. 한글 「오감도」 계열의 시들에서 그 편린을 엿볼 수 있으나, 그가 실제 이 문제에 대해 본질적인 문제 의식을 가지고 창작에 임한 것은 1930년대 중반 이후라 할 수 있다. 「권태」에 나타난 '죽음'과 '시간성'에 대한 인식에서, 우리는 그 근거를 발견할 수 있다. 그의 후기 소설에 등장한 '영웅'적 인물은 자본주의 사회에서 생활에 찌든 나약하고 무기력한 지식인의 자의식을 깊이 있게 천착했다는 점에서 근대 문명에 대한 전면적인 문제 제기라 할만하다. 그는 이 문제를 한계 상황과 관련지어 이해하는 한편, 관념과 현실을 결합한 허구의 형식을 통해 그것을 넘어서려 한다. 그가 말한 소위 '윗티즘'이란 바로 현실의 무질서하고 혼란스런 양상들에 대한 언어적 대응물이다. 그런 요란한 '형식'들 속에서 어려운 합치를 끌어내는 일이야말로 이상에게 있어 죽음과 관련된 강박 관념을 넘어서는 효율적인 통로요, 현실에서 이룩하지 못

한 자기 의식 확보를 위한 유력한 방안이다.160)

이상(李箱)은 기존의 허구적 사물에 대응하는 전위적인 언어 체계를 담아내기 위하여 아이러니와 위트와 파라독스와 같은 언술적 방법을 사용하였다. 언어 기법적 측면에 대한 작가의 배려는 내용적 측면에도 동시에 맞물려, 기존의 세계 인식을 뒤집는 결과를 가져오게 된다. 이것은 기존 서사물의 언표적 체계와 그를 바탕으로 형성되는 작품 세계에 대하여 '아이러니와 위트, 풍자'와 같은 방법으로 상투적이고 비본질적인 면을 드러내고 있다. 이는 기존의 언어 체계에 의한 서사물과 서사물이 담게 되는 세계 인식의 한계를 벗어나서 새로운 서사 세계를 가능하게 하였다.

이상(李箱)의 소설은 전통적인 자아의 개념이 붕괴되고 있다. 모더니즘에서 이것은 비연속성에 의한 단절의 현상으로 나타난다. 그것은 자아나 의식은 시간과 공간을 초월하여 부유하는 무질서한 파편들의 결합으로 이루어져 있기 때문이다.

이상(李箱)은 의식의 흐름, 연상수법, 내적 독백, 시간과 공간의 몽타주 등 다양한 문학적 기법을 구사하였다. 그 중에서도 연상수법은 자동기술과 밀접한 연관이 있다. 그것은 의식이나 무의식이라는 내면 세계는 객관적인 현실의 인과관계보다는 오히려 의미있는 연상에 의해 전개되기 때문이다.

따라서 그 작품은 유동적인 내면 세계를 자동기술을 통하여 무질서하게 받아 쓰기한 듯한 인상을 준다.

이상(李箱)은 개인의 내면적 변화에 관심을 기울이며 개인적인 것을 공적인 것으로 소설화하였다. 이상(李箱)의 경우, 「날개」, 「종생기」

160) 김유중, 「1930년대 후반기 한국 모더니즘 문학의 세계관 연구 – 김기림과 이상을 중심으로」, 서울대 박사학위논문, 1995, 131~132면.

등을 포함한 그의 모든 글쓰기는 허구의 창조라기보다는 그 자신의 삶을 드러내는 일종의 사소설(私小說)로서 인생의 구체적이고 실천적인 삶을 글쓰기로써 기록하고 있다.

V. 이상(李箱) 문학의 문학사적 위치

1930년대의 한국 문학에서 이상(李箱) 문학의 문학사적 위치를 살펴보는 일은 당대 모더니즘 문학의 성격을 규정하는 일과 분리될 수 없다. 1930년대 모더니즘 문학은 카프의 세력 약화 및 해산과 함께 형성 전개되었다고 해야 할 것이다. 지금까지 30년대 모더니즘에 대한 평가는 주로 그것의 순기능적 측면, 즉 예술성의 다채로운 전개와 더불어 비로소 본격적인

근대문학이 출현하기 시작했다는 사실을 강조하는 데 있었다. 그러나 카프가 해산되고 모더니즘 문학이 대표적 흐름을 형성했다는 사실은 우리 근대문학에 어두운 그늘이 자리하고 있었다는 사실을 말하는 것이기도 하다.

1930년대 이상(李箱) 문학의 현실적 상징성을 읽는 행위는 그가 30년대 문학에서 예외적인 존재임을 인정하는 행위와 같다. 김기림이 지적하듯이 모든 시인들이 그 길을 버렸기 때문이다. 그러나 이상(李箱)의 이 예외성은 30년대의 닫힌 현실 속에서 비극으로 막을 내렸다. 이 말은 단순히 그의 비극적 죽음만을 의미하지 않는다. 닫힌 체제의 순환구조를 형상화하도록 그의 시를 강제한 것이 바로 닫힌 현실이었다는 사실을 우리는 무엇보다도 기억해야 할 것이다.[161]

---

161) 박수연, 「이상의 '꽃나무'」, 『한국현대시 대표작품 연구』, 국학자료원, 1998,

이상(李箱) 문학에서 가장 두드러진 특징은 주체의 이항대립 구조를 들 수 있다. 이상(李箱)은 「烏瞰圖 詩 第一號」에서 '무서운 兒孩'와 '무서워하는 兒孩', '막다른 골목'과 '뚫린 골목'이라는 시적 대상의 대립 구조를 형성하였다. 여기서 '무서운 兒孩'와 '무서워하는 兒孩' 및 '막다른 골목'과 '뚫린 골목' 등은 모두 이상(李箱) 자신의 불안의식을 표출하기 위하여 대립의 구조를 설정하고 있다. 그러므로 '兒孩가 무섭다' = '무서운 兒孩' = '무서움을 느끼는 兒孩'라는 등식이 성립된다.

「烏瞰圖 詩 第二號」에서는 '나'와 '아버지'의 대립 양상이 상정되어 있다. '나'는 '아버지'를 부정적인 존재로 인식하고 있다. 그러면서도 '나'의 내면에서는 '나' 또한 '아버지'일 수밖에 없다. 이것은 「烏瞰圖 詩 第二號」에서 '나'와 '아버지'라는 시적 대상이 대립의 구조로 표현되어 있지만 사실은 '나'와 '아버지'는 동일한 처지에 속해 있어 합일의 구조를 추구하고 있음을 내포하고 있다. 이상(李箱)은 이처럼 형식적 측면에서는 시적 대상의 대립적 구조를 설정하고 있지만 그것을 통해 시인의 내면적 무의식의 합일을 지향하고 있다.

「烏瞰圖 詩 第十一號」는 이성의 통제에서 완전히 벗어난 순수한 무의식의 세계를 중심으로 하여 이루어졌다. 「烏瞰圖 詩 第十一號」에서는 아주 파격적인 사건이 연속적으로 일어난 것 같지만 사실은 아무 일도 일어나지 않았다. 이것은 의식이 지배하고 있는 현실세계에서는 불가능한 일이다. 따라서 이상(李箱) 문학에 나타난 무의식적 환상을 이 시에서 찾을 수 있다. 이 시는 무의식 속의 환상, 즉 꿈의 한 장면을 자동기술에 의해 표출하고 있다.

289~290면.

「烏瞰圖 詩 第三號」에서는 '싸움하는 사람'과 '싸움하지 아니하는 사람'이라는 대립구조의 양상이 표출되고 있다. 이상(李箱)에게 있어 그의 주변의 모든 것은 싸움의 대상이다.「烏瞰圖 詩 第三號」에서 중요한 것은 싸움을 하든 그렇지 않든 그것이 중요한 것이 아니라 '싸움' 그 자체가 무엇을 의미하는가가 중요하다. 이상(李箱)은 겉으로는 싸움이라는 형태를 제시하여 시적 대상을 통해 대립의 구조를 설정하고 있지만 그 내면에는 싸울 수밖에 없는 상황에 대하여 말하고 있다.

이상(李箱)의 문학은 자의식의 문학이요 극단적일 만큼 내면 지향적인 문학이다. 그의 문학에서 외적 현실이나 일상적 감정 혹은 전통적인 문학적 규범 등은 철저하리만큼 거세되고 왜곡되거나 부정되어 있다.

1930년대 불행한 시대를 풍미했던 이상(李箱)은 시적 대상의 대립구조에 의해 작품을 형상화하였다. 즉,「烏瞰圖」를 비롯한 다수의 시편에서 이상(李箱)은 작품의 외적 이항대립의 구도를 통해 내면 세계의 무의식적 환상을 작품의 표면으로 끌어올리고 있다.

이상(李箱)의 시「거울」은 현실적 자아와 무의식적 자아가 만나는 공간이기도 하지만 '거울'로 인하여 차단되는 단절의 벽이기도 하다. 작품「거울」에서 '거울 밖의 나'는 '거울 속의 나'를 무서움의 존재로 파악하고 있다. 어떤 대상에 대하여 무서움을 느끼는 것은 자아의 결핍에서부터 비롯된다. 이러한 자아의 결핍은 '내실(內室)'에 거울이 없음으로 '거울 속의 나' 또한 존재할 수 없음을 의미한다. 그에 따라 '거울 밖의 나' 또한 부재할 수밖에 없다. 이러한 자아의 결핍을 통하여 이상(李箱)은 대상에 대한 두려움을 표현하고 있다.

「烏瞰圖 詩 第十五號」에서는 '거울 밖의 나'와 '거울 속의 나'가 대립의 구조로 설정되어 있다. '거울 밖의 나'는 현실적 자아로 볼 수 있으며, '거울 속의 나'는 이상적 자아로 파악할 수 있다. 이 두 자아는 대립의 구조 속에 있다가 다시 합일을 이룬다. 그 합일은 자살, 즉 죽음이다. 이상(李箱)에게 있어 죽음은 현실에서 해방될 수 있는 내면의식의 표출이다. 죽음은 단절이 아니라 현실의 극복을 의미하는 연속의 공간이다.

「화로(火爐)」는 '방안'과 '방밖'의 공간을 대립의 구조로 분할하고 있다. '방안'은 '화로'의 이미지로 따뜻함을, '방밖'은 '극한'의 이미지로 제시되어 있다. 「화로(火爐)」에서 이상(李箱)은 '방밖'의 추위가 '방안'을 위협하는 것으로 그 상징성을 획득하고 있다. 그러므로 「화로(火爐)」는 '방안'으로 상징되는 내면의 실존성, 즉 '바깥'의 추위를 막는 생명성을 표상한다고 하겠다.

「가정(家庭)」에서 시적 자아는 심리적으로 폐쇄된 '문(門)'에 투사되어 있다. 시적 자아의 이러한 투사는 심리적으로 현실 생활 속에서 실현될 수 없는 상상적 세계를 작품 속에 상징 형식으로 이입시키는 자아 실현의 원리에서 기인한다고 하겠다.

이상(李箱)의 시는 초현실주의 기법들이 다양하게 구사되었고 이를 통해 초월의 정신, 자유의 정신을 표현하였다. 이상(李箱)의 시는 억압적 현실에 대한 반항이며 현실을 극복하고자 했던 꿈의 기록이라 하겠다.

1930년대 한국 심리소설의 전개 양상은 일본의 신심리주의의 그것과 상당한 유사성을 가지고 있고, 실제로 1930년대 한국 심리소설 수용의 많은 부분은 일본 신심리주의에서 비롯되고 있다. 예를 들면 최재서는 마르셀 푸르스트, 제임스 조이스의 이론이 일본에 와서, 신심리주의라는 까다로운 명칭을 받고 있는데, 한국에서도 이것을 무비판적으로 수용하고 있다[162]고 지적했고, 『단층』의 동인인 유항림은 伊

藤整의『율리시즈』소개를 통해 심리소설의 특징을 밝히고 있다.[163]

그러나 1930년대 한국 심리소설은 서구 심리소설 계통의 내면의식 탐구라는 면만이 아니라 지식인의 현실에 대한 자의식과 밀접한 관련을 가지고 있다. 즉 1930년대 후반은 외부세계의 묘사 중심이라는 지금까지의 경향과는 달리 인간 내면 세계에 잠재해 있는 자의식의 반응을 중심적으로 다룬 심리소설이 등장한 시기이다. 전대는 외적세계의 현실을 있는 그대로 묘사하는데 치중한 사실주의 소설이 주류를 이루었는데 반하여, 이 시기는 인간 심리의 자의식을 분석하려는 심리주의 소설이 등장하여 문단에 여러 가지 반향을 불러 일으키게 된 것이다.

그런데 1930년대 후반에 발표된 소설들 중, 이와 같이 인간 내면세계에 흐르고 있는 자의식의 문제만을 심층적으로 언급한 소설을 쓴 작가로는 이상, 박태원을 중심으로 한 구인회 동인들과 김이석, 유항림, 구연묵을 중심으로 한 『단층』파 동인들과 정인택, 최명익, 허준 등을 들 수 있다. 한국의 현대 심리소설은 1930년대 후반에 나타난 이와 같은 작가들에 의해 인간의 내면의식의 탐구와 함께 자의식의 변모 양상을 심층적으로 다룬 소설로 한정시킬 수 있다.[164]

한편, 이상(李箱)은 그의 문학에서 끊임없이 대두되는 '애정'의 문제를 자아성찰로 확대하였다. 특히 그는 소설 창작에 있어서 '의식의 흐름'을 통하여 '애정'의 문제를 표현하고 있다.

「지주회시」에서 '아내'는 당대 현실을 상징하는 전형적 인물이다. 그렇다면 '그'의 '아내'에 대한 증오는 '현실'에 대한 증오로 보아야

---

162) 최재서,「풍자문학론」,『조선일보』, 1935. 7. 21. 재인용.

163) 유항림,「개성·작가·나」,『단층』3호, 1938, 137~142면 재인용.

164) 이강언·오병기,「'단층'과 소설의 자의식 변모 양상」,『인문예술논총』제19집, 대구대 인문과학예술문화연구소, 1999, 25~26면.

옳을 것이다. '그'가 '현실'에 대하여 증오를 느끼는 것은 결국, 경제성의 상실로 인한 자아의 '사회적 결핍'을 의미한다고 하겠다. 「지주회시」에서 이상(李箱)은 '그'의 '아내'가 도덕성을 상실한 것으로 서술하고 있지만 사실은 1930년대의 어둡고 험난한 현실의 대변일 뿐이다.

이러한 현실에 대한 불만은 돈에 대한 집착으로 나타난다. '돈'은 '그'에게 있어서 정상적인 삶에의 갈망이다. 자본주의 사회에서 돈은 남성성의 획득을 의미한다. 이러한 돈에의 집착은 '아내'에 대한 집착으로 환원된다. 돈의 획득, 경제성의 획득은 아내에 대한 애정의 획득인 동시에 자아의 획득을 의미한다.

심리소설은 작중 인물의 내면에 흐르고 있는 무의식을 형상화한다. 그러한 형상화에 있어서 내적 독백과 시간과 공간의 몽타주 기법 등은 흔히 혼용되어 나타난다. 이것은 통속적인 연애를 포함하여 이웃 사랑과 당대의 현실적 아픔까지도 껴안으려는 시도이다. 다시 말해서 이상(李箱)에게 있어서 애정문제는 현실인식의 또 다른 방법이며, 자아의 획득 과정에 있다고 할 수 있다. 이것을 이상(李箱)은 심리소설의 기법을 이용하여 작품에 나타내고 있다.

이상(李箱)에게 있어서 시간은 객관적인 시간이 아니고, 주관적인 시간만 존재한다. 시간이 불필요하다는 것은 삶이 무의미하다는 것이다. 하루가 한 시간이 없어도 아무런 상관이 없는 이상(李箱)에게 시간의 부재는 잉여된 삶을 의미한다. 이러한 잉여된 삶을 '그'는 잠으로 보낸다. 그래서 '그'에게 '잠'은 남아도는 시간으로부터의 도피이다. '그'에게는 생활이 없기 때문에 시간이 필요 없으며, 필요 없는 시간을 '잠'으로 보낸다. 그래서 '그'에게 있어서 '잠'은 현실을 도피한 시간인 것이다.

이상(李箱)의 소설에서는 서술자의 시점 변화를 통하여 등장 인물의 내면 세계를 구체적으로 묘사하고 있다. 즉, 3인칭 관찰자 시점에서 서술하다가 1인칭으로의 시점 변화를 통하여 등장 인물의 내면의식을 표출하고 있는 것이다. 이처럼 등장 인물의 내면 세계를 표출하기 위하여 이상(李箱)은 내적 독백을 사용하기도 하고 의식의 흐름을 표현하기도 한다.

이상(李箱) 소설의 주요한 기법적 특징은 첫째, 전통적인 플롯의 부정이다. 연속적이고 합리적이며 질서 정연한 외적 현실이 아니라, 단편적이고 불합리하며 불연속적인 내적 현실을 주로 '고백'(confession)과 '해부'(anatomy)의 형태로 표현하고 있는 대부분의 그의 소설은 입체적, 평행적, 병렬적 구성법을 사용하고 있다. 또한 플롯의 단계를 무시함으로써 기성의 리얼리즘 소설의 플롯과 뚜렷한 대조의 양상을 보여 주고 있다.

둘째, 이상(李箱)의 소설은 '의식의 흐름'(stream of consciousness)을 연상법에 의해서 전개하는 내적 독백(interior monologue)과 솔리로키(soliloquy)의 기법을 사용하고 있다. 이러한 기법에 의하여 그는 인간 내면의 의식을 생생하게 보여 주고 있다.

셋째, 이상(李箱)의 소설에서는 '의식의 흐름'을 그리기 위해 시간과 공간의 몽타주 기법을 사용하고 있다. 그의 소설에는 시간과 공간의 몽타주로 인상과 환영을 새롭게 하는 예가 많이 나타나고 있다. 「실화」는 이러한 기법으로 현재와 과거의 두 개의 시간 병렬과 동시성을 나타내주고 있는 작품의 예라고 할 수 있다. 또한 시간과 공간의 역전 현상은 심리소설의 몽타주 기법에 의하여 나타난다. 이러한 몽타주 기법은 유동적인 의식의 흐름과 함께 나타나는데, 이처럼 이상(李箱)은 자유 연상의 원리를 이용하여 작품을 형상화하고 있다.

1930년대 모더니즘 문학은 '구인회'의 문학적 특성을 살펴봄으로써 구체화할 수 있다. 1930년대 '구인회'의 의미는 카프에 대한 거부뿐만 아니라 공리주의적 문학관을 지향한 모든 문학 운동에 대한 거부에 있다.

1930년대 '구인회' 문학의 구체적인 양상은 크게 세 가지로 구분할 수 있다. 첫째는 그들의 소설에서 주인공이 되는 개인의 내면세계에 대한 탐색이 이루어졌다. 표면적인 행위와 사건 위주의 전대 소설에 비해, 이러한 시도는 심리소설이라는 새로운 양식의 실현을 가져왔다. 즉, 이전까지는 일회적이고, 단일하던 소설의 시간과 공간이 과거와 미래를 종횡무진 넘나들면서, 인물의 잠재적 심리변화의 추이를 묘사하기에 이르렀다. 둘째, 구인회 작가들은 그들의 삶이 그러했던 것과 마찬가지로, 그들의 작품 속에서도 역시 근대 문명과 도시적 삶을 추구했었다. 그들의 성장 과정을 통해서 확인할 수 있듯이, 그들은 도시에서 자라고 교육을 받아온 도시세대이다. 그들은 이미 자신에게 익숙해진 도시문명의 변화에 민감했으므로, 앞으로는 점차 빠른 속도로 번창할 도시 문명에 대해 경이로움과 동시에 위기 의식을 누구보다 먼저 인지했으며, 이를 작품 속에 고스란히 반영하고 있었다. 셋째, 이러한 일련의 노력은 구인회 작가들이 스스로 예술가로서의 사명을 의식하는데서 비롯되는데, 이것은 바로 묘사 정신의 확대를 통한 작가의식의 고취라 할 수 있을 것이다. 이들은 이전 시대 작가들에게서 찾을 수 없는 전문가로서의 작가의식을 가졌으며, 그런 까닭에 문학에서 순수한 문학의 본령을 회복하고 탐구해 나가기에 주력했던 것이라고 할 수 있다.165)

---

165) 유기룡, 「1930년대 '구인회'의 반이념적 문학의 특성」, 『어문론총』 31호, 1997, 420~421면.

이상(李箱)의 소설에서 '방'은 닫힌 공간이고 폐쇄의 공간이다. 이상(李箱)의 소설에서 '방'은 현실과 유리된 '나'만의 공간으로 설정되어 있다. 이러한 닫힘과 폐쇄의 공간 설정을 통하여 이상(李箱)은 철저히 현실과 유리된 삶을 살아가는 작중 인물을 제시하고 있다.

이상(李箱)의 문학에서 죽음의식은 내재된 절망적인 자조의 심리적 기능으로 등장하는데 이는 자기 자신에게 폭력을 가함으로써 얻어지는 쾌감을 느끼려는 일종의 새디즘적 성향이라 할 수 있다.

이상(李箱)에게 있어 죽음의식은 현실세계와는 또 다른 세계의 전개를 의미한다. 이상(李箱)은 죽음의 세계를 상상함으로써 배신과 치욕과 상처의 현실에서 해방될 수 있는 내면 세계를 표출하고 있다.

이상(李箱)의 문학은 인간의 내면 속의 불안과 함께 그것의 해소 혹은 그로부터 도피의 양상을 보여주고 있다. 그것의 첫 번째 양상은 성적 유희이다. 그의 불안의식, 특히 죽음의 위협에 대한 존재적 불안은 그를 성적 본능의 충동에 몰입케 한다. 그의 문학에서 성(性)은 가장 중요한 제재 중의 하나이다.

이상(李箱) 문학에서는 극단적일 만큼 불안과 자의식이 표출되어 나타난다. 그것은 그가 양자로 지낸 유년에서 발단하였으며 그러한 환경은 또한 불안과 자의식에서 벗어나기 위한 문학적 특징으로 나타난다. 그것은 성적 유희와 자살 충동 등의 형태로 작품에 투영되어 있다.

이상(李箱)의 문학은 그 문체와 기법에 있어 극단적일 만큼 전통을 부정하고 실험적, 혁신적인 태도를 취하고 있다. 그의 문학은 이 점에서 다다이즘, 초현실주의, 신심리주의와 그 맥을 같이 하고 있다고 할 수 있다.

이상(李箱) 문학에 있어서 문체의 일반적 특징으로는 첫째, 기존의 장르를 거의 무시하는 듯한 특징을 보여 주고 있는 점이다. 적어도 문장 자체만으로는 그것이 시인지 소설인지 혹은 수필인지 분간이 가지 않는다.

둘째, 그의 문장은 조사법이나 리듬에 있어서 변화와 완급이 심하게 표현되어 있어 독자에게 경이와 당혹을 느끼게 한다.

셋째, 그의 문장에는 한자와 영어, 불어, 일어 등 외래어가 우리말로 이기(移記)되지 않은 채 그대로 나타나고 있다.

넷째, 그의 문장은 한자의 애용은 물론 거의 국한문 혼용체에 가까운 듯한 문장까지 나타나기도 한다.

이상(李箱) 시의 기법적 특징으로 두드러진 것은 재래의 시어가 아닌 단순한 기호 내지 부호에 지나지 않는 숫자와 점들을 사용하고 있다는 것이다.

이상(李箱)의 소설에는 역설(paradox)과 아이러니의 기법이 즐겨 사용되고 있다. 현실에의 직면보다 유희, 부정의 태도를 취하는 그는 역설을 통한 냉소를 즐긴다.

아이러니는 언어적 아이러니도 다수 나타나지만, 「날개」에서와 같이 극적 아이러니의 예가 돋보이기도 한다. 「날개」에서 언어를 구사하고 관념적 유희를 즐기는 주인공이 아내의 직업과 부도덕한 행위에 대해 시종 백치적 인식을 보여 주는 것은 극적 아이러니의 경우이며, 그 효과는 작품의 전체적 효과에 매우 기능적인 구실을 한다.

이상(李箱)은 전통적인 서술 방법을 부정하였으며, 의식의 흐름을 연상기법을 통하여 내적 독백으로 표현하였다. 또한 시간과 공간의 몽타주기법을 통해 시간의 역전 현상을 나타내기도 하였다. 이러한 일련의 기법상의 문제는 1930년대 한국문단의 새로운 성과라 할 수 있다.

이상(李箱) 문학의 특징은 자의식의 위기적 국면이 현실적 사회적 의미 연관과 밀접한 관계를 유지하고 있다는 점에서 찾을 수 있을 것이다. 그의 처녀작인 「十二月 十二日」은 이상(李箱) 자신의 자전적인 요소를 매개로 하여 쓰여진 소설로써, 그의 운명론적 인식이 잘 드러나 있는 것으로 평가받고 있다. 반면, 초기 일문시들의 경우는 그의 고등 공업 교육의 지식을 근간으로 한 산만한 수식과 기하학적 구성이 주류를 이루고 있어 이채롭다. 현실의 절망에서 벗어나기 위해 이상이 몰입했던 것이 바로 수학과 기하학으로 대표되는 관념의 세계였던 까닭이다. 이는 도피적이요, 자기 기만적인 특성을 지닌 것으로 이해된다. 그는 스스로 그와 같은 문제점을 인식하여, 이 두 계열의 결합을 꾀하게 된다. 한글 「오감도」 계열의 시들에서 그 편린을 엿볼 수 있으나, 그가 실제 이 문제에 대해 본질적인 문제 의식을 가지고 창작에 임한 것은 1930년대 중반 이후라 할 수 있다. 「권태」에 나타난 '죽음'과 '시간성'에 대한 인식에서, 우리는 그 근거를 발견할 수 있다. 그의 후기 소설에 등장한 '영웅'적 인물은 자본주의 사회에서 생활에 찌든 나약하고 무기력한 지식인의 자의식을 깊이 있게 천착했다는 점에서 근대 문명에 대한 전면적인 문제 제기라 할만하다. 그는 이 문제를 한계 상황과 관련지어 이해하는 한편, 관념과 현실을 결합한 허구의 형식을 통해 그것을 넘어서려 한다. 그가 말한 소위 '윗티즘'이란 바로 현실의 무질서하고 혼란스런 양상들에 대한 언어적 대응물이다. 그런 요란한 '형식'들 속에서 어려운 합치를 끌어내는 일이야말로 이상에게 있어 죽음과 관련된 강박 관념을 넘어서는 효율적인 통로요, 현실에서 이룩하지 못한 자기 의식 확보를 위한 유력한 방안이다.166)

이상(李箱)은 기존의 허구적 사물에 대응하는 전위적인 언어 체계를 담아내기 위하여 아이러니와 위트와 파라독스와 같은 언술적 방법

---

166) 김유중, 「1930년대 후반기 한국 모더니즘 문학의 세계관 연구 - 김기림과 이상을 중심으로」, 서울대 박사학위논문, 1995, 131~132면.

을 사용하였다. 언어 기법적 측면에 대한 작가의 배려는 내용적 측면에도 동시에 맞물려, 기존의 세계 인식을 뒤집는 결과를 가져오게 된다. 이것은 기존 서사물의 언표적 체계와 그를 바탕으로 형성되는 작품 세계에 대하여 '아이러니와 위트, 풍자'와 같은 방법으로 상투적이고 비본질적인 면을 드러내고 있다. 이는 기존의 언어 체계에 의한 서사물과 서사물이 담게 되는 세계 인식의 한계를 벗어나서 새로운 서사 세계를 가능하게 하였다.

이상(李箱)의 소설은 전통적인 자아의 개념이 붕괴되고 있다. 모더니즘에서 이것은 비연속성에 의한 단절의 현상으로 나타난다. 그것은 자아나 의식은 시간과 공간을 초월하여 부유하는 무질서한 파편들의 결합으로 이루어져 있기 때문이다.

이상(李箱)은 의식의 흐름, 연상수법, 내적 독백, 시간과 공간의 몽타주 등 다양한 문학적 기법을 구사하였다. 그 중에서도 연상수법은 자동기술과 밀접한 연관이 있다. 그것은 의식이나 무의식이라는 내면 세계는 객관적인 현실의 인과관계보다는 오히려 의미있는 연상에 의해 전개되기 때문이다. 따라서 그 작품은 유동적인 내면 세계를 자동기술을 통하여 무질서하게 받아 쓰기한 듯한 인상을 준다.

1930년 당대로서는 새롭고 신선하면서도 아울러 파격적인 이상(李箱) 소설의 서술 기법들은 후대의 작가들에게 지대한 영향을 끼친 것이 사실이다. 특히 1930년대 후반에 활동하였던 최명익, 정인택, 허준을 비롯하여 유항림, 이휘창, 김이석과 같은 『단층』지 동인들은 이상(李箱)에게서 직접적 영향을 받게 되어 이들의 작품에는 이상(李箱)의 다양한 서술기법들이 그대로 원용되어 나타난다. 이상(李箱) 소설의 다양한 기법들이 1930년대 후반의 작가 또는 『단층』지 작가들에게 어떠한 영향을 끼치게 되었는가 하는 문제를 작품 분석을 통해 논의한 이로는 유성하167)가 있다. 그는 나아가 이러한 글들을 통해 이상(李箱) 소설에 나타나는 여러 기법들은 J.Joyce, M.Proust, V.Woolf, W.Faulknet 등의 현대 심리소설의 영향을 받아 쓰여졌다는 것을 이미지와 상징, 모티프, 음성 상징의 패턴 등 세부 항목을 설정하여 논의한 바 있다. 그러나 그 참신한 발상과 많은 노력에도 불구하고 서구의 심리소설과 이상(李箱) 소설에 나타나는 기법적인 유사성 찾기에만 급급하여 보다 심도 있는 작품 분석의 비교가 이루어지지 못한 것으로 보인다.

의식의 흐름에 기초한 유사음 또는 동일어휘, 구절의 반복 기법이라든가 과거·현재·미래의 시제가 뒤엉켜 서술되는 기법 등이 그것이다. 요컨대 이상(李箱) 소설의 다양한 서술 기교·기법들은 전형적인 하나의 전범으로 자리잡게 되어 1930년대 후반, 이상(李箱)의 뒤를 이은 여러 작가들에게 직접적인 영향을 끼쳤으며 나아가 1950년대에 나타나는 관념론적인 전후소설에까지, 더 나아가 오늘날의 현대소설에 이르기까지 직·간접적인 영향력을 행사하게 되는 것이다.168)

이상(李箱)은 개인의 내면적 변화에 관심을 기울이며 개인적인 것을 공적인 것으로 소설화하였다. 이상(李箱)의 경우, 「날개」, 「종생기」 등을 포함한 그의 모든 글쓰기는 허구의 창조라기보다는 그 자신의 삶을 드러내는 일종의 사소설(私小說)로서 인생의 구체적이고 실천적인 삶을 글쓰기로써 기록하고 있다.

---

167) 유성하 외, 「1930년대 한국심리소설의 미적 형식에 관한 고찰」, 『한국현대소설연구』, 도서출판 그루, 1986. 유성하, 「1930년대 한국심리소설의 기법 연구」, 계명대 박사학위논문, 1987.
168) 이중재, 『'구인회' 소설의 미적 구조 분석』, 국학자료원, 1998, 272면.

Ⅵ. 결 론

문학은 인간의 일상적 의미를 있는 그대로 재현한 것이 아니라 작가의 상상력을 동원하여 변형 과정을 통해 재창조된 세계의 표현이다. 이처럼 인간의 삶을 재인식하는 과정에서 생성되는 문학을 통해 우리는 작가의 다양한 세계 인식과 문학적 소양을 직·간접적으로 체험하게 된다. 이 과정에서 문학의 효용 가치가 생성되는 것이다.

문학은 인간의 정신활동에 의해 생성된다. 인간의 모든 활동을 정신과 육체로 이분화 할 수는 없겠지만, 만약 그 분할이 가능하다면 문학은 인간의 정신활동 영역에 속한다고 하겠다. 특히, 20세기에 접어들면서 인간은 정신세계에 보다 많은 관심을 기울이기 시작하였다. 이것은 프로이트 이후 '무의식'이라는 인간의 내면 공간을 문학의 주요 관심사로 다루고 있는 데에서 확인할 수 있다.

결국, 인간의 무의식에 관한 문학적 관심은 자아 탐구의 문제에 초점이 모아진다. 그동안 많은 작가들은 자아의식의 탐구에 심혈을 기울였는데 이 과정에서 다양한 작품의 기법과 작가의식이 생성되었다. 본 연구에서는 한국문학에서 다양하게 표현된 인간의 무의식과 자아 의식의 탐구를 1930년대 이상(李箱)의 시와 소설에서 확인하였다.

일반적으로 이상(李箱) 문학의 성격은 우선 문장의 파격적인 습벽에서 쉽게 노정된다. 그의 시에는 재래의 운율과 띄어쓰기가 파기되어 나타나고, 때로는 숫자와 기호, 수식 등이 도입되기도 한다.

이상(李箱)은 '거울'을 통해 자아를 발견하고 성찰하였다. 또한 '아내'를 통해 전도된 일상을 확대시킨다. 이상(李箱) 문학은 대립항의 중간에서 그 양극을 통합하려는 노력의 소산이라 할 수 있다. 이 과정에서 그는 기존의 어법을 부정하고 급진적 실험정신을 통해 작품을 형상화하였다.

본 연구에서는 이상(李箱)의 작품에 대립의 형태로 나타나는 주체의 양상과 작품을 형성하는 작가의 기저에 내재하여 있는 무의식을 밝힘으로써 이상(李箱) 문학에 대한 기존의 평가를 재고하고, 그의 문학에 대한 본질을 새롭게 조명하고자 하였다. 또한 그의 문학 작품에 나타나는 심리주의의 기법은 어떠한 양상을 띠고 있으며, 이러한 기법의 문제는 그의 내면의식과 어떠한 관계를 맺으면서 소설로 형상화되어 있는지를 고찰하였다.

1930년대 불행한 시대를 풍미했던 이상(李箱)은 시적 대상의 대립 구조에 의해 작품을 형상화하였다. 즉,「烏瞰圖」를 비롯한 다수의 시편에서 이상(李箱)은 작품의 외적 이항대립의 구도를 통하여 내면 세계의 무의식적 환상을 작품의 표면으로 끌어올리고 있다.

이상(李箱) 문학에서 가장 두드러진 특징은 주체의 이항대립 구조를 들 수 있다. 이상(李箱)은「烏瞰圖 詩 第一號」에서 '무서운 兒孩'와 '무서워하는 兒孩', '막다른 골목'과 '뚫린 골목'이라는 시적 대상의 대립 구조를 형성하였다. 여기서 '무서운 兒孩'와 '무서워하는 兒孩' 및 '막다른 골목'과 '뚫린 골목' 등은 모두 이상(李箱) 자신의 불안의식을 표출하기 위하여 대립의 구조를 설정하고 있다.「烏瞰圖 詩 第二號」에서는 '나'와 '아버지'의 대립 양상이 상정되어 있다. '나'는 '아버지'를 부정적인 존재로 인식하고 있다. 그러면서도 '나'의 내면에서는 '나' 또한 '아버지'일 수밖에 없다. 이상(李箱)은 이처럼 형식적 측면에서는 시적 대상의 대립적 구조를 설정하고 있지만 그것을 통해 시인의 내면적 무의식의 합일을 지향하고 있다.「烏瞰圖 詩 第十一號」는 이성의 통제에서 완전히 벗어난 순수한 무의식의 세계를 중심으로 하여 이루어졌다. 이상(李箱) 문학에 나타난 무의식적 환상, 즉 꿈의 한 장면을 자동기술에 의해 표출하고 있다.「烏瞰圖 詩 第三號」에서는 '싸움하는 사람'과 '싸움하지 아니하는 사람'이라는 대립구조의 양상이 표출되고 있다. 이상(李箱)에게 있어 그의 주변의 모든 것은 싸움의 대상이다. 이상(李箱)에게 있어서 중요한 것은 싸움을 하든 그렇지 않든 그것이 중요한 것이 아니라 '싸움' 그 자체가 무엇을 의미하는가가 중요하다.

이상(李箱)의 시「거울」은 현실적 자아와 무의식적 자아가 만나는 공간이기도 하지만 '거울'로 인하여 차단되는 단절의 벽이기도 하다. 작품「거울」에서 '거울 밖의 나'는 '거울 속의 나'를 무서움의 존재로 파악하고 있다. 어떤 대상에 대하여 무서움을 느끼는 것은 자아의 결핍에서부터 비롯된다. 이러한 자아의 결핍을 통하여 이상(李箱)은 대상에 대한 두려움을 표현하고 있다.「烏瞰圖 詩 第十五號」에서는 '거울 밖의 나'와 '거울 속의 나'가 대립의 구조로 설정되어 있다. '거울 밖의 나'는 현실적 자아로 볼 수 있으며, '거울 속의 나'는 이상적 자아로 파악할 수 있다. 이 두 자아는 대립의 구조 속에 있다가 다시 합일을 이룬다. 그 합일은 자살, 즉 죽음이다. 이상(李箱)에게 있어 죽음은 현실에서 해방될 수 있는 내면의식의 표출이다. 죽음은 단절이 아니라 현실의 극복을 의미하는 연속의 공간이다.

이상(李箱)의 시에서는 초현실주의자들이 현실을 초월하는 수단으로써 창안했던 초현실주의 기법들이 다양하게 구사되었고 이를 통해 그의 초현실적 초월의 정신, 자유의 정신을 표현했다. 그런 의미에서 그의 시는 그를 억압하는 현실에 대한 반항이면서 그 현실을 극복하고자했던 초현실주의자의 꿈의 기록이라 할 수 있다.

소설은 인간의 삶을 반영한다. 그것이 리얼리즘에 입각한 현실적 문제를 다루던 인간의 내면의식을 다루던 상관없이 모든 소설은 인간의 삶을 반영한 것이라는 기본적인 테두리 안에서 성립된다. 인간의 삶은 기본적으로 시간의 문제와 결부된다.

문학에서 시간의 문제는 20세기 들어와 심리소설이라는 새로운 개념의 소설을 가능하게 했다. 심리소설은 시간의 문제와 결부하여 기존 소설과는 다른 기법상의 문제를 동반했다. 심리소설의 기법은 작중 인물의 내면에 흐르는 의식을 기본 전제로 하여 그것을 내적 독백과 몽타주의 기법, 역설과 풍자, 상징 등으로 표현하고 있다.

이상(李箱)은 그의 결여된 시간의식 속에서 1930년대의 암울한 현실인식을 심리소설의 측면에서 소설을 창작하였다. 이러한 그의 문학은 본론에서 살펴 보았듯이 가정의 환경과 건강의 문제로 인한 그의 현실인식에 기반을 두고 있다고 할 수 있다.

애정문제는 이상(李箱) 문학의 가장 중요한 의미망을 이룬다. 이상(李箱)에게 있어 애정은 통속적인 연애를 포함하여 이웃 사랑과 당대의 현실적 아픔까지도 껴안으려는 시도이다. 다시 말해서 그의 애정은 현실인식의 또 다른 방법이며 자아의 획득 과정에 있다고 할 수 있다. 이것을 이상(李箱)은 심리소설의 기법을 이용하여 작품에 나타내고 있다. 여기에서 이상(李箱)의 소설에 등장하는 남성 주인공들은 대체로 경제적 바이얼리티를 상실하고 있다. 뿐만 아니라 1930년대를 대표하는 도덕성을 상실한 매음녀나 윤리적 기본 질서의 파괴자인 여성에 의존하여 생존하고 있다. 이상(李箱)은 이러한 인물을 통하여 당시의 식민지 현실과 자본주의의 모순, 혹은 20세기의 현실에 대한 인식 과정을 형상화하고 있다.

이상(李箱) 소설의 시간과 공간은 유폐된 양상으로 나타난다. 그의 소설에서 시간은 「지주회시」나 「실화」에서 보듯, 과거와 현재가 역전되어 나타난다. 이러한 시간의 역전현상은 단순히 액자소설의 형식처럼 한 두 번으로 그치는 것이 아니라 과거와 현재를 수시로 넘나들어 사건이 진행될수록 작품의 내용은 불투명하고 난해해진다. 뿐만 아니라, 이런 현상은 구조적인 문제로까지 확대되어 작품 자체가 거대한 모순덩어리와 같은 혼란한 양상으로 드러난다. 이것은 시간의식의 명료한 인식의 결과로써 이상(李箱)은 소설을 표현 수단이 아니라 탐구의 수단으로 생각했다는 증좌로 볼 수 있다.

소설의 공간 역시 철저하게 유폐된 양상으로 나타난다. 「휴업과 사정」, 「날개」, 「지주회시」, 「실화」 등의 작품에서 보듯 그의 소설의 주인공들은 '방'이라는 현실과 유리된 공간에 유폐되어 있다. 이것은 대타관계나 사회관계에서의 경제적 바이얼리티의 붕괴와 무관치 않다. 여기에서 주인공들은 권태로운 시간과 공간의 억압에서 벗어나기 위하여 '잠'으로 대표되는 식물적인 반수상태를 미화하는 관념적 유희를 드러내고 있는데, 이것은 작중 자아의 어두운 내면 세계의 일면을 도해해 보여주는 것으로써 이 과정에서 주인공의 성인 의식은 완전히 파멸된 상태로 드러난다.

이상(李箱) 소설에서 죽음의식은 애정문제와 더불어 또 하나의 중요한 모티브를 이루고 있다. 이것은 지병인 결핵으로 인한 건강 컴플렉스와 경제적 바이얼리티의 붕괴에서 기인한다고 할 수 있다. 그의 소설의 주인공들은 의식의 절멸화를 되풀이하여 시도하지만 그럴수록 힘과 의지가 소진된 절망적인 자신의 모습만을 확인하고 있을 뿐이다. 그리고 극도로 좌절된 한계 감정은 자살하고 싶다는 비극적 충동으로까지 전이되어 나타난다. 그런데 그의 문학에 되풀이하여 나타나는 자살에의 유혹은 일종의 관념적 유희로서 삶에 대한 강렬한 희구가 강하게 내재된 역설적인 표현이라 할 수 있다. 따라서 죽음의식을 통한 비극적인 자기 확인은 그의 작품이 지니고 있는 냉소적인 요소에도 불구하고 상당한 비장미를 획득하게 된다고 할 수 있다.

이상(李箱)의 소설에 등장하는 인물들을 살펴보면, 의식의 흐름을 다룬 소설이 일반적으로 내적자아의 의식을 작품 속에다 폭로시켜 놓듯이 작가 자신의 자전적 요소가 강하게 드러나 있다. 이상(李箱)은 「날개」, 「지주회시」, 「봉별기」, 「실화」 등의 작품에서 허구적인 자아와 작가와의 관계를 의도적으로 모호하게 서술해 놓고 있는데, 이것은 독자에게 자신의 삶의 양상을 의도적으로 드러내 놓기 위한 소설적 장치에 해당된다. 「봉별기」에서의 금홍, 「실화」에서의 유정, 구보, 지용 등 그 주변의 실존인물의 소설적인 형상화 작업이 그 대표적인 예이다. 이상(李箱)은 푸르스트처럼 자서전과 소설의 관계를 모호하게 함으로써 대타관계에서 자신의 존재양식을 유지하기 위한 극적 태도를 취하고 있는 것이다. 따라서 이것은 심리소설의 특징인 사적 내밀성의 객관화 작업의 일환으로 보아야 할 것이다.

지금까지 살펴보았듯이, 이상(李箱)은 자아를 견고하고 실체적인 통일체로 보는 전통적인 개념에서 탈피하여 현대인의 자아 분열현상을 심리소설의 기법으로 리얼하게 묘사했다고 볼 수 있다. 이런 의미에서 이상(李箱)은 시간을 존재의 본질로 파악하여 이것을 그의 문학에 완결감 있게 반영한 최초의 작가라고 할 수 있다. 그리고 이것을 계기로 하여 한국문단에서는 자아분석적인 심리소설이 활발하게 논의되고 창작되기 시작했다는 점에서, 이상(李箱)은 한국문학사의 새로운 지평을 연 대표적인 작가라고 평가할 수 있을 것이다.

참고문헌

◎ 기본자료

이승훈 엮음,『이상문학전집1』, 문학사상사, 1989.
김윤식 엮음,『이상문학전집2』, 문학사상사, 1991.
김윤식 엮음,『이상문학전집3』, 문학사상사, 1993.
김윤식 편저,『이상문학전집4』, 문학사상사, 1995.
김윤식 편저,『이상문학전집5』, 문학사상사, 2001.

◎ 단행본

고 은,『이상평전』, 민음사, 1974.
구인환,『한국 근대 소설 연구』, 삼영사, 1980.
권영민 편저,『이상 문학 연구 60년』, 문학사상사, 1998.
권철근 · 김희숙 · 이덕형 공저, 『러시아 형식주의』, 한국외국어대학교
          출판부, 2001.
권택영,『소설을 어떻게 볼 것인가』, 동서문화사, 1992.
_____,『포스트모더니즘이란 무엇인가』, 민음사, 1990.
김덕영,『주체 · 의미 · 문화』, 나남출판, 2001.
김 종,『식민지 시대의 시인 연구』, 창제인쇄공사, 1985.
김병욱 편,『현대 소설의 이론』(최상규 역), 대방출판사, 1983.
김성수,『이상 소설의 해석』, 태학사, 1999.
김승희,『이상 시 연구』, 보고사, 1998.
김용직 편,『李箱』, 문학과 지성사, 1977.
김용직,『韓國現代詩硏究』, 일지사, 1974.

김우종,『한국 현대 소설사』, 성문각, 1982.

김우창,『궁핍한 시대의 시인』, 민음사, 1978.

김욱동,『모더니즘과 포스트모더니즘』, 현암사, 1992.

김윤식,『이상 소설 연구』, 문학과 비평사, 1988.

_____,『이상문학텍스트연구』, 서울대학교출판부, 1998.

_____,『이상연구』, 문학사상사, 1987.

_____,『한국근대문학사상 비판』, 일지사, 1987.

김윤식・정호웅,『한국소설사』, 예하, 1993.

김은철・백운복,『문학의이해』, 새문사, 2002.

김주현,『이상 소설 연구』, 소명출판, 1999.

김준오,『시론』, 삼지원, 1982.

김중하,『한국 현대소설 작품론』, 문장사, 1981.

김진석,『한국 심리소설 연구』, 태학사, 1998.

김천혜,『소설 구조의 이론』, 문학과 지성사, 1990.

김치수,『식민지 시대의 문학 연구』, 깊은샘, 1980.

김현・김윤식,『한국문학사』, 민음사, 1977.

김형효,『구조주의의 사유 체계와 사상』, 인간사랑, 1989.

나병철,『모더니즘과 포스트모더니즘을 넘어서』, 소명출판, 2001.

로버트 험프리 지음,『現代小說과 意識의 흐름』, 이우건・유기룡 옮김,
        형설출판사, 1984.

리처드 포스터,『뉴 크리티시즘의 재평가』, 한신문화사, 1990.

멘딜로우 지음,『시간과 소설』, 최상규 옮김, 대방출판사, 1983.

문덕수,『한국 모더니즘 시 연구』, 시문학사, 1981.

박덕근,『현대 문학비평의 이론과 응용』, 새문사, 1988.

박선경,『現代 心理小說의 精神分析』, 계명문화사, 1996.

박종철 옮김,『문학과 기호학』, 대방출판사, 1983.

박진환,『소설 속에서 만난 이상과 프로이트』, 자유지성사, 1996.

박태일,『한국 근대시의 공간과 장소』, 소명출판, 1999.

박현수,『모더니즘과 포스트모더니즘의 수사학』, 소명출판, 2003.

백 철,『신문학사조사』, 민중서관, 1955.

백낙청 편,『리얼리즘과 모더니즘』, 창작과 비평사, 1983.

브룩스 외,『신비평과 형식주의』(이경수 외 역), 고려원, 1991.

서준섭,『한국 모더니즘 문학 연구』, 일지사, 1988.

어문각 편,『한국 문예 사전』, 어문각, 1991.

오생근·이성원·홍정선,『문예사조의 새로운 이해』, 문학과 지성사, 1996.

원명수,『한국문학론』, 일월서각, 1978.

유진 런,『마르크시즘과 모더니즘』(김병익 역), 문학과 지성사, 1991.

유성하 외,『한국현대소설연구』, 도서출판 그루, 1986.

윤태영,『절망은 기교를 낳고』, 교학사, 1968.

이 활,『정지용·김기림의 세계』, 명문당, 1990.

이경훈,『이상, 철천의 수사학』, 소명출판, 2000.

이상문학회,『이상 리뷰』창간호, 역락출판사, 2001.

이상섭,『문학 연구의 방법』, 탐구당, 2002.

이선영 편,『문예사조사』, 민음사, 1986.

이숭원,『근대시의 내면구조』, 새문사, 1988.

_____,『정지용 시의 심층적 탐구』, 태학사, 1999.

이승훈,『문학과 시간』, 이우출판사, 1983.

_____,『시론』, 고려원, 1983.

_____,『모더니즘의 비판적 수용』, 작가, 2002.

_____,『한국 모더니즘 시사』, 문예출판사, 2000.

이영섭,『한국 현대시 형성 연구』, 국학자료원, 2000.

이영지,『이상 시 연구』, 양문각, 1989.

이재선, 『한국 문학의 전통과 변혁』, 일조각, 1976.

_____, 『한국문학주제론』, 서강대출판부, 1989.

_____, 『한국현대소설사』, 홍성사, 1979.

이중재, 『'구인회' 소설의 문학사적 연구』, 국학자료원, 1998.

이태동 편, 『이상』, 서강대학교 출판부, 1997.

정명환, 『한국인과 문학사상』, 일조각, 1973.

정명환·김용직 편, 『李箱』, 문학과 지성사, 1983.

정의홍, 『정지용의 시 연구』, 형설출판사, 1995.

정효구, 『現代詩와 記號學』, 느티나무, 1989.

조연현, 『한국 현대문학사 개관』, 정음사, 1987.

조영복, 『한국 현대시와 언어의 풍경』, 태학사, 1999.

조정래 외, 『1930년대 한국 모더니즘 작가 연구』, 평민사, 1999.

조해옥, 『이상 시의 근대성 연구』, 소명출판, 2001.

진순애, 『한국 현대시와 모더니티』, 태학사, 1999.

최동호, 『하나의 도에 이르는 시학』, 고려대학교 출판부, 1997.

최재서, 『문학과 지성』, 인문사, 1938.

_____, 『최재서평론집』, 청운출판사, 1961.

최재석, 『한국가족연구』, 민중서관, 1970.

최혜실, 『한국모더니즘 소설연구』, 민지사, 1992.

페터 비트머 지음, 『욕망의 전복』 (홍준기·이승미 옮김), 한울 아카데미, 1998.

하이데거, 『形而上學이란 무엇인가』 (최동희 역), 서문당, 1978.

C. W. E, Bigsby, 『다다와 초현실주의』 (박희진 역), 서울대학교 출판부, 1984.

H. 마르쿠제, 『에로스와 문명』 (김종호 역), 박영사, 1975.

Hans Meyergoff, 김준오 역, 『문학과 시간현상학』, 삼영사, 1978.

J. Lacan, 『욕망이론』 (권택영 편역), 문예출판사, 1994.

M.H.Abams,『문학용어사전』(최상규 옮김), 보성출판사, 1991.

N.Frye,『비평의 해부』(임철규 옮김), 한길사, 1982.

R. M. 알베레스,『현대소설의 역사』(정지영 역), 중앙일보사, 1978.

◎ 논 문

고석규,「시인의 역설」,『문학예술』, 1957. 4~7.

고 원,「'날개' 삼부작의 상징체계」,『문학사상』300호, 1997.

고 은,「김해경의 실향」,『이상평전』, 향연, 2003.

고한용,「따따이즘」,『개벽』51호, 1924. 9.

_____,「서울에 왔던 따따이스트의 이야기」,『개벽』52호, 1924. 10.

권성우,「1930년대 한국 모더니즘 소설 연구 – 최명익을 중심으로」, 서울대 석사학위 논문, 1986.

권영민,「이상 문학 60년, 새로운 형식의 물음을 찾아」,『이상 문학 연구 60년』, 문학사상사, 1998.

권윤옥,「이상소설의 시간분석」,『동악어문논집』21집, 동악어문학회, 1986.

권택영,「투영된 자아를 통한 고백」,『문학사상』300호, 1997.

김경복,「한국 현대시의 양가성과 해체시」,『국어국문학』제35집, 부산대 국어국문학과, 1998.

김경욱,「이상 소설에 나타난 '斷髮'과 유혹자로서의 여성」,『관악어문연구』제24집, 1999.

김교선,「불안문학의 계보와 이상」,『현대문학』86호, 1962.

김구용,「레몽에 도달한 길」,『현대문학』, 1962. 8.

김기림,「고 이상의 추억」,『조광』, 1937. 6.

김동식,「한국의 근대적 문학 개념 형성과정 연구」, 서울대 박사학위논문, 1998.

김상배·유재엽,「이상의 오감도 중 시제1호의 한 연구」,『논문집』제27집, 단국대학교, 1993.

김상태,「부정의 미학 - 이상의 문체론」,『문학사상』19호, 1974. 4.

김성수,「이상 시에 이르는 한 가지 길」,『연세학술논집』제27집, 연세대 대학원, 1998.

_____,「이상문학의 기원과 글쓰기의 정신 - <12월 12일>론」,『연세어문학』제29집, 연세대 국어국문학과, 1997.

김승희,「이상 시 연구 - 말하는 주체와 기호성의 의미작용을 중심으로」, 서강대 박사학위논문, 1992. 8.

김연권,「기의의 정신분석이냐? 기표의 정신분석이냐?」,『현대비평과이론』제12호, 한신문화사, 1996.

김옥희,「오빠 이상」,『현대문학』, 1962. 6.

_____,「큰 오빠 이상에 대한 숨겨진 진실을 말한다」,『레이디경향』, 1985. 11.

김외곤,「김남천 문학에 나타난 주체 개념의 변모과정 연구」, 서울대 박사학위논문, 1995. 2.

김용관,「近代 悲劇作家 戲曲 硏究」, 대전대 박사학위논문, 1999. 8.

김용구,「이상 소설의 구조」,『국어국문학』99호, 국어국문학회, 1988.

김우종,「이상론」,『현대문학』, 1958. 5.

김유중,「1930년대 후반기 한국 모더니즘 문학의 세계관 연구 - 김기림과 이상을 중심으로」, 서울대 박사학위논문, 1995.

김윤식,「유클리트 기하학과 광속의 범주」,『문학사상』, 1991. 9.

_____,「이상 문학과 지방성 극복의 과제」,『문학사상』300호, 1997.

김윤태,「한국모더니즘 시론 연구 - 김기림의 시론을 중심으로」, 서울대 석사학위논문, 1985.

김일태,「이상문학 연구사」,『국민어문연구』제1집, 국민대 국어국문학

연구회, 1988.

김종구, 「이상 날개의 시간공간구조 연구」, 『서강어문』 1집, 1981. 6.

_____, 「李箱/異常/以上, 剝製된 오르페우스의 終生의 談論들」, 『한국
　　　언어문학』 제37집, 1996. 12.

김종은, 「이상문학의 심층심리학적 분석 — 오감도에 대한 초현실주의적
　　　접근」, 『문학과비평』 1987 겨울호.

_____, 「李箱의 理想과 異常—韓國藝術家에 關한 精神醫學的 追跡
　　　(其一)」, 『문학사상』 10호, 1973. 7.

김종주, 「라깡과 정신분석」, 『현대시사상』 여름호, 고려원, 1994.

김주현, 「'종생기'와 복화술」, 『외국문학』, 1994. 9.

_____, 「이상 문학의 텍스트 확정을 위한 고찰 — 정인택의 이상 관련 작
　　　품을 중심으로」, 『안동어문학』 제4집, 1999.

_____, 「이상 시의 상호 텍스트적 분석」, 『관악어문연구』 제21집, 서울대
　　　국어국문학과, 1996.

_____, 「이상소설의 글쓰기 양상 연구」, 서울대 박사학위논문, 1998. 2.

_____, 「종생기와 복화술」, 『외국문학』, 1994. 겨울

김중하, 「'날개'의 패턴 분석」, 『한국 현대소설 작품론』, 문장사, 1981.

김진석, 「오정희 소설 연구」, 『인문과학연구』 제12호, 서원대 인문과학연
　　　구소, 2003.

_____, 「이상 문학에 나타난 시간의식과 서사구조」, 『인문과학연구』 제
　　　10호, 서원대 인문과학연구소, 2001.

_____, 「이상 수필 연구—표현 양식의 실험과 글쓰기 양상을 중심으로」,
　　　『인문과학연구』 제11호, 서원대 인문과학연구소, 2002.

_____, 「李箱文學硏究—'지주회시'와 '실화'에 나타난 心理小說的 傾
　　　向을 중심으로—」, 『서원대 논문집』 제24집, 1989.

_____, 「한국현대소설에 나타난 가족 구성원의 갈등 양상」, 『과학과 문

화』제1권 1호, 서원대 미래창조연구소, 2004, 39면.

김창근, 「만해시와 이상시에 나타난 시적 상상력 분석」, 『동의논집』 제7
　　집, 1982. 12.

김창호, 「시에서의 공간 문제」, 『영주어문』 제1집, 영주어문연구회, 1999.

김치수, 「식민지 시대의 문학」, 『식민지 시대의 문학 연구』, 깊은샘, 1980.

김택중, 「김동리 소설의 문학지형학 연구」, 대전대 박사학위논문, 2000. 2.

김향안, 「이상과의 결혼」, 「理想에서 창조된 이상」 등, 『문학사상』,
　　1986. 4~1987. 1.

김현정, 「백철의 휴머니즘 문학 연구」, 대전대 박사학위논문, 2000. 8.

나병철, 「1930년대 후반 도시소설 연구」, 연세대 박사학위논문, 1990. 2.

_____, 「'날개'에 나타난 현대성과 현실성」, 『연세어문학』 제19집, 연세
　　대 국어국문학과, 1986.

님금희, 「이상 소실에 나타난 시간연구」, 효성여대 석사논문, 1989.

노지승, 「이상 소설의 시간성 연구」, 『현대문학연구회』 제198집, 서울대
　　대학원, 1998.

로잘린드 카워드·존 엘리스, 「라깡과 주체의 문제」 (이미선 옮김), 『현대
　　시사상』 여름호, 고려원, 1994.

류광우, 「이상 문학 텍스트의 구현방식과 의미 연구」, 충남대 박사학위논
　　문, 1993. 2.

명형대, 「1930년대 한국 모더니즘 소설의 공간구조 연구」, 부산대 박사학
　　위논문, 1991. 2.

문덕수, 「李箱의 作品硏究」, 『省谷論叢』 7집, 1977

문종혁, 「몇 가지 이의(異議)」, 『문학사상』, 1974. 4.

_____, 「심심산천에 묻어주오」, 『여원』, 1974. 4.

문흥술, 「이상 문학에 나타난 주체분열과 반담론에 관한 연구」, 서울대 석
　　사학위논문, 1991.

민 찬, 「조선후기 우화소설의 다층적 의미구현양상」, 서울대 박사학위논문, 1994.

박명용, 「이상의 烏瞰圖 詩第一號 – 상황과 도주반사의 몸짓」, 『한국현대시 대표작품 연구』, 국학자료원, 1998.

박수연, 「이상의 '꽃나무'」, 『한국현대시 대표작품 연구』, 국학자료원, 1998.

박신헌, 「이상의 '날개', 주제구현을 위한 작품전개방식 연구」, 『어문론총』 31호, 경북어문학회, 1997.

박장례, 「1930년대 도시소설의 근대성」, 『한국언어문학』 제45집, 한국언어문학회, 2000.

박진환, 「이상의 문학과 메카니즘」, 『문원 박명용 박사 화갑기념논총』, 2000.

박태원, 「고 이상의 편모」, 『조광』, 1937. 6.

박향서, 「이상문학의 시간의식 연구」, 원광대 교육대학원 석사논문, 1989.

방경태, 「1930년대 한국 도시소설의 시간과 공간 연구」, 대전대 박사학위논문, 2003. 8.

사노 마사히토(佐野正人), 「九人會メンバーの日本留學體驗 – 鄭芝溶, 金起林, 李箱の場合をめぐって」, 『인문과학연구』 제4호, 전주대 인문과학종합연구소, 1998.

서준섭, 「1930년대 한국 모더니즘 문학 연구」, 서울대 박사학위논문, 1988. 8.

송기한, 「전후 한국시에 나타난 시간의식 연구」, 서울대 박사학위논문, 1996.

송창섭, 「상징 날개와 욕망 트럭(1) – 이상의 '날개'와 김기덕의 '나쁜 남자'」, 『내러티브』 제6호, 2002.

신희천, 「이상과 이상문학」, 『국민어문연구』 제1집, 국민대 국어국문학

연구회, 1988.

안미영, 「이상 소설에 나타난 신체 인식 표출 양상」, 경북대 박사학위 논문, 2001.

_____, 「'구인회' 형성기 연구」, 『개신어문연구』 제15집, 개신어문학회, 1998.

엄국현, 「오감도 시 제1호의 분석」, 大餘 김춘수교수 화갑기념논총 『현대시논총』, 간행위원회, 1982.

오규원, 「이상의 생애·일화·연인들」, 문장사, 1980.

오생근, 「자동기술과 초현실주의적 이미지」, 『문예사조의 새로운 이해』(오생근·이성원·홍정선 엮음), 문학과 지성사, 1996.

오세영, 「30년대의 문학적 상황과 순수문학의 대두」(황패강·조동일 외),

우정권, 「이상의 글쓰기 양상」, 서울대 석사학위논문, 1996. 8.

원명수, 「이상 시의 형식 고-몇 가지 문제점을 중심으로」, 大餘 김춘수교수 화갑기념논총 『현대시논총』, 간행위원회, 1982.

유광우, 「이상문학 텍스트의 구현방식과 의미연구」, 충남대 박사학위 논문, 1993.

유기룡, 「1930년대 '구인회'의 반이념적 문학의 특성」, 『어문론총』 31호, 경북어문학회, 1997.

유성하, 「이상 소설의 기법 연구」, 계명대 석사학위 논문, 1981.

_____, 「1930년대 한국심리소설의 미적 형식에 관한 고찰」, 『한국현대소설연구』, 도서출판 그루, 1986.

_____, 「1930년대 한국심리소설의 기법 연구」, 계명대 박사학위논문, 1987.

유재순, 「이상문학에 나타난 공간의식 연구」, 『호남어문학』 제2호, 1994.

윤태영, 「이상의 생애」, 『절망은 기교를 낳고』, 교학사, 1968.

_____, 「자신이 건담가라던 이상」, 『현대문학』, 1962. 12.

이강수, 「이상 텍스트 생산과정 연구」, 서울대 석사학위 논문, 1997.

이강언, 「'지주회시'의 몇 가지 기법」, 『영남어문학』13, 1986.

이강언·오병기, 「'단층'파 소설의 자의식 변모 양상」, 『인문예술논총』 제19집, 대구대 인문과학예술문화연구소, 1999.

이경훈, 「질투의 수사학 – 이상연구 8」, 『연세어문학』 제30·31호 합집, 연세대 국어국문학과, 1999.

_____, 「긍정성의 부재 암시하는 역설적 글쓰기 – 이상 및 박태원과 관련된 한국 모더니즘의 한 양상」, 『문학사상』300호, 1997.

이계열, 「이상 소설 연구 – '지주회시', '날개'를 중심으로」, 『어문논집』 제6집, 숙명여대 국어국문학과, 1996.

이명희, 「'구인회' 작가들의 여성의식 – 김기림, 박태원, 이태준을 중심으로」, 『어문논집』 제6집, 숙명여대 국어국문학과, 1996.

이복숙, 「이상시의 모더니티 연구 – 단절성과 추상성을 중심으로」, 경희대 박사학위논문, 1988. 2.

이순옥, 「이상 시에 나타난 초현실주의적 유희성」, 『국어국문학연구』 제26집, 경남대 국어국문학과, 1998.

이승훈, 「날개의 구조분석」, ≪월간문학≫, 1981. 2.

_____, 「이상시연구 – 자아의 시적 변용」, 연세대 박사학위논문, 1983. 8.

이어령, 「나르시스의 학살 – 이상의 시와 그 난해성」, 『신세계』, 1956. 10.

이영자, 「'오감도'의 구조와 상징 연구」, 명지대 박사학위논문, 1986. 8.

이종희, 「李箕永 小說硏究 – 他者性 談論을 중심으로」, 대전대 박사학위논문, 2004. 2.

이재선, 「이상 문학의 시간의식」, 『한국현대소설사』, 홍성사, 1979.

_____, 「전통과 반역 – 사실주의와 이상문학의 시간」, 『한국문학의 전통과 변혁』, 서강대, 1976.

이정호, 「'오감도'에 나타난 기호의 이상한 질주 – 라캉의 정신분석을 원용한 '오감도' 읽기」, 『문학사상』 300호, 1997.

이진경, 「라깡 : 도둑맞은 편지, 도둑맞은 무의식」, 한국산업사회연구회, 『탈현대사상의 궤적』, 새길, 1995.

이태동, 「이상의 시와 반어적 의미」, 『문학사상』 300호, 1997.

임명섭, 「이상의 문자 경험 연구」, 고려대 박사학위논문, 1997. 8.

임종국, 「이상론」, 『고대문화』 1호, 1995. 12.

전우형, 「1930년대 한국 소설가소설 연구」, 『현대문학연구』 제235집, 2001.

전정구, 「이상의 글쓰기와 수사학적 성격」, 『한국언어문학』 제37집, 1996. 12.

정귀영, 「이상 문학의 초의식 심리학」, 『현대문학』, 1973. 7~9.

정규희, 「'단층' 誌 소설의 공간연구 - '방'의 상징성을 중심으로」, 『국어국문학 논문집』 제13집, 동이대 국어국문학과, 1994.

정덕준, 「한국 근대소설의 시간구조에 관한 연구」, 고려대 박사학위논문, 1984. 8.

정명환, 「부정과 생성」, 『한국인과 문학사상』, 일조각, 1973.

정명환·김용직 편, 「부정과 생성」, 『李箱』, 문학과 지성사, 1983.

정용문, 「이상의 시에 나타난 기호의 의미 - '오감도 시제4호'를 중심으로」, 『영주어문』 제1집, 영주어문연구회, 1999.

정인택, 「불상한 이상」, 『조광』, 1937. 12.

정현기, 「'집 짓기' 공리로 읽는 이상의 '지주회시'」, 『문학사상』 300호, 1997.

정효구, 「이상 문학에 나타난 '사물화 경향'의 고찰」, 『개신어문연구』 제14집, 1997.

조남현, 「실험과 모순의 텍스트, 그 안팎」, 『문학사상』 300호, 1997.

조두영, 「이상초기 작품의 정신분석」, 『신경정신의학』, 1977. 12.

조연현, 「근대정신의 해체」, 『문예』, 1949. 11.

조용만, 「이상 시대, 젊은 예술가의 초상」, 『문학사상』, 1987. 4~6.

조용복, 「한국 현대시에 있어 모더니티의 발현과 자기 정체성 확립 과정 연구」, 『한국문화』30, 서울대학교 한국문화연구소, 2002.

주근옥, 「한국시 변동과정의 모더니티에 관한 기호학적 연구」, 대전대 박사학위논문, 2001.

진순애, 「한국 현대시의 실험시 계보」, 『개신어문연구』 제14집, 1997.

진정석, 「김동리 문학 연구」, 서울대 석사학위 논문, 1993.

최미숙, 「한국 모더니즘시의 글쓰기 방식에 관한 연구 – 이상과 김수영을 중심으로」, 서울대 박사학위논문, 1997. 8.

최병우, 「이상소설고 – 서술구조를 중심으로」, 서울대 석사학위논문, 1982.

최예열, 「한국 전후소설에 나타난 현실인식 연구」, 대전대 박사학위논문, 2000.

최지현, 「한국근대시 정서체험의 텍스트조건 연구」, 서울대 박사학위 논문, 1997.

최혜실, 「1930년대 한국 심리소설 연구 – 최명익을 중심으로」, 서울대 석사학위 논문, 1986.

_____, 「한국 모더니즘 소설 연구」, 서울대 박사학위논문, 1991. 2.

한상수, 「韓國 兒童文學의 敎育的機能 硏究」, 단국대 박사학위논문, 1989.

한혜선, 「시간구조와 공간구조에 나타난 사상성 연구」, 이화여대 석사학위 논문, 1974.

허남영, 「이상소설에 있어서 주관적 시간의 의미」, 경희대 석사논문, 1981.

홍경표, 「의미추상과 상징언어 – 이상 시와 김춘수 시의 의미해석 일단」,

大餘 김춘수교수 화갑기념논총『현대시논총』, 간행위원회, 1982.

홍준기, 「정신분석학과 맑스주의 − 라깡과 알뛰쎄를 중심으로」,『창작과 비평』여름호, 1994.

황도경, 「이상소설의 공간연구」, 이화여대 박사학위 논문, 1993.

황종연, 「'문장'과 문학의 정신사적 성격」, 동국대, 석사학위논문, 1984.

황현산, 「'오감도' 평범하게 읽기」,『창작과비평』1998 가을호.

제2부

시적 공간의 내면의식

『밤의 幻想曲』의 性的 이미져리 고찰

1. 욕망의 문학적 승화

一珉 鄭義泓은 1967년 ≪현대문학≫에 김현승의 추천으로 문단에 데뷔한 시인이다. 문단 데뷔 후 그는 활발한 작품 창작을 하였으나, 이후 1996년 5월 19일 불의의 교통사고로 죽음을 맞이하기 전까지 시집으로 발간된 것은『밤의 幻想曲』(신라출판사, 1976)과『하루만 허락 받은 시인』(새미, 1996) 등의 양적으로 다소 궁핍한 단 두 권의 시집을 세상에 선보였다.『밤의 幻想曲』에 발표된 시가 45편,『하루만 허락 받은 시인』에 발표된 시가 57편, 모두 102편만이 존재한다.

이렇게 작품이 수적으로 열세함에도 불구하고 문단에서의 그에 대한 문학적 평가는 그 중요한 자리를 차지하고 있다. 그것은 그의 초기 시에 해당하는『밤의 幻想曲』에서 "예술주의자로서 예리한 감각의 표출, 선명한 이미지의 추구, 독창적인 상징법"[1]이라는 그의 문학적 특징을 유감없이 발휘하였고, 그의 마지막 시집이 된『하루만 허락 받은 시인』에서는 참여시계열의 또 다른 영토를 확장[2]했기 때문일 것이다.

---

1) 신경림, <춥고 어두운 세월 속, 치열한 시정신의 軌跡>,『하루만 허락 받은 시인』, 도서출판 새미, 1996, 127면.

본고에서는 정의홍 시인의 예술주의자로서의 시세계에 주목하면서 그의 시에 자주 이용되는 성적 이미져리에 초점을 맞추어 성적 이미져리가 그의 시에 어떻게 용해되어 있는 지를 살펴봄으로써 그의 문학세계를 한층 넓히려는 데에 목적을 둔다.

이영걸은 『밤의 幻想曲』에 실린 그의 시를 시대상황·자연·종교적 명상의 세 범주로 대별[3)]하였다. 본고에서는 이영걸의 의견을 적극 수렴하여 정의홍의 『밤의 幻想曲』에 실린 시를 현실시, 자연시, 종교시로 각각 분류하였다. 현실시, 자연시, 종교시로 분류한 그의 시들을 중심으로 각각의 작품에 이용되고 있는 성적 이미져리의 확인 작업은 그의 문학세계를 새롭게 조명하는 일이 될 것이다.

정의홍의 시에서는 성적 이미져리가 자주 나타난다. 성적인 욕구는 식욕과 더불어 인간의 가장 기본적인 본능이다. 본능인 만큼 性에 대한 인간의 관심은 지속적이고 적극적이면서도 그것의 표출에 대한 숨김은 동물과 다른 인간만의 특권처럼 정당화되고 있다. 하지만 의식적 작용이든 무의식적 작용이든 인간은 性을 갈망하고 추구한다. 욕망은 주체의 피구속성을 강화하며 그를 세계에 얽어매는 기능을 한다. 특히 식욕은 동물적 욕구의 가장 저급한 드러남이라 할 수 있으며 그만큼 즉물적이고 무반성적이다. 욕망은 주체를 일으켜 세우기도 하지만 동시에 그를 제한하고 일정한 주형 속에 밀어 넣는 것이다. 욕망의 궁극적 목적은 자기 보존, 자기 확장이다. 본고에서 인간의 내면에 잠재해

---

2) 7·80년대의 시는 그 시대의 이상적인 삶을 추구함이 없이는 생명력을 가질 수 없다는 대의에도 불구하고, 대세추수주의로 매도되는 경향도 없지 않았다. 그의 시들도 자칫 도매금으로 넘어갈 위험을 지니지 않는 것은 아니지만, 꼼꼼히 읽어보면 분명 그의 시는 다르다. 어느 한편을 막론하고 현실이나 그에 대한 감정이 생경하게 드러나지 않고 시적 여과를 거친다는 점이 그것이다.(신경림, 위의 책, 128면.)

3) 이영걸, <鄭義泓의 詩世界>, 『밤의 幻想曲』, 신라출판사, 1976, 10면.

있는 성적 욕망을 들추어내는 것의 기저에는 문학적 상상력이라는 조건이 자리하고 있다. 그것은 인간의 본능인 性의 욕구가 들추어 내기 식의 저속함을 뛰어넘어 자연스러운 하나의 일상으로서 문학적 승화라는 작업을 획득할 수 있기 때문이다.

2. 성적(性的) 이미져리의 전개 양상

1976년에 발표된 『밤의 幻想曲』에는 모두 45편의 시가 수록되어 있다. 본 장에서는 현실시, 자연시, 종교시로 분류된 각각의 시편들에서 성적 이미져리가 어떻게 발현되고 있으며, 성적 이미져리가 작품에서 갖는 의의를 파악함으로써 정의홍의 문학세계를 음미하는 기회를 마련하고자 한다. 먼지 말하지민 정의홍의 시에서 성적 이미져리는 표현된 그 자체가 아니라 독자로 하여금 흥미를 유발시키면서 작품의 형상화에 보조적인 수단으로 미학적 수준의 예술성에 그 의의가 있다고 하겠다.

정의홍의 시에 나타나는 성적 이미져리들은 얼핏 그 자체로 의미를 드러내는 듯하나, 그것은 단지 하나의 예술적 장치일 뿐이다. 그의 시에서 성적 이미져리들은 당의적 관점으로 파악된다. 그것은 그의 시가 내포하고 있는 현실지향적 의식태도를 전달하는 데 매우 적절한 효과를 자아내기 때문이다.[4]

본고에서 『밤의 幻想曲』에 수록된 시들 중 현실시로 분류한 것은 모두 19편이다. 즉, 「하루만 허락 받은 마을」, 「물은 흘러서」, 「나의

---

4) 김완하, <현실에 대한 사랑과 그 고통 – 鄭義泓의 『하루만 허락 받은 시인』>, 『정의홍 시인의 삶과 문학』, 호서문학사, 1999, 83면.

農夫」,「내가 못한 말들」,「시골 풍경」,「생활일기」,「깊은 밤」,「통곡제」,「방황1」,「방황2」,「늦잠」,「채석장 소묘」,「밤의 환상곡」,「눈 속의 이야기」,「장날」,「고속도로」,「주점야화」,「비 오는 소리」,「우리에게 내리는 비는」 등이다.

현실시에 해당하는 19편의 작품들에서 성적 이미져리가 나타난 시들은「하루만 허락 받은 마을」,「내가 못한 말을」,「깊은 밤」,「방황2」,「늦잠」,「밤의 환상곡」,「장날」,「고속도로」,「주점야화」등 모두 9편이 해당한다. 현실시로 분류한 19편의 시 중 9편의 시에 성적 이미져리가 나타난다는 것은 그의 시세계를 파악하는 데 중요한 단서가 된다.

> 내 육체는 강간을 당한 채 나동그라졌다. 부러진 손가락이며 밤이 짐승처럼 누워있는 언덕이며 오, 내 육체는 이미 나의 것이 아니다. 쥐떼들이 사타구니부터 모조리 갉아먹고 뼛조각만 앙상하게 남았을 뿐, 그래도 내가 못한 말을 하지 못하고, 그래도 내가 내 이름을 부를 수 없는 이 산등성이를 겨울해는 빙긋이 웃으며 넘어다본다.
>
> 「내가 못한 말을」[5]에서

이 시에서 시적 화자는 "강간을 당한 채 나동그라"진다. "내 육체는 이미 나의 것"이 아니고 "쥐떼들이 사타구니부터 모조리 갉아먹고 뼛조각만 앙상하게" 남아있을 뿐이다. 그것은 화자가 할 말을 하지 못한데에서 오는 괴리이다. 진실을 발설하지 못하는 억압의 상황에서 시인은 시적 화자를 강간당하게 하고, 사타구니부터 쥐떼들이 갉아먹게 한다. '강간', '사타구니' 등의 성적 이미져리의 시어들은 이 시에서 중요한 자리를 차지하지는 않는다. 다만 미학적 시각이 무시된 일상화된

---

5) 정의홍,『밤의 幻想曲』, 신라출판사, 1976, 35면.

시에서 이들 시어들은 예술적 차원으로 이끄는 매개물 정도인 것이다.

"벽시계의 엉큼한 혓바닥이 / 귓부리를 핥으며 나를 유혹하"는 「깊은 밤」6) 시인은 깨어 있다. 깊은 밤에 홀로 깨어 자기 반성과 성찰을 거듭하고 있는 것이다. 여기서 벽시계는 '엉큼한 혓바닥'으로 나의 '귓부리를 핥으며 유혹'한다. 벽시계가 의미하는 것은 제목에서 알 수 있듯이 '깊은 밤'이라는 시간적 의미로 사용되고 있다. 이러한 자기 반성과 성찰 가운데에서 시인은 또한 고민하며 방황하고 있다. 깊은 밤까지 잠을 못 이루는 시인은 "늦잠"7)을 잘 수밖에 없을 것이다. 늦잠을 자고 있는 사이 "어느 새 문틈으로 선을 보던 햇살은 / 식민지처럼 마른 내 알몸을 훔쳐가고" 있다. 진리의 햇살이 '식민지가 되어버린 내 알몸을 훔쳐가'는 행위는 역으로 햇살에게 내 알몸의 전부를 내 보이는 행위이다. 이러한 행위는 시인이 진리 앞에 떳떳할 수 있었기 때문이다.

> 간밤에 뚝 잘린 나의 다리가
> 새벽녘의 거리에도 팽개쳐 있고
> 한가닥 금쪽을 오려내는 가윗날
> 가윗날에 목이 걸린 뜨거운 소식을 읽으며,
> 外國産 피묻은 안경알은
> 子正을 막 넘어서는 시간의 잔등에 박힌
> 비밀을 앗아가고 있다.
>   (중략)
> 수술이다.
> 떨어져 나간 살쩜들이 술술 기어가는
> 깊은 幻想의 병실에서도

---

6) 「깊은 밤」, 위의 책, 45면.

7) 위의 책, 57면.

우리네 밤은 크낙한 질투의 수술이다.
새끼 깐 벌레들이 걸어나오고
한밤내 침대위를 뛰어오르는
내 情婦의 숨소리
괴로워라 괴로워라 괴로워라
머리맡에 쭈그리고 누운 신문지에서
특종 기사들이 기어다닌다.
　　　(중략)
팔다리가 몽땅 부러져 나간
근지러운 몸뚱어리가
都市의 한복판으로 뛰어다니고
바람이 빌딩의 코끝을 빨면서
나무의 머리채를 휘잡을 때,
가지위에 걸터 앉은
내 끊어진 다섯 개의 손가락이
시시각각으로 다섯빛깔의 울음을 토한다.
누구냐, 이 밤 시간의 얼굴을
끌어내어 어둠 속으로 앗아가는 者는.
요란한 子正의 시계소리가
불구의 性器를 만지작이며
二十一世紀의 아픔을 갈고 있다.

「밤의 幻想曲」[8]에서

　시인은 이 시에서 도시문명의 비판을 노래하고 있다. "간밤에 뚝 잘린 나의 다리"가 거리에 팽개쳐 있고, "外國産 피묻은 안경알"은 "가윗날에 목이 걸린 뜨거운 소식을 읽으며 비밀을 앗아가고"있다. "우리의 비틀어진 언어" 때문에 "우리네 생활의 실꾸러미에 폐병 3기쯤 되는 여름"이 감긴다. 폐병 3기쯤 되는 우리의 일상을 시인은 수술할 수

───────────────
8) 위의 책, 62~64면.

밖에 없다. 그러나 "팔다리가 몽땅 부러져 나간 / 근지러운 몸뚱어리가 / 都市의 한복판으로 뛰어다니고 / 바람이 빌딩의 코끝을 빨면서 / 나무의 머리채를 휘잡"고 있다. "내 끊어진 다섯 개의 손가락"은 "시시각각으로 다섯빛깔의 울음을" 울 뿐이다. 그저 "子正의 시계소리"가 "불구의 性器를 만지작이며 / 二十一世紀의 아픔"을 갈고 있다. 그래서 "내 意志와 자존심이 / 알몸을 드러내"9)고 있는 것이다.

정의홍 시 중 현실시로서 성적 이미져리가 나타난 시들은 시대상황과 맞물려 현실을 노래하고, 자기 반성과 성찰, 문명의 비판 등 리얼리즘적 색채를 강하게 띤다. 그러나 여타의 사실주의 계열의 시와 구분되는 그의 현실시는 시인 특유의 상상력과 성적 이미져리의 결합으로 리얼리즘의 예술적 승화를 보여주고 있다.

45편의 『밤의 幻想曲』에 수록된 詩 중에서 자연시로 대별된 것은 「달」, 「가을 이미지」, 「춘망」, 「월광곡」, 「아침」, 「폭포수」, 「산중신곡」 - 폭포수 - , 「산중신곡」 - 산색 - 등 모두 8작품이다. 이 중 본고에서 관심을 두고 있는 성적 이미져리가 나타난 시는 「월광곡」과 「아침」을 제외한 나머지 여섯 작품이 해당한다. 앞서 살펴본 현실시 계통의 시와 비교해 볼 때 자연시 계열의 시에서 성적 이미져리가 비율적으로 많이 나타난다는 것은 주목할 만한 현상이다.

> 암탉이 꼬꼬오 하고 낳은 달걀같다.
> 바람난 손이 핥다가 그냥 버린
> 그리움의 젖꼭지같다.
> 내 아내가 외도하다 들켜버린
> 불안의 열매같다.

---

9) 「酒店夜話」, 위의 책, 74면.

참말로 울음만이 타오르는 언덕같다.

「달」10) 전문

정서는 원래 주관적이며 개인적이다. 이미지가 환기하는 정서가 신선감을 주는 이유도 이 주관성에 있다. 시인은 대상을 특수한 관점으로 보고 있으며, 그 대상엔 시인의 주관적 감정이 착색되어 있다. 따라서 시의 이미지는 실제의 대상과는 다른 것이며, 시인의 주관적 감정에 따라 선택된 것이다. 즉, 이미지의 선택은 자의적이 아니라 시인이 표현하고자 한 주관적 정서에 좌우된다. 정서는 '이미지 선택'의 원리이다. 정서는 한 편의 시속에 선택된 여러 이미지들을 同一化하고 統一시킨다.11)

위에 인용한 시에서 '달'의 이미지는 '달걀', '젖꼭지' '열매', '언덕' 등으로 전이되어 나타나고 있다. '달걀', '젖꼭지', '열매', '언덕' 등은 하나의 이미지로 묶기가 어려운 대상들이다. 그러나 시인은 각각의 대상물들이 '둥글다'라는 이미지 하나로 각각의 대상을 '달'로 표현하고 있다. 이미지의 선택에 있어서 시인이 표현하고자 하는 주관적 정서에 의해 '달'은 '달걀'이다가 '그리움의 젖꼭지'이다가 '불안의 열매'이며 '언덕'인 것이다. 시인의 상상력을 재는 기준이 있다면 정의홍의 이러한 상상력은 중요한 잣대가 될 것이다.

이 시에서도 성적 이미져리는 나타난다. "바람난 손이 핥다가 그냥 버린 / 그리움의 젖꼭지"와 "내 아내가 외도하다 들켜버린 불안의 열매" 같은 달은 그야말로 정의홍 시인의 상상 속에서나 가능한 일일 것

---

10) 위의 책, 27면.

11) 김준오, 『시론』, 삼지원, 1982, 107면.

이다. 하지만 앞 서 살펴본 바와 같이 이 시에서도 성적 이미져리는 대상인 '달'을 형상화하기 위한 하나의 장치에 불과하다. 「가을 이미지」[12]에서도 "뜨겁도록 사랑이 물오른 / 숲"이나 "바람난 호박은 / 발가벗은 채 몸을 뒤척이고"나 "임종을 알리는 종소리만 / 귓부리의 가장 아픈 곳을 핥으며 / 남아있다."에서 처럼 성적 이미져리가 나타난다. 그러나 이것은 "나의 여름을 / 지옥 속으로 무작정 몰아넣고", "홀로 앗아간 내 설흔의 나이테에 / 또 한잎 가을이 돋"아나는 가을에 대한 시인의 지극히 개인적인 감상을 시로 형상화하는 도구로 사용하고 있다. 이것은 자연을 정복의 대상이 아니라 인간과 조화를 이루며 공존하는 동양적 사고와 맞닿아 있다고 볼 수 있다.[13] 그래서 그의 시편에는 아지랑이도 "할먼네 문지방에도 바람난 아지랑이"[14]이고, 물소리는 "생선처럼 퍼득이는 / 내 아내의 알몸을 훔칠"[15] 수도 있다.

꿈을 게워낸
허이연 이불을 덮네
피곤하게 절룩이는 물소리가
생선처럼 퍼득이는
내 아내의 알몸을 훔칠 때
낚시 끝에 묻어나는 욕망의 손들,
내 스물 아홉의 나이가
빠져 달아나네.

---

12) 정의홍, 앞의 책, 28면.
13) 동양 비평가들은 서양 비평가들과는 전혀 다른 문화적 배경을 가지고 있다. 더러 예외가 없는 것은 아니지만 동양에서는 자연을 지배와 정복의 대상으로 보지 않고 오히려 자연과의 조화와 균형을 꾀한다.(김욱동, 『문학 생태학을 위하여』, 민음사, 1998, 231면.)
14) 정의홍, 「春望」, 앞의 책, 47면.
15) 「山中新曲」 − 폭포수, 위의 책, 76면.

옥양목 열두폭을 펼친 듯

여름은 물 속으로 천천히 걸어가고

간밤에 쳐 놓은 그물 속에

심청이의 빠알간 신발짝이

웃으며 걸리네.

「山中新曲」 - 폭포수16) 전문

　　정의홍은 떨어지는 폭포수를 "허이연 이불"을 덮은 것으로 묘사하
고 있다. 폭포수가 허이연 이불을 덮는 것에서 알 수 있듯이 시인은 앞
서 본 뛰어난 상상력에다 적절한 의인법으로 시를 완성하고 있다. "피
곤하게 절룩이는 물소리", "여름은 물 속으로 천천히 걸어가고", "심
청이의 빠알간 신발짝이 / 웃으며 걸리네" 등은 그 좋은 예일 것이다.
이러한 기법상의 문제는 그를 "모더니즘, 그것도 이미지 탐구"17)에 주
력하는 시인으로 인정하게 하는 원인이 되었다. 폭포수가 "허이연 이
불"을 덮을 수 있는 것은 자연과 인간을 동일시하는 시인의 상상력18)
에서 비롯된 것이다.

　　자연시로 대별된 그의 8편의 시 중 성적 이미져리가 나타난 시편은
모두 6편이다. 이들 시에서는 이미지와 상상력, 그리고 의인법 등으로

---

16) 위의 책, 76면.

17) 정신재, <진실을 깨우는 소리 - 정의홍 시집 『하루만 허락받은 시인』>, 『정의홍
　　시인의 삶과 문학』, 호서문학사, 1999, 72면.

18) 우리가 자연의 주인과 지배자라는 의식 속에 우리는 우리의 몸이 자연에 속해 있
　　다는 사실을 망각한다. 우리는 모든 것을 기술 행위의 필연적 산물로 만듦으로써
　　우리 자신이 우연의 존재라는 사실을 잊고 있다. 우리의 세계를 우리의 의지에 따
　　라 건설한다는 기술 행위의 논리는 이렇게 우리가 몸을 통해 다른 사람들과 관계
　　를 맺고 있다는 생태학적 사실을 은폐하고 있는 것이다. 이런 맥락에서 보면 시적
　　상상력은 인간을 다시금 이 세상으로, 지상으로 옮겨 놓는다.(이진우, 생태학적
　　상상력과 자연의 미학 - 이성복의 『호랑가시나무의 기억』을 중심으로, ≪현대비
　　평과 이론≫16호, 1998, 133면.)

현실시와는 또 다른 분위기의 작품을 형상화하고 있다.

마지막으로 종교시로 대별되는 작품은 모두 18편이다. 「죽음에 이르는 길 Ⅰ」, 「죽음에 이르는 길 Ⅱ」, 「꼭두각시 놀이 1」, 「꼭두각시 놀이 2」, 「天國의 바람소리」, 「죽은 잎에 봄이 살아나듯이」, 「운명」, 「영원한 기도」, 「오상고절」, 「탄생기 (1)」, 「탄생기 (2)」, 「뇌작업 Ⅰ」, 「뇌작업 Ⅱ」, 「뇌작업 Ⅲ」, 「뇌작업 Ⅳ」, 「뇌작업 Ⅴ」, 「뇌작업 Ⅵ」, 「뇌작업 Ⅶ」 등이 그것이다. 그러나 앞에서 살펴 본 현실시나 자연시와 달리 종교시에는 성적 이미져리가 나타나는 시가 거의 없다. 다만 「뇌작업 Ⅲ」와 「뇌작업 Ⅶ」에 나타날 뿐이다.

　　　　술렁이는 순은빛 아침은
　　　　심심한 자궁속의 낭하를 성큼성큼 걷다가
　　　　해골이 아픈 곳을 본다.
　　　　익은 말씀들이 팔락이는 뇌의 꼭지에
　　　　님의 타오르는 관능의 불.
　　　　올갠위를 출렁이는 오르가니즘의 손가락들이
　　　　내 믿음의 무게를 재어 본다.
　　　　머릿속을 억누르는 지각의 신들이
　　　　밤의 꼬리를 물고 도망친다.
　　　　밤이 새도록 머리칼이 잘려나가는 오뇌의
　　　　꿈결샘,
　　　　어지런 님의 혼을 돌아서고
　　　　아, 나는 무엇을 할까
　　　　부르르 떨고 있는 내 미친 신경을
　　　　물어뜯고 탈춤을 추며
　　　　종교의 수렁에 몸을 담군다.
　　　　수렁이는 순은빛 아침은
　　　　좁은 자궁속의 낭하를 빠져달아나며

해골의 아픈 곳을 본다.

「뇌작업 Ⅲ」[19] 전문

인용한 「뇌작업 Ⅲ」에서 "아침은 / 심심한 자궁의 낭하를 성큼성큼 걷"고 있다. "님의 타오르는 관능" 만이 시적 화자의 "뇌" 속에 들어 있다. "머릿속을 억누르는 지각의 신들이 / 밤의 꼬리를 물고 도망친"다. "어지런 님의 혼은 돌아서고 / …… / 부르르 떨고 있는 내 미친 신경을 / 물어뜯고 탈춤을 추며 / 종교의 수렁에 몸을 담군"다. 그러면서 "수렁이는 순은빛 아침은 / 좁은 자궁속의 낭하를 빠져달아나며 / 해골의 아픈 곳을" 보고 있다. 이 시에서 성적인 이미져리들은 종교적 금기[20]와 연결되어 신선함을 더해 준다.

> 빙그르르 도리치는 늑골의 잇발새에서
> 뜨겁도록 벗겨지는 동정의 껍질.
> 내 풋풋한 샛바람은
> 사랑의 나팔을 불며, 나팔을 불며 심상의
> 바다처럼 고뇜의 욕정을 끓이고 있네.
> 생각의 틈에 낀 환상의 땅위에는
> 겨울스런 눈발이 모이를 쪼고
> 보아라, 천천히 어둔 발치를 운전하며
> 빙빙 도래질하는 바람개비,
> 그것은 동정의 비늘을 훑어내는

---

19) 정의홍, 앞의 책, 85면.

20) 민족학자들이 사용하는 폴리네시아어의 이른바 터부라는 말은 접촉하면 위험이 따르므로 '금지되거나', 차단되어 있는 사물, 장소, 사람의 상태를 지칭한다. 일반적으로 말해서 자연스럽게 갖거나 혹은 자신의 존재론적 차원의 변화에 의해, 즉 다소 불확실한 자연의 힘에 의해 획득한 어떤 대상, 행위, 사람이 터부이며 또 터부가 된다. (엘리아데, 『종교형태론』, 이은봉 옮김, 한길사, 1996, 70면.)

한 마리 물고기인 것을
귀는 귀대로 입은 입대로 커튼을 내린
방구석에서, 피곤한 잠결속에서
양의 탈을 쓰고 그대 가랭이를
오르내리는 춤이나 출까.
밤이 깊도록 채찍을 휘두르는 혓바닥,
도망간 그대 도덕을 훔치네.
나의 눈은 빛낡은 한문책이 잠든
골방의 빗장을 오르다가
문득, 단내나는 낱말들을 퍼내고 있네.
누울 곳이 없는 나의 주소 위로
별똥처럼 흐르는 칼날의 손.
나는 나사빠진 눈으로
숲이 우거진 굴속을 다시 훔치네.

「뇌작업 Ⅶ」[21] 전문

인용한 시에서 성적 이미져리가 나타난 부분은 "바다처럼 고놈의 욕정을 끓이고 있네.", "귀는 귀대로 입은 입대로 커튼을 내린 / 방구석에서, 피곤한 잠결속에서 / 양의 탈을 쓰고 그대 가랭이를 / 오르내리는 춤이나 출까. / 밤이 깊도록 채찍을 휘두르는 혓바닥, / 도망간 그대 도덕을 훔치네.", "나는 나사빠진 눈으로 / 숲이 우거진 굴속을 다시 훔치네." 등이다. 정의홍의 종교시는 윤회설과 인연설로 대표되는 불교적 사상성에 바탕을 둔다.

「뇌작업」 계열의 작품들은 종교적 모티프가 주요한 일면을 차지한다. 정의홍은 종교시인 「뇌작업」 계열의 작품들을 통하여 그의 시에 환상성이라는 또 다른 시적 경향을 실험한다. 이러한 그의 환상성은

---

21) 정의홍, 앞의 책, 89면.

특유의 상상력과 결합하여 그의 시를 형이상학적으로 만든다.

3. 상상력과 환상성

본고에서는 정의홍의『밤의 幻想曲』을 중심으로 그의 시에 나타난 인간의 본능인 성적 이미져리를 파악해 보았다. 우선『밤의 幻想曲』에 수록된 45편의 시를 현실시, 자연시, 종교시로 각각 나누었다. 그리고 대별된 각각의 시에서 성적 이미져리가 어떻게 형상화되고 있는 지를 살펴보았다.

정의홍의 현실시로서 성적 이미져리가 나타난 시들은 모두 9편이다. 이들 시는 대체로 시대상황과 맞물려 현실을 노래하고, 자기 반성과 성찰, 문명의 비판 등 리얼리즘적 색채를 강하게 띤다. 그러나 여타의 사실주의 계열의 시와 구분되는 그의 현실시는 시인 특유의 상상력과 성적 이미져리의 결합으로 저속하지 않은 리얼리즘의 예술적 승화를 보여주고 있다.

자연시로 대별된 그의 8편의 시 중 성적 이미져리가 나타난 시편은 모두 6편이다. 이들 시에서 정의홍은 이미지와 상상력, 그리고 의인법 등을 이용하여 현실시와는 또 다른 분위기의 작품을 형상화하고 있음을 살펴보았다.

「뇌작업」 계열의 작품들은 종교적 모티프가 주요한 일면을 차지한다. 정의홍은 불교적 사상성을 바탕에 깔고 있는 종교시인 「뇌작업」 계열의 작품들을 통하여 그의 시에 환상성이라는 또 다른 시적 경향을 실험한다. 이러한 그의 환상성은 특유의 상상력과 결합하여 그의 시를 형이상학적으로 만든다.

정지용의 시적 공간에 나타난 투명성 연구

1. 시적 공간과 투명성

정지용은 1902년 음력 5월 15일 충북 옥천군 옥천면 하계리에서 태어났다. 이후 휘문고보를 거쳐 일본 경도에 있는 동지사대학에서 영문학을 전공하고 모교인 휘문고보 교사로 재직하였다.

그는 1930년대 한국 모더니즘의 개척자로 특히 이미지즘에 따른 작품의 형상화로 현대시의 회화성에 공헌한 바가 크다. 또한 ≪문장≫지 시부문 심사위원으로 청록파 시인 박두진, 박목월, 조지훈과 박남수, 이한직 등 많은 시인을 데뷔시켜 후진 양성에도 힘을 썼다. 하지만 한국전쟁 당시 정지용은 납북 혹은 월북[1]되어 그 동안 그의 작품을 접하거나 연구하는데 많은 어려움이 있었다. 그러나 1988년 납·월북 문인의 해금과 더불어 그에 대한 연구는 활발히 진행되고 있다.

그 동안 정지용의 작품에 대한 평가는 대체로 모더니스트적 시각을 보인 긍정적인 반응[2]과 마르크시스트적 시각을 보인 비평가들의 부정

---

1) 이에 관한 자료는 『정지용의 시 연구』(정의홍, 형설출판사, 1995, 42~47면.)에 자세히 소개되어 있다.
2) 박용철, '辛未詩壇의 回顧와 批判, ≪중앙일보≫, 1931. 12. 7.

적 반응3)으로 대별해 볼 수 있다.

본고는 정지용의 작품에 대한 긍정과 부정의 평가 논리에서 벗어나 시적인 심미적 가치에 의미를 두고 그의 시적 공간에 나타난 '투명성'을 연구하여 작품 세계의 깊이를 넓히는데 목적이 있다. 정지용의 시에서 '투명성'을 내포한 제재들을 중심으로 그의 작품을 음미함으로써 그의 작품에 나타난 다양한 상징을 폭넓게 이해할 수 있을 것이다.

본고에서는 이러한 연구의 목적에 다가서기 위해 정지용의 시적 공간을 크게 네 가지로 나누어 분석할 것이다. 첫째는 천상과 지상 사이의 '바람'과 '공기'의 투명성에 착안하여 그것들의 시적 상징성을 구명하는데 노력할 것이다. 둘째, '유리창'은 시적 자아가 세상을 '안'과 '밖'으로 대별하여 인식하는 매개체로 이용되는데, '유리창'의 투명성을 통해 시적 자아의 세계 인식 양상을 파악할 것이다. 셋째, 지상의 '비, 강, 호수'는 '거울'로 변이되어 자기 성찰의 변모를 보이는데 정지용의 시에 나타난 자아 성찰의 수단으로 '호수'를 살펴볼 것이다. 마지막으로 '바다'의 이미지를 통해 '물'의 상징성을 바다의 '표면'과 '심연'의 차원에서 고찰할 것이다.

양주동, '1933년 詩壇年評', ≪新東亞≫, 1933. 12.
김기림, '1933년 詩壇의 回顧', ≪조선일보≫, 1935. 12. 7~13.
이양하, '바라던 지용詩集', ≪조선일보≫, 1935. 12. 7~15.
김환태, '鄭芝溶論', ≪삼천리문학≫, 1938. 4. 등의 논의가 있다.
3) 임 화, '曇天下의 詩壇一年', ≪新東亞≫, 1935. 5(5권 12호).
김동석, '詩를 위한 詩', 『예술과 생활』, 박문출판사, 1947.
조연현, 『문학과 사상』, 세계문화사, 1949 등의 논의가 있다.

2. 순수한 사랑의 합일

정지용 시의 시적 공간에서 투명성을 드러내는 제재는 여러 양상으로 나타난다. 본 장에서는 투명성을 확보한 천상과 지상 사이의 물질 즉, '바람'과 '공기'를 중심으로 정지용 시의 시적 공간에 나타난 투명성이 어떠한 상징적 의미를 담고 있는 지에 대하여 알아보려 한다.

정지용의 시 작품 중 '바람'과 '공기'에 관련된 시편으로는 「風浪夢1」,「風浪夢2」,「바람1」,「바람2」 등이 있다.

'바람' 혹은 '공기'는 지상과 천상 사이의 공간에 위치한다. 이러한 존재의 위치는 바람과 공기가 지상과 천상이라는 두 공간을 이어주는 매개의 역할을 하고 있음을 짐작케 해준다. 천상계(이상 세계)와 지상계(현실 세계) 사이에 존재하는 바람과 공기는 정지용 시에서 어떠한 의미를 내포하는가. 또 바람과 공기의 투명성은 그의 시에서 이떠한 양상으로 나타나는가.

바람은 능동적이고 격렬한 상태에 있는 공기로, 이런 공기는 창조적 숨결, 혹은 발산이라는 점에서 우주를 지배하는 1차적 요소가 된다. 바람이 고도의 활동 단계로 들어갈 때 태풍이 되는데 이것은 물·불·공기·대지 네 요소가 종합된 것으로 비옥과 소생의 힘을 상징한다. 문학에 있어서 바람은 생명을 부여하거나 순수한 생명의 숨결, 죽음을 극복하는 생명, 혹은 사랑을 상징한다.[4]

바람 속에 薔薇가 숨고
바람 속에 불이 깃들다.

---

4) 이승훈 편저, 『문학상징사전』, 고려원, 1995, 187~189면.

바람에 별과 바다가 씻기우고
푸른 뫼ㅅ부리와 나래가 솟다.
바람은 音樂의 湖水
바람은 좋은 알리움!

오롯한 사랑과 眞理가 바람에 玉座를 고이고
커다란 하나와 永遠이 펴고 날다.

－「바람 1」[5] 전문

위에 인용한 「바람 1」은 1932년 4월 ≪東方評論≫ 1호에 실린 작품이다.

정지용은 詩作에 있어서 하나의 대상을 나타내기 위해 그것을 이질적인 다른 사물과 접합시키고 그것을 통하여 새로운 이미지와 시적 긴장감을 만들어내는 방법을 택하였다. 말하자면 사물을 있는 그대로 보여주는 것이 아니라 그 사물의 속성을 담고 있는 제 2의 사물을 통하여 우회적으로 드러내려 한 것이다. 남이 보여주지 못한 특이한 방법으로 대상을 재구성해 내는 것, 일상적인 진부한 대상파악에서 벗어나 자기 나름의 독특한 시각으로 대상을 파악하는 것, 이것이 정지용 시작의 기본 태도였다.[6]

인용한 「바람 1」에서 '바람'은 모든 사물을 포용하고 있다. 1연에서 "바람 속에 薔薇가 숨고 / 바람 속에 불이 깃"들여 있다. 여기서 '장미'와 '불'은 사랑의 징표로 나타나 있는데 이들은 모두 '바람' 속에 깃들여 있다. 다시 말해서 '바람'은 사랑의 '불'을 존재하게 하는 공간으로 자리매김하고 있다. 일상적으로 '바람'은 무색무취의 성격을 갖고 있

---

5) 정지용, 『정지용 전집 1』, 민음사, 1988, 92면.
6) 이숭원, 『정지용 시의 심층적 탐구』, 태학사, 1999, 139~140면.

다. 그러나 이 시에서 바람의 투명성은 '장미'와 '불'이라는 사랑의 표상을 현상적으로 뚜렷하게 드러내면서 포용하는 역할을 하고 있다. 또한 "바람에 별과 바다가 씻기우"는 것은 정화의 개념으로 천상의 '별'과 지하의 '바다'가 '바람'이라는 매개자의 역할을 통해 합일하고 있음을 알 수 있다. 이는 '바람'의 투명한 이미지에서 비롯된 순수한 사랑의 합일이라 할 수 있다.

「바람 1」에서 시적 화자는 뚜렷하게 나타나 있지는 않지만 이러한 천상과 지상의 합일은 '바람'이라는 공간적 매개자를 통해 '별'과 '바다'가 깨끗하게 "씻기우"는 것을 의미한다. 이러한 정화는 순수한 사랑 또는 죽음을 극복하는 것으로 승화되어 나타난다. 그래서 "바람은 音樂의 湖水"이며 "좋은 알"림을 가져다 준다. 4연에서 "오롯한 사랑과 眞理가 바람에 玉座를 고이"는 것은 '바람'의 투명한 이미지에 의한 "사랑과 진리"가 "커다란 하나"로 통합되어 "永遠"성을 획득한 것이라 볼 수 있다.

3. 이원화된 세계와의 통로

정지용의 시에서 두 번째로 살펴볼 수 있는 제재는 창, 유리, 유리창 계열의 작품을 들 수 있다. 구체적인 작품으로는 「유리창1」, 「유리창2」, 「피리」, 「悲劇」, 「天主堂」, 「별2」, 「창」 등이 있다. 앞서 살펴본 '바람'의 투명이 사랑의 승화로 나타났다면 유리창계열의 작품에서의 투명성은 이원화된 세계와의 통로로 작용하고 있다.

창문은 구멍이 뚫렸다는 점에서 관통, 가능성, 거리를 상징하며, 4각형으로 되어 있다는 점에서 합리성, 지상성을 상징한다. 특히 탑의 꼭

대기에 위치한 창은 인간의 육체의 경우가 그렇듯이 의식을 상징한다. 하나의 창이 아니라 몇 개로 구성된 창은 2차적 의미를 암시하는바, 그것은 열린 창의 수, 혹은 불켜진 창의 수와 관련되며, 내적으로는 수의 상징과 관련된다. 또한 창문은 바깥 세계를 뚫고 본다는 의미에서 인간의 눈에 비유하기도 한다.[7)

> 琉璃에 차고 슬픈것이 어린거린다.
> 열없이 붙어서서 입김을 흐리우니
> 길들은양 언날개를 파다거린다.
> 지우고 보고 지우고 보아도
> 새까만 밤이 밀려나가고 밀려와 부디치고,
> 물먹은 별이, 반짝, 寶石처럼 백힌다.
> 밤에 홀로 琉璃를 닦는것은
> 외로운 황홀한 심사이어니,
> 고흔 肺血管이 찢어진 채로
> 아아, 늬는 山ㅅ새처럼 날러 갔구나!
>
> ―「琉璃窓 1」[8) 전문

위에 인용한 시는 정지용의 「琉璃窓 1」로써 1930년 1월 ≪朝鮮之光≫89호에 발표된 작품이다. 이 시는 시인이 자식을 폐렴으로 잃은 후 그 안타까운 심정을 노래한 것으로 알려져 있다. 흔히 지용을 일컬어 감정의 절제를 통하여 시상의 승화를 보인 시인이라고 평하는데 이 시는 그 모범적인 예로 추거되는 작품이다. 감정의 절제란 막연히 감정을 겉으로 드러내지 않는 것만을 의미하는 것이 아니다. 감정을 직접 노출시키지 않고 제삼의 사물이나 정황을 통하여 그 감정을 간접적

---

7) 이승훈 편저, 앞의 책, 448~449면.
8) 정지용, 『전집 1』, 73면.

으로 환기하는 것을 뜻한다. 감정의 방만한 노출이 때로는 정서의 진실성을 훼손시키고 결과적으로 시의 균형을 깨뜨리는 사례가 있기 때문에 시에서는 감정의 절제를 중요시한다.9)

이숭원의 말처럼 「琉璃窓 1」은 시적 화자가 자식을 잃은 슬픔의 감정을 절제하면서 시적으로 승화한 작품이다. 여기서 주목할 것은 '유리창'이다. '유리'는 '바람'처럼 '투명하다'라는 성질에 있어서는 유사성을 지니고 있지만 '바람'은 動的이고 '유리'는 靜的이라든가 형태에 있어서 '바람'은 무한하고 '유리'는 유한하다는 차이점을 내포하고 있다. 결국 '유리'는 그것이 '창'으로 변형될 때 '유리창'의 '안'과 '밖'을 구분하는 기준이 된다. 또한 '안'과 '밖'에 시간성이 개입하면서 그 의미를 배가시킨다.

인용한 「琉璃窓 1」에서 시간적 배경은 "새까만 밤"이다. 또한 "입김"이라든가 "언날개"를 통해 유추할 수 있는 계절은 겨울이다. 즉, 이 시의 시간적 배경은 한 마디로 '겨울밤'인 것이다. '밤'의 외로움과 '겨울'의 스산함은 시적 화자로 하여금 자식을 잃은 슬픔을 배가시킨다. 시적 화자는 겨울밤 언 유리창을 입김으로 분다. 유리창을 입김으로 부는 행위는 시적 화자가 위치한 유리창 안의 공간에서 유리창 밖의 공간을 바라보기 위한 것이다. '겨울'이라는 계절적 측면에서 시적 화자의 '입김'이 필요했겠지만 여기서의 '입김'은 '자식에 대한 부모의 사랑' 혹은 '죽은 자식에 대한 그리움, 안타까움' 정도로 보아야 할 것이다.

「琉璃窓 2」10)에서도 죽은 자식에 대한 그리움 혹은 안타까움 때문에 "나는 목이 마르"고 "어항 안에 든 金붕어처럼 갑갑"함을 느낀다.

---

9) 이숭원, 앞의 책, 96면.
10) 정지용, 『전집 1』, 85면.

그래서 어항 밖은 "별도 없"고 "물도 없"다. 이러한 갑갑증은 시적 화자로 하여금 자신을 봉쇄하고 있는 "유리를 입으로 쪼"을 수밖에 없게 한다. 이처럼 유리를 입으로 쪼는 행위는 금붕어에게 시적 화자의 감정을 이입하여 '어항 안'과 '어항 밖'의 단절을 표출하기 위한 것이다. '어항 안'과 '어항 밖'의 단절은 투명한 유리 어항 때문이다. 그래서 시적 화자는 '어항 안'에서 "알몸을 끄집어내"려 애쓰지만 결국은 "유리에 부"비고 "차디찬 입마춤을 마"실 수밖에 없는 단절을 경험한다. 이러한 단절은 시적 화자에게 "쓰라리"고 "알연"한 "音響"이며 '어항 밖'은 "머언 꽃"으로 존재하는 것이다.

그런데 「琉璃窓 1」에서 시간적 배경이 '밤'이라는 것에 주목한다면 밤에 유리창 밖의 세계를 육안으로 확인하는 것은 한정되어 있음을 짐작할 수 있다. 그래서 화자는 "새까만 밤이 밀려나가고 밀려와 부디치"는 것처럼 밤의 어둠을 확인할 뿐이다. 여기서 "별이, 반짝, 寶石처럼 백"히는 것은 유리창 밖의 어두운 공간에서 '별'의 반짝이는 모습을 통해 죽은 아들을 확인하는 것으로 볼 수 있다. 유리창에 의해 구분된 '안'과 '밖'은 그러므로 '삶'과 '죽음'의 세계를 의미한다. 만약 이 시의 시간적 배경이 '낮'이었다면 무수히 보이는 유리창 '밖'의 풍경 속 어디에서 '죽은 아들'을 만날 수 있었을까. 그러므로 「琉璃窓 1」에서 '유리창'은 시적 화자가 '죽은 아들'을 만나기 위한 최소한의 매개물인 것이다.

그렇다면 '유리창 밖'에 있는 죽은 아들의 시각에서 본다면 불켜진 '유리창 안'의 시적 화자를 확인할 수 있을 것이다. 이것은 '죽은 아들'이 유리창에 근접해 있으냐 아니면 멀리 떨어져 있느냐에 따라 다르게 보일 것이다. 유리창에 근접해 있다면 '유리창 안'이 거의 다 보일 것이고 그렇지 않고 멀리 있다면 시적 화자가 '유리창 안'에서 '유리창

밖'의 '별'을 보듯이 그렇게 보일 것이다. 하지만 여기서 중요한 것은 시적 화자와 죽은 아들이 투명한 '유리창'을 통해 각각 다른 '삶과 죽음'의 세계에서 서로에 대한 그리움과 사랑을 확인하려는 의지에 있다고 할 수 있다. 그런 의미에서 투명한 유리창은 "山ㅅ새처럼 날러" 간 아들의 존재를 확인할 수 있는 '門'의 의미인 것이다.

4. '거울'을 통한 자아 성찰

정지용의 시 작품에서 투명성을 드러내는 제재들 중 '물'로 대표되는 것으로는 '비, 강, 호수, 바다'가 있다. 이 중 '비, 강, 호수'는 지상에 존재하며 그것들의 집적물인 '바다'는 지하의 개념으로 파악하였다. 그래서 본 장에서는 '비, 강, 호수'와 관련된 작품을 논하고 '바다' 계열의 작품은 장을 달리하여 분석하고자 한다. 이것은 정지용 시에서 '물'의 투명성이 그것의 양에 따라 혹은 존재의 공간에 따라 어떠한 양상으로 나타나는가를 파악하기 위한 구분인 것이다. 이런 의미에서 '비, 강, 호수'와 관련된 정지용의 작품을 살펴보면 「湖面」, 「鴨川」, 「湖水 1」, 「湖水 2」, 「瀑布」, 「비」 등이 있다.

> 얼골 하나 야
> 손바닥 둘 로
> 폭 가리지 만,
>
> 보고 싶은 마음
> 湖水 만 하니
> 눈 감을 밖에.
>
> ― 「湖水 1」[11] 전문

인용한 「湖水 1」에서 시적 화자는 보고 싶은 대상에 대한 그리운 마음을 "손바닥 둘"과 "호수"로 대비시켜 표현하고 있다.

1연 각 행 끝의 '~야', '~로', '~만'은 앞의 단어와 띄어쓰기를 하고 있는데 이것은 앞의 '얼굴 하나', '손바닥 둘', '폭 가리지'를 강조하려는 의도적 처리이다. 즉 얼굴 하나는 손바닥 둘로 충분히 가릴 수 있지만, 보고 싶은 마음은 '호수'처럼 넓어 도저히 가릴 수 없으니 '눈 감을' 수밖에 없다는 생각을 시각적으로 나타내기 위해 위와 같이 글자를 띄어 쓴 것이다.[12]

「湖水 1」에서 정지용은 그리움에 대한 극적인 표현으로 의도적인 띄어쓰기를 하였다. 이숭원은 '얼굴 하나', '손바닥 둘', '폭 가리지'를 강조하려는 작가의 의도에 따라 띄어쓰기를 했다고 하였는데 물론 이 의견에 동의한다. 그러나 또 하나 지적할 것은 형식적 측면에서 1연과 2연의 무게중심을 맞추기 위한 작가의 의도를 엿볼 수 있다. 즉, 2연의 각 행은 모두 3어절로 되어 있다. 그러나 1연에서 정지용이 올바르게 띄어쓰기를 했다면 모두 2어절이 될 것이다. 그렇다면 정지용이 띄어쓰기를 의도적으로 한 것은 1연의 각 행을 2연처럼 3어절로 맞추기 위한 의도가 내재해 있다고 할 수 있다. 구체적으로 보면 1연과 2연은 각 행들이 묘한 대립과 합일을 이루고 있다. 1연 1행의 "얼굴 하나"와 2연 1행의 "보고 싶은 마음", 1연 2행의 "손바닥 둘"과 2연 2행의 "호수", 1연 3행의 "폭 가리지 만"과 2연 3행 "눈 감을 밖에"가 그것인데 여기서 각 연의 1행은 구체적인 대상에 대해 노래하고 있고, 2행은 '그리움'의 양적 표현이며, 3행은 '그리움'에 대한 시적 화자의 반응을 나타내고 있다.

---

11) 정지용, 『전집 1』, 78면.

12) 이숭원, 앞의 책, 186~187면.

여기서 중요한 것은 형태적 특징으로 각 연에 무게중심을 동등하게 하려는 작가의 의도이다. 이것은 '호수'의 수평성과 관련되어 있으며, 이러한 '호수'는 '거울'의 변형태이다. 거울의 상징적 의미는 거울이 현실적으로 지니고 있는 특성들을 그대로 반영하는데 있다. 시간적 측면과 존재론적 측면에서 다양성을 띠는 거울의 기능은 다양한 연상을 환기한다. 거울은 흔히 눈에 보이는 세계의 형식적 실재를 반영한다는 점에서 의식 혹은 상상력을 상징한다. 꼬한 거울은 사고를 상징하는 바, 이는 사고가 실러나 다른 철학가들의 경우, 세계를 반영하는 도구이면서 동시에 자기를 성찰하는 도구로 인식되기 때문이다.

세계를 반영하거나 자기를 반영한다는 관점에서 거울의 상징은 물의 상징, 나아가 나르시스 신화와 연결시킨다. 이때 우주는 인간의 의식 속에 자신의 모습을 반영하는 거대한 나르시스로 인식된다.[13]

「湖水 1」에서 시적 화자는 "손바닥 둘"로 가린 자신의 "얼골 하나"를 호수에 비춰 본다. 시적 화자는 마치 거울을 보듯이 호수에 얼굴을 비추어 보는 행위를 통해 '호수'를 '거울'로 인식하여 자아를 분열시키게 된다. 즉, 시적 화자는 호수에 손바닥으로 가린 얼굴을 비춤으로써 보고 싶은 마음을 '호수'의 넓이로 확대시킨다. 이것은 역으로 '호수 속'에 있는 자아의 시각에서 볼 때 '호수 밖'의 자아는 '호수 안'의 자아를 통해 알게된 보고 싶은 마음 때문에 그만 "눈 감을" 수밖에 없다. 여기서 중요한 것은 '호수 밖'의 자아든 '호수 안'의 자아든 간에 호수 면의 '거울'을 통해 자아를 성찰하며 반영하고 있다는 것이다.

정지용의 시에서 '물'은 '비'에서 '강'으로 '강'에서 '호수'로 그 양적 변화와 공간적 변화에 따라 지상에서의 투명성을 표출하고 있다.

---

13) 이승훈 편저, 앞의 책, 23면.

지상에서의 '물'은 '거울'화 하여 세계를 반영하거나 자아를 성찰하는 도구로 투명성을 확보하고 있는 것이다.

5. '표면'과 '심연'의 상징

정지용 시 작품에는 '바다'와 관련된 작품[14]이 많다. '바다'는 앞서 살펴 본 '비, 강, 호수'와 연결하여 보면 '물'이라는 공통된 형상적 특징을 갖는다. 하지만 '비, 강, 호수'와 달리 '바다'는 지상의 모든 '물'의 집합소이다. '물'에 있어서 '바다'는 자연계의 '대지'와 상징성이 유사하다. '바다'의 투명성과 관련된 정지용의 작품으로는 「바다 1」, 「바다 2」, 「바다 3」, 「바다 4」, 「바다 5」, 「바다 6」, 「바다 7」, 「바다 8」, 「바다 9」, 「갈메기」, 「갈리레아 바다」 등이 있다.

창조의 상징으로서 모든 생명의 씨의 묘상(苗床)인 물은 지고의 주술적인 약효가 있는 물질이 되었다. 즉 물은 치유하고 젊음을 회복시켜주고, 영원한 생명을 보증한다. 이 물의 원형은 '살아 있는 물'이다. 후세의 사변에 의하여 그것은 가끔 하늘의 어딘가에 존재하는 것으로 투영 되기도 하였다. 그런 의미에서 천공의 소마(soma)나 천공의 흰 하오마(haoma) 등이 존재하는 것이다. 살아 있는 물, 청춘의 샘, 생명수

---

14) 「바다」 연작을 비롯한 그의 대부분의 초기시에서 지용은 이미지즘적 방법을 적극적으로 추구하는 시인으로서의 특성을 보여 준다. 이 이면에는 1920년대 시인들과 달리, 대상들 하나 하나를 명료한 감각적 인상으로 포착하는 '정물적 집착'과 의지가 관철되고 있으며, 그 결과 시의 의미적 차원과 사회적 맥락을 중시하는 한국시의 전통에서 볼 때 매우 이질적인 것으로 보이나, 지용은 이러한 창작 방법과 창작품의 이면에서 자기 나름의 은닉된 욕망과 세계관을 노출하고 있다.(심원섭, 「정지용론 - 명징과 무욕의 이면에 있는 것」, 『1930년대 한국 모더니즘 작가 연구』, 평민사, 1999, 55면.)

등은 물 안에 생명, 힘, 영원이 존재한다는 동일한 형이상학적, 종교적 실재를 신화적으로 표현한 것이다. 물은 모든 형태를 부수고, 모든 역사를 폐기시킴으로써 정화, 재생, 새로운 탄생의 힘을 소유하게 된다. 물에 들어가는 것은 '죽음'을, 물에서 다시 나오는 것은 어린이와 같은 죄나 과거가 없고 새로운 계시를 받아들이고 새롭고 참된 삶을 시작하는 것을 말한다.[15)

　　바다는 흔히 '낮은 대양'의 이미지와 관련된다. 따라서 유동하는 물, 공기 같은 무형적인 존재와 대지 같은 유형적인 존재를 매개하는 인자로 인식된다. 이런 사실을 토대로 바다는 죽음과 삶을 매개하는 이미지로 드러난다. 바닷물은 삶의 근원일 뿐만 아니라 삶의 목표로 간주된다. '바다로 돌아감'은 '어머니에게로 돌아감'을 의미하며 이는 바로 죽음으로 돌아감을 뜻한다. 그러므로 '바다'는 '어머니'를 상징하며, 어머니는 우리가 태어난 곳, 궁극적인 장소를 의미한다.[16)

　　정지용의 시에서 물의 원형은 특히 '바다'로 상징화되어 나타난다. 바다는 영혼의 안식처로서 의미화 되어 있다. 그곳은 생명의 근원인 동시에 그 생명을 키워 내는 영원한 자양의 원천이다. 잉태의 씨, 자궁의 양수, 모성의 젖이 모두 그 물에 속한다. 그러한 의미에서 물, 또는 '바다'는 대지보다 훨씬 강화되고 확장된 생산과 풍요의 원형적 상징이라고 할 수 있다. 그리고 그러한 점에서 영원한 향수를 불러일으키는 회귀의 이미지라고 할 수 있다.[17)

　　바독 돌 은

---

15) 엘리아데, 『종교형태론』, 이은봉 옮김, 한길사, 1996, 271~273면.
16) 이승훈 편저, 앞의 책, 186~187면.
17) 정의홍, 『정지용의 시 연구』, 형설출판사, 1995, 163면.

내 손아귀에 만져지는것이
퍽은 좋은가 보아.

그러나 나는
푸른바다 한폭판에 던졌지.

바독돌은
바다로 각구로 떠러지는것이
퍽은 신기 한가 보아.

당신 도 인제는
나를 그만만 만지시고,
귀를 들어 팽개를 치십시오.

나 라는 나도
바다로 각구로 떠러지는 것이,
퍽은 시원 해요.

바독 돌의 마음과
이 내 심사는
아아무도 모르지라요

- 「바다 5」[18] 전문

'바다'는 '비, 강, 호수'와 마찬가지로 '물'의 속성을 갖고 있다. '호수'가 '거울'의 역할을 하였듯이 '바다' 또한 '거울'을 형상하고 있다. '물'의 양이 '비, 강, 호수'에 비해 많아짐으로써 '바다'는 근원의 투명성이 "포도빛으로부풀어"(「바다 1」, 『정지용전집 1』, 34면) '거울'이 된다. 이것은 '바다'의 표면이 "유리판 같은 하늘에 / 바다는 - 속속 들

---

18) 정지용, 『전집 1』, 48면.

이 보이오 / 청대ㅅ닢 처럼 푸"(「바다 6」, 『정지용전집 1』, 74면)르게 하여 이미지인 넓고 끝없음의 바다 '표면'일 뿐이다.

'바다'는 넓고 끝없음과 더불어 '심연'에 대한 상징을 담고 있다. '물'의 투명성과 관련하여 보면 '바다'가 상징하는 것은 '표면'과 '심연'으로 나누어 볼 수 있다. '바다의 표현'은 위에서 본 것처럼 넓고 끝없음과 '거울'의 형상으로 나타난다. 그러나 '심연'은 궁극적으로 인간의 근원과 존재에 대한 물음을 던진다.

위에 인용한 「바다 5」에서 '바둑 돌'과 시적 자아는 동일시 되어 나타난다. 시적 화자가 '바둑돌'을 "손아귀에 만지"는 것은 '당신이' "나를 만지"는 것과 같다. 여기서 '바둑 돌'과 '나'는 '나'와 '당신'에 의해 각각 만져진다. 이것은 현실에서 대상과 대상과의 관계를 의미한다. 그것이 사랑이든 증오든 간에 속세에 찌들어 있는 일상들을 시적 화자는 무생물인 '바둑 돌'을 "푸른 바다 한폭판에 던"짐으로서 그 관계를 청산한다.

"바둑돌은 / 바다로 각구로 떠러지"게 되는데 "퍽은 신기"해 한다. '당신'도 "나를 그만만 만지시고 / 귀를 들어 팽개를"쳐 주길 바란다. '나'가 "바다로 각구로 떠러지"면 '바독돌'이 그랬던 것처럼 "퍽은 시원"할 거라 한다. 이러한 "바둑 돌의 마음과 / 이 내 심사는 / 아아무도 모"르게 된다.

여기서 '바둑 돌' 혹은 '나'는 '바다'에 던져지는데 이것은 '죽음'을 의미한다. 하지만 '바다'에 던져진 '바둑 돌'과 '나'는 '바다'의 '심연'과 일체가 되면서 자신이 태어난 어머니의 궁극적인 장소로 회귀한다. 바다로의 던져짐은 일차적으로 죽음을 의미하고 극한 상황을 초래하지만 이차적으로 바다의 '심연'과 관련하여 보면 새로운 세계의 추구가 될 것이다.

'물'의 상징이 지하의 개념인 '바다'로 전이되면서 "바다는 푸른"빛을 띤다. 「바다 7」에서 "水平線우에 / 사포-시 나려안는 正午19) 한울"을 통해 "내 靈魂"도 "고요히 고요히" 침잠하면서 바다의 '심연'을 확인하게 된다.

6. 투명성의 상징적 의미

본고는 정지용의 시편 중에서 투명성을 갖고 있는 제재의 시편들을 골라 그것들의 상징성에 대하여 연구하였다. 내용을 정리하면 다음과 같다.

첫째, 천상과 지상 사이의 공간에 존재하는 '바람'과 '공기'의 투명성은 시 「바람 1」에서 보듯 순수한 사랑의 징표인 '장미'와 '불'을 깃들게 하는 공간이다. 천상과 지상을 연결하는 매개자로서의 '바람'과 '공기'는 순수한 사랑의 합일을 가능하게 하는 역할을 한다.

둘째, '유리창'의 투명성은 유리창 '안'과 '밖'의 이원화된 세계의 통로로써 의미를 확장한다. 「琉璃窓 1」에서 유리창 '안'에 있는 시적 화자와 유리창 '밖'의 죽은 자식은 유리창의 투명성으로 서로를 확인하며 교감하고 있다.

---

19) 원시인의 심성에서 볼 때 시간은 결코 균질적인 것이 아니가. 같은 하루의 길이(이 경우는 일요일의 길이)가 각각 고유의 목적에 따라서 다르게 나타났다. ① 일출 : 일을 시작하기에 적절한 때. 이 시간에 태어난 아이는 행운이 있다. 그러나 이 시간에는 사냥, 고기잡이, 여행을 하러 나가서는 안 된다. 모두 성공하지 못할 것이다. ② 오전 9시경 : 흉한 시간, 이 시간에는 무엇을 시작해도 성공하지 못한들. 그러나 이 시간에는 여행은 하더라도 산적 같은 것은 두려워하지 않아도 좋다. ③ 정오 : 크게 길한 시간. ④ 오후 3시경 : 전투할 시간, 적, 산적, 수렵인, 어부들에게 이롭다. 여행하는 사람에게는 흉. ⑤ 해질 무렵 : 잠깐 '길한 시간'.(엘리아데, 앞의 책, 496면.)

셋째, '비, 강, 호수'로 대표되는 지상의 '물'은 '거울'로 변이 되어 시적 화자로 하여금 '호수'를 통해 자아를 성찰하게 한다. '호수'의 투명성은 그 속에 비친 자아를 통해 분열된 자아를 성찰하는 매개물로서 그 상징성을 획득하고 있다.

넷째, '바다'의 투명성은 '표면'과 '심연'으로 나누어 나타나고 있다. '바다'의 상징성은 넓음과 끝없음의 표면적 속성과 깊이의 '심연'에 의해 나누어지는데 정지용의 작품에서 '바다의 표면'은 '거울'의 형상으로 나타나고 '심연'은 궁극적인 인간의 근원과 존재에 대한 물음을 던진다.

참고문헌

정지용, 『정지용 전집 1』, 민음사, 1988.

김기림, ‘1933년 詩壇의 回顧’, ≪조선일보≫, 1935. 12. 7~13.
김동석, ‘詩를 위한 詩’, 『예술과 생활』, 박문출판사, 1947.
김환태, ‘鄭芝溶論’, ≪삼천리문학≫, 1938. 4.
박용철, ‘辛未詩壇의 回顧와 批判, ≪중앙일보≫, 1931. 12. 7.
심원섭, 「정지용론 – 명징과 무욕의 이면에 있는 것」, 『1930년대 한국 모
　　　더니즘 작가 연구』, 평민사, 1999.
양주동, ‘1933년 詩壇年評’, ≪新東亞≫, 1933. 12.
엘리아데, 『종교형태론』, 이은봉 옮김, 한길사, 1996.
이숭원, 『정지용 시의 심층적 탐구』, 태학사, 1999.
이승훈 편저, 『문학상징사전』, 고려원, 1995.
이양하, ‘바라던 지용詩集’, ≪조선일보≫, 1935. 12. 7~15.
임　화, ‘曇天下의 詩壇一年’, ≪新東亞≫, 1935. 5.
정의홍, 『정지용의 시 연구』, 형설출판사, 1995.
조연현, 『문학과 사상』, 세계문화사, 1949.

이미지의 어울림과 공간의 확대

1. 소절(素節) 양식을 통한 의미의 확장

'문학'이 인간의 다양한 삶 속에서 어떠한 의미를 형성하는가에 대하여 궁극적으로 고민을 하게 되는 것은 '문학'이라는 것이 인간의 삶을 바탕으로 하여 형성된 정신 산물이기 때문이다. 여기에서 우리는 다양한 인간의 삶에 대하여 '곁눈질'을 한다. 그 과정에서 우리는 함께 아파하고 슬퍼하며 혹은 즐거워하기도 한다. 이처럼 인간은 행위 주체의 삶 자체로는 경험할 수 없는 현실의 삶을 '문학'이라는 허구적 현실을 통하여 경험하게 된다.

개인의 정서를 농축시킨 주근옥의 서정시를 접하면서 우리는 문학의 '내용'과 '형식'에 대하여 다시금 생각하게 된다. 문학 작품은 '내용'에 해당하는 주제의식, 작가의식, 시세계 등이 '형식'과 짝을 이루어 완성된다. 이러한 '내용'과 '형식'이 얼마나 상호보완적으로 형성되었느냐에 따라서 그 작품의 성패가 갈린다고 해도 과언은 아니다.

여기서 문학의 '내용'과 '형식'에 대하여 언급한다는 것은 어쩌면 소모적 언쟁일 지도 모를 일이다. 하지만 주근옥의 시를 이야기하면서 그 '형식'에 대하여 논하지 않고서는 그의 시를 제대로 섭렵했다고 할 수 없다. 시에 있어서 '내용'과 '형식'이라는 것이 분리되어 나타날 수는 없겠지만 주근옥의 작품들을 하나씩 읽어가다 보면 문학의 '내용'을 담는 '그릇(형식)'의 크기와 모양과 빛깔에 대하여 먼저 생각하게 된다. 이것은 주근옥 시인이 시를 창작하는 데 있어서 '소절'(素節)[1] 양식을 통해 의도적으로 의미의 확장을 꾀하고 있다는 사실에서도 확인할 수 있다.

본고는 주근옥의 시에서 대상의 이미지와 시적 공간이 '소절'(素節)이라는 형식과 어떻게 결합하여 작품으로 형상화 되고 있는가에 눈을 맞추었다. 주근옥은 시적 대상을 이미지로 형상하는데 독특한 특성을 갖고 있다. 또한 그의 시에 나타나는 다양한 이미지는 그만의 시적 공간을 형성하여 튼실한 시세계를 확장하고 있다.

본고에서는 주근옥 시의 이미지와 시적 공간을 파악하여 그의 시세계를 구명하고 데 목적을 둔다. 그러기 위해서 주근옥 시의 가장 큰 특징이라 할 수 있는 '소절'(素節)을 연구의 대상으로 삼았다. 그것은 주근옥의 작품 중 '소절'(素節) 형식을 취한 것들이 그의 문학적 상상력을 확연히 드러내고 있기 때문이다. 또한 짧은 '형식'을 통하여 시인이 의도했던 의미의 확장이 심층구조에서 지속적으로 이루어지고 있기 때문이기도 하다. 이러한 이유로 주근옥의 중간 형식의 시(中詩)와 긴

---

1) 주근옥은 『번개와 장미꽃』(새미, 1998) 後記에서 '소절'(素節)을 다음과 같이 정의하고 있다. "素節은 기본적으로 ① 短二音步/長二音步/長二音步 ② 長二音步/長二音步/長二音步 ③ 長二音步/長二音步/短二音步, 이와 같은 3가지 외형적 구조를 갖고 있으면서 자수율의 엄격성에 구애되지 않는 유연성을 견지한다. ①의 一行은 廳者의 주의를 환기키키고 ②는 자연스러움 ③의 三行은 빠른 결말에 이르도록 하는 효과를 기대한다. 음운적으로는 울림도가 높은 음소의 사용에 유의하고, 단어의 선택에 있어서는 실재 또는 자연성을 유지하도록 의미상의 內包性보다는 外延性에 특히 유의했다. 시조를 절반으로 잘라낸 느낌이 들기도 한다. 그러나 소절은 여느 평범한 형식이 아니다."

형식의 시(長詩)는 논의의 장을 달리하여 기회를 마련하려 한다.

2. 이미지의 어울림과 심층 의미

주근옥 시인이 그동안 발표한 시집은 모두 다섯 권[2]이다. 발표된 그의 시집을 시의 '형식'에 주목하여 거시적으로 들여다보면 짧은 형식의 시가 주를 이루는 시집(『감을 우리며』와 『번개와 장미꽃』)과 긴 형식의 시가 주를 이루는 시집(『바퀴 위에서』)으로 대별할 수 있다. 물론 짧은 형식의 시와 긴 형식 시 사이에 위치한 중간 형식의 시가 주를 이루는 시집(『산노을 등에 지고』)도 있다. 그리고, 다섯 번째 시집인 『갈대 속의 비비새』는 짧은 형식의 시, 긴 형식의 시, 중간 형식의 시를 모두 수록하고 있다[3]. 이처럼 주근옥의 시를 길고 짧음으로 대별하여 정리·분석할 수 있다면 그 모범이 되는 시집이 바로 『갈대 속의 비비새』이다. 『갈대 속의 비비새』는 주근옥 시의 여정을 뭉뚱그려 놓고 있어 한 눈에 그의 시 세계를 파악할 수 있게 해준다.

제 1시집 『산노을 등에 지고』에는 총 83편의 시 중 '소절(素節)' 11편, '중시(中詩)' 72편이 수록되어 있다. 제 2시집 『감을 우리며』에는 수록된 110편의 시가 모두 '소절(素節)'이고, 제 3시집 『번개와 장미꽃』에는 수록된 90편의 시가 모두 '소절(素節)'이다. 특히, 『번개와 장미꽃』에 수록되어 있는 시편들은 모두 3행시로 구성되어 있어 '형식'

---

2) 주근옥 시인이 발표한 시집은 『산노을 등에 지고』(시문학사, 1987), 『감을 우리며』 (시문학사, 1988), 『번개와 장미꽃』(새미, 1998), 『바퀴 위에서』(시문학사, 2001), 『갈대 속의 비비새』(한국문연, 2002) 등이다.

3) 본고에서는 논의의 편의상 '짧은 형식의 시'는 '소절(素節)', '중간 형식의 시'는 '중시(中詩)', '긴 형식의 시'는 '장시(長詩)'라고 명명하여 사용하고자 한다.

의 통일성이 돋보인다. 반면, 제 4시집『바퀴 위에서』는 1·2부로 나누어「바퀴 위에서」와「다리 위에서」라는 단 두 편의 '장시(長詩)'가 수록되어 있다. 제 5시집『갈대 속의 비비새』는 총 5부로 구성되어 있는데 1부에는 4편의 '중시(中詩)'가 수록되어 있다. 그리고 2부에는 총 34편의 작품 중 시집의 제목이기도 한「갈대 속의 비비새」한 편을 제외한 33편의 시가 3행시의 '소절(素節)'로 구성되어 있다. 3부에는 '소절(素節)' 7편과 '중시(中詩)' 11편이 수록되어 있다. 4부에는「풀무가 序詩」라는 '장시(長詩)' 한 편이 소개되어 있다.[4] 이를 도식화하면 아래와 같다.

詩集 詩形	제 1시집 『산노을 등에 지고』	제 2시집 『감을 우리며』	제 3시집 『번개와 장미꽃』	제 4시집 『바퀴 위에서』	제 5시집 『갈대 속의 비비새』	계
소절(素節)	11	110	90		12	223
중시(中詩)	72				44	116
장시(長詩)				2	1	3
계	83	110	90	2	57	342

위 표에서 다섯 권의 시집에 수록된 342편의 시를 '소절'(素節), '중

---

4) 주근옥의 시를 '소절(素節)', '중시(中詩)', '장시(長詩)'로 구별하는 기준은 필자의 주관적 판단에 따른 것이어서 객관성이 결여되어 있음을 시인하지 않을 수 없다. 하지만 여기서 주근옥의 시를 이처럼 구별해 본 것은 제4시집『바퀴 위에서』의 自序에서 밝혔듯이 그는 다양한 '詩作의 실험'을 통하여 문학의 심층의미가 어떻게 영역을 확장하고 있는가에 관심을 갖고 있기 때문이다. 위와 같은 주근옥 시의 구별은 그의 문학적 특성을 밝히는 단초가 되리라고 믿는다.

시'(中詩), '장시'(長詩)로 분류해 본 결과 '소절(素節)' 223편, '중시(中詩)' 116편, '장시(長詩)' 3편으로 나타났다. 물론 주근옥의 시세계를 수록된 시 편수에 따라 가늠할 수는 없다. 하지만 위 분석에서도 알수 있듯이 주근옥은 '소절(素節)' 형식의 시 창작에 주력했음을 어렵지 않게 짐작할 수 있다. 이를 바탕으로 주근옥 시의 몇몇 특징에 대하여 고민해 보자.

먼저 주근옥의 '소절'(素節) '제목'에 주목할 필요가 있다. 그의 시제목은 품사가 '명사'인 경우가 많다. 예를 들어 제 2시집 『감을 우리며』의 제 1부에 수록된 37편의 시 제목을 훑어보면 「유세장에서」, 「돌아서서」, 「감을 우리며」 등 단 세 편을 제외한 나머지 34편의 시제목이 모두 명사이다. 이처럼 주근옥은 시 제목을 명사로 제시하여그것을 사전식으로 풀이하듯 시를 전개하고 있다.

주근옥의 '소절'(素節)을 천천히 읽다보면 눈으로 보이는 형식적 미학뿐만 아니라 독특한 운율을 느끼게 되는데 이것은 여러 가지 종결어의 형태에서 확인할 수 있다.

1)
밤길을 걷다가/숨죽여 들여다보면/움직이는 사람이어라
　　　　　　　　　　　　　　　－「어둠」(『감을 우리며』, 11면)

곶감을 먹으면 / 입을 벌리지 않아도 / 밀려 나오는 감씨여라
　　　　　　　　　　　　　　　－「곶감」(『감을 우리며, 26면)

새옷으로 갈아 입고 / 사람 속을 거닐면서 / 혼자 웃는 날씨여라
　　　　　　　　　　　　　　　－「봄날」(『감을 우리며, 46면)

2)

멍석에 고추 널고 / 빙빙 밖으로 돌며 / 골라내는 희아리

　　　　　　　　　　　　－「희아리」(『감을 우리며』, 19면)

목물하고 마루에 앉아 / 삼베 옷 갈아 입으며 / 코로 맡는 새물내

　　　　　　　　　　　　－「새물내」(『감을 우리며』, 35면)

는개를 맞으며 / 고무신에 흙묻을까 / 맨발로 밟는 황톳길

　　　　　　　　　　　　－「는개」(『감을 우리며』, 18면)

새살 돋는 젖에도 / 느티나무 신록에도 / 스치는 구름

　　　　　　　　　　　　－「新綠」(『감을 우리며』, 21면)

간장을 달이며 / 짭짜롬 맛이 드느니 / 아내의 새끼손가락

　　　　　　　　　　　　－「간장」(『감을 우리며』, 37면)

3)

배추꽃 피니까 / 보증빗 집팔아 갚고 / 박공수는 훨훨 날아가네

　　　　　　　　　　　　－「나비」(『감을 우리며』, 16면)

알밤 깨물다가 / 어금니 쓰레기통에 / 버리고 뒤돌아보네

　　　　　　　　　　　　－「어금니」(『감을 우리며』, 20면)

호박잎 따다가 / 소리나서 보니 / 비도 흉내나네

　　　　　　　　　　　　－「빗발」(『감을 우리며』, 32면)

전깃줄에 걸린 연 / 빈손으로 어떻게 딸까 / 밤새도록 궁리하네

　　　　　　　　　　　　－「연」(『감을 우리며』, 38면)

1)에 인용한 세 편 시의 종결어미는 '~이어라'이다. 앞에서 주근옥

시의 특징 중 하나가 시 제목을 명사로 제시하였음을 살펴보았다. 1)에 인용한 시에서 시 제목을 'A'라고 했을 때 주근옥 시는 "A는 ~이어라"의 구도를 형성하게 된다. 즉, 명사로 제시된 시 제목과 시 쓰기를 고려해 볼 때 마치, 국어사전에서 어떤 낱말을 풀이하고 있는 것처럼 시를 쓰고 있다는 것이다.

2)에 인용한 시편들은 시의 종결이 모두 '명사'로 되어 있다. 여기서 '「희아리」 − 희아리'와 '「새물내」 − 새물내'에서처럼 시 제목과 시의 종결어가 동일한 경우가 있고, '「는개」 − 황톳길', '「新綠」 − 구름', '「간장」 − 새끼손가락'처럼 시 제목과 종결어가 동일하지 않은 경우도 있다. 우리는 시 제목과 시의 종결어가 동일한 명사로 제시된 「희아리」와 「새물내」의 경우 일반적인 글의 형태에서 주제가 글의 마지막에 위치하는 미괄식 구성처럼 구체적인 대상에 대한 설명이 진행되다가 마지막에 그것이 '희아리' 혹은 '새물내'이다라고 하는 구조를 택하고 있음을 짐작하게 된다.

'「는개」 − 황톳길', '「新綠」 − 구름', '「간장」 − 새끼손가락'에서는 시 제목과 시의 종결어가 동일하지 않은 경우인데, 시 제목과 종결어가 '명사'로 되어 있긴 하지만 각각의 대상 사이에 불연속의 거리를 둠으로써 시적 긴장감을 부여하고 있다.

3)에 인용한 시들의 종결어미는 '~네'이다. '~네'의 종결어미는 끝없는 울림의 가락으로 들린다. 공허하게까지 들리는 '~네'는 그러므로 주근옥 시의 운율을 형성하는 또 하나의 수단이다.

주근옥의 시를 읽다보면 '무언가 더 있을 것 같은' 혹은 '한 번 읽고 다시 곱씹어 읽게' 하는 어떤 힘이 느껴진다. 그것은 여백과 여운에서 얻어진 산물이다. 시인은 그의 자서에서 말한 것처럼 표층에 제시된 언어의 구조 속에서 계속 확대되는 심층의 의미에 초점을 맞추고 있다. 즉, "의미란 고정된 것이 아니며 話者의 의도가 의미로 되는 것이 아니라 聽者의 이해가 의미로 파악된다"5)는 것이다. 시인은 그의 시 읽기에서 독자의 활발한 상상력의 날개짓을 요구한다.

여백과 여운은 그러므로 시를 읽는 독자로 하여금 다양한 생각의 고리를 연결하게도 혹은 단절하게도 하는 깊이를 알 수 없는 다양한 '의미'의 확대이다. 시가 시인의 손을 떠나면 그것을 읽는 독자의 몫이 된다는 것을 의도하지 않았나 생각된다. 결국 '시'라는 것은 시인의 시 쓰기와 독자의 시 읽기가 함께 아우러질 때 비로소 새로운 의미를 획득하는 것이다. 주근옥은 이러한 시 쓰기를 통해 독자와 함께 하기를 간절히 바라고 있는 지도 모르겠다.

주근옥 시의 또 다른 특징 중 하나는 대상에 대한 기발한 착상과 그것의 이미지화이다. 확대해서 그의 시를 이해한다면 그의 시는 이미지 그 자체라고 할 수 있다.

소절은 실재 그대로의 표상 가운데 현상학에서처럼 모두가 아니라 특정 이미지를 선택하여 그 대표만을 취급하며, 이 대표 이미지에 자의적으로 특정 의미(개념)만이 주어지는 일종의 이미저리 또는 파롤임을 부정하지도 않는다. 자의적이라고 해서 제멋대로 또는 전지전능하다는 의미가 아님은 물론이다. 이미지 는 시각뿐만 아니라 聽覺 嗅覺 味覺 觸覺 幻覺 모두가 해당된다. 이 는 唯識論에서 十二處 가운데 眼耳鼻舌身意의 六根으로써 所依를 삼고 있는 色聲香味觸法의 六境과 유사하다. 이를 도표로 표시하 면 다음과 같다.

---

5) 주근옥, 「素節에 대하여」, 『번개와 장미꽃』後記, 새미, 1998, 106면.

	시각	청각	후각	미각	촉각	환각
시각	−	+	+	+	+	+
청각	+	−	+	+	+	+
후각	+	+	−	+	+	+
미각	+	+	+	−	+	+
촉각	+	+	+	+	−	+
환각	+	+	+	+	+	−

X축과 Y축의 이미지를 등식으로 조합하면 시각=청각 청각=시각 시각−후각 후각=시각 시각=미각 미각=시각 시각=촉각 촉각=시각 시각=환각=환각=시각(+부분)과 같은 이중조합의 60개와 그리고 시각=시각(−부분)과 같은 6개의 단일조합이 이루어져 모두 66개의 이미저리 내지는 메타포의 기본구조가 성립된다.6)

위 인용에서 알 수 있듯 주근옥은 '소절(素節)' 창작에 있어 '이미지'에 주력하였음을 확인할 수 있다. 주근옥의 시에 나타나는 이미지는 '66개의 이미저리 내지는 메타포의 기본구조'를 성립시키고 있다. 대상에 대한 대표 이미지를 내세워 '소절(素節)'의 특별한 구조를 시로 형성한 것이다.

4)
후루루 후루루
벚꽃그늘 아래서
마시는 개장국물

－「洛花」(『번개와 장미꽃』, 50면)

---

6) 위의 책, 108~109면.

5)
벗기며 쪼개며
한 쪽씩 입에 넣고
진저리치네

　　　　　　　－「감귤」(『번개와 장미꽃』, 76면)

6)
범종 소리 울리 때마다
점점 붉어지는 산기슭
가지 끝의 홍시

　　　　　　　－「홍시」(『갈대 속의 비비새』, 55면)

　4)에 인용한 시「洛花」는 벚꽃 지는 소리와 개장국물 마시는 소리
가 '후루루 후루루'와 연결되어 있다. 시각이미지와 청각이미지의 어
울림이다. 이미지와 더불어 대상과 대상의 어색한 만남을 통해 시인은
새로운 의미의 장을 열어놓고 있는 것이다. 이 시에서 '벚꽃'과 '개장
국물'의 어울리지 않는 만남은 '후루루 후루루'라고 하는 소리와 하나
가 되어「洛花」라는 시편을 완성하고 있다. 여기에 주근옥 '소절(素
節)'의 묘미가 있다.

　5)의「감귤」은 미각이미지와 촉각이미지가 만나 새로 의미를 형성
하고 있다. 신맛의 미각과 진저리치며 느껴지는 촉각(소름), 감귤먹는
맛을 시를 읽으면서도 느끼게 할 만큼 시인은 작은 것, 사소한 것, 일상
의 그냥 지나치기 쉬운 것의 아름다움에 대하여 노래하고 있다.

　6)의「홍시」는 청각이미지와 시각이미지가 '홍시'에 집중되어 있
다. 늦가을 산사의 범종 소리와 가지 끝의 알싸한 홍시, 그것은 점점 붉
어지는 산기슭의 단풍과 어울려 독자로 하여금 살아 움직이는 가을의
동영상을 보는듯한 착각에 빠지게 한다.

3. 일상의 비틂과 공간의 형성

공간의 변화와 발전은 상상력의 작용과 궁극성을 대신한다. 실상 작가의 상상에 의해 표상된 공간은 그 작가의 모든 작품 속에서 유기적인 관계를 맺으며, 그러한 유기적 관계를 해명하는 것은 한 작가의 상상력 개진을 설명할 수 있는 계기가 된다.

공간은 사물과 대상의 존재와 형상을 구체적으로 보여준다. 결국 시간의 지속성에 의해 나타나는 모든 변화의 양상은 문학작품에서 공간화되어 제시되며, 이러한 점에서 시간의 공간화가 나타난다. 따라서 현대문학의 본질은 문학적 구현에 있어 공간화를 지향하며 단순한 시간적 재생이나 언어에 내재한 시간의 지속성에서가 아니라 한순간의 사물의 총체성을 드러내려는 시도로 공간화의 변모를 살필 수 있다.[7]

주근옥 시의 가장 두드러진 특징은 앞장에서 살펴본 것처럼 대상에 대한 다양한 이미지의 형성에 있다. 대상에 대한 다양한 이미지의 형성은 결국 시의 공간[8]을 형성한다. 시에 있어서 공간은 시인이 제시한

---

7) 김창호, 「詩에 있어서의 공간 문제」, 『영주어문』 제1집, 영주어문연구회, 1999, 207면.

8) 하르트만의 공간개념설정은 극히 현상학적 견해로 해석할 수 있는데, 우리의 논리 전개를 위해서 우선 하르트만의 공간 설정의 세 가지 유형을 요약해 보면 ① 실제 공간=가시적, 실제적 자연 공간, ② 직관공간=의식공간, ③ 기하학적 이념공간= 공간 속성의 체계적 상호 규정 등으로 볼 수 있을 것이다. 하르트만의 이같은 설정에 의하면 이미지와 관련해서 시의 공간을 살펴려면 우선 직관공간, 곧 의식 공간에 주목하지 않을 수 없게 된다. 언어 기능의 유기적 결합이 의식 속에 각인되어 형성된 이미지는 그것 자체가 실제적이며 가시적 체계는 아니기 때문이다. 또한 기하학적 이념 공간으로 공간 속성이 분류되는 것은 철학적 차원의 문학적 혹은 시적 수용에 있어서는 논의 가치를 가지겠지만, 시적 공간 파악으로서는 일단 유보될 수밖에 없을 것이다.
시적 공간은 이미지로 형성된 의식 속에서의 공간이며, 그것은 구체적 촉각이 아닌 추상적 대상으로서의 공간이다. 그 공간은 따라서 시적 영역에서는 확산되면 확산될수록 의미의 구체성을 더해 갈 수 있을 것이며, 의미의 구체성을 더해 갈수록 시

독특한 이미지를 통해 다양한 세계를 보여줌으로써 상징적 의미를 띠게 된다.

　　7)
　　두레박으로
　　땅속에서 길어 올려
　　등에 붓는 하늘인가

　　　　　　　　　　　－「목물」(『감을 우리며』, 31면)

　　8)
　　돌돌
　　여울 위에

　　한 치 쯤 남은
　　놀 속으로

　　뛰어오르는
　　송사리 떼

　　　　　　　　　　　－「송사리」(『감을 우리며』, 56면)

　　9)
　　새로 뚫린 창이런가
　　달력 떼어 낸 자리에
　　감나무 한 가지

　　　　　　　　　　　－「窓」(『감을 우리며』, 59면)

적 감동의 폭은 확산될 것이다. 시적 감동의 폭이 확산된다는 것은, 시인이 형상화하고자 한 시에서의 의도 성취의 정도가 높아감을 뜻하게 되는 것이다. 바꾸어 말하면 시적 의도를 성취하기 위해서는 시적 공간의 영역을 독자의 의식 속에서 확산하는 것이 필요불가결하다는 말도 될 수 있을 것이다(김선학, 「이미지와 詩的 空間」, 『한국문학연구』4, 동국대학교 한국문학연구소, 1981, 260~261면).

10)
수평선 아래로
노을빛 사라지면
바다도 비릇는가

-「바다」(『번개와 장미꽃』, 82면)

　인용시 7)의 「목물」에서는 표층과 심층, 땅 속과 하늘 그리고 그 사이에서 '목물'하는 인간의 모습을 통해 공간의 드나듦을 엿볼 수 있다. 이것은 땅과 하늘의 교합이 '등'에서 이루어지고 있어 여름 한낮 더위를 식히는 '목물'로 다가오고 있다. 하늘의 무더움과 땅의 시원함이 '목물'로 이어져 시원함의 촉각이미지를 통해 하늘의 무더위를 벗어나려는 공간의 확장이 잘 표현되어 있다.

　인용시 8)의 「송사리」에서는 여울을 뛰어 오르는 '송사리 떼'와 '놀'이 하나의 이미지를 형성하여 마치 저녁 노을 짙게 깔린 어스름 저녁을 표현한 한 폭의 풍경화를 감상하는 듯하다. 송사리의 생동감 넘치는 '뛰어오'름은 어쩌면 '노을' 속으로 뛰어들어 송사리가 '여울'에서 '노을'을 통해 '하늘'로 상승하려는 상승이미지로 작용하고 있다.

　9)의 「窓」에서는 달이 바뀌어 달력 한 장을 떼어 내니 새로운 풍경의 달력 그림이 펼쳐진다. 화자는 그것을 외부와 통해있는 '창'으로 인식하고 있다. 이것은 시간의 공간화9)를 통해 공간을 확장한 예로 볼 수 있다.

　주근옥 시에는 '노을'이 자주 등장한다. 인용시 10)의 「바다」에서

---

9) 시간이란 것은 그 지속성으로 말미암아 계속적인 변화를 제시하고, 공간은 정지된 그림에서처럼 사물과 대상의 존재와 형상을 구체적으로 보여준다. 결국 시간의 지속성에 의해 나타나는 모든 변화의 양상은 문학작품에서 공간화되어 제시되며, 이러한 점에서 시간의 공간화가 나타난다(김창호, 「詩에서의 공간 문제」, 『영주어문』 제1집, 영주어문연구회, 1999, 198~199면).

화자는 수평선 저쪽으로 지나간 해의 빛에 의해 형성된 노을이 바다에 드리워져있음을 바라보고 있다. 시인은 수평선 아래로 노을빛이 드리워진 모습을 바다가 진통이 있어 아이를 낳으려고 한다고 보고 있다. 수평선 아래로 사라진 '해'의 남성성과 '바다'의 여성성을 상기한다면 바다가 '비릇다'라는 것은 어쩌면 '하늘'과 '바다'의 교합에 의해 '노을'이라는 새로운 생명체의 탄생을 의미하는 것이 아니겠는가. 주근옥의 시세계는 이처럼 땅과 바다와 하늘을 아우르는 광할함으로 대표되는 의미의 끊임없는 확장의 연속에서 찾을 수 있다.

11)
도마 위에서
목잘린 닭

털을 뽑은 뒤에
느끼는 서늘함

― 「닭」(『감을 우리며』, 65면)

12)
덜 떨어진 개구리의 입
그 위엔 눈 녹는 소리
그 위엔 별 초롱초롱

― 「별」(『감을 우리며』, 87면)

13)
발목에 걸린 수면 위로
뛰어오르는 송사리 떼
그 눈 속에 뜨는 초생달

― 「柳等川」(『번개와 장미꽃』, 104면)

14)
금강하구 공장 굴뚝
연기 아래 갈매기가 날고
그 아래 해가 집니다
　　　　　　　　　　　　　― 「낙조」(『갈대 속의 비비새』, 35면)

　11)의 인용시 「닭」에서는 '닭'이라는 대상에서 느껴지는 보편성을
전복시키고 있다. 즉, 닭은 새벽을 알리는 '닭 울음' 소리로 대표된다.
'닭'은 살아있음으로써 그 생명을 획득하게 되는데 인용한 시에서는
'도마 위에서 / 목잘린 닭'을 모티브로 설정하여 보편성을 상실하였다.
그것은 생명상실의 '서늘함'을 느끼게 한다. 어쩌면 주근옥이 노리는
의미의 미끄러짐은 '서늘함'의 이면에 자리잡은 인간의 식욕을 자극
하는 '배부름'의 욕망을 향해 있는 지도 모르겠다. 일상의 비틀에서 욕
망에로의 미끄러짐은 그의 시세계에서 시적 화자와 청자가 함께 지어
낸 의미 확대의 장이다.
　인용시 「별」에서는 겨울잠이 덜 깬 개구리와 봄으로의 길목을 알리
는 '눈 녹는 소리'의 청각이미지와 시각이미지를 교차하게 하여 결국
하늘의 '초롱초롱'한 '별'로 이어지게 하고 있다. 땅 속에서 겨울 잠을
자다 깨어난 개구리가 겨울 동안 땅 위를 덮고 있던 '눈 녹는 소리'를
경험하고 눈을 들어 하늘의 '초롱초롱'한 '별'을 보고 있다. 봄 생명의
움틈을 '개구리'와 '눈', '별'이라는 대상으로 표상하고 있다. 즉, 땅 속
에서 땅 위로 다시 하늘로 생명의 영역을 확장하고 있는 것이다. 이 시
에서도 알 수 있듯 주근옥은 이미지의 교차와 시적 대상(개구리, 눈,
별) 간의 낯선 만남, 그것에서 느껴지는 여백을 통해 그의 시적 공간을
'우주'에로까지 넓히고 있다.
　13)의 「柳等川」은 위의 「별」이라는 작품과 유사한 구조의 작품이

다. '개구리 → 송사리', '눈 → 수면', '별 → 초생달'로 전이 되었을 뿐 시적 공간은 물에서 그것을 뛰어오르는 송사리 떼, 그리고 그 송사리 떼의 '눈 속에 뜨는 초생달'이 만남으로써 수면에서 하늘로 공간이 확장하고 있다. 하지만 시인은 그것을 단순한 시적 공간의 확장으로만 형상화 하지는 않는다. 주근옥은 '초생달'이 떠 있는 그 하늘 전체를 '송사리 떼'의 '눈 속에' 모두 담아놓고 있다. 이것은 어쩌면 '송사리 떼'의 눈을 통해 내다보이는 우주적 공간의 확장을 읽어내길 기대하는 시인의 의도인지도 모르겠다.

주근옥은 시적 공간을 형상함에 있어 상승과 하강 혹은 그 공간의 깊이와 넓이, 이쪽 공간에서 저쪽 공간으로의 드나듦이 자유로운 시인이다. 「낙조」에서 시인은 일상의 뒤집기를 시도하고 있다. 즉, 하늘의 공간의 '해'와 땅의 공간인 '공장 굴뚝', 그리고 '땅'과 '하늘' 사이를 '갈매기가 날고' 있다. 그 갈매기는 '공장 굴뚝'의 산물인 '연기' 아래를 날고 있어 '공장 굴뚝'과 '해'를 연결하고 있다.

이 시에서 상승의 공간 이동 경로는 '금강 → 공장 굴뚝 → 연기 → 갈매기 → 해'이다. 하지만 시인은 이 시의 제목이 '낙조'인 것처럼 해가 지고 있는 풍경을 그리고 있는데 여기서 그는 보편적인 일상의 공간을 뒤집고 있다. 즉, '금강 하구 공장 굴뚝'을 맨 위의 공간에 위치시키고 거기에서 하강하는 '연기'와 '갈매기'가 날게 하며, '그 아래 해가' 진다고 보고 있다. 보편적인 상승의 공간 이동이 아니라 '금강 → 공장 굴뚝 → 연기 → 갈매기 → 해'라는 하강의 공간이다. 이것은 주근옥식 공간 비틀기이다.

15)
명개 위

게 발자욱

놀 속으로
이어지네

— 「명개」(『감을 우리며』, 75면)

16)
두렁길 달려와
소댕을 열면 맹물
얼굴만 떠오르네

— 「소댕」(『번개와 장미꽃』, 73면)

「명개」는 갯가나 흙탕물이 지나간 자리에 앉은 검고 보드라운 흙이
다. 그 보드라운 '명개 위'에 찍힌 '게 발자욱'은 '놀 속으로 / 이어지'
고 있다. 노을 속으로 이어지는 '게 발자욱'은 햇빛의 이면에 명암을
느끼게 하는 회화적 기법을 이용하고 있다. 저녁 바다 '게 발자욱'과
'노을'의 연결은 주근옥의 사물에 대한 기발한 발상이 자아낸 작지만
큰 감동이 아닐 수 없다.

인용시 16)의 「소댕」에서 배가 고픈 화자는 두렁길을 달려와 '소댕'
을 열어보지만 거기엔 '맹물'만 가득하다. 그 속을 들여다보니 '얼굴
만' 보인다. 여기서 맹물은 '거울'의 변형체이다. 하지만 '맹물'을 통해
떠오르는 '얼굴'의 주인공이 화자인지 아니면 배고픔을 해소해 줄 또
다른 대상인지 확실치 않다. '얼굴'의 주인공이 누구인지 확실치 않은
'의미'의 굴절은 솥의 '맹물' 속에 내재해 있는 또 다른 심층구조에 대
해 고민하게 한다. '맹물'로 가득찬 것 같은 세계의 끝없는 움직임, 그
것은 과연 화자의 배고픔을 해소할 수 있는 의미의 확장이라 하지 않
을 수 없다.

이미지의 어울림과 공간의 확대 225

4. 이미지와 공간

본고에서는 주근옥 시의 이미지와 시적 공간을 파악하여 그의 시세계를 구명하고자 하였다. 이 과제를 해결하기 위하여 주근옥 시의 가장 큰 특징이라 할 수 있는 '소절'(素節)을 연구의 대상으로 삼았다. 앞에서 살펴 본 '소절'(素節)에 나타난 주근옥 시의 특징을 정리하면 다음과 같다.

첫째, 주근옥의 시 제목은 품사가 '명사'인 경우가 많다. 시 제목을 '명사'로 제시하여 그것을 풀어가듯이 작품을 형성하고 있다. 그는 표층에 제시된 언어의 구조 속에서 계속 확대되는 심층의 의미에 더욱 초점을 두고 있다.

둘째, 시의 마지막을 종결어미 '~이어라', '~네', '명사' 종결어 등을 사용하여 그만의 독특한 운율을 형성하고 있다. 이 과정에서 여백의 미와 여운이 동시에 발생하게 되는데 독자들은 여기서 새로운 의미의 확대를 경험하게 된다.

셋째, 대상에 대한 기발한 착상과 다양한 이미지의 어울림을 통하여 시의 영역을 넓히고 있다는 점이다. 그는 대상에 대한 대표 이미지를 내세워 '소절'(素節)이라는 독특한 구조의 시를 지어내고 있다.

넷째, 주근옥의 시적 공간은 '땅', '바다', '하늘'을 아우르는 광활함으로 대표되는데 여기에서 의미의 끊임없는 확장이 연속되어 나타난다. 특히, 다양한 공간의 비틀기는 상승과 하강, 혹은 서로 다른 공간 사이의 드나듦을 통하여 구현된다.

개화기 시가의 자연인식 연구

― 『대한매일신보』에 수록된 가사를 중심으로 ―

1. 개화기 시가의 자연인식

한국문학에 있어서 개화기 시대의 문학은 고전문학과 현대문학을 잇는 교량적 역할을 담당하고 있다. 개화기 문학은 봉건 사회의 몰락과 새로운 근대 시민 사회로의 편입, 다양한 루트에 의한 근대 문물의 유입과 그 과정에서 행해졌던 외세 침탈의 양상을 기저로 하여 형성된 문학적 산물이기 때문이다. 이 과정에서 새로운 세계에 대한 인식은 당대인들로 하여금 전통적 세계관에 대한 수구와 반성, 신문물에 대한 거부와 경이감, 국권 상실로 인한 위기의식 등의 혼돈 양상을 산출하였다. 이러한 점에서 개화기 문학은 전통 양식의 문학과 새로운 근대 문학의 좁은 틈바구니 속에서 질식할 수밖에 없었던 당대인들의 현실에 대한 인식의 틀을 근간으로 하고 있다고 할 수 있다.

개화기의 공간 속에서 창작된 문학 작품들은 전통적 문학 양식의 수용과 그것을 근간으로 하여 새로운 문학의 내용과 형식을 추구하고자 하였다. 일본을 경유하여 유입된 서구의 문물은 기존의 가치체계에 대한 변화를 초래하였고 새로운 세상을 구축하기 위한 도구로 자리 잡음으로써 전통과 근대의 단절과 융합을 동시에 경험하게 하였다. 이처럼 개화기 공간의 혼란상은 문학 작품을 구성하는 중심축이 되었다.

더구나 조선 말 봉건 사회의 기층 세력에 대한 염증이 증폭되면서 시민 의식이 성장하게 되고 한글의 수용과 신문·잡지 등의 새로운 양식의 출현은 문학 담당층을 다양하고 두텁게 하였다. 개화기 문학은 전통과 근대의 끝과 시작이라는 공통의 분모와 구시대 정신의 청산과 새로운 세계에 대한 가치 추구라는 분자 사이에서 갈등하고 투쟁하며 그로 인해 아파할 수밖에 없는 혼돈의 산물로 인식되었다.

『대한매일신보』는 1904년 7월 영국인 베델(Bethell, 한국명 裵說)을 발행인으로 하여 국문판과 영문판을 묶어 발행하였다. 제2권(호수 미상)까지 발행하다가 1905년 8월 11일 국한문 혼용체의 본격적인 일간 신문으로 속간하여 이후 1910년 8월 27일 한일합방까지 간행된 신문이다. 1907년 5월 23일에는 국문판 신문을 따로 발행하기도 했으며, 합방 후에는 『매일신보』로 개칭하여 조선 총독부의 기관지가 되었다. 특히 이 신문이 발행되던 1905년부터 1910년까지는 '애국 계몽기'라고 시대적 의미를 규정하기도 한다. 이런 규정은 이 시기에 일제의 침탈에 대한 항거가 여러 형태로 본격화되었으며, 문학사적으로는 『대한매일신보』에 수록된 시가 등을 비롯한 개화기 시가와 신소설이나 애국 계몽 소설의 창작이 활발하게 전개되었다는 점과도 관련이 있다.[1]

본고는 개화기 공간의 사회상이 직접적으로 드러난 『대한매일신보』에 수록된 가사 작품을 중심으로 당대인들의 자연인식 양상을 파악하고자 한다. 이러한 작업은 개화기 시가에 대한 기존의 연구에 첨언하

---

1) 윤여탁, 「개화기 시가를 통해 본 전통의 문제」, 『국어교육연구』 제4집, 서울대 국어교육연구소, 1997, 165면에서 재인용.

는 것이며 당대인의 자연인식을 통하여 개화기 시가 문학의 의미의 장을 재고하는 계기가 될 것이다.

본고에서는 『대한매일신보』에 수록된 가사에 나타난 자연인식을 효과적으로 분석하기 위하여 공간의 이동과 상승 이미지, 부정적 현실인식과 하강 이미지, 자연의 유동성과 순환 이미지로 분류하여 고찰할 것이다.

2. 공간의 이동과 상승 이미지

어느 시대이건 인간은 자연의 일부로 혹은 자연과 더불어 생존해 왔다. 자연은 인간이 살아가기 위한 필수 요소이며 그것과 더불어 동반자의 길을 걸어왔고 앞으로도 그럴 것이다. 하지만 근대 의식[2]이 대두되면서 인간은 자연을 정복의 대상으로 인식하였으며 삶의 질을 향상시키기 위하여 자연의 질서에 위배되는 행동으로 일관해 왔다. 이러한 인간의 행보는 지구 온난화, 이상 기온 현상, 해수면의 상승, 열대림의 파괴, 다양한 동·식물의 생태 변화 등 환경 폐해 문제를 야기하여 생태계의 대재난을 예고하고 있다. 그리하여 현대인들은 다양한 분야에서 자연에 대한 인식의 변화를 꾀하고 있다. 이러한 시점에서 개화기 시가에 나타난 자연인식에 대하여 고찰하는 것은 당대인들의 현실인식의 표출 도구로써 시적 대상인 자연에 대하여 평가할 수 있는 좋은 기회가 될 것으로 생각된다.

---

2) 송기한은 「『독립신문』 시가에 나타난 근대의 의미」(『한국시가연구』 제24집, 한국시가학회, 2008)라는 글에서 근대를 '중심으로부터의 일탈'로 보고, 근대를 형성하는 의미축을 언어 민족주의와 국가 및 제도에 대한 자각에서 찾고 있다.

1896년부터 1910년까지 창작된 개화가사는 형식상의 한계는 물론
이거니와, '계몽주의'라는 내용상의 한계 때문에 생명력을 지니지 못
하고 사라지고 말았다. 더군다나 다양한 계층에 의해 순한글로 창작되
던 개화가사가 전문적인 기자들에 의해 씌어지면서 4·4조를 고집,
퇴보를 가져온 것이 종말을 앞당긴 이유였다. 내용의 측면에서 보면
거의 대다수 시어의 관념화와 주제의 경직화로 말미암아 1910년 이후
에는 설자리를 잃고 말았다. 개화가사를 쓴 이들은 시라는 것을 미의
식의 산물로 보지 않고 사회의식의 발현으로 보았던 것이다.[3]

본장에서는 개화기 시가의 심미적 고찰을 위하여 『대한매일신보』
에 수록된 가사를 중심으로 당대 시가에 나타난 자연인식에 대하여 알
아보고자 한다.

첨아끗헤 검의보고 미일근실 허송말나/검의줄에 걸닌물건 먹
을거시 별노업다/풍우압헤 검의줄이 씨여지고 미여지나/살살부
는 바람쓰라 줄을느려 구명도싱/령리총명 사름들아 경영흔일
실슈흔번/즉시실망 풀쟝씨고 싱애안코 잘살녀나/놀고먹기 그만
두고 각기싱업 흐여보세/낫과밤을 앗기잔코 검의만치 일흘소냐
/비바름이 부더라도 참아가며 일흐여라/구슬굿흔 쏨이나도 부
즈런이 만흐여라/네쏨쩌러 진듸마다 온갖직물 싹이나리/션듸갈
던 년답가져 깁히푸고 붓쳐먹소/흥구흐고 근실흐면 대쇼물론
셩공흐리/엇던이는 근실흐여 빅리물노 일용흐고/십리물노 무른
남글 미일물쥐 살녓거든/종일놀고 호강흐기 붓그럽도 아니흘가
/우리흔일 놉이흐나 셩벽다톰 흐여보지/멀졍흐게 슈쪽두고 비
러먹기 그만두소/걸긱과긱 이노릇이 잣칫흐면 도적된다/오날동
녁 리일셔편 오락가락 유의유식/놈이애써 버러논것 렴치업시

3) 이승하, 「개화기 시가의 시어와 주제의식 연구 – 감성의 개발을 중심으로」, 『현대
문학이론연구』, 현대문학이론학회, 2006, 12면.

먹으려닉/ᄉ랑ᄒ온 동포들아 아모됴록 근실ᄒ셰[4]

위에 인용한 작품은 『대한매일신보』에 1907년 10월 22일 발표된 〈근실가〉이다. 이 작품은 '근실가'라고 하는 제목에서 짐작할 수 있듯이 처마 끝에 있는 '거미'의 행동을 교훈삼아 허송세월 하지 말고 부지런하고 착실하게 살 것을 권유하는 내용을 담고 있다.

'거미'는 먹이를 잡기 위해 처마 끝에 거미줄을 치고 있다. 하지만 풍우 앞에 찢겨진 거미줄에 걸린 물건은 먹을 것이 별로 없는 형편이다. 거미는 비바람의 부정적 현실을 딛고 일어나 풍우 앞에 찢어지고 미어진 거미줄에 줄을 늘이며 밤과 낮을 아끼지 않고 열심히 일을 한다. 그러한 거미의 노력을 본받아 부지런히 일하여 성공할 것을 권하고 있다. 여기서 화자는 거미의 근실한 행동을 본 떠 부지런하고 착실하게 살아갈 것을 권함으로써 상승 이미지를 획득하고 있다.

> 셰월이 여류ᄒ야 즁츈이월 되엿난듸/뎌기력이 우ᄂ소릭 봄ᄆ음을 동케ᄒ야/만호쟝안 화류촌에 각싴인물 놀아난다//슬슬부러 봄ᄇ람에 각대신이 놀아난다/화류루샹 만찬회에 부귀화가 피엿스나/번화시졀 얼마런고 꼿치피면 풍우만하/십일홍이 업다ᄒ니 무궁힝락 됴와마쇼//슬슬부러 봄ᄇ람에 각부관인 놀아난다/뎨일루 뎐별연에 싸인회포 셥셥키ᄂ/부상히외 가ᄂ빙의 일시풍랑 념려로다/흔 번가면 또못오나 악슈샹별 셜어마쇼//슬슬부러 봄ᄇ람에 외국손님 놀아난다/파셩관에 도회ᄒ야 한국관리 도득후에/ᄉ무쳐리 엇더턴지 월급푼만 탐을내여/부쟈사름 되엿스나 렴치업시 먹지마쇼//슬슬부러 봄ᄇ람에 황족파가 놀아난다/쟝안샤를 차져갈제 엇기츔이 졀노나셔/산호반과 호박빅로 연회도 됴커니와/위급시셰 싱각ᄒ야 딜탕힝락 너무마쇼//슬슬

---

4) 민찬·장성남 공편, 『大韓每日申報의 詩歌 (Ⅳ)』, 형설출판사, 2002, 6~7면.

부러 봄ㅂ람에 권문셰긱 놀아난다/단성샤가 어딕민뇨 밤낫으로
노리홀제/춘향명기 부싱인가 고흔튀도 미혹일셰/가셩고쳐 원셩
고란 녜젼글을 닛지마쇼//슬슬부러 봄ㅂ람에 신임군슈 놀아난
다/텬진루에 흔턱냄은 후일부탁 은근이라/외국물품 팔션샹에
활달슈단 잇는ᄃ시/멋돌월은 라용ᄒ니 졍신업시 랑비마쇼//슬
슬부러 봄ㅂ람에 완고신님 놀아난다/명월관을 차져가니 졍결물
품 이층집은/한인영업 분명ᄒ다 기싱노래 쟝구치며/울젹심회
쇼창키로 취흥흥이 도도ᄒ니/셰간갑ᄌ 닛지마쇼//슬슬부러 봄
ㅂ람에 호탕쇼년 놀아난다/광무딕를 차져갈졔 동리친구 쳥텹ᄒ
고/미인가긱 동힝ᄒ야 무샹왕릭 노닐기로/가산탕패 쇼고ᄒ니
오료평싱 ᄒ지마소[5]

바람은 능동적이고 격렬한 상태에 있는 공기로, 이런 공기는 창조적
숨결, 혹은 발산이라는 점에서 우주를 지배하는 1차적 요소가 된다. 바
람이 고도의 활동 단계로 들어갈 때 태풍이 되는데 이것은 물·불·
공기·대지 네 요소가 종합된 것으로 비옥과 소생의 힘을 상징한다.
문학에 있어서 바람은 생명을 부여하거나 순수한 생명의 숨결, 죽음을
극복하는 생명, 혹은 사랑을 상징한다.[6]

바람은 하늘과 땅 사이의 공간에 위치해 있다. 이러한 바람은 천상
과 지상이라는 두 공간을 이어주기도 하고 때로는 나누기도 한다. 무
색무취의 유동적인 바람은 상승적 이미지로써 지상의 대상물들을 유
기적으로 연결시켜준다.

위 인용 작품에서 '각대신, 각부관인, 외국손님, 황족파, 권문셰긱,
신임군슈, 완고신님, 호탕쇼년' 등은 '봄바람'에 놀아나고 있다. "슬슬
부러 봄ㅂ람에" 놀아나는 각각의 인물들은 부조리한 현실의 대표자들

---

5) 위의 책, 137~138면.
6) 이승훈 편저, 『문학상징사전』, 고려원, 1995, 187~189면.

이다. 언뜻 보기에 이 작품에서 '봄바람'은 일상에서의 일탈을 꿈꾸는 부정적 의미를 부각시키고 있는 듯하다. 하지만 '봄바람'에 놀아나는 인물들로 인하여 풍자의 주체로써 상승 이미지를 획득하게 된다.

> 록음방초 구경초로 흔모퉁이 다다른즉/산은텹텹 그림ㄱㅅ고 물은잔잔 거울이라/울울창창 슈림즁에 지져귀ᄂᆞᆫ 뭇새들은/각각원졍 잇ᄂᆞᆫᄃᆡ시 샹뎨젼에 호소ᄒᆞ니/보ᄂᆞᆫᄃᆡ로 이내심ᄉᆞ 간곳마다 슯흐도다//새ᄒᆞ나가 ᄂᆞᆯ어드니 쌋쌋짓ᄂᆞᆫ 쌋치로다/희쇼식을 젼ᄒᆞᄂᆞ냐 무슴원졍 알외ᄂᆞ냐/나무가지 물어다가 집ᄒᆞ나를 지엇ᄂᆞᆫᄃᆡ/난ᄃᆡ업ᄂᆞᆫ 쇼리기가 졸디에와 쎘셔드네/샹뎨젼에 호소ᄒᆞ야 집찻고져 쌋쌋쌋쌋//또ᄒᆞᆫ새가 ᄂᆞᆯ어드니 썩썩우ᄂᆞᆫ 쐥이로다/만승텬ᄌᆞ 곤룡포에 슈를놋ᄂᆞᆫ 화츙이냐/경긔셩질 굿은지죠 유지ᄉᆞ와 방불흐ᄃᆡ/교흔토씨 다ᄉᆞᆷ지고 나만홀노 걸녓고나/샹뎨젼에 호소ᄒᆞ야 그믈쳘폐 썩썩썩썩//또ᄒᆞᆫ새가 ᄂᆞᆯ어드니 솟적다ᄂᆞᆫ 풍년새라/솟이적어 네우ᄂᆞ냐 무슴싱각 네잇ᄂᆞ냐/한국졍형 말흔진ᄃᆡ 지졍고갈 우심이라/흉년좃ᄎᆞ 들고보면 ᄋᆞᆺ쵸싱령 엇디홀ᄭᅡ/샹뎨젼에 호소ᄒᆞ야 풍년츅원 솟적적적//또ᄒᆞᆫ새가 ᄂᆞᆯ어드니 쐬쇼리롱 쐬쇼리라/벗을불너 네우ᄂᆞ냐 쑴을ᄭᅢ라 네우ᄂᆞ냐/압계밋헤 잇ᄂᆞᆫ빅셩 구졔방침 의론차면/단합홈이 뎨일인ᄃᆡ 각심소위 웬일인가/샹뎨젼에 호소ᄒᆞ야 단톄코져 쐬쇼리롱//또ᄒᆞᆫ새가 ᄂᆞᆯ어드니 복국복국 복국새라/조국싱각 네우ᄂᆞ냐 복국코져 네우ᄂᆞ냐/독립권도 간곳업고 ᄌᆞ유권도 업셧ᄂᆞᆫᄃᆡ/억죠창싱 진보키를 흔소ᄅᆡ로 응ᄒᆞᄃᆡ시/샹뎨젼에 호소ᄒᆞ야 복국츅원 복국복국[7]

일반적으로 '새'는 인간의 공간인 지상과 신의 공간인 천상 사이를 오가는 중간자이자 전달자로 이해된다. 인간이 살아가면서 동경하는 이상향은 현재의 공간을 벗어난 천상의 어떤 곳, 또는 그와 유사한 장

---

7) 민찬 · 장성남 공편, 『大韓每日申報의 詩歌 (Ⅴ)』, 형설출판사, 2002, 128~129면.

소로 인식된다. 그런 의미에서 '새'는 인간의 현재 공간과 이상향의 공간을 직접 체험하고 엿볼 수 있는 존재이다. '새'는 하늘을 훨훨 날아 이곳에서 저곳으로 혹은 저곳에서 이곳으로 자유롭게 이동을 할 수는 능력을 갖고 있다. '새'에 대한 인간의 동경은 바로 하늘(천상)을 자유롭게 훨훨 날 수 있다는 것에 있다. 문학 작품에서 '새'의 이러한 공간의 이동은 상승 이미지를 형성하기에 충분하다.

위에 인용한 작품에는 '까치, 꿩, 풍년새, 꾀꼬리, 뻐꾸기' 등의 새가 등장한다. 그런데 이들은 각각 억울한 일을 당하여 슬프게 울고 있다. '까치'는 다 지은 집을 '소리개'에게 빼앗겨 그것을 찾고자 울고, '꿩'은 지조를 지키다 그물에 홀로 갇혀 울고, '풍년새'는 나라의 재정고갈과 흉년이 들어 풍년을 축원하고자 울고, '꾀꼬리'는 압제 밑의 백성을 단합하여 구제하고자 울고, '뻐꾸기'는 독립권과 자유권이 없는 조국을 '복국'하고자 울고 있다.

화자는 다양한 종류의 새를 각 연에 배치하여 백성들의 힘겨운 현실을 극복하기 위한 대안과 의지를 새의 울음 소리로 병치하고 있는 것이다. 이것은 각각의 새 울음 소리를 통하여 백성들의 고단한 삶의 목소리를 풍자한 것이라 하겠다. 이처럼 『대한매일신보』에 수록되어 있는 가사에는 다양한 종류의 '새'가 자주 등장하는데, 이들은 개화기 백성들의 억압과 소외를 풍자하거나 희화화 하기에 충분하다.

3. 부정적 현실 인식과 하강 이미지

『대한매일신보』에 수록되어 있는 가사는 우국과 애국 정신, 친일파에 대한 풍자, 신학문과 개화 사상 등의 내용을 담고 있다. 개화기 가사는 기본적으로 4·4조의 4음보를 취하고 있으며, 표현된 내용에 따라 연을 나눈 대략 10연 이내의 분연체가 일반적이다. 이는 개화기 가사가 기본적으로는 전대의 시가[8] 형식을 계승하고 있지만, 그 내용적 특성인 사회 비판적인 내용이나 대상의 다양성이라는 점을 고려한 결과에서 비롯되었다.

『대한매일신보』에 수록되어 있는 가사에 나타난 자연에 대한 인식은 시대 상황과 결부하여 하강 이미지로써 나타나고 있다.

> 빅셜빅셜 빅셜이여 식롭고도 식롭도다/네가흔번 오게되면 텬디강산 식롭도다/지난가을 찬바름에 후원초목 소슬ㅎ여/졔반경치 볼것업고 리명츈만 고딕러니/홀연북풍 찬바름에 늘고ㄴ는 눈곷치라//한덤두덤 석덤죵에 창문열고 ㅂ라본즉/희고희다 빅셜이여 산봉마다 빅옥이오/나무마다 빅곷치라 로샹힝인 쳥츈긱도/상산로인 빅발되고 남텬비리 오작식도/명월로화 션학되네//빅셜빅셜 빅셜이여 식롭고도 식롭도다/亽쳔여년 고리국이 강산홀연 식롭도다/내졍신도 흔번놀나 우리졍부 ㅂ라보니/괴이ㅎ고 괴이ㅎ다 식롭기는 고샤ㅎ고/암흑셰계 그져잇네//빅셜빅셜 빅셜이여 텬칭만물 곷것마는/웨이러케 편벽되고 우리나라 니각셔는/침침칠야 그양안쟈 자나씨나 밤즁일셰/경인텰로 고동소리 쳔산만슈 뒤놉것만/고침안면 일양이오 뎐긔회샤 번긔불이/억만쟝안 붉앗것마는 식벽졍신 혼미ㅎ다//빅셜빅셜 빅셜이여 네가흔번 ㄴ라드러/온졍부를 일신ㅎ고 니각대신 검은심쟝/흔번씻셔 희게ㅎ면 대한뎨국 일신ㅎ야/류리셰계 이텬디에 빅셜명광 더됴켓지/빅셜빅셜 빅셜이여[9]

---

8) 조선 시대의 사대부들은 관념적 세계관과 기준화된 지식 체계를 준수하고 이것을 재생산함으로써 체제 수호적 입장을 고수하였다. 그들은 그들이 추구하는 성리학적 이상 세계에 타를 편입시킴으로써 의식의 공동체를 추구하려 했으므로, 조선 사대부들이 남긴 시가는 일종의 문화적 집합성(cultural unity)이 잘 나타난 시가라 해도 큰 무리가 없다 하겠다. (임종찬,『개화기 시가의 논리』, 예림기획, 1998, 41면.)

위의 작품은 1908년 1월 15일에 발표된 「빅설가」이다. '눈'은 하얀색의 이미지로 대표되는 겨울의 산물이다. 눈이 오게 되면 '텬디강산'은 새로운 세상으로 변한다. 여기서의 눈은 겨울이라는 계절적 배경으로서의 시련과 고통의 현실을 정화하는 의미로 사용된다.

그러므로 온 세상을 하얗게 덮는 눈은 부정적 현실을 극복하고 새로운 세상을 펼치기 위한 대안으로 자리하고 있다. 하지만 '우리정부'는 '침침칠야 암흑세계'일 뿐이다. 화자는 지척을 분간하지 못할 만큼 칠흑같이 어두운 '정부'와 '늬각대신의 검은심쟝'을 하얀 눈으로 하여끔 깨끗하게 씻어주고자 한다.

또한 '눈'은 부조리한 현실을 정화하여 현실의 문제를 해결하기보다는 부조리한 현실을 잠시 감추기 위한 대상으로써 효용성을 갖기도 한다. 눈 때문에 새로운 세상처럼 보였던 부조리한 현실은 그것을 덮고 있던 눈이 녹음으로써 원래의 모습으로 복원되기 때문에 정화와 도피의 양가적 속성을 동시에 지니고 있다고 하겠다.

> 신년가절 샹원돌이 동산우에 붉엇고나/거울ᄀᆞ치 빗최기를 이 강산에 몃번인고/세샹스를 네알니라//돌아돌아 샹원돌아/부상만리 이텬디에 비와바람이 치랴ᄂᆞ지/구름안기 자옥ᄒᆞ야 양명긔샹 젼혀업고/지쳑분변 극난ᄒᆞ니 침침칠야 이강산이/너와ᄀᆞ치 붉어져라//돌아돌아 샹원돌아/관찰군슈 혼을일코 우샹ᄀᆞ치 안졋고나/힝졍권은 쎗겻스나 월급푼만 탐을내니/온돈세계 뎌졍신이 너와ᄀᆞ치 붉어져라//돌아돌아 샹원돌아/원로대신 깁히든잠 우레ᄀᆞ치 코를골며/불셩인스 혼도ᄒᆞ여 씌일방침 싱각업네/몽롱즁에 어둔틱도 너와ᄀᆞ치 밝어져라//돌아돌아 샹원돌아/동포형뎨 결심ᄒᆞ야 단톄력을 양셩하고/ᄌᆞ유ᄌᆞ강 뎌셩질이 외인압졔

9) 민찬·장성남 공편, 『大韓每日申報의 詩歌 (Ⅳ)』, 형설출판사, 2002, 47~48면.

버셔날제/익국스샹 발달홈이 너와ᄀᆺ치 붉어져라//둘아둘아 샹원둘아/창ᄉᆼ들의 곤난홈은 흔시각이 위급흔듸/신야에셔 밧츨갈든 이윤ᄀᆺ치 째기드려/나오기를 쥬져ᄒᆞ나 뎌은ᄉ의 제셰경륜/너와ᄀᆺ치 밝어져라//둘아둘아 샹원둘아/각학교에 학도들이 국권회복 ᄒᆞ랴하고/무졍세월 앗겨가며 열심으로 공부홀졔/일람쳡긔 뎌총명이 너와ᄀᆺ치 밝어져라//둘아둘아 샹원둘아/늙은션빈 완고들은 졍신좃쳐 혼미ᄒᆞ야/시셰형편 몽미ᄒᆞ니 신ᄉ샹을 니르켜셔/션각쟈가 되어보게 ᄭᅮᆷ을ᄭᅮᄂᆞ 뎌문견이/너와ᄀᆺ치 밝어져라//둘아둘아 샹원둘아/대한인민 물끌틋시 ᄉ방에셔 소요홈은/어ᄂᆞ째나 간졍될고 어셔급히 풍진긔여/금슈강산 삼쳔리가 너와ᄀᆺ치 밝어져라10)

인용한 작품에서 화자는 동산 위에 밝게 뜬 '샹원달'을 바라보며 거울같이 비추기를 소망하고 있다. '샹원달'은 음력 정월 대보름날의 달을 의미하는데 그것의 밝음 만큼이나 달은 세상 일에 대하여 모르는 것이 없다. 현실 세계를 묵묵히 바라보고 있는 화자는 달에게로 시선을 이동하여 시야를 확보한다. 민족의 현실은 '침침칠야 이강산'처럼 어둡고 '구름안기'가 자욱하다. 화자는 칠흙처럼 어두운 민족의 현실을 '샹원둘'이 밝게 비추어주길 소망하고 있다.

봄바름 구진비에 곤흔잠을 느지ᄭᅢ여/시셰형편 슬펴보니 긔일날이 묘연ᄒᆞ다//부슬부슬 비ᄉ소리에/운무자욱 이강산이 흑암시듸 되엿고나/겁운즁에 드럿던지 초목군ᄉᆼ 희미ᄒᆞ고/깁흔ᄭᅮᆷ을 못ᄭᅢ이니 이쳔만즁 잠드럿나//부슬부슬 비ᄉ소리에/부샹동히 놉흔물결 홍슈ᄀᆺ치 창일흔다/빅셩들이 어육되여 ᄉ방으로 표박ᄒᆞ니/엇지아니 가련흔가 도산도슈 졔셰ᄒᆞ던/하우씨가 잠드럿나//부슬부슬 비ᄉ소리에/뎐음우습 이건곤이 양명긔샹 반뎜업고/

10) 위의 책, 95~97면.

어두귀면 취당ᄒ야 무수작희 측량업다/츅샤방침 누가알고 벽력
쟝군 잠드럿나//부슬부슬 비ㅅ소리에/지쳑불변 이턴디가 혼돈
셰계 되엿고나/술이대취 혼도ᄒ야 불셩인ᄉ ᄒ엿던지/빅슈잔년
로지샹은 불관셰ᄉ 잠드럿나//부슬부슬 비ㅅ소리에/싸인눈이
스라지고 오예지물 씻긴강산/새면목이 드러낫다 풍진을 맑게ᄒ
고/인민을 진졍홈이 디방졍치 시급인디/션치슈령 잠드럿다//부
슬부슬 비ㅅ소리에/긔미라도 구멍막고 솔기라도 깃드린다/이셰
상에 사람되여 시즘싱만 못홀손가/군듸를 일죠에 희산ᄒ고/국
가강력 업셔지니 방어지칙 누가홀고/군부대신 잠드럿다//부슬
부슬 비ㅅ소리에/낫이라도 밤과ᄀ치 일반경향 침침하다/도적들
이 횡힝ᄒ며 량민지산 탈취ᄒ나/금즙방칙 극난ᄒ니 경찰관이
잠드럿나//부슬부슬 비ㅅ소리에/ᄆ른가지 륜틱ᄒ고 묵은풀에
싹이난다/태극긔를 놉히들고 인국가를 크게불너/신졍신을 양셩
홀제 일심으로 진보ᄒ니/학도청년 숨씌엿다11)

위 작품에서 '비'는 희망이 전혀 없이 암담하고 불안하며 비참한 시
대에 절실히 요구되는 단비를 의미한다. 부슬부슬 내리는 비는 답답한
현실의 목마른 갈증을 해소시켜준다.

일반적으로 '비'는 맑은 날에 비하여 부정적 이미지를 상정하고 있
다. 비가 내리기 위하여 운무가 자욱한 강산은 '흑암시대'가 되었다.
이것은 '비오는 날'이 맑은 날에 비하여 어둠의 이미지를 형성하고 있
기 때문이다. 하지만 'ᄆ른가지'나 '묵은풀'에게 있어서 비는 그야말
로 생명을 연장시키는 강력한 에너지를 내재하고 있어 하강 이미지를
구축하게 된다.

---

11) 위의 책, 119~121면.

4. 자연의 유동성과 순환 이미지

『대한매일신보』의 개화가사는 을사조약(1905)을 시발로, 정미7조약(1907), 한일합방(1910)까지 일제의 식민지화라는 극한적인 시대상황을 배경으로 하여 이루어졌다. 이런 시대적 배경 아래 외세배격의 범주도 『독립신문』의 가사와는 달리 일본으로 국한되어 창작되었다. 또한 개화정책을 담당했던 집권층이 일제의 침략정책을 도와 민족을 배신하고 자신의 안일만을 추구하는 매국집단으로 변신하자, 일본과 매국집단을 극렬하게 비난하는 憂國的 내용을 띠게 되었다.[12]

이처럼 『독립신문』의 경우와 달리 『대한매일신보』에 수록된 가사가 일본과 매국집단으로 국한되다 보니 가사의 내용 또한 일제의 침략정책과 민족을 배신한 매국집단에 대한 비난이 주를 이루게 되었다.

한마니로 이들 '사회등'의 가사는 일본의 침략정책이 자행되던 그 시대의 사회상을 고발한 저항시가들이 대부분을 차지하고 있다. 뿐만 아니라 '사회등'의 가사는 우리 근대시의 출발기에 있어서 한 시대를 표징하는 시가유형으로 매우 중요한 것이 되고 있다.[13]

고래로 문학은 마음의 자발적 발로로 보는 표현론과 문학은 실용적 목적의 달성에 있다고 보는 효용론이 맞서 왔다. 개화기 지식인들 중에는 문학에 대한 개념을 시대적 요청에 맞도록 해석해야 한다고 보고 효용론적 입장을 밝힌 所論들이 있었다.[14]

개화기 가사가 문학의 기능에 있어서 쾌락적 기능 보다는 교육적 기능에 가치를 부여하고 있음을 상기할 때 이 시기 가사에 대한 기존의

---

12) 감영상, 「開化歌辭考 -『독립신문』과 『대한매일신보』에 수록된 개화가사를 중심으로」, 『사림어문연구』 제14집, 사림어문학회, 2001, 148면.

13) 김학동, 『한국개화기시가연구』, 시문학사, 1990, 362면.

14) 임종찬, 앞의 책, 44면.

연구는 주로 국권 상실과 서구 문물에 대한 주제적 접근에서 이루어졌다고 보여진다. 그렇다보니 개화기 가사는 일반 문학 작품에서 기대되는 문학의 심미적 요소는 다소간 소외되었던 것이 사실이다.

셔창에 꿈을씌여 세샹亽를 싱각ᄒ니/꿈속에 노ᄂ인싱 공연히 분주ᄒ다//황량침 도두베고 부귀만 싱각ᄒ야/국권군권 내여주고 토디인민 불고ᄒ야/욕심만 치우것만 죽어지면 허亽로다/칠대신의 몽즁亽요//은전푼에 폴닌몸이 셰도집에 익걸ᄒ고/외인의게 아첨ᄒ야 칙주임관 맛보랴고/쥬야분주 ᄒ노라니 익국지심 날수잇나/亽환긱의 몽즁亽요//남븍촌 츌입쟝에 봉인즉셜 ᄒᄂ말이/군슈주본 되엿다지 몃낫군슈 쇠쏘리ᄂ/총리대신이 ᄒ여먹고 몃낫군슈 단신구ᄂ/쥬무대신이 손을쓰니 디방정치 엇지ᄒ며/인직퇴용 홀수잇나 군슈들의 몽즁亽요//공교빈족 디홀째에 죽ᄂ소리 너무마라/조션亽업 허다ᄒ디 슈견로가 되단말가/량면옥토 고루거각 당쟝힝락 무궁ᄒ나/공슈리 공슈거ᄂ 셰샹사름 일반이라/부가옹의 몽즁亽요//셰말엄동 적은집에 담박싱애 가련ᄒ다/져집싱원 지조보쇼 량손씰을 홀홀불면셔도/로동亽업 ᄒ기슬혀 전일심쟝 못변ᄒ니/빈한亽의 몽즁亽요//양복닙고 단발ᄒ니 외면긔화 션명ᄒ다/인민단톄 말쑨이오 국가亽샹 실디업다/명예만 취ᄒ다지 군슈ᄒ나 주어보면/명예가의 몽즁亽요//학문지식 불계ᄒ고 풍류쟝에 침혹ᄒ니/천금삿ᄂ 환부릭도 녯말이 허亽로다/돈잘쓰ᄂ 더슈단이 전릭가업 탕패ᄒ니/후회막급 아니되나 탕패쟈의 몽즁亽요//영졉작별 번화쟝에 염량셰틱 가관일셰/다젼긱만 됴와ᄒ니 모대신과 흡亽ᄒ다/이팔쳥춘 얼마련고 동원도리 편시츈은/창가녀의 몽즁亽라//일몽을 반쯤씌어 바라보니 혼몽텬디 되엿고나/이쑴을 언졔씌여 문명셰계 되어볼가[15]

이 작품에서의 '꿈'은 이상 세계에 대한 긍정성을 노래하기 보다는

15) 민찬·장성남 공편, 앞의 책, 14~15면.

부정적 현실 인식을 표출하는 도구로 나타나 있다.

'꿈' 속에는 '칠대신의 몽즁스, 스환긱의 몽즁스, 균슈들의 몽즁스, 부가옹의 몽즁스, 빈한스의 몽즁스, 명예가의 몽즁스, 탕패쟈의 몽즁스, 챵가녀의 몽즁스' 등이 분주하게 표출되고 있다. 꿈 속에 나타나는 현실의 부정적 요소는 현실 세계와 괴리의 관계에 있는 '꿈'이라는 공간을 통하여 부정적 현실에서 바로 깨어 '문명셰계'가 도래하기를 갈망하는 화자의 목소리가 깔려 있다.

이처럼 꿈은 현실과 이상 세계를 끊임없이 넘나들며 새로운 의미망을 구축하여 순환 이미지를 생성하고 있다.

> 긔챠고동 흔번불미 일폭강산 수쳔리가/번긔ㅈ치 슌식간에 눈압흐로 지나가니/뎌속력을 옴겨다가 사름 일에 붓쳐노면/새세계가 쉽게될듯//긔챠고동 흔소릭에 이강신을 열람ᄒ니/디방풍긘 지리키로 싱민어육 되엿고나/젼무방쳑 실시ᄒ야 승평셰계 믄들기를/속히가ᄂ 긔챠ᄌ치//긔챠고동 흔소릭에 졍부대관 놀닛스니/위급시되 싱각ᄒ고 젼일습관 ᄇ린후에/새졍치를 베프러셔 나라권셰 회복키를/속히가ᄂ 긔챠ᄌ치//긔챠고동 흔소릭에 완고쑴을 씨엿스니/젼진ᄒᄂ 스샹으로 비루심쟝 다ᄇ리고/실디스업 힘을써셔 긔명샹에 진보키를/속히가ᄂ 긔챠ᄌ치//긔챠고동 흔소릭에 디방관리 놀냇스니/탐학ᄒ던 벳버릇을 어셔급히 다ᄇ리고/어진공스 만히ᄒ야 잔약인민 보호키를/속히가ᄂ 긔챠ᄌ치//긔챠고동 흔소릭에 우리동포 분발ᄒ야/국민ᄌ격 일치말고 ᄌ치제도 셩립ᄒ야/사름마다 활동ᄒᄂ 규구즁에 나가기를/속히가ᄂ 긔챠ᄌ치//긔챠고동 흔소릭에 유지스가 모혓스니/우밍들을 권면ᄒ야 이국스샹 발달초로/ᄃ결ᄒ게 연셜흔후 단톄력이 셩립키를/속히가ᄂ 긔챠ᄌ치//긔챠고동 흔소릭에 쳥년ᄌ뎨 씨엿스니/각학교에 입학ᄒ야 신학문을 강습ᄒ고/무졍세월 여류흔되 어변셩룡 셩취기를/속히가ᄂ 긔챠ᄌ치//긔챠고동 흔소릭에 방

탕즈데 놀닛스니/경칭ᄒᄂ 이시디를 잠시라도 허송말고/젼일힝
위 회기ᄒ야 실디ᄉ업 힘쓰기를/혹히가ᄂ 긔챠ᄀᆞ치//긔챠고동
흔소리에 샹공업이 발달되니/금은동텰 긔광ᄒ야 각ᄉᆡ물품 제조
흔후/외국ᄭᆞ지 슈츌ᄒ면 부강긔초 이아닌가/속히가ᄂ 긔챠ᄀᆞ
치16)

인간에게 있어서 가는 세월에 대한 아쉬움은 현실에 대한 불만족과
영원한 삶을 갈망하는 욕구에서 시작된다. 개화기 당시의 조선 사회는
국권 상실의 아픔이 사회 여기저기에서 나타나고 있다.

1899년 경인선이 개통되고 경의선, 경부선 등이 개통되면서 '기차'
의 모습은 쉽게 볼 수 있게 되었다. '기차'라는 새로운 근대적 산물의
출현은 자연과 조화로운 삶을 살았던 인간에게 근대적 이성의 힘에 주
목하게 하는 계기가 되었다. 인간의 이성으로 자연의 장애는 충분히
극복될 수 있고, 자연은 인간의 삶을 풍요롭게 하는 도구적 대상으로
전락하였다. 개화기 공간에서 '기차'의 등장은 생활의 편리성을 제공
하는데 그치지 않고 전통적 자연관의 변화를 초래하였다.

기차가 가져온 최대의 성과는 사물을 보는 시야를 확장시켰다는 점
이다. 차창 밖으로 빠르게 전개되는 바깥 풍경이 한 눈에 들어오면서
나무 틈에 묻혀 나무만을 보느라고 보지 못했던 숲이 서서히 보이기
시작하였다. 미시적 관점에서 벗어나 거시적 관점을 확보하게 됨으로
써 자신의 삶에 대한 근본적인 통찰이 가능해진 것이다.17)

이처럼 '기차'는 하나의 기점을 중심으로 '떠남'과 '되돌아옴'의 순
환적 이미지를 구축하고 있다.

---

16) 위의 책, 350~351면.
17) 곽경숙, 「개화기 소설에 나타난 자연인식」, 『한국언어문학』제55집, 한국언어문
학회, 2005, 338면.

가을ㅂ람 셕벽간에 단풍입흔 소슬ᄒ고/져문연긔 청강샹에 흐
르ᄂᆞᆫ물 잔잔ᄒ다/일엽편쥬 흘니져며 량삼인이 샹디ᄒ야/흥을ᄯᅴ
여 노래ᄒ며 화답ᄒᄂᆞᆫ 그소래가/쳐량ᄒ고 유심ᄒ다//흘너가ᄂᆞᆫ
뎌강물아 씨슷홀ᄉ 너의물결/빅옥ᄀᆞᆺ고 진쥬ᄀᆞᆺ치 네가나의 ᄉ랑
이라/ᄇ라노니 네물결이 우리국민 ᄉ샹되여/오예ᄉ샹 씨셔내고
청결ᄉ샹 집어너셔/신국민이 되게ᄒ라//흘너가ᄂᆞᆫ 뎌강물아 근
면홀ᄉ 너의흐름/밤낫쉬지 안코간다 네가나의 ᄉ랑이라/ᄇ라노
니 네흐름이 우리국민 성질되여/영구젼진 ᄒᄂᆞᆫ거름 분발면려
ᄒ연후에/신국민이 되게ᄒ라//흘너가ᄂᆞᆫ 뎌강물아 쾌활홀사 너
의형세/쳔산만학 다지난다 네가나의 ᄉ랑이라/ᄇ라노니 네형세
가 우리국민 긔력되여/희타습관 다ᄇ리고 대ᄉ업을 흔연후에/
신국민이 되게ᄒ라//흘너가ᄂᆞᆫ 뎌강물아 격렬홀ᄉ 너의정신/바
다로만 향히간다 네가나의 ᄉ랑이라/ᄇ라노니 너의정신 우리국
민 피가되여/열심ᄒᄂᆞᆫ ᄉ업으로 반도강산 빗낸후에/신국민이
되게ᄒ라//션인들의 이ᄂᆞ래가 심샹흔듯 ᄒ지마ᄂᆞᆫ/동포제군 주
셰드러 일일주의 ᄒ고보면/진보ᄒᄂᆞᆫ 그압길의 큰리익이 될거시
니/신국민이 되랴거든 정신ᄎᆞ려 드르시고/경셩분발 ᄒ여보소18)

인용한 작품에서 '강물'은 긍정적 의미를 획득하고 있다. 선인들의
노래를 통하여 화자는 강물의 속성을 깨끗하고, 근면하고, 쾌활하고,
격렬하게 보고 있다. 그러한 강물의 물결은 '빅옥ᄀᆞᆺ고 진쥬ᄀᆞᆺ'아서
'우리국민 ᄉ샹'이 되고, '우리국민 성질'이 되고, '우리국민 긔력'이
되고, '우리국민 피가되여' 신국민으로 다시 태어나기를 간절히 바라
고 있다.

'바다'를 목표로 흘러가고 있는 '강물'의 의지를 본 받아 '신국민'이
되기 위하여 분발하기를 바라고 있는 것이다. 여기서 '강물'의 생명성
은 '바다'라는 지향점을 향해 쉼 없이 움직이고 있는 운동성에서 찾을

18) 민찬·장성남 공편,『大韓每日申報의 詩歌(Ⅴ)』, 형설출판사, 2002, 271~272면.

수 있다. '강물'의 운동성은 '신국민'이 되기 위한 필요조건인 것이다. 여기서 간과하지 말아야 할 것은 이러한 '강물'의 운동성은 '강물'의 순환 이미지에 의하여 가능하다는 사실이다.

5. 자연인식의 표출 양상

개화 가사는 우국과 애국 정신, 친일파에 대한 풍자, 신학문과 개화 사상 등 노골적인 당대 현실에 대한 비판이 주를 이루었다. 그렇기 때문에 개화 가사에 대한 기존 연구에서 작품의 서정성이나 자연인식의 표출과 같은 결과물을 기대하기가 쉽지 않았다.

본고는 『대한매일신보』에 수록된 가사를 중심으로 하여 개화기 시가에 나타난 자연인식의 표출 양상을 모색해 보고자 하였다. 분문에서 『대한매일신보』 소재 가사에 나타난 자연인식을 상승 이미지로써의 자연인식, 하강 이미지로써의 자연인식, 순환 이미지로써의 자연인식으로 분류하여 고찰하였다.

첫째, 『대한매일신보』에 수록된 가사 중 '거미, 바람, 새' 등의 자연물은 상승 이미지의 자연인식이 나타나 있다. 그것은 이러한 자연물이 지상에서 천상으로 수직 상승이 가능한 존재이기 때문에 가능하다. '거미'는 먹고 살기 위해 '비바람'의 부정적 현실을 극복하기 위하여 근실하게 일을 한다. '바람'은 일상에서의 일탈이라는 부정적 현실을 부각시키고 있지만 그러한 바람에 놀아나는 부조리한 인물들을 풍자함으로써 상승 이미지를 획득한다. '새'는 인간의 현재 공간과 이상향의 공간을 넘나들 수 있는 존재로써 상승 이미지를 갖는데 『대한매일신보』 소재 가사에서 '새'는 당대 백성들의 억압과 소외를 풍자하거나 희화화 하는 대상이다.

둘째, 『대한매일신보』에 수록된 가사 중 '눈, 달, 비' 등은 하강 이미지의 자연물로 개화 공간의 시대 상황을 반영하고 있다. '눈, 달, 비' 등의 자연물은 천상에서 지상으로 수직 하강함으로써 하강 이미지를 획득한다. '눈'은 부조리한 현실을 새로운 세상으로 정화시킨다. 그러나 현실을 덮고 있던 눈이 녹으면 원래의 모습으로 돌아가기 때문에 '눈'은 정화와 도피의 양가적 속성을 동시에 지니고 있다. '달'은 하늘의 높은 곳에 위치하여 인간 세상을 내려다보는 절대성을 갖고 있다. 이러한 '달'의 능력으로 칠흙처럼 어두운 민족의 현실이 밝게 비추어지길 소망하는 것이다. '비'는 '마른 가지'나 '묵은 풀'의 갈증을 해결하고 새로운 생명을 불어넣는 강력한 에너지를 발산한다.

셋째, 『대한매일신보』에 수록된 가사 중 '꿈, 기차, 강물' 등은 하나의 정해진 지점에서 떠나고 되돌아옴을 반복하여 순환의 이미지를 획득한다. '꿈'은 현실과 이상 세계를 끊임없이 오가며 새로운 의미망을 구축한다. '기차'는 하나의 기점을 중심으로 떠남과 되돌아옴의 순환적 이미지를 형성한다. '강물'은 지향점을 향하여 쉼 없이 흘러감으로써 운동성을 갖는다. 이것은 '강물'의 순환 이미지에 의하여 가능하다.

이처럼 『대한매일신보』 가사에 나타난 자연인식은 다양한 자연물을 통하여 현실세계를 풍자하고 희화화 하거나 교훈의 대상으로 삼고 있는 데에서 찾을 수 있다.

참고문헌

감영상, 「開化歌辭考 − 『독립신문』과 『대한매일신보』에 수록된 개화가
　　　사를 중심으로」, 『사림어문연구』 제14집, 사림어문학회, 2001.

곽경숙, 「개화기 소설에 나타난 자연인식」, 『한국언어문학』 제55집, 한국
　　　언어문학회, 2005.

김학동, 『한국개화기시가연구』, 시문학사, 1990.

민찬・장성남, 『大韓每日申報의 詩歌』, 형설출판사, 2002.

송기한, 「『독립신문』 시가에 나타난 근대의 의미」, 『한국시가연구』 제24
　　　집, 한국시가학회, 2008.

윤여탁, 「개화기 시가를 통해 본 전통의 문제」, 『국어교육연구』 제4집, 서
　　　울대 국어교육연구소, 1997.

이승하, 「개화기 시가의 시어와 주제의식 연구 − 감성의 개발을 중심으로」,
　　　『현대문학이론연구』, 현대문학이론학회, 2006.

이승훈 편저, 『문학상징사전』, 고려원, 1995.

임종찬, 『개화기 시가의 논리』, 예림기획, 1998.

제3부

소설 공간의 내면의식

최상규 문학 연구

1. 문학적 상상력의 환상성

최상규는 1934년 5월 5일 충남 보령군 천북면에서 태어났다. 이후 연세대 영문과 재학 중인 1956년에 단편 「포인트」와 「斷面」이 ≪문학예술≫에 추천되어 작가로써의 생을 시작하게 되었다. 그는 1994년 죽음을 맞이하기까지 160여 편에 이르는 방대한 양의 소설 작품과 다수의 문학 이론 번역서를 세상에 내 놓았다. 최상규가 번역하여 국내에 소개한 외국의 문학이론은 문학연구가들에게 많은 주목을 받고 있다. 하지만 상대적으로 그의 창작 작품에 대한 독자나 학자들의 태도는 다소 냉소적이다. 이는 그가 유명을 달리한 지 많은 시간이 지났음에도 불구하고 그에 대한 학위논문이 세 편[1]에 불과하다는 것만 보아도 알 수 있다.

최상규 소설은 다소 실험적이고 환상적이다. 그래서 그의 작품을 읽다보면 작가의 기발한 상상력을 접하게 되는데 그의 독특한 상상력은

[1) 최상규 소설에 대한 학위논문은 다음과 같다.
　이대영, 「한국실존주의소설 연구」, 충남대학교 대학원 박사학위논문, 1996.
　이정윤, 「최상규 소설 연구」, 경원대학교 대학원 박사학위논문, 1998.
　주성천, 「최상규 소설의 담론 연구」, 충남대학교 대학원 석사학위논문, 2000.

작품을 이끌어 나가는 원동력이다. 최상규 소설은 창작이라는 실제의 작업에 있어서 문학이론이 가미된다. 김병욱은 그의 삶을 회고하면서 "그는 한 권의 이론서를 번역하고 나면 반드시 한 편의 소설을 창작하곤 했다. 그에게 있어서 문학이론 번역 작업은 문학적 상상력의 재충전"[2]이라고 서술하고 있다.

최상규에 대한 기존 연구를 살펴보면, 이대영[3]은 최상규 소설 속에서 인물이 겪는 소외를 다양한 각도에서 바라보고 그들이 자기해체를 통한 존재를 성찰해 가는 과정과 그것의 결과에 대해 주목하고 현대문명 속에서 인간소외의 문제와 존재에 대한 성찰을 시도한 것으로 파악하고 있다.

이정윤[4]은 그의 소설을 실존주의적 경향으로 보고 있다. 최상규의 "서사적 테마가 개인의 存在性과 인간의 一般的 本性에 대한 것이고 보면, 그의 소설이 實存主義의 視覺으로 세상을 바라본 것"은 당연한 현상이라고 말하고 있다. 또한 최상규가 "사소하고 미세한 사건을 포착하여 정치하게 서사화 해내는 작가적 역량은 긍정적 평가를 받기에 충분하다고 할 수 있다. 그는 寓話的이기보다는 현실적 공간을 담아내고 거기서 한 걸음 더 나아가 환상적 수법을 거침없이 동원한다. 그것은 그로테스크를 통해 구체화되는데 바로 그것의 형상화가 그의 소설 세계에 있어서의 白眉"라고 보았다.

주성천[5]은 바흐찐의 대화이론에 입각하여 최상규의 작품들을 대화적 상상력에 의미를 부여하여 분석하고 있다.

---

2) 김병욱, 「어느 소설가의 죽음」, 『먹감나무』, 예림기획, 1999. 145면.
3) 이대영, 앞의 논문.
4) 이정윤, 앞의 논문.
5) 주성천, 앞의 논문.

김병욱[6]은 최상규 소설을 '하나의 탐색이자 자기완성의 실천'이라고 보고 있다. 김윤식[7]은 참신하고 짤막하며 감각적인 문체와 실험적 내용, 내적 독백 등의 기법을 최상규 문학의 특징으로 보았다. 정현기[8]는 최상규 소설의 전반적인 경향을 비관적 실존주의로 규정하고, 실존적 기로에 서 있는 주인공과 현실 속에 존재하는 악에 대해 주시하고 있다. 최상규는 그러한 상황에 대해 지극히 자조적이며 사변적이어서 철학적인 태도를 보여준다고 파악하고 있다. 김양수[9]는 삶의 부조리함에 항의하며 비꼬는 투가 최상규의 소설 쓰기의 자세이며, 이러한 현실 생활 속에 있을 수 있는 소재를 다루지만 철학적 모색과 추리, 아폴리즘적인 자세가 추상적이거나 관념적으로 나타나게 되는데, 이는 깊은 사고의 추리력에서 오는 것이라고 했다.

최상규 문학의 특징은 다음과 같이 대별할 수 있다.

첫째, 최상규 소설은 심리소설에 자주 쓰이는 '의식의 흐름'[10] 기법이 두드러지게 나타난다. 이러한 '의식의 흐름'은 시간의 역전현상과 부유하는 의식의 단절, 즉 무의식의 파편화와 더불어 작품 속에 나타난다. 무의식의 파편화는 그의 소설에서 의식의 흐름을 전제로 하여 독특한 문체인 단문의 형태를 취한다.

둘째, 최상규는 유물론적 시각에서 죽음을 파악하고 있다. 인간이

---

6) 김병욱, 「探索과 自己完成」, 『한국현대문학전집』, 삼성출판사, 1981.

7) 김윤식, 「악령의 늪에 이르는 길」, 『악령의 늪』, 문학사상사, 1994.

8) 정현기, 「소설의 역사적 사실성과 진실의 보편성」, 『나방과 거품』, 정음사, 1984.

9) 김양수, 「<삶> 속의 억압과의 끝없는 싸움」, 『한밤의 목소리』, 일신서적출판사, 1994.

10) <의식의 흐름>의 소설이란 주로 작중인물의 의식의 모습을 그려내기 위하여, 언어표현 이전 단계의 의식을 규명하는 데 중점을 둔 형태의 소설이라고 정의할 수 있다.(로버트 험프리 지음, 이우건·유기룡 옮김, 『現代小說과 意識의 흐름』, 형설출판사, 1984, 15면.)

죽음을 맞이하는 순간 육체와 영혼이 이분되는 것이 아니라 육체의 소멸과 더불어 영혼도 소멸되어 없어진다는 것이다.

셋째, 최상규의 문학은 자아탐색의 문학이라고 할 수 있다. 그의 자아탐색은 분열된 자아를 통하여 나타난다. 그리고 그의 소설에 등장하는 인물들은 한 곳에 정착하여 살기보다는 떠돌아다니는 유형이 많은데 이는 떠남과 되돌아옴의 연속성으로 보아야 할 것이다.

넷째, 자아탐색과 더불어 그는 고향 회귀의 문학을 추구하고 있다. 그의 작품에서 고향 회귀의 본능은 부모와 가족에 대한 사랑을 통하여 나타나며, 이것은 전통의식과 맞물려 고향에 대한 짙은 향수를 느끼게 한다.

본고에서는 위에서 본 것처럼 최상규 문학의 특징을 크게 네 가지로 나누어 살펴보고자 한다. 그것은 의식의 흐름이 바탕이 된 문학, 죽음의식, 자아탐색의 문학, 고향 회귀의 문학 등이다. 이러한 작업을 통하여 그 동안 소외되어 왔던 최상규 소설이 보다 많은 사람들에게 관심의 대상이 되기를 바란다.

2. 연상의 원리와 의식의 흐름

심리주의 소설은 의식의 구조를 그대로 묘출하는 동시에 독자를 위해서 거기에서 어떤 의미를 추출해 내야 한다. 의식의 구조를 표출하기 위해서는 특수한 기법적 장치를 필요로 한다. 그러므로 이것은 어떤 다른 유형의 소설보다도 기법상의 실험을 거듭해 왔다.

1930년대에 심리소설에 대한 관심은 보다 구체화되는데, 그 소설이 문단의 중요한 성향 가운데 하나로 등장한 것은 후반기에 이르러서였다. 심리소설 계열의 작가들은 자아 탐구의 문제에 초점을 맞추었으며, 이것은 모더니즘 문학의 확산과 심리적 리얼리즘론의 도입에 힘입어 崔明翊이나 李箱과 같은 작가들에 의하여 집중적으로 추구되었다.[11]

심리소설의 가장 큰 특징은 크게 세 가지로 볼 수 있다. 자유 연상의 원리에 의한 의식의 흐름의 표현, 영화의 기법을 응용한 몽타주의 수법, 작중인물의 내면 의식을 담은 내적 독백 등이 그것이다.

심리소설이 '의식의 흐름'을 다룬 소설이라 할 때, 이것은 소재적인 면에서의 특질을 규정한 것이라고 볼 수 있다. '의식의 흐름'은 시간과 공간을 초월하여 부유하는 무질서한 파편들의 결합으로 이루어져 있다. 이것은 의지력이 왕성하게 작용할 때조차도 오랫동안 집중된 상태로 지속될 수 없다.

여기에서 작가는 유동적인 의식의 흐름을 일관성 있는 구조로 환치시키기 위하여 심리학적 연상의 원리를 이용하게 된다. 이러한 연상의 원리는 계속해서 집중된 상태로 지속되지는 않는다. 그러나 기억, 감각, 상상력 등이 부유하는 연상의 원리를 통제한다. 대부분의 작가들은 이와 같은 심리학적 문제에는 관심을 두지 않는다. 그보다는 기억, 감각, 상상력 등으로 복잡하게 얽혀 있는 마음의 분위기를 연상수법을 통하여 사실적으로 제시하는데 초점을 맞추고 있다.

심리소설은 모두가 연상의 원리를 토대로 하고 있다. 이것은 직접 내적독백 뿐만 아니라 의식의 단순한 묘사를 다룬 작품에 있어서도 마찬가지이다. 그것은 그 구성이나 깊이가 어떻든지 간에 작중인물의 의식의 흐름을 표현하기 위하여 작가는 심리학적 연상의 원리를 사용할

---

11) 김진석, 『한국심리소설연구』, 태학사, 1998, 17~18면.

수밖에 없기 때문이다.[12]

최상규 소설은 이러한 심리 소설적 요소인 '의식의 흐름'의 기법이
자주 사용되고 있다.

> 서울이 보오얗다. 명동 호떡집 생각이 어쩌다 났다. 그리고 생
> 각하니 또 어떻게 서울역 대합실 생각도 났다. 그는 서울이 그립
> 다. 그 '문안'에를 가고 싶다. 그는 방으로 들어갔다. 아내는 다름
> 이 없다. 난들 다름이야 있나. 그는 아내를 안았다. 꼭 안았다.[13]

「포인트」는 1956년 최상규가 연세대 영문과에 재학하던 시절 ≪문
학예술≫지의 추천을 받아 발표된 그의 처녀작이다. 이 작품에서 '그'
는 경제적 생산성을 상실한 인물이다. 그래서 "아내는 돈을 벌지만 나
는 돈을 벌지 못한다. 아내는 나에게 무얼 사주지만 나는 아내에게 아
무 것도 사주지 못한다. 그러니까 아내는 어른"이고 나는 경제성의 상
실로 인하여 삶의 주변인이 되어버렸다. 그러한 상황에서 영장을 받는
다. 영장을 받고 난 아침 반지하의 부엌에 들어가 '그'는 불을 지피고
있다. 그 상황에서 '그'는 '서울', '명동 호떡집', '서울역 대합실' 등 서
로 다른 공간들이 무의식 속으로 흐른다. 최상규는 이렇게 떠다니는
기억의 파편들을 다시 조합하여 소설로 형상화하고 있다. 이러한 '의
식의 흐름'의 기법은 그의 대표작이라 할 수 있는 『새벽기행』에도 나
타난다.

> 차표를 샀다. 그리고 아버지를 또 잊었다. 나는 광장에 서서
> 시간을 보내며 또 딴 생각을 하고 있었다. 생각은 꿈처럼 직선으

---

12) 위의 책, 27~31면.
13) 최상규, 「포인트」, 정음사, 1987, 362면.

로 나가는 게 아니었다. 몽상처럼 방사선상으로 퍼졌다가 중심
점으로 되돌아오는 것도 아니었다. 아무 질서도 없는 저급한 의
식의 연속이었다.14)

이러한 '의식의 흐름'의 기법은 최상규의 짧은 문장과 더불어 존재
한다. 처녀작인 「포인트」에서 그 예를 들어보면, "그는 밖으로 나왔다.
겹겹이 거울이다. 그는 주머니에서 종이 쪽지를 꺼낸다. 정신차려 들
여다본다. 아랫입술을 깨문다. 뚫어지게 본다."(포인트, 361쪽)처럼 파
편화된 의식들을 그대로 나열하듯 문장을 서술하고 있다. 즉, 최상규
는 그의 짧은 문장을 통하여 '의식의 흐름'을 자연스럽게 표현하고 있
는 것이다. 최상규의 짧은 형태의 문장과 '의식의 흐름'은 이러한 면에
서 깊은 연관성을 갖고 있다고 할 수 있다. 이러한 연관성과 맞물려 최
상규 소설의 형식적 특징은 다양하게 나타난다.
우선 그의 소설에는 우연적인 사건의 전개가 주목을 끈다.

뜻밖에도 전날 밤을 나와 함께 지냈던 여자가 그때서야 차를
타러 나와 있었다. 그녀는 나를 보더니 눈을 동그랗게 뜨고 놀랐
다. 나는 마치 그녀를 만나게 될 줄을 알고 있었던 사람처럼 태연
하게 그녀를 대했다. 그리고 입안에서는 쓰디쓴 침을 삼키며 그
녀에게 말했다.
- 우연을 만든다고 했지요? 그래요. 우리는 열심히 그런 거나
만들며 살아나가는 거지요. 그게 바로 우리 생자의 몫이니까.15)

현대 소설에 있어서 이러한 우연성은 금기시 되어왔다. 우리의 서사

---

14) ____, 『새벽기행』, 예림기획, 1999, 74면.

15) 위의 책, 108면.

문학에 있어 고전과 현대를 구분한다면 그 변별력을 갖는 일순위가 우연성의 금기일 것이다. 그러나 최상규 소설은 창작 시점으로 보아 분명히 현대소설임에도 불구하고 이러한 우연이 도처에 나타나고 있다. 그러나 최상규 작품에 나타난 우연성은 고전소설에서의 우연성과는 분명히 그 틀을 달리 한다. 그것은 앞서 보았던 '의식의 흐름'이라는 기법적인 문제와 상관성을 갖기 때문이다.

위의 인용문에서 '나'는 아버지의 산소가 있는 고향 마을에 가기 위해 기차여행을 하던 중에 만난 '여자'와 하룻밤을 같이 보낸다. 그리고 다음날 우연히 그녀를 다시 만난다. 그들의 만남은 미리 약속된 것이 아니라 우연히 길에서 다시 만남으로써 우연성을 획득한다. 그러나 그들의 만남에 대한 우연성은 '나'의 무의식 속에 '나'는 이미 "그녀를 만나게 될 줄을 알고 있"었거나 아니면 그것을 기대하고 있었음을 의미한다. 이러한 우연한 만남의 설정을 통해 최상규는 삶의 문제까지 다루고 있다. 어쩌면 '그녀'의 말처럼 우연은 필연적으로 만들어지는 것인지도 모른다. 최상규 소설에 나타나는 이러한 우연성은 '의식의 흐름'이라는 기법적 장치에 의해 그 당위성과 실험성을 담고 있다. 그래서 『새벽기행』에서 '나'는 파편화된 '의식의 흐름' 속에서 우연을 가장한 필연 속에서 살아가고 있는 것이다.

이러한 우연성과 더불어 최상규 소설은 중심이 해체되고 있다.

> 씻어 놓은 쌀이 참따랗게 냄비 속에 담겨 있고 좁아 빠진 부뚜막에 사기주발이 두 개 맞붙어 있었다. 풍로엔 퍼어런 불꽃이 솟아올라 손을 갖다댔더니, 너무 뜨거운 것도 같고 뜨겁지 않은 것도 같아서 도로 주머니 속에 두 손을 찔러 버리고, 어슬렁어슬렁 기어나와 버렸다.16)

라캉은 프로이트의 무의식에다가 소쉬르의 언어관을 적용하였다. 라캉이 말하는 중심의 해체는 기의의 끊임없는 미끄러짐이다. 기의가 끊임없이 미끄러짐으로써 또 다른 기표들이 생성된다.17) 기의의 끊임없는 미끄러짐은 결과적으로 중심의 해체를 의미한다. 같은 의미로 위의 인용문에서 풍로의 불꽃에 손을 갖다댔는데 "너무 뜨거운 것도 같고 뜨겁지 않은 것도 같아서 도로 주머니 속에 두 손을 찔러" 버리는 것은 풍로의 불꽃이 뜨겁지도 그렇다고 뜨겁지 않은 것도 아닌 기의의 미끄러짐이다.

이러한 '의식의 흐름'에 의한 심리소설적 경향은 그의 작품을 이끌어 나가는 기본 틀이다. 즉, 심리소설의 기법인 '의식의 흐름'과 더불어 그의 소설은 독특한 짧은 문장, 우연적인 사건의 전개, 중심의 해체 등으로 나타난다. 이러한 최상규의 문학적 특징은 그의 대부분의 작품에 내재되어 있는 문학적 특징으로 나타난다.

---

16) 최상규, 「포인트」, 앞의 책, 360면.

17) 기의는 의미의 저항선 아래로 끊임없이 미끄러진다. 그렇다면 언어에는 기표만이 있을 뿐이다. 의미의 연쇄, 기의의 미끄러짐은 기표의 절대적인 우위를 암시한다. 기표들의 차이가 기의를 가능케 하면서도(은유), 그 기의는 꼬리를 물고 연결된다(환유). 이것이 라캉이 말하는 기표의 두 가지 특성이다. 따라서 「기표들간의 관계에 의해 진리가 만들어진다」는 말은 의미를 낳는 은유와 그 의미가 끊임없이 자리를 바꾸는 환유의 두 가지 특성을 함축하며 인간은 자신의 의도를 언어를 통해 정확히 전달할 수 없다는 뜻이다. 두 어린 아이가 같은 역을 놓고 반대 기표를 주장했듯이 말은 의도와 다르게 전달될 수 있는 것이다. 이것이 언어의 비유적 속성이다. 그리고 이 비유성 속에는 은유와 환유가 들어 있는 것이다.(자크라깡 저, 민승기·이미선·권택영 역, 『욕망이론』, 문예출판사, 1994, 17~18면.)

3. 허무주의적 죽음의식의 극복

죽음은 인간이 사색해 온 주제 중에서도 시간과 밀접히 관련되어 있는 주제 중의 하나이다. 죽음은 한 인간에게 시간의 소멸로도 시간의 초월로도 인식된다. 종교와 철학은 죽음의 극복을 통해 인간을 구원하고 해방시키고자 노력해 왔다. 그러나 오랜 동안의 노력에도 불구하고 오늘날 인간은 각종 죽음의 공포로 괴로워하고 있다.

문학도 예외는 아니다. 이재선은 "문학은 끊임없이 죽음에 반응하는 모습을 보인다. 죽음은 어느 시대에도 변하지 않는 문학의 영원한 주제이다. 그것은 어느 시대에나 삶의 앞을 가로막고 있는 생의 근본문제이기 때문"[18]이라며 죽음과 문학의 관련성에 대하여 말하고 있다.

죽음은 동양적인 사고에서 본다면 陽의 시간에서 陰의 시간 속으로 들어간다고 할 수 있다. 그런 점에서 동양인이 생각하는 죽음은 단절의 세계가 아니라 새로운 가능성의 세계이다. 전통적으로 우리 민족이 지향하는 죽음도 가능성의 세계이며, 이승과 저승이라는 이원적 세계의 갈라짐을 넘어 삶과 분리될 수 없는 하나의 세계에 속하는 죽음이기도 하다.

그러나 최상규 소설에 있어 죽음의식은 존재의 사라짐을 포함하여 그 이상의 의미를 내포하고 있다. 그에게 있어 죽음은 육체적으로 사라지면 그 영혼마저도 사라진다는 유물사관의 입장에 있다.

「없어요, 그건. 자기도 모르게 눈 깜짝할 사이에 죽는 변사라
도 당하지 않는 한. 하지만 죽음이란 육신이 고통을 당하는 것이

---

18) 이재선, 『한국문학주제론』, 서강대출판부, 1991, 227면.

아니라 우리가 영원히 세상에서 없어지는 일예요. 그게 두려운 일이고 그게 무서운 거예요. 나라는 것이 이 세상을 그냥 놓아 두고 세상에서 영원히 없어져 버린다는 일 말예요.」[19]

　최상규에게 죽음은 영원히 이 세상에서 없어지는 일이다. 이 세상의 모든 것들을 그대로 고스란히 남겨두고 죽는 당사자만 이 세상에서 소외되어 없어지는 일이다. 그래서 인간은 죽음을 두려워하고 무서워한다. 이러한 최상규의 죽음의식은 앞서 본 전통적 가치관 속에서 인식되는 죽음의식과는 상당한 차이를 보여주고 있다. 최상규에게 있어서 '죽는다'는 의미는 현재를 살아가고 있는 인간들 누구에게나 있을 수 있는 하나의 생활이다. 우리가 숨쉬고 먹고 사는 일상의 생활들 중의 하나인 것이다. 그런 의미에서 죽음은 동시대인들로부터 소외되는 것이고, 최상규는 그것을 두려워하고 무서워하고 있다.

　최상규의 이러한 허무주의적 죽음의 의식은 그가 분신에 의해 세상 밖으로 밀려나기 이전에 가지고 있던 생각이다. 변형된 자아를 지닌 채 자아의 지속성의 무게를 감당하기 어려워 절망하고 있는 서사적 현재의 자아는 아버지의 죽음과 연관된 사건들을 반추하는 가운데 새로운 죽음에 대한 인식에 눈을 뜬다. 그 계기는 우연하게 주어졌다. 사고와 육신이 즉 영혼과 육체가 분리될 수 없다고 확고하게 믿고 있는 나는 가족들 사이에 아버지의 장례식을 놓고 벌어진 갈등을 보면서 즉 전통적 유교 방식을 주장하는 일가 친척의 어른들과 예수교의 방식을 고집하는 어머니의 대립과 갈등에서 죽음의 절대 무를 확인한다.[20]

---

19) 최상규,『사람의 섬』, 정음사, 1983, 38면.
20) 김진국,「'새벽기행'의 존재론적 해석」,『미로의 언어』, 예림기획, 1999, 139면.

늦건 이르건, 잘 살다 가는 사람이건 고생만 하다 죽는 사람이건, 죽을 때는 마치 장대 끝에서 장대를 놓친 사람처럼, 죽음을 향해 곧바로 떨어지는 거예요. 그런데 그 짧은 시간에 사람들은 무얼 할까요? 사람이 죽는 것은 그 순간뿐인데, 그리고 그게 평생의 총결산이 되는 가장 중요한 시간인데, 그때 우리 정신은 무얼 하게 될까요? 별별 사람이 다 있겠죠. 미치는 사람, 악을 쓰는 사람, 저주하는 사람, 아주 미리 까무라쳐 버리는 사람…… 그런데 그때 웃는 사람이 있어요. 죽음을 목전에 두고도 웃는 사람이 있어요. 청미도 그 중의 하나였어요. 청미는 웃었어요. 마음 속으로 웃었어요. 내가 이렇게 떨어지지만 밑에서 나를 받아 줄거다. 나는 이렇게 서투르고 약하여 실수를 했지만, 밑에서는 힘세고 실수 없는 은주님이 받아 줄 거다, 이렇게 믿고서 태연히 웃으며 떨어졌어요. 청미는 비록 죽음을 준비하고 있다가 태연히 죽음을 맞은 것은 아니었지만, 죽음의 공포를 넘어서는 믿음이 있었기 때문에 그 마지막 순간을 웃으면서 지낼 수 있었던 거예요.[21]

위에 인용한 글은 『사람의 섬』의 일부이다. 은주와 청미는 8미터가 넘는 장대를 사이에 두고 은주는 땅에서 청미를 받들고 있고 청미는 수직으로 선 장대의 꼭대기에서 온갖 재주를 다 부리는 신성서커스단의 광대들이다. 이들은 장대를 사이에 두고 살아간다. 이 작품의 끝 부분에 해당하는 위의 인용문은 은주가 청미의 죽음에 대하여 말하고 있는 부분이다. 은주의 말에 의하면 청미는 장대의 꼭대기에서 떨어지면서 죽음을 앞에 두고도 웃고 있었다고 한다. 그것은 자신이 떨어져도 땅에 있는 은주가 자신을 받아줄 거라 믿기 때문이다. 힘이 세고 실수가 없는 은주는 청미에게 있어서 신과 같은 존재로 인식된다. 그래서 청미는 죽음의 공포 앞에서도 태연히 웃을 수 있다. 그 짧은 죽음의 순

---

21) 최상규, 『사람의 섬』, 앞의 책, 338~339면.

간에 청미는 죽음에 대한 아픔이나 공포를 느끼기보다는 자신의 위험한 처지를 안아 줄 은주의 존재에 대한 믿음으로 태연하게 웃으면서 떨어졌다. 청미의 은주에 대한 믿음은 그러므로 죽음까지도 포용할 수 있는 의미를 지닌다. 앞서 최상규의 죽음의식에 대해 육신의 죽음과 더불어 영혼도 이 세상에서 같이 소멸한다는 것과 같이 생각해 볼 때, 최상규에게 있어서 사람과 사람 사이에 가장 중요하게 작용하는 것은 바로 서로에 대한 믿음이고 신뢰임을 짐작할 수 있다. 그것은 청미가 그랬던 것처럼 죽음의 공포마저도 뛰어넘을 수 있는 힘을 지녔다. 즉, 최상규에게 있어서 죽음은 인간이 살아가는 과정 중의 하나로 그 죽음을 맞이하는 순간조차도 어떤 대상에 대한 믿음을 갖고 있다면 두렵거나 무섭지가 않다. 바꿔 말하면 이 세상의 존재들로부터 소외되는 죽음으로부터 벗어날 수 있는 것이다. 그래서 청미는 죽었지만 죽지 않고 살아있는 것이다.

4. 상상력과 자아탐색

최상규는 그의 작품을 통해 자아를 탐색하고 있다. 김병욱은 최상규의 『새벽기행』에서 "모래톱에서 모래헤엄을 치는 젊은 여인, 뒤로 걷는 노인, '나'를 닮은 그 ─ 이 모두는 '나'의 분신"[22]으로 보고 있다. 자아 탐색의 글쓰기를 추구하고 있는 최상규에게 자아는 여러 형태로 분열되어 나타난다. 그 과정에서 서술되는 기발한 상상력은 텍스트를 이끌어 가는 매개물로 작용한다.

---

22) 김병욱, 「자아 탐색의 기행」, 『미로의 언어』, 예림기획, 1999, 87면.

장작을 끌어 냈다. 석 단에서 한 단을 빼니 두 단이 남는다. 또 한 단을 빼면 한 단밖에 남지 않는다. 그놈을 또 빼면 없게 된다. 고의가 아니라 못 있게 된다. 그는 산술을 배웠다. 그래 3 - 1=2, 2 - 1=1, 1 - 1=0을 자꾸 되풀이한다. 그리고 0에 대해 자꾸 동정한다. 3에 대해서는 자꾸 아첨한다.[23]

위의 인용문은 유아적인 성향이 짙게 나타난다. 석 단의 장작에 대한 작가의 상상력은 앞서 살펴 본 '의식의 흐름'과 결부하여 보면 3과 0에 대하여 생각하게 한다. 3과 0은 있음과 없음의 차이이다. 그것은 존재하느냐 또는 존재하지 않느냐 하는 실존의 문제이다. 3과 0의 의미는 작품「포인트」에서 사건의 발생을 가능하게 했던 '영장'과 같은 맥락에서 이해해야 한다. 즉, 영장으로 인하여 세상살이의 질곡을 그리고 있는 것이다. 그런 의미에서 0을 동정하는 것은 영장이 없었으면 하는 무의식적 바램의 숫자이고, 3에 대해서 자꾸 아첨을 하는 것은 입영날짜가 더디게 왔으면 하는 심리적 작용에 의한 것이다. 그러므로 장작의 단을 하나씩 빼는 행위는 영장을 받고 하루하루 입영일을 기다리는 초조한 심정을 표현한 것이라 할 수 있다. 이러한 유아적인 숫자놀이와 더불어 아래의 인용문은 李箱의 '거울'을 생각나게 한다.

나는 거울 속의 나를 보면서 마음을 정했다. 놈을 찾자고. 그리고 거울 속의 내가 그놈이기나 한 것처럼 눈을 부릅떠 노려보았다. 그랬더니 거울 속의 나도 그러한 눈으로 나를 노려보았다. 나는 거울 앞에서 물러섰다.[24]

23) 최상규,「포인트」, 앞의 책, 361~362면.
24) _____,『새벽기행』, 앞의 책, 28면.

인용문에서 '나'는 거울을 보고 있다. 그런데 '거울 밖의 나'와 '거울 속의 나'는 대립의 구조로 설정되어 있다. '거울 밖의 나'는 현실적 자아로 볼 수 있으며, '거울 속의 나'는 '나'와 똑같이 생긴 분열된 자아로 파악할 수 있다. 이 두 자아는 대립의 구조 속에 있다. 이러한 대립의 구조를 통해 최상규는 진정한 자아를 탐색하고 있는 것이다. 근거를 상실한 인간 존재는 "무의미함의 지속성 아래 놓여진 인간존재를 나타내는 것으로 인간 존재의 가장 비참한 측면에 대한 폭로이다. 삶의 무상함, 무의미성, 즉 세계로부터 겪는 인간소외의 상징"25)이라고 할 수 있다.

> 하지만 나는 지금 어디쯤에 와 있는 건가? 어둠과 어둠 사이. 침묵과 침묵 사이. 내가 태어나기 이전에는 내가 아니었고, 내가 죽고 난 후에는 내가 아니다. 음악이 그와 비슷하다. 침묵에서 시작하여 음악으로 팽창 고조되었다가 침묵으로 끝난다. 그러나 그 침묵은 공허한 것이 아니며, 음악의 부재가 아니다. 음악을 이루는 모든 리듬, 모든 화음, 모든 선율들이 무제한하고 영원하게 그 속에 현존한다. 그러나 나는? 나의 생명은?26)

그런 의미에서 작품 『새벽기행』은 "자신의 존재를 확인해 가면서 진정한 나를 찾는 소설"27)이다. 지방에 살고 있는 '나'는 시간강사 생활을 한다. 그러던 어느 날 자신과 똑같이 생긴 사람을 만나게 된다. 그는 생긴 것만 똑 같은 것이 아니라 자신의 모든 생활영역에서 그 동안 자신이 해왔던 일들을 대신한다. 그러면서 만나게 되는 여러 등장인물

---

25) 이정윤, 앞의 논문, 41면.
26) 최상규, 『새벽기행』, 앞의 책, 77면.
27) 김병욱, 「작가 최상규 선생을 회상하며」, 『새벽기행』, 예림기획, 1999, 370면.

들을 통해 최상규는 자아를 탐색하고 있다.

이러한 자아의 탐색은 최상규에게 자아 분열이라는 여러 가지의 가능성을 암시하고 있다. 자아의 분열된 현상을 뒷받침하기 위한 상상력은 다음 예문에서 확인할 수 있다.

앞쪽에 있어야 할 것들이 모두 뒤쪽에 있었고, 뒤에 있어야 할 것들이 앞에 있었다. 그건 절대로 괴물이 아니라 사람임에 틀림없었지만, 마치 뒤로 돌아선 것처럼 앞과 뒤가 정반대로 되어 있는 사람이었다. 놀라운 일이었다. 그럴 수가 있을까? 그렇게 완전히 앞뒤가 뒤바뀐 사람이 있을 수 있을까?

그는 노인이었다. 적당히 군살이 돋은 턱. 코밑에 기른 회색의 수염. 구부정한 등. 좁아진 어깨……. 노인은 내 눈앞을 지나쳤다. 그리고 다시 반대쪽으로 멀어지기 시작했다. 다만 그 가는 방향만이, 얼굴이 달려 있는 쪽과는 반대방향이라는 것뿐이었다. 그때서야 나에게 어렴풋한 깨달음이 오기 시작했다. 그리고 그것이 차츰 명확해졌다. 아하…….

간단했다. 노인은 뒤로 걷고 있었던 것이다.28)

최상규는 작가의 생명이라 할 수 있는 상상력이 무궁무진한 작가이다. 『새벽기행』에 등장하는 인물 중의 하나인 '노인'은 보편성을 상실한 인물이다. 그는 "앞쪽에 있어야 할 것들이 모두 뒤쪽에 있었고, 뒤에 있어야 할 것들이 앞에 있었다. 그건 절대로 괴물이 아니라 사람"이다. 그는 "완전히 앞뒤가 뒤바뀐 사람"이다. "이러한 奇行은 통념에 대한 부정이며, 자유의지의 표현인 것이다. 그것은 편리나 편의를 넘어서는 것으로 개인에게는 준엄한 통념이 되며 그것의 연습은 자유의지를 가능케 하는 것이다. 그러므로 '뒤로 걷기'는 외부 세계에 대한

28) 최상규, 『새벽기행』, 앞의 책, 148~149면.

부정, 즉 통념에 대한 해체이며, 낯설게 하기의 기법이다."29)

그러나 앞서 보았듯이 이 작품의 '노인'은 타인이 아니라 '나'가 분열된 또 하나의 '나'이다. 뒤로 걷는다는 것은 퇴행을 의미한다. 하지만 이 작품에서 뒤로 걷는 노인은 퇴행의 의미가 아니다. 노인은 부단한 연습을 통해 뒤로 걸을 수 있는 능력을 길렀기 때문이다. 최상규의 『새벽기행』에 등장하는 "모래 위에서 헤엄치는 여인"도 같은 의미로 자아의 분열을 드러낸다. 이러한 자아의 분열은 작가의 탁월한 상상력과 더불어 자아를 탐색한다.

이러한 최상규의 자아 탐색은 그의 많은 작품이 그렇듯이 여로형의 구조를 갖는다. 이미 자신이 존재하고 있는 공간으로부터의 떠남은 미지의 공간에 대한 불안함 즉, 전망부재에서 오는 의욕의 상실로 나타난다.

> 그러다가 나는 지쳐 버린 모양이야. 차츰 그런 생각이 없어졌소. 낫지 않아도 할 수 없다 하는 생각, 죽을 때까지 이 꼴로 살다가 끝난다해도 그게 바로 내 몫이라는 생각, 그건 아무의 힘으로도 바꾸어 놓을 수 없다는 생각…… 이런 생각이 머릿속을 차지하게 되었소. 그러니까 차라리 마음이 편해지더군. 초조하고 답답함이 없어지고…… 하루하루 지내는 것이 절대로 즐거운 것은 아니지만, 최소한 부담감 같은 건 주지 않게 되더군. 한마디로 자유로와진 거지. 그렇게 지내노라니까 조금씩 몸이 좋아지더군. 그런데 이상한 것은 그렇게 바라던 건강이 회복되어 감은 알게 되었는데도 그게 별로 감동을 주지 않는다는 사실이오. 신체의 고통이나 불편이 없어지니 좀 편하다 하는 생각 뿐이지, 이 신체를 가지고 무얼 하겠다는 생각이 나지를 않는 거야. 전 같으면 당신을 만나고 싶은 생각이 불같이 일어났을 것인데 그것도 아

---

29) 이정윤, 앞의 논문, 43면.

니고…… 나이 탓인지…… 생각해 보면, 반백 년이라면 전 같으면 늙은이 아니오? 그러나 내가 늙어서 남은 생애가 얼마 안 된다는 생각 따위는 또 나지를 않아. 그런 상태에서 저 여자를 만났소. 그러니까 나는 무슨 의도가 있어서 저 여자를 만난 것이 아니고, 어떻게 하겠다는 생각이 있어서 아이를 만든 것도 아니오. 그리고 아이가 나오고 난 다음에도, 앞으로 무얼 어떻게 하겠다는 생각이 생겨나질 않는 거요. 대책 이야기가 아니라, 의욕이 생겨나지 않는다는 이야기요, 이런 게 바로 소망을 잃었다는 거겠지[30]

위에 인용한 「사람의 섬」은 최상규의 대표적 여로형 소설이라 할 수 있다. '은주'는 그녀의 남편 '서승호'가 3년째 요양하고 있는 '풍토리 810번지'에 찾아간다. 그런데 남편은 다른 여자와 아들을 낳고 그곳에서 살고 있다. 하지만 다시 건강을 회복한 '서승호'는 "무슨 의도가 있어서" 여자를 만난 것도 아니고, "어떻게 하겠다는 생각이 있어서 아이를 만든 것"도 아니다. 그는 "앞으로 무얼 어떻게 하겠다는 생각"도 없고 "의욕이 생겨나지"도 않는다. 그는 모든 "소망을 잃"은 전망부재의 상황 속에서 은둔 생활을 하고 있다.

은둔자의 삶은 현실로부터는 탈출이며, 도피와 숨음의 상태이지만, 자연을 기준으로 할 때는 歸依이며, 적극적인 침잠의 삶이기도 하다. 그렇기 때문에 이러한 은둔자 예찬의 문학에 있어서는 두 개의 대칭적인 공간인 紅塵 대 山林 또는 草庵이 필연적으로 자리하게 된다. 紅塵은 정치적인 동요나 도덕적인 혼란, 권력 투쟁이나 욕망의 현장으로 세속적인 현실의 공간이며, 산림은 곧 자연으로서 흔히 草庵(또는 草堂, 蝸室)으로 나타나는데, 세속적 현실의 질서나 욕망으로부터 벗어

---

30) 최상규, 『사람의 섬』, 앞의 책, 114~115면.

난 초월주의자의 탈속의 공간이다.31)

5. 존재의 근원과 고향

최상규에게 있어 고향의식은 앞서 본 여로형 소설이라는 그의 문학적 특징과 연결되어 자아탐색의 변형으로 나타난다. '집'이라는 말의 가장 선행적인 의미는 안식과 보호의 기능에서 비롯된다. 그런 점에서 '집'은 인간의 근원적 고향이며 모성적 공간이 된다. 집은 인간에게 안정의 근거다. 그 환상을 주는 이미지들의 집적체이다.32) 하지만 최상규에게 있어 '집'의 의미는 안식과 보호의 기능이 아니라 자아를 탐색케 하는 근원으로 자리하고 있다. 인간 존재의 근원인 어머니에 대한 다음의 예문은 최상규의 고향의식을 생각케 하는 부분이나.

> 처음에 우리는 한 몸이었다. 다음에 우리는 둘뿐이었다. 그러나 그 다음엔…… 세월이 지날수록 둘 사이에 끼여드는 것이 점점 늘어갔다. 그러므로 우리는 그 관계가 변함없이 지속되어 왔다고 우리가 믿고 있었던 그 기간 동안, 사실에 있어서는 어머니와 나 사이는 꾸준히 멀어져온 것이다. 차츰차츰 더 많이 우리 사이에 들어와 쌓이는 그것들 때문에. 이 세상에 어머니와 나 둘만 살고 있지 않는 이상(그렇대도 장담할 수는 없는 일이지만), 그건 어쩔 수 없는 일이다. 세상에 그렇지 않은 관계가 어디 있으랴.33)

---

31) 이정윤, 앞의 논문, 46~47면.
32) G. 바슐라르, 『공간의 시학』, 민음사, 1990, 132면.
33) 최상규, 『새벽기행』, 앞의 책, 302~303면.

『새벽기행』에서 '나'는 '나'와 똑같이 생긴 '그'의 출현으로 그 동안 차지하고 있던 자신의 공간을 '그'에게 빼앗기고 자신의 '집' 주위를 맴돌 수밖에 없는 상황에 처해있다. 하지만 '나'의 가족들 즉, 어머니, 아내, 아이들 모두가 자신의 존재를 인정해 주지 않는다.

위의 인용문에서 처음에 '나'와 '어머니'는 '한 몸'이었다. 출생과 더불어 "세월이 지날수록 둘 사이에 끼여드는 것이 점점 늘어갔다." '나'와 '어머니' 사이에 "끼어드는 것"이 늘어갈수록 "어머니와 나 사이는 꾸준히 멀어"졌다. '어머니'와 '나'의 사이가 멀어진 것은 둘 사이에 끼어든 현실 세계이다. '나'의 '어머니'에 대한 이러한 거리감은 최상규의 작품에 지배적으로 나타나는 자아탐색과 맞물려 그의 근원에 대한 고향 회귀의 본능을 자극한다.

> 나는 차실 안을 둘러보았다. 옛고향 쪽으로 가는 열차니, 혹시 낯익은 사람이 있을 법도 한 일이었다. 그러나 보이는 것은 전부 낯선 사람들뿐이었다. 고향보다도 더 먼 사람들이었다. 나는 고향이라고 하는 쑥스러운 용어가 어서 폐어가 되었으면 좋겠다는 생각을 했다. 저열한 사나이. 오서산 북쪽 발치에서 출생하여 그 산의 서쪽 먼 발치에서 성장했던, 한 어리석고 비천하고 속물적인 사나이(아무도 모르게 그렇게 되어버린 사나이)는 그런 식으로 고향에 가는 길에 올랐던 것이다.[34]

'나'는 현실로부터 버림받은 존재이다. 그래서 열차를 타고 고향을 찾아간다. 그것은 자신의 존재에 대한 확인을 자신이 태어난 처음의 장소에서부터 시작하려는 것이다. 그러나 '나'가 태어난 "오서산 북쪽 발치"에는 '나'가 아는 사람이 아무도 없다. 그래서 '나'는 그 "고향이

---

34) 위의 책, 76면.

라고 하는 쑥스러운 용어가 어서 폐어가 되었으면 좋겠다는 생각"을
한다. '나'의 현실 부재는 이처럼 자신의 근원지인 고향에서조차 존재
성을 상실한 "어리석고 비천하고 속물적인 사나이"가 되고 만다. 이러
한 '나'의 고향의 근원에 대한 회귀본능은 '아버지'에 대한 부유하는
'의식의 흐름'으로 나타난다.

> 발이 미끄러진다. 구두 바닥이 얇다. 겨울은 자꾸 발을 죄어들
> 인다. 그는 자꾸 발을 옮겨 놓는다. 도시가 잠을 깬다. 간판들이
> 있다. 아무 말도 없다. 거리만을 응시하고 있다. 그는 간판을 보
> 지 않기고 결심한다. 군밤장수가 불을 피우기 시작한다. 그는 거
> 기서 삼십 년 전의 아버지를 본다. 군밤장수를 했다는 아버지다.
> 그러면서 책을 읽는다는 아버지다. 그 책을 그가 혼자 물려받았
> 다. 어머니도 모르는 외아들이 아니냐? 그는 자라 온 역사를 까
> 맣게 모른다. 제가 님의 집 밥을 일어먹는 것을 의식한 닐부터가
> 제 역사인 줄 안다. 그가 그 유산을 몇 가지 들고 거리고 나간다.
> 군밤장수 옆이다. 연기가 파랗다. 냄새가 난다. 여태 맡아 보지
> 못한 아버지의 냄새인가 보다. 그는 머리를 숙인다. 영문 모르는
> 군밤장수가 당황한다. 그는 그냥 당황을 지나친다. 군밤장수의
> 시선이 그를 좇았다. 수염 밑에 방울방울 호흡이 얼어붙었다. 군
> 밤 통에서 숯불이 튄다. 그는 돌아선다. 숯불을 돌본다. 그리고
> 끝내 아들 없는 신세를 탓하고 만다.[35]

작품 「포인트」에서 '그'는 영장을 받고 입대하기 전에 아내에게 무
엇인가 보답하기 위해 아버지로부터 물려받은 '책'을 팔기 위해 나간
다. 그러던 중 군밤장수를 보고는 "삼십년 전의 아버지"와 동일시한
다. '아버지'는 '나'의 근원이며 고향이다. 최상규에게 있어서 '나'의

---

35)＿＿, 「포인트」, 앞의 책, 365면.

자아탐색의 여정은 종래에는 어머니, 아버지, 고향으로 귀착된다. 그것은 자신의 존재에 대한 물음이며 탐색이다. 그래서 '그'는 군밤장수 옆에서 "여태 맡아보지 못한 아버지의 냄새"를 맡을 수 있다.

> 하나가 되는 거다. 내가 어머니와 하나였던 것처럼. 내가 아내와 하나였던 것처럼. 그리곤 잊어버리는 거다. 다음 현재를 향하여. 어때? 그래도 내가 너를 사랑하지 않는 거냐? 이거 봐요, 이름도 성도 모르는, 더러운 냇바닥에서 모래헤엄 치던 여인아. 내가 왜 처음에 널 모래바닥에서 끌어냈는지 알아? 그리고 왜 너의 꾀임에 빠졌는지 알아? 네가 무색무취였기 때문이야. 그래서 나는 너에게서 잃어버린 나의 어머니와 아내를 발견했기 때문이다. 나와 하나였던 시절. 색깔도 없었고 냄새도 없었던 나의 여인을 말이야.[36]

최상규 작품에서 자아의 탐색은 근본적으로 자기 존재에 대한 근원의 확인에서부터 시작된다. 그래서 "내가 어머니와 하나"이고 "아내와 하나"라는 합일을 갈망한다. 그것은 "색깔도 없었고 냄새도 없었던" 나의 근원, 즉 자신의 존재에 대한 물음이다. 최상규에게 있어서 그것은 가족이며 고향이다.

6. 최상규 소설의 문학적 특징

최상규는 1956년 문단에 데뷔한 이래 160여편의 소설을 발표했다. 그러나 발표된 작품 수에 비해 최상규에 대한 연구는 거의 이루어지지

---

36) 최상규, 『새벽기행』, 앞의 책, 305면.

않은 것이 현실이다.

본고는 최상규 소설에 나타난 문학적 특징에 대하여 네 가지로 나누어 살펴보았다. 그것을 정리하면 다음과 같다.

최상규 소설에는 심리소설의 기법인 '의식의 흐름' 기법이 자주 사용되고 있다. 이러한 '의식의 흐름'의 기법은 그의 짧은 문장과 어울려 파편화된 무의식의 표출로 나타나고 있다. 또한 그것은 부유하는 '의식의 흐름'처럼 사건의 우연적 전개와 중심의 해체로 나타나고 있다. 이러한 심리소설의 '의식의 흐름' 기법은 그의 소설을 이루는 큰 특징으로 자리한다.

최상규에게 있어 죽음은 육체가 사라지면 그 영혼마저도 사라진다는 유물사관의 입장에 있다. 그래서 인간은 그 사라짐에 대하여 두려워하며 무서워하고 있다. 그렇지만 최상규에게 그러한 죽음의 공포와 두려움은 인간의 믿음과 신뢰를 통해 극복될 수 있다. 즉, 최상규에게 있어서 죽음은 인간이 살아가는 과정 중의 하나로 그 죽음을 맞이하는 순간조차도 어떤 대상에 대한 믿음을 갖고 있다면 두렵거나 무섭지가 않다.

최상규 문학은 자아탐색의 문학이다. 그는 작품 속에서 여러 형태의 분리된 자아를 형성하여 진정한 자아의 탐색을 모색하고 있다. 그러한 자아 탐색은 그의 소설 속에서 기발한 상상력과 결부하여 나타난다. 또한 여로형 소설의 구조를 통해 전망부재의 현실에서 새로운 자아를 발견하기 위한 여정을 엿볼 수 있다.

최상규의 자아 탐색은 고향의식으로 전이되어 나타난다. 그는 '아버지', '어머니', '고향', '가족' 등 현실적 안식의 공간에서 괴리되어 방황하고 있다. 그에게 있어 '집'의 의미는 안식과 보호의 기능이 아니라 자아를 탐색케 하는 근원으로 자리하고 있다.

참고문헌

구수경, 「'새벽기행'의 서사구조 연구」, 『미로의 언어』, 예림기획, 1999.

김경수, 「절대적 현존의 탐구」, 『미로의 언어』, 예림기획, 1999.

김구중, 「'새벽기행'의 서사공간 연구」, 『미로의 언어』, 예림기획, 1999.

김병로, 「'새벽기행'의 해체적 서사담론 분석」, 『미로의 언어』, 예림기획, 1999.

김병욱, <어느 소설가의 죽음>, 『먹감나무』, 예림기획, 1999.

_____, 「자아 탐색의 기행」, 『미로의 언어』, 예림기획, 1999.

_____, 「작가 최상규 선생을 회상하며」, 『새벽기행』, 예림기획, 1999.

_____, 「探索과 自己完成」, 『한국현대문학전집』, 삼성출판사, 1981.

김양수, 「<삶> 속의 억압과의 끝없는 싸움」, 『한밤의 목소리』, 일신서적출판사, 1994.

김윤식, 「악령의 늪에 이르는 길」, 『악령의 늪』, 문학사상사, 1994.

김정하, 「환상구조의 형성과 자아의식의 전개」, 『미로의 언어』, 예림기획, 1999.

김종구, 「최상Q의, 새벽의 기행과 담론」, 『미로의 언어』, 예림기획, 1999.

김진국, 「'새벽기행'의 존재론적 해석」, 『미로의 언어』, 예림기획, 1999.

김진석, 『한국심리소설연구』, 태학사, 1998.

김태운, 「'새벽기행'의 공간 소외 의식」, 『미로의 언어』, 예림기획, 1999.

김화선, 「환상의 윤리학」, 『미로의 언어』, 예림기획, 1999.

남기택, 「백일몽, 불안한 주체의 설 자리」, 『미로의 언어』, 예림기획, 1999.

송경빈, 「경험적 현실의 전도, 그리고 일탈」, 『미로의 언어』, 예림기획, 1999.

송기섭, 「육체의 처벌과 영혼의 처벌」, 『作故文人硏究』, 대훈사, 1995.

_____, 「일탈의 불안과 실존적 주체」, 『미로의 언어』, 예림기획, 1999.

송하섭,「대전의 소설문학 개관」,『대전문학선집』2, 대훈사, 1994.

오연희,「도스토예프스키의 '이중인격'과 최상규의 '새벽기행'의 비교」,
    『미로의 언어』, 예림기획, 1999.

우찬제,「반복과 일탈의 서사적 의미」,『미로의 언어』, 예림기획, 1999.

이대영,「존재성찰을 위한 여로」,『미로의 언어』, 예림기획, 1999.

_____,「한국실존주의소설 연구」, 충남대학교 대학원 박사학위논문,
    1996.

이재선,『한국문학주제론』, 서강대출판부, 1991.

이정윤,「최상규 소설 연구」, 경원대학교 대학원 박사학위논문, 1998.

이혜경,「'새벽기행'의 라블레적 해석」,『미로의 언어』, 예림기획, 1999.

임관수,「후기 산업사회에서 자기의 정체성 찾기」,『미로의 언어』, 예림
    기획, 1999.

정현기,「대결 모티프의 로만스 형식 – 최상규 작품론」,『作故文人研究』,
    대훈사, 1995.

_____,「소설의 역사적 사실성과 진실의 보편성」,『나방과 거품』, 정음
    사, 1984.

_____,「시간 속에 홀로 떠 있음, 방황, 그리고 구원을 찾는 세 틀의 이야
    기 혹은 소설」,『겨울잠행』, 정음사, 1984.

_____,「한으로 떠도는 사람과 존재의 덫」,『사람의 섬』, 정음사, 1983.

주성천,「최상규 소설의 담론 연구」, 충남대학교 대학원 석사학위논문,
    2000.

최시한,「'새벽기행'을 따라간 두 갈래 길」,『미로의 언어』, 예림기획, 1999.

G. 바슐라르,『공간의 시학』, 민음사, 1990.

로버트 험프리 지음, 이우건·유기룡 옮김,『現代小說과 意識의 흐름』,
    형설출판사, 1984.

자크라깡 저, 민승기·이미선·권택영 역,『욕망이론』, 문예출판사, 1994.

윤대녕 소설의 내면의식 연구

― 『장미창』을 중심으로 ―

1. 내밀한 욕망과 현실인식

윤대녕은 1962년 충남 예산에서 아버지 윤병익과 어머니 서란 사이의 1남 3녀 중 장남으로 태어났다. 1988년 ≪대전일보≫신춘문예에 당선되면서 문단에 데뷔한 그는 90년대 한국문학을 대표하는 작가로 많은 작품과 명성을 쌓았다.

80년대에 우리 사회가 가졌던 희망과 희망의 현실화를 위한 거센 저항의 몸부림과는 다르게 90년대는 비관적인 시대의 모습으로 나타난다. 90년대 이념의 진공상태는 문학에서도 그대로 적용되는데 문학이 치열한 양심의 불꽃이거나 건강한 정신의 발현이기는 고사하고, 외적 조건에 이리저리 흔들리는 불안하고 안타까운 모습만 보여주었다. 더욱이 90년대 문화의 새로운 전형으로 등장한 다양한 영상매체와 컴퓨터 등의 확산은 문학의 존립까지 흔들어 놓고 있어 문학의 위기설까지 대두되고 있다.

윤대녕은 다양한 대중매체가 팽창하는 사회에서 진지한 문학이 전반적으로 위축되는 가운데, 많은 작품들을 연달아 발표하여 자기 세계의 완성에 골몰하는 장인적 예술가의 모습을 보여주었다. 그는 80년대에 대학을 다닌 사람이기는 하지만, 그의 글은 지난 시기에 대한 낭만적 부패의식에서 출발하지 않는다. 그는 80년대를 아름다운 방황의 시기로 낭만화하고 있지도 않으며, 윤리적인 거점이나 자기 합리화의 근거로 활용하지도 않는다. 윤대녕의 소설 속에서 90년대 '지금 – 여기'를 살아가는 우리의 일그러진 모습과 그 속에 감추어진 내밀한 욕망들이 그 담담한 눈길 속에 포착된다.[1] 즉, 작가의 현실인식에서 볼 수 있듯 자본주의적 현실은 곧 환멸스러운 삶이며, 이것이 현실을 무의미화시키고 환멸로 치환한다. 이러한 인식은 급격한 현실변화로 인해 진보나 혁명에 대한 전망과 열정을 상실한 채 어두운 모색의 시기를 보내고 있는 90년대 우리 사회와 문학의 모습에 겹쳐서 나타난다.

90년대 다양한 소설담론의 성행은 혼돈의 결과이면서도 한편으로는 새로운 문학의 가능성과 돌파구를 찾고자 몸부림치고 있는 노력의 소산으로 받아들여진다. 윤대녕 또한 신세대 작가군의 한사람이면서 어떠한 방식이건 나름의 방식을 통해 90년대의 소설담론을 개척해 내고 있는 작가이다.

본고에서 텍스트로 삼은 윤대녕의 『장미창』은 주인공인 '나'가 스테인드 글라스를 전공한 '정윤'을 만나기 위해 파리로 떠나 그곳에서의 일정을 그린 여로형 소설이다. 윤대녕은 『장미창』을 통하여 무엇을 말하려 하는가? 어쩌면 그것을 찾는 것은 무의미한 작업일 지도 모른다. 작품에 대하여 비평을 한다는 행위는 그 작품을 토대로 한 제2의 창작이라는 의미에서 더더욱 작가의 의도를 파악한다는 자체는 배제되어야 마땅하다. 그렇다고 작가와 작품이 별개로 취급될 수는 없지만

---

1) 김동식, 「있음으로써의 빠져나감」, 『한국소설문학대계』 100, 동아출판사, 1995, 507면.

윤대녕의 경우는 특별히 더 신경을 써야 할 부분이다. 그런 의미에서 본고는 『장미창』에 대한 분석을 통해 윤대녕 소설의 깊이에 다가서는 하나의 방법이 될 것이다.

2. 시간의 역행과 공간 체험

윤대녕의 소설 속에서 현재는 과거가 되돌아오는 곳, 억압되었던 혹은 망각되었던 것들이 회귀하는 장이다. 회귀하는 과거는 현재 속에서 그 어떤 이미지가 되어 짧은 순간 빛을 발하고 사라져 버린다.

윤대녕의 소설적 상황은 '낯선 자로부터의 호출'에서부터 비롯된다. 틀에 박힌 일상을 한편으로는 사랑하면서도 다른 한편으로는 저주하는 화자에게 어딘가로부터 호출이 온다. 이는 일상의 틀을 부수고 비 일상의 영역으로 나오라는 손짓이며, 화자가 안주하고 있거나 갇혀 있는 세계로부터 새로운 세계로 외출을 유도하는 것이다. 최재봉은 『은어낚시통신』에서의 초대장, 『옛날 영화를 보러 갔다』에서 팩스로 날아온 번역 의뢰서가 그 호출장이라고 하였다.[2] 『장미창』에서는 그 역할을 '편지'가 담당하고 있다.

> 한 달 혹은 두 달에 한 번 그녀는 서울의 내 집으로 파리에서 편지를 부쳐오곤 했다. 그녀는 팔 년째 파리에 살고 있다고 했다. 스테인드 글라스를 전공한다는 말을 건너건너 들었다. 나이는 정확히 알 수 없지만 아마 서른두세 살쯤일 거라고 짐작하고 있다.
> 정 윤(鄭允). 1995년 12월에 그녀는 서울에 왔다가 나를 만났다고 했다. 일 년여 전에 잘못 전해진 것처럼 불쑥 배달된 첫 편지

---

2) 최재봉, 「신화와 현실의 굳은 결합을 위하여」, 《동서문학》, 1996, 341면.

에다 그녀는 그렇게 적고 있었다. 말하자면 그녀를 전혀 기억하
지 못하고 있다는 사실이었다. 그녀의 말에 따르면 이러구러한
작자들이 모여 날밤을 새우는 망년회 자리에서 나를 보았다는
얘기였다.[3]

『장미창』에서 '나'는 기억에도 남아 있지 않은 낯선 여자로부터 정
기적으로 편지를 받는다. 첫 만남 이후 '정윤'이라는 여자에게서 "불
쑥 배달된 첫 편지"의 내용을 통해 '나'는 어느 해 망년회 술자리의 까
마득하게 잊고 있었던 일을 차츰 확인하게 되고 잘 기억은 나지 않지
만 그것을 현실화한다.

엘리아데는 『종교형태론』에서 "종교에서나 주술에서나 주기적인
반복은 무엇보다도 현재화한 신화적 시간을 무제한으로 이용하는 것
을 의미한다. 의례는 모두 지금, 이 순간에 일어난다고 하는 특질을 지
니고 있다. 이 의례에 의하여 사건이 기념되고 반복될 때 시간은 현재
화되며, 다시 말해서 그 시간이 아무리 먼 과거라 하더라도 그것은 '재
현'되는 것"[4]이라고 하였다. 이와 같은 엘리아테의 견해를 통해볼 때
『장미창』에서 '정윤'의 반복적인 편지는 과거의 한 순간을 현재화하
기 위한 의례의 하나임을 알 수 있다. 이러한 정기적인 편지는 '정윤'
의 계산된 행동일 수도 있는데 다음의 편지 내용은 그것을 잘 입증해
준다.

아무려나 그녀가 부쳐온 편지 내용을 요약하자면 언제 파리
에 오게 되면 분명 꼭 한번 연락을 줄 수 없겠느냐는 것이었다.

---

3) 윤대녕, 『장미창』, 작가정신, 1998, 16쪽.
   이후 작품을 인용할 경우 인용문 끝에 작품명과 쪽수만 표기하기로 함.
4) 엘리아데, 『종교형태론』, 이은봉 옮김, 한길사, 1996, 499면.

덧붙여 끝에다 자신이 살고 있는 라 데팡스의 주소와 전화번호를 당구장 표시까지 해서 적어놓고 있었다. 몇 번 고개를 갸우뚱거리다 나는 책꽂이 어디에다 편지를 꽂아둔 채 곧 그 사실을 잊어버리고 말았다. (『장미창』, 17면)

정윤은 '나'가 기억도 하지 못하는 과거의 만남을 상세히 알고 있으며 그 기억을 되살려 파리에서 "한 달 혹은 두 달에 한 번"씩 편지를 보내오고 있다. 처음 편지는 누구인지도 모르는 사람에게서 전해진 일방적인 내용이었지만 반복되는 편지로 인하여 '나'는 구체적인 사건의 실마리를 찾아낸다. 그러는 동안 그녀는 "파리에 오게 되면 분명 꼭 한 번 연락을" 달라고 애원하고 있다. 그리고는 "자신이 살고 있는 라 데팡스의 주소와 전화번호를 당구장 표시까지 해서" 적어놓고 있다. 결과적으로 『장미창』에서 편지는 '나'와 '정윤'의 과거를 현재로 연결하는 매개물로 작용하고 있으며 정기적인 그녀의 편지는 결국 '나'로 하여금 답장을 하게 함으로써 텍스트를 형성한다.

그럴까요. 그 아주 언제 파리에 가게 되면 거기 당구장으로 분명 꼭 한번 전화 넣지요. 그게 무슨 어려운 일이라고 이래 답신을 적는 데 새삼 수개월이 걸렸습니다. 객지임에 자주 마음 살펴살펴 부디 함자처럼 내내 미쁘시기 바라나이다.

다소 객기가 뒤섞인 듯한 편지를 써놓고도 보름 후에나 나는 납기후 고지서를 처리하는 심정으로 우체국에 가서 편지를 던지고 돌아왔다. 그러고 나서 그깟 답장을 기다렸을 리 만무했다. 나이를 먹다보면 별별 일이 다 생기게 마련인데 그때마다 신경을 곤두세우면 뇌수의 실핏줄이 다 터져버릴 터이다. 그나마 내게 얼마간의 정리벽이 없었다면 대꾸를 염두에 둘 사안조차 아니었던 것이다. (『장미창』, 17~18면)

작품『장미창』에서 편지는 결국 그들(정윤과 나)을 다시 만나게 하는 매개물로 작용하고 있다. 기억에도 희미한 과거의 짧은 사건에 대한 미련은 편지로 인하여 현실화되고 그 현실은 또 다른 미래를 형성한다.

'나'는 계속되는 '정윤'의 편지로 인하여 결국 파리로 떠나게 된다. 그러한 '나'의 내면에는 또 다른 탈출구로서 현실이 존재하는 것이며, 그러한 현실은 어쩌면 윤대녕에게 있어서 새로움의 시도이다. 하여튼 이 소설에서 '나'는 과거의 잊혀졌던, 아니 과거의 잊혀진 찰나적 순간을 되찾으려 한다. 과거의 찰나적 순간은 의미를 두기에 따라 다양하게 해석할 수도 있지만 보편적으로는 짧은 시간적 개념과 더불어 무의미하게 스쳐 지나가는 일회성의 산물일 경우가 많기 때문에 전혀 문제될 것이 없다. 하지만 '정윤'의 계속되는 편지를 통해 과거의 찰나적 시간은 의미를 획득하게 되고 그들에게는 또 다른 의미 있는 사건으로 자리잡는다. 이 편지를 통하여 작품의 텍스트는 생명력을 갖는다. 편지 자체가 의미 있는 것이 아니라 그 편지로 인하여 그들은 과거의 사건을 현실화하고 있으며 그로 인해 잊었던 과거를 되찾고 있다. 즉, 편지는 과거를 현재로 연결하는 교량적 역할을 담당하고 있다.

결국 '나'는 반복되는 '정윤'의 편지에 대한 답장을 한다. 그러면서도 '나'는 "답신을 적는 데 수 삼 개월이" 걸렸고, "편지를 써놓고도 보름 후에나 납기 후 고지서를 처리하는 심정으로" 편지를 보내야 하는 수동적인 입장을 취하고 있다. 이것은 '나'의 내면 심리에 자리잡고 있는 '정윤'에 대한 궁금증과 그리움을 역설적으로 서술한 것으로 볼 수 있다. 왜냐하면 '나'에게 중요한 것은 답장을 쓰는데 걸린 수 삼 개월이나 편지를 써 놓고도 보내는데 보름이 걸렸다는 '시간'이 중요한 것이 아니라, 그녀에게 답장을 썼다는 그 자체가 의미를 갖기 때문이다.

결국 '나'가 편지의 답장을 씀으로 인하여 '정윤'과 '나'는 다시 만날 수 있는 물꼬를 튼 것이다. 따라서 『장미창』에서 편지는 과거와 현재를 연결하는 매개물로 자리하고 있으며, 작품의 텍스트를 이끌어 나가는 역할을 담당하고 있다.

3. 언어 상실과 신화적 장소

윤대녕은 작품에서 경험적 자아, 혹은 일상의 현실에서 동일한 것으로 가정되는 자아로부터의 일탈을 중요시한다. 일상의 실존적 무의미로부터 시원의 실존적 충일로의 회귀, 현실과 환상의 교차 속에서 이루어지는 윤대녕 소설의 근원 추구의 회귀는 여성인물을 매개로 하고 있으며, '달'이나 '밤'과 같은 여성성의 세계와 물의 상상력 및 하강의 상상력이 긴밀히 관계되어 있다. 윤대녕 소설이 다분히 시적이라는 평자들의 평가는 '달', '밤', '물' 등과 같은 대상이 여성성을 상징하며 서정성을 확보하고 있기 때문이라 할 수 있다.

『장미창』에서 '나'는 '정윤'의 계속되는 편지를 통하여 몇 년이 지난 시간 동안 잊고 있었던 그 날 밤의 기억을 하나씩 되짚어내고 있다. '정윤'은 부모의 이혼 때문에 불운한 환경 속에서 성장기를 보냈다. 그녀는 부모의 이혼으로 어머니를 잃고 그 충격으로 인해 정상적인 가정의 아이로 성장할 수 없게 되었다. 사랑의 결핍 속에서 '정윤'은 세상과 담을 쌓고 언어를 상실하게 된다. 그러나 그녀의 언어 상실은 어머니의 사랑을 대리하는 남자를 만나면서 극복된다. 하지만 그것도 오래 지속되지 못하고 '정윤'은 그 대상과 헤어짐으로써 다시 언어를 상실하게 되고 급기야는 한국을 떠나 파리로 가게 된다. '부모의 이혼'에서 비롯된 그녀의 언어의 상실은 그녀로 하여금 이국의 낯선 곳에서 생활할 수밖에 없는 동기를 부여하게 된 것이다.

> "맞아요. 그 좋은 때를 누에고치처럼 지냈어요. 세상에서 가장 보고 싶지 않은 사람과 가장 보고 싶은 사람이 있었는데 언니는 하필 앞엣사람과 살았거든요. 아버지와 함께 말예요. 열 살 땐가 부모가 이혼을 하고 어머니가 집을 나갔죠."
> "가장 보고 싶은 사람이란 그럼 어머니였군요."
> "아버진 딸이 어머니를 만나는 것조차 한사코 막았어요. 그렇다고 해서 딸을 사랑했던 것도 아녜요. 그냥 헤어진 아내에게 고통을 주고 싶어서 그랬던 거예요. 지금도 이해할 수가 없어요. 이혼 사유도 어디까지나 아버지 쪽에 있었거든요. 돈은 좀 있었지만 술주정뱅이에다 장안에서 소문난 난봉꾼이었으니까 말예요."
> "……"
> "그런데 문제는 그렇게 간단하지가 않아요. 사랑과 격리돼 큰 아이는 커서도 사랑을 할 줄 모른다는 거예요. 그래서 사랑은 아니 사랑도 저는 유전이라고 생각해요. 적어도 후천적 유전의 문제란 말이죠."
> 사랑도 유전이라고 그녀는 말했다. 그래, 그렇지, 그렇겠지.
> "대학에 들어가 간신히 생물학을 하는 남학생을 사귀었지만 결국 남자 쪽에서 군대에 간다는 핑계로 언니를 버렸죠. 아이까지 떼고 말예요. 하지만 그게 다 남자 탓만도 아닐 거예요. 언니는 자신을 남자도 여자도 그렇다고 중성도 아닌 존재라고 생각하고 있었으니까요. 아무튼 그래서 다시 입이 닫혔고 졸업 후 곧바로 파리로 왔죠." (『장미창』, 47~48면)

'정윤'은 부모의 이혼으로 가정이 파탄 나고, 불행하게도 가장 사랑했던 어머니를 잃고 세상에서 가장 보고 싶지 않은 아버지와 함께 살

게 된다. 아버지는 술주정뱅이에다 소문난 난봉꾼이다. 그는 '정윤'과
그녀의 어머니가 서로 만나는 것조차 허락하지 않았다. 그것은 딸을
사랑해서가 아니라 헤어진 아내에게 고통을 주기 위한 것이었다. '정
윤'에게 성장기의 이러한 아픈 삶은 그 자체로 끝나지 않고 그녀로 하
여금 사랑과 격리되어 살 수밖에 없는 비극적 상황으로 전개되어 결국
언어를 상실하게 만든다.

아버지는 '정윤'에게 있어 분노와 적대의 대상이며 증오의 대상이
다. 아버지는 모든 남성을 대표하는 표상으로 작용하여 '정윤'은 모든
남성에 대한 혐오감 내지는 부적응 상태를 도출한다. 대학에 입학하여
'정윤'은 남자를 만난다. '정윤'은 남자와의 만남을 통해 잃어버린 언
어를 되찾는다. 그러나 남자는 군대에 간다는 핑계로 임신한 그녀를
버린다. '정윤'은 아이까지 떼고 남자와 헤어지면서 다시 언어를 상실
한다. 비정상적인 아버지와 대학 입학 후 만난 남자를 통하여 그녀는
남성이라는 존재에 대해 환멸을 느끼며 입을 닫아 버림으로써 세상과
단절된다. '정윤'에게 사랑의 결핍은 잠깐의 우발적인 상황에서만 슬
쩍슬쩍 가면을 벗게 하고 그 외에는 그녀를 단단한 가면 속에 가두어
버렸다.

> "파리에 와서 우여곡절 끝에 정치학을 하는 남자를 만나 결혼
> 을 했지만 이 년도 채 안돼 별거를 시작했어요. 공부를 끝낸 형부
> 는 한국으로 들어가고 언니는 그냥 파리에 남았던 거죠. 그게 또
> 빌미가 됐죠. 결국 형부 쪽에서 이혼을 요구해 와서 합의서에 도
> 장을 찍고 말았죠. 언니가 선생님을 만났던 게 아마 그때쯤이었
> 을 거예요."
> 그때쯤이라니.
> "이혼수속을 밟으러 서울에 들어갔을 때 말예요. 몰랐어요?:"

이건 무슨 소린가. 갑자기 새파랗게 질려 들고 있던 포도주잔을 얼결에 떨어뜨리자 그녀의 이마에 팍 주름이 잡혔다. 종업원이 나와 깨진 유리를 쓸어내고 몰려 있던 주위의 시선들이 사라질 즈음 그녀가 담배를 피워물며 물었다.

"놀란 거예요?"

아니 놀랄 수 있겠는가. 이쯤 되면 참으로 여러 가지가 복잡하고 미묘한 상황이었다.

"언니는 파리에 와서 겨우 세상에 적응을 한 상태였어요. 물론 운도 따랐겠지만 기회가 찾아와 이쪽에서 일도 시작했구요. 그러니 남편을 따라 무작정 한국으로 들어가기가 겁났던 거예요. 게다가 형부는 야심이 무척 많은 사람이어서 언니한테 무조건 뒷바라지만 기대하고 있었죠." (『장미창』, 50~51면)

파리로 건너간 '정윤'은 우여곡절 끝에 정치학을 전공하는 남자를 만나 결혼을 한다. 그러나 그녀는 결혼한 지 "이 년도 채 안돼 별거"를 시작한다. '정윤'은 서울에서 파리로 생활의 공간을 이동하여 살고 있다. 그녀는 파리에 간 후 시간이 흐름에 따라 세상에 겨우 적응을 하였다. 하지만 남편은 "야심이 무척 많은 사람"이어서 '정윤'에게 "무조건 뒷바라지만 기대"하는 인물이다. '정윤'이 파리까지 가게된 원인을 상기한다면 남편의 그녀에 대한 기대치는 결국 별거를 할 수밖에 없는 요인으로 작용한다. 결국 공부를 끝낸 남편은 혼자서 한국으로 돌아왔고, '정윤'은 파리에 계속 남았다. '정윤'에게 파리는 피안의 장소이며 새로운 생활을 꾸려 나가는 삶의 터전이기 때문이다

이푸 투안은 집에서 가능한 한 멀리 떠나는 것이 인간의 공통적인 소망이라고 하였다.[5] 집에서 멀리 있는 공간은 일상적 시간의 짐으로부터 벗어나 있다. 친밀한 집과 비교해볼 때, 그것은 거의 신화적 장소

---

5) 이푸 투안, 『공간과 장소』, 구동회 · 심승희 옮김, 도서출판, 대윤, 1995, 199면.

이다. 같은 의미로 윤대녕의 『장미창』에서 친밀한 공간인 '서울'과 대비되는 '파리'는 고달픈 현실 속의 경험적 자아에게 신화적 장소이며 피안의 장소이다. 그러한 파리를 그녀는 떠날 수 없었던 것이다. 하지만 남편은 그녀가 파리에 남은 것을 빌미로 이혼을 요구해 왔고, 그녀는 이혼 합의서에 도장을 찍음으로써 그녀의 삶에서 세 번째 남자로부터 버림을 받게 된다. 그녀가 이혼 합의서에 도장을 찍으러 서울에 왔을 때 '나'는 '정윤'을 처음 만나게 된다.

> "선생님을 누가 무사(武士)라고 그러던데요. 무슨 뜻이냐니깐 직접 가서 물어보라고 하더군요. 뭐 대충 듣긴 했지만요."
> 무사? 아, 무사. 그건 재작년 가을엔가 어떤 여자와 헤어지면서 내가 그녀에게 국화와 칼을 사주며 집에 들어가 할복하라고 한 데서 붙여진 별명이었다. 화랑에서 큐레이터를 하고 있는 여자였는데 어머니는 일본 사람이고 아버지는 한국 사람인 혼혈이었다. 일본 피가 섞여서인지 하필 나와 친척뻘이 되는 놈과 여관에서 나오는 걸 보고 도저히 참을 수가 없어 대낮의 인사동에서 그것도 길바닥에서 저지른 짓이었다. 어떤 작자가 일러바쳤는지 모르지만 지금으로선 별로 기억하고 싶지도 않는 일이었다.
> (『장미창』, 25~26면)

'정윤'과 마찬가지로 '나'도 아픈 과거를 갖고 있다. '나'는 재작년 가을에 여자와 헤어지면서 여자에게 "국화와 칼을 사주며 집에 들어가 할복하라고" 하였다. '국화'는 가을을 상징하며 죽음을 상징한다. '나'가 '국화와 칼'을 여자에게 사 주었다는 것은 결국 죽이고 싶도록 그녀를 증오한다는 의미이다. 그녀와 헤어지게 된 계기는 그녀가 "나와 친척뻘이 되는 놈과 여관에서 나오는 걸 보"았기 때문인데 이는 배신감을 넘어서 비도덕적인 윤리성의 부재를 의미한다. 그러기에 '나'

는 부도덕한 그녀에게 '국화와 칼'을 사주며 '할복'하라고 한다.

그녀는 "어머니는 일본 사람이고 아버지는 한국 사람인 혼혈인"이다. 윤대녕은 그녀의 출신 배경에서 혼혈이라는 것과 어머니가 일본인이라는 상황을 설정하여 그녀가 비도덕적이고 비윤리적인 인물일 수밖에 없는 당위성을 부여하고 있다. 이러한 '나'의 과거사는 '국화와 칼'의 이미지로 인하여 '무사(武士)'라는 별명을 얻게 된다. 이는 '정윤'의 불행했던 과거사와 일맥상통하는 것으로 볼 수 있다. '정윤'과 '나'의 아픈 과거는 과거의 사건으로 잠식해 버리는 것이 아니라, 그들이 만날 수밖에 없는 당위적 우연성을 내포하고 있다. 즉, '정윤'의 과거와 '나'의 과거는 타인에게 버림받음으로써 동일성을 획득하고 있다. 그러기에 그들은 어느 해 망년회 술자리에서 만날 수 있었고, 그 후 몇 번의 편지를 통하여 파리에서 재회할 수 있었던 것이다.

4. 주관적 응시와 부분적 타자

과거의 상처를 지니고 있는 윤대녕의 인물들이 떠나는 길 위에는 언제나 길 안내를 돕는 여성 인물들이 등장한다. 여성 인물의 역할과 의미는 여러 면에서 문제적이다. 윤대녕의 대부분의 소설에서 여성 인물들은 남성 주인공의 의식과 행동의 거울이 되고 있다. 라캉은 자신의 세상에 의해 보여짐을 의식할 때 주체는 분리되고 인간은 고립과 소외를 벗어나 무대 위에 서게 된다고 하였는데 이것이 라캉의 타자의식이다.[6]

윤대녕의 작품에서 여성들은 남성 인물의 행위나 서사의 동인이 되

---

6) 자크라캉, 『욕망이론』, 민승기 · 이미선 · 권택영 역, 문예출판사, 1994, 35면.

는데 「상춘곡」에서는 편지를 쓰게 하고, 「천지간」에서는 뒤쫓게 한다.. 물론 이 과정에서 그 계기가 필연적 인과 원리에 의해 확보되는 것은 아니다. 그 계기는 그저 '우연히' 이루어진다. 어떤 내적 흐름이나 인과 원리와는 상관없이 사건이 일어나기도 하고 소멸되기도 한다. 그것은 또한 윤대녕 소설이 서사적 재현의 결과라기보다는 시적 직관 혹은 주관적 응시의 결과물[7]로 비쳐지게 하는 원인이 되기도 한다. 그런 까닭에 서사의 동인이 되기도 하고 상처의 원인이 되기도 하며, 나아가 치유의 조력자 혹은 안내자 역할을 하기도 하는 여성 인물들도 지극히 제한적인 성격에 그치고 만다. 그 여성들은 대개 그녀들을 관찰하거나 그녀들과 관계를 맺고 있는 남성 인물들의 주관적 의식의 부분집합에 불과한 까닭이다.

윤대녕 소설에서 여성들은 남성들의 아주 중요한 타자들임에 틀림없지만 상당 부분 주체의 주관적인 시적 직관에 의해 선택되고 배제되는 부분적인 타자들이라고 말할 수 있다. 문학은 늘 자신 속에 타자를 창조해 내고 전혀 예측할 수 없는 형태로 자신의 모습을 변형시켜 체계적이고 자기 동일적인 모든 것들을 위협하기 때문이다.

결국 윤대녕은 잃어버린 나의 모습, 나의 그림자와 같은 내 안의 타자를 통해 원시의 나와 잃어버린 시간을 찾아 나서는 고통스런 여로에서 역설적인 결과를 보게 된다.

문학적인 것에 대한 두려움은 문학이 갖는 타자성을 억압하고 규제하기 위한 제도(institution)를 만들어 낸다. 제도적 장치들은 지배적 개

---

7) 문덕수는 「언어 이전의 사물」에서 '순수 직관'을 통해 언어를 떠나서 사물의 참모습에 다가갈 수 있다고 보고 있다. 즉, 사물을 보는 순간적·직접적인 경험에도 주객 미분의 세계가 있는데 있는 그대로의 사실이야말로 사물과 언어가 만나기 위한 원점이라고 보고 있다.(『모더니즘을 넘어서』, 시문학사, 2003, 13~14면.)

넘이나 목적을 설정하고 그것을 성취하기 위해 방법론적 절차들을 필요로 한다.[8]

윤대녕의 인물들은 부단히 '유토피아'를 동경하며 사랑을 꿈꾼다. 그러기에 그들은 계속 떠난다. 서울(현실)에서는 더 이상 사랑이 불가능하다는 결론을 내렸기 때문에 서울을 떠나 시골로, 파리로, 바다로, 별로 향하는 그들의 여로는 우주적 상상력에 입각해 있어 신생의 가능성은 그만큼 확장된다.

'나'는 결국 파리로 떠난다. '나'가 파리에 가게된 것은 "그녀를 만나 그날의 일을 조심스럽게 확인"하고 싶었기 때문이다. 그 일은 생각하기에 따라 별일이 아닐 수도 있지만 "밤하늘에 떠 있는 별이 서로 광막한 시간대를 비껴가다 우연히 충돌한 일 만큼이나 우주적 사건"일 수도 있다.

중요한 것은 '나'는 그 날의 일을 확인하고 싶다는 데에 있다. 그러면서도 '나'는 파리를 "비껴가는 길목쯤으로" 생각하고 있다. '나'는 파리에 가서 그녀를 만나 그 날의 일을 확인한 후 "이탈리아를 염두에 두고 어디든 며칠 더 돌아다니다 서울로 돌아올" 여정을 계획한다. 하지만 '나'의 내면을 들여다보면 '나'가 파리에 가는 궁극적인 목적은 얼굴도 잘 기억나지 않는 '정윤'이라는 여자를 만나기 위한 것이다. 그 순수한 목적을 감추기 위해 '나'는 마치 여행을 하는 것처럼 위장하고 있다.

> "캄캄한 장소 혹은 공간. 보이는 건 스테인드 글라스를 통해 밖에서 밀려들어오고 있는 희미한 빛뿐."

---

8) 민승기, 「자끄 라캉이라는 이름의 유령을 애도하기」, 『현대시사상』 여름호, 고려원, 1994, 142면.

"네?"

"그런 곳에서 만났다는 뜻입니다. 아주 잠깐 동안 우발적으로."

"말씀 참 재밌게 하시네요. 조금 더 해주실래요?"

내친 김이라 생각하고 나는 또 너절하게 늘어놓았다.

"그토록 외로운 섬광 속에서. 불안하기 짝이 없는 세계의 한모퉁이에서. 밖엔 겨울의 눈보라가 오래 전의 폭풍처럼 물려가고 있었습니다."

후후, 웃고 나더니 그녀가 되받았다.

"전공이 뭔지 물어보지 않아도 알 것 같네요. 하지만 스테인드글라스에 대해서 뭐 아시는 게 있나요?"

아는 게 있을 턱이 없었다. 하지만 또 가만 있을 수도 없었다.

"벽장 속에 오래 넣어두었다 다시 꺼내 부는 하모니카 소리."

"그건 잘 안 와닿는데요."

"되찾고 싶은 생의 한순간 혹은 그것의 희미하고 찬란한 무늬."

"그런 생의 순간이 있었어요?"

"어쩌면 그걸 찾기 위해 여기 왔는지도 모르죠."

"그렇게 거창한 기대를 갖고 오신 줄 미처 몰랐네요." (『장미창』, 40~41면)

위의 인용문은 파리로 간 '나'와 '정윤'의 동생인 '정희'의 대화 내용이다. '나'는 파리로 가서 만나기로 한 '정윤' 대신 그녀의 동생인 '정희'를 만나고 있다. '정희'와 '나'의 대화문을 통해 '나'는 과거 어느 때 "캄캄한 장소 혹은 공간"에서 '정윤'을 우연히 만났다는 사실을 알게 된다. "캄캄한 장소 혹은 공간"은 구체적으로 서울의 카페 화장실을 의미하며, 그곳은 '나'와 '정윤'이 성 관계를 맺은 장소이다. 일반적으로 화장실은 성 관계를 갖기에는 자연스러운 공간이 아니다. 또한

'나'는 술에 취해 있었고 망년회라는 특수한 상황에서 일방적으로 성관계를 가졌기 때문에 기억조차 하지 못하고 있다. 그래서 화장실은 '나'에게 "불안하기 짝이 없는 세계의 한모퉁이"로 인식되며 "겨울의 눈보라가 오래 전의 폭풍처럼 몰려가고" 있는 장소로 인식된다.

결국 『장미창』에서 '나'는 그 "생의 순간", 즉 일방적이었지만 카페 화장실이라는 어두운 공간에서 성 관계 도중 '나'의 눈에 비친 "희미하고 찬란한 무늬"의 "스테인드 글라스"를 본 그 순간을 찾기 위해 파리에 갔다. '스테인드 글라스'는 어둠과 밝음의 인식을 통해서만 존재가 가능한데, "우주론적인 면에서 말하면, '어둠'은 카오스와 동일시되며 불을 붙이는 것은 형태를 만들고 경계를 세우는 창조를 상징"9)하기 때문이다.

5. 비일상의 공간과 내면의식의 표출

윤대녕은 소설에서 90년대의 물질적 기호들을 대담하게 수용하고 있다. 소설 속의 등장 인물들은 대체로 도시의 생활 공간에 있고 예술적 감각도 상당한 수준에 있다. 그의 소설에서 인물들은 사진, 조각, 그림, 영화, 스테인드 글라스 등과 같은 문화적 인공품과의 만나며 그것이 그들의 중요한 인생 체험으로 나타난다.

또한 윤대녕의 소설은 표층과 심층, 안과 밖, 이쪽과 저쪽, 성(聖)의 공간과 속(俗)의 공간으로 구분이 가능한 이질적인 세계가 공존하고 있다. 이 두 세계는 서로 맞닿아 있음에도 불구하고 그 경계선을 넘나들기가 결코 쉽지 않다.

---

9) 엘리아데, 앞의 책, 507면.

"근데 사람 참 안 쳐다보네요. 그게 버릇이에요. 육갑이에요?"

그러고는 미처 돌아볼 틈도 없이 대뜸 그녀의 손이 테이블 밑을 지나 내 바지 가랑이로 옮겨왔다. 화다닥 놀라 반사적으로 손을 치우려는데 그녀가 내 성기를 꽉 붙들고 숨차하는 소리로 조용히 외쳤다.

"가만 있어요. 무사 양반. 그냥 잡고만 있을 테니까 말예요."

얼결에 돌아보니 그녀는 등을 보이고 옆엣사람에게 태연히 말을 건네고 있는 중이었다.

"지금까지 당신 남의 이빨을 몇 개나 뽑아냈어요? 그 중에 살릴 수도 있는 걸 빼낸 건 혹시 없어요? 따지자는 게 아니고 그렇데 당한 적이 있어서 한번 물어보는 거예요."

그 말을 듣고 나서야 나는 그녀가 취했다는 걸 깨달았다. 테이블 아래에서 슬그머니 손을 떼어내려고 하자 그녀가 아귀에 힘을 더했다. 취중에도 아파서 견디기가 힘들 정도였다. 할 수 없이 내가 손을 놓자 그녀도 힘을 적당히 풀어놓았다. 이 무슨 꼴이란 말인가. 성(性)이 무엇이고 성기가 무엇인지 알 만한 나이이었길래 망정이지 안 그랬으면 벌써 테이블이 엎어지고 따귀가 올라갔을 상황이었다. 그녀를 이해하고 있었다는 뜻은 아니라 경험이 없지 않은 내 성기가 그나마 버텨주고 있었다는 말이었다.
(『장미창』, 28~29면)

위 예문에서 테이블로 경계되는 '테이블 위'와 '테이블 아래'는 표층과 심층, 성(聖)의 공간과 속(俗)의 공간, 역사의 지평과 신화의 지평으로 구분이 가능한 이질적인 공간이다. '테이블 아래'의 공간은 심층의 공간으로 인간의 내적 욕망이 꿈틀대는 욕정의 공간이다. 그녀는 '테이블 아래'에서 '나'의 "성기를 꽉 붙들고" 있다. 하지만 '테이블 위'의 공간에서 "그녀는 등을 보이고 옆엣사람에게 태연히 말을 건네고 있"다. '테이블'을 경계로 그 위와 아래는 확연히 다른 세계가 전개되고 있다.

이러한 상황의 전개는 다음에 인용한 '화장실의 안과 밖'이라는 공간에서도 나타나고 있다.

① 한데 미처 볼일이 다 끝나기도 전에 화장실의 불이 갑자기 나가버렸다. 아니 불이 나간 게 아니다. 누군가 뒤따라 들어와 불을 내리고 화장실 손잡이에 달린 코크를 누르는 소리가 들려왔던 것이다. 그게 여자라는 걸 나는 본능적으로 알아차렸다.

어둠 속에서 그 여자가 비틀비틀 내게로 다가왔다. 다가와 밀어낼 틈도 없이 앞단추를 따고 젖통을 내놓더니 미처 허리춤을 채우지 못한 내 아래를 손으로 더듬었다. 동시에 다른 한손으로 내 허리를 잡아당기며 거침없이 속삭였다.

"해줘요."

"누구야!"

나는 그녀의 머리 너머로 희끄무레한 빛에 드러나 있는 스테인드 글라스의 창문을 엿보고 있었다. 허나 그 빛으로는 상대가 누군지를 알아보기가 도저히 힘들었다.

"진작에 항복하지 못한 여자예요. 그래서 이렇게 창녀처럼 굴고 있잖아."

"떨어져!"

"잠깐이면 되잖아, 무사 나리. 지금 이대로 나가면 나는 그야말로 창녀도 못 돼."

"역시 당신인가?"

다시금 그녀의 손에 성기가 잡힌 채로 나는 그렇게 다그쳐 물었다. 정욕인지 외로움인지 모를 감정에 바들바들 떨며 그녀가 동문서답으로 대꾸해왔다.

"당신이 진짜 무사라면 칼로 사람을 한번 살려봐."

"그럼 호텔로 가지. 비행기 안이라면 몰라도 여긴 되게 싫어."

그녀가 학학거리며 대들었다.

"그럴 거였으면 진작에 청했을 거예요. 꼭 내 면상을 벗겨야 속이 시원하겠어요?"

그러고 나서 곧바로 여자의 한쪽 다리가 번쩍 들려지더니 허벅지의 안쪽 끝이 성기에 와 닿았다. 그리고 그녀가 두 팔로 내 허리를 힘껏 잡아끌자 안으로 성기가 푹 미끄러져 들어갔다. (『장미창』, 29~31면)

② 나는 그녀의 손에 이끌려 어딘지도 모를 곳으로 더듬더듬 이끌려갔다.

한데 그녀가 나를 데려간 곳은 무슨 악연인지 이번에도 화장실이었다. 비좁은 공간에 둘이 겨우 끼어 들어가자마자 그녀는 고작해야 눈가리개에 불과할 차창의 블라인드부터 서둘러 내렸다. 그러고는 몸을 밀착해 목덜미를 껴안고 내 바지 속에다 손을 집어넣어 성기를 주물러대기 시작했다. 영락없이 이 년여 전 신촌에서의 그 상황 그대로였다. 얼결에 보니 그녀의 청바지가 벌써 아래로 내려가 있었다. 온갖 생각이 경각으로 머리를 스치고 지나가는 와중에 뭘 어쩌지를 못하고 있다가 나는 이렇게 다급히 외쳤다.

"비행기에서라면 몰라도 여기선 싫어."

그녀는 그 말을 못 알아듣고 있었다.

"비행기? 뭐 그럼 지금까지 주제넘게 임마누엘을 찾아다니고 있었던 거야?"

그와 동시에 나는 그녀의 코에 걸려 있는 까만 안경을 벗겨내려는 손짓을 했다. 그러자 그녀가 내 손을 확 걷어내며 돌연 개째끼! 라는 말을 거침없이 내뱉었다. 속이 느물거려 나는 그녀를 밀치고 밖으로 튀어나와 식당 쓰레기통에 불과 십 분 전에 먹었던 커피와 바게트를 모두 토해냈다. (『장미창』, 81~82면)

위에 인용한 ①과 ②의 공간은 모두 화장실이다. ①의 경우는 어느 해 그녀와 성 관계를 맺은 신촌의 화장실이고, ②는 프랑스에서 이탈리아를 잇는 알프스산맥의 긴 터널을 통과하는 기차 안의 화장실이다. 즉, ①과 ②의 화장실은 고정된 공간과 이동의 공간이 다를 뿐이다. 여기서 화장실은 '안과 밖'에 의해 구분되는 공간이다. '화장실 밖'의 공간이 일상의 공간이고 속(俗)의 공간이며 표층의 공간이라면 '화장실 안'의 공간은 비일상의 공간이고 성(性)의 공간이며 심층의 공간이다. 『장미창』에서 화장실은 비일상의 공간이면서 성 관계를 맺는 장소이다.

화장실의 내밀한 공간적 역할을 상기할 때 "까만 안경을 벗겨내"는 것은 일상으로의 환원이며 그렇기 때문에 금기시 되고 있다. 하지만 『장미창』에서 화장실의 의미는 안과 밖이라는 이분화된 공간에 있는 것이 아니라 그 안에서의 성 행위의 순간, 그 찰나적 순간에 있다. 그 순간, 그 자체 만이 중요할 뿐 그 대상은 아무런 상관이 없는 것이다. 결과적으로 윤대녕의 『장미창』에서 성 행위의 장소인 화장실은 비일상의 공간이며 내면세계의 표출로 볼 수 있다.

신촌의 어두운 화장실에서 "그녀의 머리 너머로 희끄무레한 빛에 드러나 있는 스테인드 글라스의 창문"과 알프스산맥의 긴 터널을 통과하는 기차 안의 화장실에 "고작해야 눈가리개에 불과할 차창의 블라인드"의 설정은 화장실 안의 공간에 내재해 있는 이질적 세계로의 통로임을 알 수 있다. 같은 의미로 『장미창』의 여러 곳에 등장하는 '선그라스'와 '가면' 또한 인간의 표층과 심층 세계를 구분짓는 하나의 도구로 상정되어 있다. 그러므로 그것을 벗는다는 것은 내면세계의 닫힘이고 언어의 상실이며 욕망의 억눌림인 것이다.

스테인드 글라스로 명명된 '장미창' 또한 앞서 살펴 본 '테이블', '화장실', '선글라스', '가면' 등의 대상물과 마찬가지로 공간을 이분화하여 생의 단면을 경계짓고 있다. 삶의 이쪽과 저쪽을 구분짓는 공간의 확장 속에 생의 짧은 한 순간은 존재하며, 작품 속의 주인공인 '나'는 그 짧은 찰나적 순간의 "시간만큼이라도 되찾고 싶"은 것이다. 테이블의 위, 화장실의 밖, 선글라스의 밖, 가면의 밖, 스테인드 글라스의 밖으로 대표되는 일상의 세계에 대한 공간적 인식은 인간으로 하여금 수많은 금기와 제약을 동반한다. 그와 달리 그 이면의 공간은 성 행위로 대표되는 인간의 내면의식들이 그대로 표출되고 있다. 이러한 공간의 이분화를 통해 윤대녕은 의식적으로 표출되지 못한 내면의식을 들추어내고 있다. 그것은 윤대녕식의 공간 확대이며 그의 소설이 갖는 미학이다. 더불어 '찰나적 순간'에 대한 고유한 영역을 설정함으로써 찰나적일 수밖에 없는 삶의 순간들에 대해 깊은 성찰을 하게 한다. 찰나적 순간의 시간인식은 삶의 근원 자체가 인간의 내부로부터 확장되고 있음을 제시하고 있다.

6. 찰나적 순간과 내면 성찰

윤대녕의 『장미창』에서 현재는 과거가 되돌아오는 곳으로 억압되었던 혹은 망각되었던 과거가 회귀하는 장이 된다. 작품에서 낯선 여인에게서 전해진 '편지'로 인해 '나'와 '정윤'은 과거의 사건을 현실화하고 있으며 그로 인해 잊었던 과거를 되찾고 있다. 결국 『장미창』에서 '편지'는 과거의 잊혀진 사건을 현재로 끌어들여 현재화하고 또 다른 사건을 서술해나가는, 즉 과거와 현재의 교량적 역할을 담당하고 있다.

윤대녕 소설에서 경험적 자아는 일상의 현실로부터의 일탈을 중요시한다. 『장미창』에서 여성인물인 '정윤'은 '아버지', '대학에서 만난 남자', '파리에서 결혼한 남편' 등의 남성으로부터 버림을 받고 언어를 상실한다. '나' 또한 여자와 헤어진 경험이 있다.『장미창』에서 '정윤'과 '나'의 아픈 과거는 과거의 사건으로 잊혀지는 것이 아니라 그들이 다시 만나게 되는 당위적 우연성을 내포하고 있다. 즉, '정윤'과 '나'는 타인에게 버림받음으로써 동일성을 획득하고 있으며, 그러한 그들의 과거사는 일상의 현실로부터 일탈할 수밖에 없도록 한다.

　윤대녕은『장미창』을 통해 잃어버린 나의 모습, 내 안의 타자를 통해 근원의 나와 잃어버린 시간을 찾아 헤매고 있다. '정윤'에게 '파리'는 '서울'과 상반되는 '유토피아'이며 새로운 생활을 가능하게 한 피안의 장소이다. '나'에게도 '파리'는 일상의 현실로부터 일탈이며 과거의 '찰나적 순간'을 되찾는 신생의 공간이다. 윤대녕은 현실과 유리된 공간을 통해 근원의 자아와 잃어버린 생의 '찰나적 순간'이 어쩌면 삶의 참모습일 것이라고 되묻고 있다.

　윤대녕은『장미창』에서 '테이블', '화장실', '스테인드 글라스', '선글라스', '가면' 등의 대상을 통해 공간을 이분화하고 있다. 윤대녕의 복합적인 현실인식은 작품 속에서 서로 다른 세계의 중첩으로 나타나는데 그것은 표층과 심층, 안과 밖, 이쪽과 저쪽, 성(聖)의 공간과 속(俗)의 공간, 역사의 지평과 신화의 지평으로 표현된다. 이러한 공간의 분할은 그의 소설 공간을 확대시킬 뿐만 아니라 삶의 '찰나적 순간'에 대해 깊은 성찰을 하게 한다. 삶의 '찰나적 순간'에 대한 인식은 결국 인간의 내면으로부터 삶이 출발하고 있음을 암시하고 있다.

참고문헌

윤대녕,『장미창』, 작가정신, 1998.

김동식, 「있음으로써의 빠져나감」,『한국소설문학대계』100, 동아출판
　　　사, 1995.

문덕수,『모더니즘을 넘어서』, 시문학사, 2003.

민승기, 「자끄 라캉이라는 이름의 유령을 애도하기」,『현대시사상』여름
　　　호, 고려원, 1994.

엘리아데,『종교형태론』, 이은봉 옮김, 한길사, 1996.

이푸 투안,『공간과 장소』, 구동회·심승희 옮김, 도서출판 대윤, 1995.

자크라캉,『욕망이론』, 민승기·이미선·권택영 역, 문예출판사, 1994.

최재봉, 「신화와 현실의 굳은 결합을 위하여」, ≪동서문학≫, 1996.

오정희 소설 연구

1. 내면의식의 탐구 방법

인간은 끊임없이 이상 세계를 꿈꾸지만 결국 현실 세계의 논리에 지배될 수밖에 없는 구조적 모순을 내재하고 있다. 그런 의미에서 문학은 인간의 삶 자체를 반영한 것이라는 소박한 진실에 이의를 제기하기는 어렵다. 그러나 문학이 인간의 삶을 있는 그대로 담아낸 것이라면 굳이 문학이라는 형식으로 인생을 표현할 필요는 없을 것이다. 왜냐하면 문학은 그것을 통하여 또 다른 형태의 또 다른 인생을 노래하고 있기 때문이다.

20세기에 들어 대두된 개인주의는 소설의 형식상 변화를 가져오게 했다. 그 대표적인 것이 '의식의 흐름'으로 일컬어지는 '심리소설'류의 작품들이다. 심리소설은 작가가 작중인물의 내면 의식을 표출함으로써 소설의 예술적 영역을 확장한다. 재래의 소설보다 기법상의 문제에 치중한 것 또한 러시아 형식주의자들이 말한 '낯설게 하기'를 충실히 이행한 소산이다. 이처럼 심리소설가들이 기법에 새로움을 첨가할 수밖에 없었던 것은 작중 인물의 내면에 자유롭게 흐르고 있는 의식들을 소설화하기 위한 필요조건들이었다. 그러므로 심리소설이란 작중 인물의 의식의 모습을 그려내기 위하여, 언어표현 이전 단계의 의식을 규명하는 데 중점을 둔 소설[1]이라고 정의할 수 있다.

심리소설의 기법으로는 내적 독백, 자유연상의 원리, 시간과 공간의 몽타주 등을 들 수 있다. 이 외에도 심리소설에서는 이러한 기법들을 효과적으로 보완하기 위하여 여러 장치들을 사용하고 있다. 심리소설은 지극히 개인적인 작중 인물의 내면세계를 소설이라는 구체적 장르로 형상화한 것이기 때문에 독자가 작품을 읽는 과정에서 객관성의 문제가 발생한다. 이를 위해 심리소설가들은 여러 가지 장치를 사용하고 있다. 그 장치 중에서 중요한 것은 심리학적 연상의 제법칙에 따라 의식의 내용을 떠돌게 하고, 표준적인 수사 문식(文飾)으로 불연속성과 압축성을 나타내며, 이미지와 상징에 의하여 다양하고 극단적인 단계의 의미를 시사한다.[2]

오정희는 1968년 「완구점 여인」이 《중앙일보》 신춘문예에 당선되면서 작가로써의 길을 걷게 되었다. 그녀는 초기 작품에서부터 기존의 질서를 전환시키는 작품들을 발표하여 세간의 주목을 받아왔다. 그녀는 한국 현대문학을 대표하는 심리소설 작가라 해도 과언은 아니다. 왜냐하면 인물의 내적 자아에 미치는 충격과 영향을 제시한 본격적인 심리소설의 한 양상[3]을 소설 창작의 기법을 통하여 심리소설의 특징을 선보고 있기 때문이다.

본고는 오정희의 「저녁의 게임」을 심리소설의 기법으로 분석해 보

---

1) 로버트 험프리, 『現代小說과 意識의 흐름』, (이우건・유기룡 공역), 형설출판사, 1984, 15면.
2) '의식의 흐름' 소설의 기법에 관한 내용은 로버트 험프리의 위의 책 제2장(48~110면) 참조.
3) 이상우, 「의식의 흐름과 불연속적인 장면 제시」, 『국제어문』 제12・13집, 국제대학교, 1993, 394면.

고, 심리소설 작가들이 추구하고자 하는 문학적 장치의 파격성, 난해
성을 이해하는 데 목적이 있다. 이러한 작업은 오정희 소설의 다양한
평가에 한 몫을 담당하는 것이며, 이를 계기로 오정희 소설의 깊이와
넓이를 다양한 시각에서 가늠하는 데 일조하게 될 것이다. 왜냐하면
인간의 제어할 수 없는 내면 의식의 표출이 작품 속에서 어떻게 형상
화 되고 있는가를 알아보는 것은 현대인의 다양한 내면 의식을 탐구하
는 한 방법이기 때문이다.

2. 내면의식의 흐름과 과거의 현재화

오정희 소설을 연구하는 데 있어 중요한 것은 일상적 세계와 자아와
의 관계, 시적 문체의 특유성[4]이라 할 수 있다. 일상의 세계외 자아의
관계를 말함에 있어 오정희는 심리소설에서 말하는 불연속적인 '의식
의 흐름' 수법을 사용하고 있다.

「저녁의 게임」의 줄거리는 간단하다. 화자인 '나'는 늙은 '아버지'
와 단둘이 살고 있다. 둘은 저녁 식사를 끝내고 화투놀이를 한다. 그리
고 인근 공사장의 인부와 만나 의미 없는 정사를 하고 집에 돌아와 자
위행위를 한다는 내용이다. 이 작품은 단순한 구조임에도 불구하고 손
에 잘 잡히지 않는다. 그것은 이 작품이 복잡한 시간구조를 갖고 있기
때문이다. 그러므로 심리소설을 분석하기 위하여 무엇보다 선행되어
야 하는 것은 작품을 일상적 시간의 흐름에 따라 사건을 재구성하는
일이다.

---

4) 김영희, 「오정희론」, 『초등국어교육』 제5호, 서울교육대학교 국어교육과, 1995,
   34면.

"영아원에서 불아 났대요. 어린애들이 죽었다는 군요."

"죽일 놈들, 오래 사는 게 욕이야."

아버지의 목소리에 생기가 돌았다.

"그게 어디 우리 탓인가요?"

나는 아버지의 목소리를 억누르듯 이 사이로 낮게 말했다. 정말 그게 우리 탓인가. 아가 우리 아가, 금자동아, 은자동아, 어머니는 꽃핀을 꽂고 노래를 불렀다. 네 엄마에게 다산(多産)은 무리였어. 아주 조그만 여자였거든.

"보세요, 화투가 끼었잖아요?"

비닐막이 반 넘게 가라진 틈에 낀 또 하나의 화투장을 가리키며 나는 조금 날카롭게 말했다.

"너무 오래 썼거든. 새 걸로 바꿔야겠어."

아버지가 화투를 빼내며 히죽 웃었다. 동자혼(童子魂)이 쓰인 거라더군. 말도 안 되는 소리예요. 그 엉터리 기도원에 두는 게 아니었어요. 전도사도 박수도 아닌 사내는 어머니를 복숭아가지로 후려쳤다. 살려 줘, 아가 날 살려 줘. 집에 돌아와서도 어머니는 복숭아가지의 공포에서 헤어나지 못했다.

네 아버지의 생활이 문란해서 그런 거야. 머리통이 물주머니처럼 무르고 크게 부풀어오른, 연골체의 갓난아기를 가리키며 어머니는 조속한 중학생이었던 오빠에게 노래하듯 말했다. 란도셀의 끈이 끊어져 퉁퉁 골이 나서 집에 돌아왔을 때 어머니는 햇빛이 드는 창가에 거울을 놓고 앉아 머리를 빗고 있었다. 아기는? 내가 묻자 어머니는 고드름처럼 차가운 손가락을 목덜미에 얹으며 말했다. 인형을 사 줄게. 병원에서 호송차가 왔을 때 어머니는 식탁 아래로 기어들었다. 아가 난 싫어, 좀 말려 줘. 그러고는 호송인들에게 반짝 어깨를 들리워 나가며 내가 안 보일 때까지 고개를 비틀어 돌아보며 소리쳤다. 왜 웃어, 왜 웃니. 심한 짓을 했다고 생각지 않으세요? 모르는 소리야, 달리 무슨 수가 있었니. 넌 아직 어렸고 또 무슨 일을 저지를지 몰랐어. 갓난애도 그렇게 없애지 않았니? 넌 마치 엄마가 그렇게 된 게 모두 내 탓

이라는 투로구나. 잘 보살펴 드릴 수도 있었어요. 외려 네 엄마에
겐 그곳이 편한 곳이야. 친구들도 있고 가족이란 생각하듯 그렇
게 대단한 건 아니야. 너부터도 내심 네 엄마를 가까이서 보지 않
아도 된다는 걸 다행스럽게 생각하고 있지 않니? 그전에 번번이
네 혼담이 깨지던 것도 에미 탓이라고 원망했을 걸. 나는 이마를
찡그렸다. 아버지는 화투장 뒷면의 가로질린 금을 손톱으로 긁
어 지우려는 헛된 노력을 하고 있었다.[5]

인용문에서 '나'는 아버지와 화투놀이를 하고 있다. 아버지가 화투
를 정리하는 동안 화자인 '나'는 텔레비전에서 영아원에 불이 났다는
뉴스를 듣고 과거에 정신 이상이 되어 죽은 어머니를 연상한다. 어머
니에 대한 연상은 다시 어머니에 대한 과거와 과거에 아버지와 나누었
던 대화, 그리고 어머니와의 대화 등이 시간의 역전과 내적독백, 자유
연상에 의해 불연속적으로 복합되어 나타나고 있다.
위의 인용문을 계기적 시간에 따라 재구성해 보면 다음과 같이 정리
할 수 있다.

[과거 이전의 과거]
— 어머니의 행복했던 시절.
— 어머니는 비정상적인 아이를 낳아 기르는데, 이를 아버지
의 문란한 생활 탓이라고 여김.
— 어머니가 정신 이상으로 아기를 죽이자 아버지는 어머니
를 강제로 정신 병원에 보냄.
— 기도원에서 늘 구타를 당하던 어머니가 집에 돌아와서도
그 공포에서 벗어나지 못함.

---

5) 오정희, 「저녁의 게임」, 『제3세대 문학』제13권, 삼성출판사, 1983, 252~254면. 이
후 작품 인용은 면수만 밝힘.

[과거]
– 어머니가 실성을 해서 아기를 죽이고 정신 병원을 거쳐 기도원으로 보내지게 된 그 때를 회상하는 아버지와 나의 대화. 아버지가 나에게 어머니를 격리시켜야만 했던 상황을 강변함.

[현재]
– 아버지와 나는 화투 놀이를 하던 중 텔레비전을 보면서 대화를 하고 있음.

이와 같이 계기적 시간에 따라 사건을 재구성6)해 보면 어느 정도 작품의 윤곽이 드러난다. 오정희는 이 작품에서 현재와 과거, 과거 이전의 과거를 아무런 경계없이 넘나듦으로써 작품을 의도적으로 낯설게 만들고 있다. 이러한 낯설음은 '나'와 '아버지'의 내면에 흐르고 있는 의식을 작품으로 형성하는 데 있어 현재와 과거, 과거 이전의 과거를 자유 연상의 원리에 의해 시간을 역전시키고 있기 때문에 가능하다.

아버지가 곁눈질로 내 패를 흘깃거렸다. 나도 화투장을 움켜쥔 채 단단히 진을 친 아버지의 것을 넘겨다보았다. 굳이 넘겨다볼 것까지도 없었다. 뒷면만을 보아도 무슨 패인지 환하게 알 수 있는 것이다. 아버지도 역시 마찬가지일 것이다. 가로로 비스듬히 금이가 있는 것은 난초 다섯끗, 왼쪽 귀퉁이가 둥글게 닳은 것은 목단 껍질, 오른쪽 모서리가 갈라진 것은 멧돼지가 그려진 붉은 싸리 열끗이다. 뒤집어 들고 있는 것보다 그림이 그려진 앞면을 서로 상대방에게 보이는 것이 속임수가 가능할 만큼 아버지와 나는 화투장의 뒷면에 익숙해져 있는 것이다.

---

6) 오정희의 「저녁의 게임」을 계기적 시간에 따라 재구성 한 것은 이중재(이중재, 「오정희 소설을 읽는 한 방법론」,『동국어문학』제8집, 동국대학교 국어교육과, 1996, 124~126면.)의 의견을 참고하였음.

"단, 약, 칠띠, 사광 모두 보기다."

"물론이죠."

청띠를 두른 목단 다섯끗도 단풍 열끗도 쥐고 있는 아버지의 눈이 머물고 있는 것은 깔려 있는 팔공산 스무끗이다. 그리고 얌전히 엎어져 들춰 줄 것을 기다리는 것은 역시 공산 껍질이다. 댓바람에 스무끗을 내놓고 껍질을 뒤집어 맞춰 쓸어 가기가 민망해서 음흉을 부리고 있는 것이다. 아버지는 늘 그랬다. 한참 궁리 끝에 정말 이렇게 팔 수밖에 없다는 듯 억울한 얼굴로 공산 스무끗을 내 놓고 뒷장을 맞춰 쓸어 갔다.

"벌써 스무끗이네. 아버진 배짱이 좋으셔, 사광을 하실래요?"

나는 염치를 배짱으로 바꿔 말했다. 아버지가 어린아이처럼 입을 벌리고 천진하게 웃었다. (250면)

'나'와 '아버지'는 화투놀이를 하면서 서로의 패를 훔쳐보고 있다. 서로의 패를 이미 다 알고 있다는 것은 게임이 성상석으로 이루어질 수 없음을 의미한다. 상대 패를 이미 다 알고 있는 상황에서 게임이 자연스럽게 행하여진다는 것은 상대에 대한 눈가림이며 자신에 대한 불신이다.

'아버지'와 '나'는 '저녁의 게임'을 즐기고 있다. 그 게임은 천끗내기 화투놀이이다. 게임은 '아버지'와 '나'를 동일한 공간에서 하나의 사건이 가능하게 이어주는 매개이다. 게임을 통하여 가을 밤 '나'와 '아버지'는 하나의 굴레 속에 갇혀 서로에 대한 일방적인 시선을 보내고 있다. 엄밀히 말해서 '나'와 '아버지'의 게임은 정상적인 규칙이 적용되지 않는 요소들을 내재하고 있다. 그것은 그들이 이미 '화투'의 뒷장을 보고도 상대가 무슨 패를 들고 있는지 앎에서 비롯된다. 게임의 규칙이 원천적으로 봉쇄되어 있는 상황에서 이들 부녀는 의미없는 '게임'을 하고 있다. 이 과정에서 작가는 '나'와 '아버지'의 무너진 게임의 법칙을 '의식의 흐름'으로 표현하고 있다. 그러므로 이 작품에서 '나'와 '아버지'가 행하는 게임은 아무런 의미가 없다. 이것은 '나'와 '아버지'의 시간의 넘쳐남 혹은 남는 시간 죽이기, 그 이상도 그 이하도 아니다. 바꾸어 말하면 이 소설에서 '화투놀이'가 아니었다면 이들 부녀를 하나로 엮을 수 있는 아무런 모티프가 존재하지 않음을 의미한다.

'게임'의 의미 없음은 '나'와 '아버지' 사이에서 행하여지는 상대 패를 훔쳐보는 것에서 시작된다. 그들은 각자 상대가 어떠한 패를 갖고 어떻게 게임을 풀어갈 것인가를 이미 다 알고 있다. 다만 이들은 이 무의미한 게임을 통하여 과거의 어머니를 만나고 가출한 오빠를 만나고 기형의 영아를 만난다. 그러므로 '게임'은 그 자체의 의미보다는 '나'와 '아버지'를 하나의 가족으로 연결하는, 혹은 과거 속으로 사라진 가족 구성원의 아픔을 현실로 이끌어오는 하나의 수단인 것이다. '나'와 '아버지'는 '게임'의 과정에서 붕괴된 과거 속의 가족을 되내일 뿐이다. 그런 의미에서 게임의 법칙이 와해된 '게임'은 이미 그 진정성을 상실한 것이기에 '나'는 '아버지'의 또 다른 이름이다. 즉, 등장 인물의 내면의식을 표출함으로써 작품의 단순한 모티프를 극복하고 있다.

> 아버지와 나는 낡고 너덜너덜해진 각본으로 끊임없이 연극을 하고 있었다. 각기 열 장씩의 화투로 진을 치며 날씨를 걱정하고 건강을 염려하며 모든 사람의 안녕에 마음을 쓰고 신문의 사회면이나 텔레비전 뉴스의 불확실하고 조잡한 정보망을 통해 세상을 개탄했다.(252면)

'화투'로 상징화된 "끊임없는 연극"은 '아버지'와 '나'에게는 현실 속의 삶이다. 그것은 "낡고 너덜너덜해진 각본"처럼 아픔의 상처투성이다. 암울하고 담담한 현실 속의 삶은 '게임'에 침투하여 "날씨를 걱정하고 건강을 염려하며 모든 사람의 안녕에 마음을 쓰고 신문의 사회면이나 텔레비전 뉴스의 불확실하고 조잡한 정보망을 통해 세상을 개탄"하게 한다. '게임' 속에 내재해 있는 이러한 삶은 '나'에게 건강한 현실인식을 불가능하게 하며, '아버지' 또한 그것의 긴 터널 속에서 갈팡질팡할 수밖에 없다.

오정희의 「저녁의 게임」이 독자들로 하여금 다가서기 어렵게 하는 것은 서술자의 다양화에서 찾을 수 있다. 위 예문에서 '나'와 '아버지'는 '게임'을 하고 있다. '게임'을 하는 중 '나'는 심리소설에서 자주 사용하는 기법들로 플롯을 엮어가고 있다. 마치 전지적 작가 시점에서처럼 서술자인 '나'는 과거 사건에 대한 '나'와 '어머니'와 '아버지'의 의지를 한 단락 안에 모두 표출함으로써 독자로 하여금 보편성을 획득할 수 없도록 하고 있다. 그것은 과거와 현재라는 시간을 아무런 거리낌 없이 넘나드는 것에서 비롯된다. 그러므로 이 작품에 전체적으로 흐르고 있는 '시간'은 다양한 '공간'의 혼용으로 나타날 수밖에 없다. '시간'과 '공간'이 이처럼 뒤틀리고 어긋나는 것은 과거 이전의 사건을 현재화 하기 위한 작가의 치밀한 계산의 산물이다.

여기서 중요한 것은 '나'를 중심으로 '어머니'와 '아버지' 사이의 단절이 시간과 공간 속에 존재하고 있다는 사실이다. 즉, '어머니'가 생존해 있던 과거 이전에는 '나'와 '어머니'의 대화만 존재할 뿐 '아버지'는 부재해 있다. '어머니'가 죽고 난 후의 과거와 현재에는 '어머니'가 부재한다. 이것은 '나'의 근원인 '아버지'와 '어머니'가 같은 시간과 공간 속에 서로의 굴레를 떠돌며 부재할 수밖에 없음의 반증이다. 그러므로 '나'와 '아버지'와 '어머니'는 한 가족의 구성원이기 위한 최소한의 시간과 공간이 엇갈려 있어 건강한 가족의식을 형성하기가 어렵다.

3. 이미지의 생성과 공간의 확대

오정희 소설은 섬세한 묘사와 그에 따른 입체감의 획득 및 공간성의 확대 등이 주를 이룬다. 여기서 하나의 이미지를 구축하기 위한 서술자의 의도를 엿볼 수 있다. 이는 서정소설의 가능성을 선보인 실험적 요소로 볼 수 있다. 이러한 장르의 넘나듦은 이미 여러 학자에 의해 지적된 바 있지만 이러한 서정적 서술 태도는 공간의 확대와 더불어 입체감을 획득하게 한다.

서사문학으로서의 소설은 자아와 세계의 갈등을 서술자를 통해 객관적으로 서술하는데 초점을 맞춘다. 이때의 서사는 시간적인 연계 속에서 이루어지는 사건에 의미를 부여하는 것이다. 따라서 비유나 이미지는 사건의 전개를 위한 문체 이론의 하위 개념이 된다. 이에 반하여 시인들은 매우 정밀하고 주관적인 어떤 것, 그 결과 지시적인 언어를 회피하는 어떤 것을 전달하려고 하기 때문에, 비유에 의해서 시인이 의도하는 바를 표현한다.7)

> 수선을 떨 건 없어. 오빠는 오늘도 들어오지 않으리라는 사실을
> 확실히 알면서도 손은 관성의 법칙을 이행한 것뿐이니까.(245면)

위의 예문은 '나'가 저녁상을 차리면서 가출한 오빠의 자리에 습관처럼 수저를 놓다가 내적독백을 하는 부분이다. 그러면서 작가는 '아버지'와 '나' 사이에 풀리지 않는 앙금이 있다는 사실을 암시해 보여줌으로써 '나'의 가정이 정상적인 모습이 아니라는 것을 짐작케 해준다.

---

7) 김진석, 「오정희 소설 연구」, 『인문과학연구』12호, 서원대 인문과학연구소, 2003, 5면.

이러한 내적독백은 작품의 여러 곳에서 자주 나타난다.

> 네 엄마에게 다산(多産)은 무리였어. 아주 조그만 여자였거든.(253면)

위 예문은 영아원에 불이 나서 어린애들이 죽었다는 텔레비전의 뉴스를 보고 과거에 '아버지'가 '나'에게 했던 말을 의식의 흐름에 따라 내적독백의 형태로 표출한 것이다. 실재로 '나'와 '아버지'가 현재에 하고 있는 것은 천곳 내기 화투놀이이다. 영아원에 불이 나서 어린애들이 죽었다는 사실에서 '나'의 의식은 과거의 '어머니'에 대한 회상으로 흐른다.

이러한 내적독백이나 시간·공간의 몽타즈, 자유연상의 원리 등 제반의 심리소설의 기법들은 하나씩 따로따로 독립되어 니티나지는 않는다. 대개 하나의 덩어리로 뭉뚱그려져 있어 그 효과를 더 하는 것이다.

> "수건 있니?"
> 아버지가 물이 뚝뚝 떨어지는 손을 휙휙 뿌리며 부엌으로 들어왔다.
> "목욕탕에 있는 걸 쓰시지 그래요."
> "더럽고 축축하더라."
> 그건 거짓말이다. 낮에 개수대를 뚫은 수선공이 쓴 수건을 새 수건으로 바꿔 걸었던 것이다. (246면)

> "과일을 깎을까요?"
> "커피를 마시겠어."
> 아버지의 치켜뜬 눈에서 조바심이 번뜩였다. 어서 내가 앉기

를 바라는 것이다. 나는 찻물을 불에 얹고 마주앉았다.

"너부텀 하랴?"

"어딜요, 선(先)을 봐야죠." (249면)

위 예문에서 '나'와 '아버지'의 대화는 주고 받음이 없이 서로 각자의 이야기만 하고 있다. 동일한 공간에서 대화를 나누고 있지만 서로의 내면 의식을 그대로 드러내고 있을 뿐이다. 이것은 대화를 하는 것이 아니라 자기의 말만 하고 있는 내적 독백처럼 처리되어 있다. '아버지'와 '나'의 대화가 이처럼 정상적으로 이루어지지 않는 것은 주고받음의 역할을 중요시 하지 않는 작가의 의도적 장치로 볼 수밖에 없다. 그것은 '나'의 '아버지'에 대한 불신이고 '아버지'의 '나'에 대한 못 믿음이다. '나'와 '아버지'는 결국 같은 공간에서 대화를 하고 있지만 사실은 그들의 내면 속에 깊이 침잠해 있는 무의식들을 현실의 공간으로 끌어 올리고 있을 뿐이다.

이처럼 오정희는 등장인물의 내면의식을 현실이라는 표면으로 끌러 올림으로써 현실과 단절되어 있는 '나'와 '아버지'의 삶에 대한 인식을 간접적으로 표출하고 있다. 부조리한 가정의 파괴 정도를 정치하게 드러냄으로써 등장 인물 간의 내적 갈등 요인을 떠돌게 한다.

머리 위에서 자박자박 발소리가 들려왔다. 이어 칭얼대는 아이의 울음소리와 그것을 달래는 여자의 웅얼거리듯 낮은 자장가 소리가 들려왔다.

창은 먹지를 댄 듯 새카맣고 불빛 아래 아버지와 나는 어둠 속으로 한없이 가라앉고 있다는 느낌이 들었다. 우리는 마치 먼 옛날부터 이렇게 식탁을 마주하고 앉아 화투 놀이를 해 왔던 것 같다. 그 이전의 기억은 마치 유년 시절의 꿈처럼 현실과 공상이 뒤섞여 멀고 아리송했다. 패가 막히거나 제대로 풀리지 않으면 일

단 변소를 다녀오는 노름꾼의 풍속대로 오빠는 자기의 패를 점
쳐 보기 위해 슬그머니 자리를 뜬 것이다. (251면)

이층 여자의 낮은 자장가 소리는 유년 시절의 꿈처럼 현실과 공상이
뒤섞이게 한다. 자장가 소리에 의해 공간의 이동이 이루어지고 있다.
결국 패가 막히거나 제대로 풀리지 않은 오빠는 노름꾼의 풍속대로 자
기의 패를 점쳐 보기 위해 슬그머니 현실의 자리를 뜬 것이다. 그렇다
면 여기서 화투놀이 즉, 게임은 현실이고 삶이다. 하지만 그 현실은 온
전한 것이 아니라 병들어 있고 제대로 이루어진 것이 아니라 부조리
속에서 행해지고 있다. 그런 의미에서 오빠는 올곧은 현실을 찾아 가
출을 한 것이다.

이러한 공간의 이동은 '집'이라고 하는 편안하고 안락한 공간을 떠
나 세상 밖으로 내던저진 버림이며, 그것은 새로운 삶을 향해 정처없
이 떠나는 성자의 모습처럼 다가온다. 결국 오빠는 현실의 부조리를
타파하고 새로운 삶의 방향을 찾기 위해 집을 떠날 수밖에 없다. '나'
는 과거에 자장가를 부르며 행복했던 어머니에 대한 기억을 통해 부조
리한 현실을 직시하고 있다. 이는 어머니가 실존했던 과거 유년의 삶
에 대한 갈망이며 그것에서 가족의 참 의미를 찾고자 하는 '나'의 소망
이다.

"밤에 우는 건 나뻐, 애들이 극성을 떨면 꼭 집안에 좋지 않은
일이 생기거든."
"저도 몹시 울었다면서요?"
수국 껍질을 모아들이며 나는 아버지의 말을 받았다.
잘자라, 내 아기 밤새 편히 쉬고 아침이 창 앞에 다가올 때까
지.

"네 에민 목청이 좋았었지."
　　그건 사실이었다. 유치원 보모였다는 어머니는 퍽 많은 노래
를 알고 있었고 목소리가 고왔던 만큼 노래 부르기를 즐겨했다.
　　자장자장 우리 아가, 금자둥이 은자둥이 구슬 같은 눈을 감고
별빛 같은 눈을 감고 꿈나라로 가거라.(251면)

　　「저녁의 게임」에는 '자장가'가 여러 번 반복하여 나타나고 있다.
'자장가'는 노래이다. 노래는 일정한 리듬을 형성하고 있어 시에서의
운율과 같은 맥락으로 이해할 수 있다. 오정희 소설이 서정적으로 보
이는 가장 두드러진 이유는 이처럼 '자장가'로 대표되는 노래의 반복
에서 찾을 수 있다. 여기서 '나'는 현실의 공간에서 들려오는 이층 여
자의 자장가 소리와 유년에 체험했던 어머니의 자장가 소리를 공유하
고 있다.

　　유년 체험으로서의 자장가는 편안하고 행복했던 그 시절에 대한 되
돌아보기이다. '나'의 내면에 내재해 있는 삶에 대한 궁극적 태도는 어
머니의 부재에서 비롯된 가족의 결손으로 이어져 정상적인 가족의 역
할을 수행할 수 없도록 하고 있다. 여기서 오정희는 이층 여자의 자장
가 소리와 과거 어머니의 자장가 소리를 겹치게 하여 시적 분위기와
함께 어머니가 부재한 현실의 막막함을 의식의 흐름으로 표출하고 있
다. 즉, 앞의 "잘자라, 내 아기 밤새 편히 쉬고 아침이 창 앞에 다가올
때까지"는 과거에 어머니가 불렀던 자장가 소리이고, "자장자장 우리
아가, 금자둥이 은자둥이 구슬 같은 눈을 감고 별빛 같은 눈을 감고 꿈
나라로 가거라"는 현실의 공간에서 들려오는 이층 여자의 자장가 소
리이다.

　　오정희는 '자장가'의 청각적 이미지를 작품 여기저기에 삽입함으로
써 과거와 현재라는 시간의 틈을 넘나들고 있다. 오늘 하루라는 일직

선들의 겹침은 하나의 층을 형성하여 현재에서 과거를 생산해낸다. 거듭되는 수많은 현재는 거대한 과거를 쉼 없이 생성하는 것이다. 계기적 시간으로서의 현재와 과거는 어쩌면 서로의 울타리를 굳건히 다지면서 멀리서 바라만 보고 있다. 그럼에도 오정희는 '자장가'의 청각적 이미지를 소설 속에 삽입하여 현재의 '이층 여자'와 과거의 '어머니'를 동일한 공간에서 겹치게 한다. 여기서 과거와 현재의 넘나듦은 공간의 확장으로 이어져 '나'는 '이층 여자'의 품 안에 안긴 아이가 되고, 현재의 '이층 여자'는 과거의 '어머니'로 인식하게 되는 하나의 의미망을 형성하고 있다.

> 귀가 맞지 않게 잘라진 낡은 천조각처럼 펄럭이며 느리게 움직이는 그 행렬은 시멘트로 다져 빚은 거대한 수레바퀴가 느리고 둔중하게 굴러 가는 모습이나 어쩌면 길고긴 라 단조의 휘파람 소리 같기도 했다. (244면)

> 송학을 집어 오며 나는 문득 귀를 기울였다. 들판 건너에서 휘파람 소리가 들리는 듯했다. 어쩌면 바람결에 묻어 오는 마른 꽃 냄새가 코 끝에서 감지되는 듯도 했다. 그럴 리가 없어. 나는 고개를 가로저었다. (254면)

'자장가'와 더불어 환청처럼 들리는 '휘파람 소리'는 '나'로 하여금 '집 밖'의 또 다른 삶에 대한 강한 집착과 비정상적인 가족의 굴레를 극복하려는 소망으로 다가온다. '휘파람 소리'의 청명한 울림은 "침몰하는 선체에서 구명 조끼를 입고 결사적으로 탈출하듯 그렇게 달아"난 "오빠처럼 홀쩍" '집 밖'으로 나가 새로운 공간에서 새로운 삶을 살고픈 '나'의 소망으로 들린다. 하지만 그것은 "바람결에 묻어 오는 마른 꽃냄새"처럼 생산성을 상실한 망막하고 암울한 현실의 또 다른 이름이다. '나'는 '집 밖'에서 끝없이 손짓하는 '휘파람 소리'를 따라 외출을 하지만 "시취(屍臭)를 풍기는 어머니의 매움한 꽃냄새"처럼 생명성을 잃고 만다.

'휘파람 소리'는 공사장의 낯선 사내와 무의미한 정사를 나누기 위한 사내의 부름이다. 그래서 '나'는 휘파람 소리를 듣고 '마른 꽃냄새'가 나는 사랑 없는 정사를 한다. 사랑이 부재한 성교를 마친 '나'는 공사장의 낯선 사내에게 "돈이 좀 있으면 줘"라고 말한다. 성교를 하고 돈을 달라고 하는 행위는 성을 매매하는 것이다. 한편으로 생각하면 '나'와 사내와의 성교는 과거 아버지의 문란한 생활에 대한 보복 행위로 볼 수도 있다. 이는 아버지에 대한 '나'의 불신이 무의식 속에 계속 흐르던 것이 행동으로 표출된 단적인 예이다.

사내와의 정사를 끝낸 '나'는 "내리누르는 수압으로 자신이 산산이 해체되어 가는 절박감에 입을 벌리고 가쁜 숨을 내쉬며 문득 사내의 성냥불빛에서처럼 입을 길게 벌리고 희미하게 웃어"보이 등 그녀의 어머니가 그랬던 것처럼 정신 이상 증세를 보인다. '나'는 문란한 아버지와 기형아를 스스로 죽이고 정신 이상을 일으켜 마침내 죽고마는 어머니 사이에서 성장하였다. 이러한 '나'가 정상적인 가정에서 올곧은 생활을 하리라 기대하기는 어렵다.

> 아가, 날 데려가 줘, 여긴 무섭고 쓸쓸하단다. 어머니는 막 글을 배우기 시작한 아이들처럼 크고 비뚤비뚤한 글씨로 비명을 질렀다. 그리고 여백마다 동체는 없이 공처럼 둥근 머리와 나뭇가지같이 뻗은 팔과 다리로 물구나무 선 사람들을 그려 넣었다. 나는 종이뭉치를 코에 대고 그 흐릿하게 피어나는 마른 꽃냄새를 들이마셨다. 장식 없는 펜던트의 뚜껑을 열면 희끗희끗한 잿

빛 머리털에서도 역시 마른 꽃냄새가 풍기었다. 우리가 도착하
자 기다렸다는 듯 관뚜껑에 못질이 시작되었다. 그 소리는 상상
처럼 우람하지도 않았다. 시취(屍臭)를 풍기기 시작한 어머니에
게서는 역시 연기처럼 매움한 꽃냄새가 났다. 뙤년들보다 더 더
러웠지. 죽자고 목욕을 안 해도 향수는 꼭 뿌리곤 했어. 워낙 사
치하고 허영심이 많았거든. 그렇다면 살비듬 내와 뒤섞인 향수
냄새일까.(259면)

가족에게 버림받은 "어머니는 막 글을 배우기 시작한 아이들처럼
크고 비뚤비뚤한 글씨로" "아가, 날 데려가 줘, 여긴 무섭고 쓸쓸하단
다"라고 비명을 지르고 있다. 어머니의 죽음은 "마른 꽃냄새"를 풍기
며 연기처럼 흩어진다. 여기서 후각 이미지는 '연상의 원리'에 따라
'의식'이 끊임없이 미끄러지고 있음을 표현하고 있다. 즉, '어머니의
글'은 이내 그녀의 죽음처럼 '마른 꽃냄새'를 풍긴다. 어머니의 시취
(屍臭)를 못질로 단단히 막아보지만 '아버지'의 기억 속에 어머니는
"죽자고 목욕을 안 해도 향수는 꼭 뿌리"는 '사치와 허영심'이 가득 찬
"뙤년들보다 더 더러"운 존재일 뿐이다. 하지만 내게 그 냄새는 어머
니의 "살비듬 내와 뒤섞인 향수"처럼 '마른 꽃냄새'로 남아 있다.

4. 심리소설의 기법과 소설적 형상화

오정희는 기존의 소설과는 달리 줄거리도 파악하기 어려운 작품들
을 생산하고 있다. 이는 심리소설의 기법을 통하여 등장인물의 내면
의식을 표출하기 위한 장치의 결과이다.
본고는 오정희의 「저녁의 게임」을 텍스트로 하여 심리소설 기법의

소설적 형상화에 대하여 고찰하였다. 작가는 이 작품이 독자들로 하여금 다가서기 어렵게 하는 서술자의 다양성을 선보이고 있다. 이는 작품 속의 '시간'이 다양한 '공간'의 혼용으로 나타남에서 확인할 수 있다. 이처럼 '시간'과 '공간'이 뒤틀리고 어긋나 있는 것은 과거 이전의 사건을 현재화 하기 위한 작가의 의도 때문이다. 내적독백이나 시간·공간의 몽타즈, 자유연상의 원리 등 제반의 심리소설 기법들은 하나씩 따로따로 나타나는 것이 아니라 하나의 덩어리로 뭉뚱그려져 있을 때 보다 효과적이다.

오정희는 등장인물의 내면의식을 현실이라는 표면으로 끌어 올림으로써 현실과 단절되어 있는 '나'와 '아버지'의 삶에 대한 인식을 간접적으로 표출하고 있다. 부조리한 가정의 파괴 정도를 리얼하게 드러냄으로써 등장 인물 간의 내적 갈등 요인을 형성한다. 또한 '자장가', '휘파람 소리' 등의 청각적 이미지와 '시취', '마른 꽃냄새' 등의 후각적 이미지를 통해 '과거'와 '현재'라는 시간의 틈을 넘나들고 있다. 오늘 하루라는 일직선의 겹침은 하나의 층을 형성하여 '현재'에서 '과거'를 만나게 한다. 그러므로 거듭되는 수많은 현재는 거대한 과거를 쉼 없이 생성한다.

오정희의 「저녁의 게임」에 나타난 기법들은 주제를 표출함에 있어 깨어진 가족의 윤리의식과 정신분열적인 작중인물 설정, 무의미한 화투놀이, 낯선 정사에까지 일련의 사건들을 유기적이게 하는 하나의 장치이다.

참고문헌

김영희, 「오정희론」, 『초등국어교육』 제5집, 서울교육대학교 국어교육
　　과, 1995.

김진석, 「오정희 소설 연구」, 『인문과학연구』 12호, 서원대 인문과학연구
　　소, 2003.

＿＿＿, 「한국현대소설에 나타난 가족 구성원의 갈등 양상」, 『과학과 문
　　화』창간호, 서원대학교 미래창조연구소, 2004.

로버트 험프리, 『現代小說과 의식의 흐름』(이우건・유기룡 공역), 형설
　　출판사, 1984.

오정희, 「저녁의 게임」, 『제3세대 문학』 제13권, 삼성출판사, 1983.

이상우, 「의식의 흐름과 불연속적인 장면 제시」, 『국제어문』 제12・13
　　집, 국제대학교, 1993.

이중재, 「오정희 소설을 읽는 한 방법론」, 『동국어문학』 제8집, 동국대학
　　교 국어교육과, 1996.

최명익 소설에 나타난 '길'의 상징성 연구

1. '길'의 상징과 근대적 속성

1930년대 한국문학은 카프의 해산과 더불어 이념을 포기하고 개인의 정체성을 모색하고자 하는 방향으로 나아갔다. 당대 모더니즘 계열의 작품들은 주체의 분열 양상과 무의식적 욕망을 작품의 표면에 드러냄으로써 인간의 내면 의식을 탐색하고자 하였다. 이러한 양상은 일제강점기를 살았던 사람들에게 하나의 삶의 방편이었으며, 전망부재의 암울한 현실을 극복하기 위한 수단이었다.

일제 시대의 상징적인 것(압도적인 현실)이었던 일본 제국주의에 의해 식민지 민족은 비정상적인 자세를 취하게 되었는데 무기력, 자조, 권태, 피로, 우울, 고독, 자포자기 등의 증상을 보이는 룸펜 지식인이나 히스테릭한 신여성들이 등장하면서 이 시대가 얼마나 암울하고 기형적으로 병들었는가를 드러내고 있다.[1]

이처럼 현실에 대한 위기의식은 지식인들로 하여금 '전통'과 '근대'라는 대립 구조로 나타난다. 식민지 현실 속에서 진행된 '근대'의 수용

---

[1] 이미림, 「최명익 소설의 '기차' 공간과 '여성'을 통한 자아탐색」, 『국어교육』105호, 한국국어교육학회, 2001, 346면.

은 전통적 가치에 대한 부분적 혹은 전체적 부정에서 출발한다. 이 과정에서 '전통'과 '근대'는 대립할 수밖에 없으며 그것은 가난에서 비롯된 생활고와 삶에 대한 의지력을 약화시켜 무기력한 자아를 생성하게 된다.

1930년대 인간의 내면세계 탐색에 주목했던 이상, 박태원, 최명익 등의 작가들 또한 일제강점기 현실에서 자유로울 수 없었다. 심리소설로 분류되는 이들의 작품들은 소설적 기법 뿐만 아니라 전통적 소설 쓰기의 방법을 거부하고 인간의 무의식적 내면세계를 표출하고자 하였다.[2]

본고는 최명익 소설에 나타난 '길'의 상징성[3]에 주목하여 작품을 분석하고자 한다. 문학 작품에 나타난 '길'의 상징성은 인간이 태초부터 현재까지 걸어온 수많은 '길' 만큼이나 다양하다. '길'은 '고향'으로 대표되는 하나의 기점을 중심으로 떠남과 돌아옴의 관계에서 파악할 수 있다. 최명익 소설에 나타난 '길'은 근대적 속성을 내재한 신작로,

---

2) 소설 창작의 영역에서도 당대의 소설가들 중 많은 수가 계급 갈등이나 다양한 이념을 내세우던 데에서 벗어나서 도시적 세태와 풍물 혹은 과거 역사나 가족사를 다룬 외향적 관심축에 초점을 맞추는 방향으로 나아가게 된다. 한편 일부는 그 관심의 궤도를 달리 해서 인간의 내면 세계에로 몰입하는 내향적인 면모를 보이기도 한다. 최명익을 비롯하여 이상, 정인택, 허준, 그리고 <단층>파 동인 등 일군의 작가들이 주로 인간의 내면 세계를 다룬 작품들을 썼던 후자의 대표적인 사례로 지적될 수 있겠다. 그리고 이들에 의해 촉발된 인간의 내면 의식에 대한 새로운 관심은 주로 소설 형식상의 새로움이나 기법상의 변화를 초래하게 된다. 특히 이러한 형식 내지 기법들은 인간의 내면 의식이 갖는 분열적이고 유동적이며 미분화된 속성을 묘사하기 위해 새롭게 시도된 방법이라는 점에서 그 의미를 찾을 수 있다. (유철상, 「최명익의 <무성격자>에 나타난 기술로서의 심리묘사」, 『한국현대문학연구』제10집, 한국현대문학회, 2001. 12, 163~164면).

3) 이에 대해서는 이재선, 『우리 문학은 어디에서 왔는가』, 소설문학사, 1986; 최혜실, 「1930년대 한국 모더니즘 소설 연구」, 서울대 대학원 박사학위논문, 1991; 김동권, 「최명익 소설 연구」, 『건국대학교 대학원 논문집』제38집, 1994 등 참조.

철도 등이 주를 이룬다. 하지만 작품의 표면에 드러나지 않는 공간에는 사람들이 필요에 의해 오가며 만들어낸 자연발생적인 전통적 의미의 '길' 또한 존재한다. 이처럼 그의 작품에 나타나는 '길'의 상징성을 파악하는 것은 최명익의 작가의식을 연구하는 하나의 방법이 될 것이다.

2. '노방의 타인'으로 길 찾기

최명익은 1930년대 한국문학을 대표하는 모더니즘 소설가이다. 최명익 소설에서의 '길'은 암담한 식민지 현실의 고단한 여정이 농축되어 있어 그 '길'을 따라 가노라면 현실에 대한 해결책이나 대안을 찾기 쉽지 않음을 깨닫게 된다.

일반적으로 '길'은 새로운 삶에 대한 다양한 변용의 형태로 나타난다. 이러한 의미에서 '길'은 미지의 세계로 나아가는 통로의 역할을 담당하고 있다. '길'은 식민지 지식인에게 어떤 의미를 형성하고 있는가. 그들은 '길'을 따라 어디로 어떻게 나아가려 하는가.

최명익 소설에서 '길'을 따라 떠다니는 등장인물들은 한 곳에 정착하여 생의 근거를 형성하지 못하고 부유하는 삶을 살고 있다. 한 곳에 정착하여 생을 누리지 못하는 인물들은 부표처럼 떠돌게 되어 뿌리를 내릴 수 없다. 이것은 식민지라는 당대 현실을 수동적으로 받아들일 수밖에 없음의 징후들이다. 꿈과 이상이 사라진 현실 속에서 무엇을 어쩌지도 못하는 인물들은 잘 닦인 '길'을 따라 끝도 알 수 없는 '길'을 황망히 걸을 뿐이다. 그 '길'을 걸음으로써 현재의 공간에서 또 다른 공간으로 이동을 하지만 그들은 현실에 대한 어떠한 대안도 찾지 못하고 그 속에 깊숙이 침잠하고 만다. 삶에 대한 모색이 단절됨으로써 최명익 소설의 '길'은 열려 있으되 갇힐 수밖에 없는 이어짐으로 표상된다. 이것은 '길'은 있으되 제대로 기능하지 못하여 '길 찾기'에 실패하고마는 현실에 대한 부정의식의 표출이다.

성 밖 안 끝에 사는 병일(丙一)이가 봉직하고 있는 공장은 역시 맞은편 성 밖 한 끝에 있었다.

맞은편이지만 사변형의 대각(對角)은 채 아니므로 30분쯤 걷는 그 길은 중로에서 성안 시가지의 한 모퉁이를 약간 스칠 뿐이다.

집을 나서면 부[府] 행정 구역도에 없는 좁은 비탈길을 10여 분간 걸어야 한다.

그 길은 여름날 새벽에 바재게 뜨는 햇빛도 서편 집 추녀 밑에 간신히 한 뼘 너비나 비칠까 말까 하게 좁은 길을 사이에 두고 작은 집들이 서로 등을 비빌 듯이 총총히 들어박힌 골목이다.

이 골목은 언제나 그렇듯 한산한 탓인지 아침저녁 어두워서만 이 길을 오고 가게 되는 병일은 동편 집들의 뒷담 꽁무니에 열려 있는 변소 구멍에서 어정거리는 개들과 서편 집들의 부엌에서 한 길로 뜨물을 내쏟는 안질난 여인들밖에는 별로 내왕하는 사람을 볼 수 없었다.

일찍이 각기병으로 기운이 빠진 병일의 다리는 길을 좀 돌더라도 평탄한 큰 거리로 다니기를 원하였다. 사실 걷기 힘든 길이었다.

봄이면 얼음 풀린 물에 길이 질었다. 여름이면 장맛물이 그 좁은 길을 개천 삼아 흘렀다. 겨울에는 아이들이 첫눈 때부터 길을 닦아놓고 얼음을 지쳤다.

병일은 부드러운 다리에 실린 몸의 중심을 잡기 위하여 외나무다리나 건너듯이 두 팔을 허우적거리며 걷는 것이었다.

봄의 눈 녹은 물과 여름 장마를 치르고 나면 이 길은 돌작길이

되고 말았다. 그때에는 이 어두운 길을 걷는 병일이가 아끼는 그의 구두 콧등을 여지없이 망쳐버리는 것이었다.[4]

　인용한 작품 「비 오는 길」의 서두에는 '병일'이 살고 있는 동네의 '길'이 자세히 묘사되어 있다. 빈민굴에 사는 '병일'은 "부(府) 행정 구역도에 없는 좁은 비탈길"을 걸어 다니며 생활을 한다. 하지만 '병일'이 다니는 '길'은 "봄이면 얼음 풀린 물에 질고, 여름에는 장맛물이 그 좁은 길을 개천 삼아 흐르고, 겨울에는 아이들이 첫눈 때부터 길을 닦아놓고 얼음을" 지친다. 또한 "봄의 눈 녹은 물과 여름 장마를 치르고 나면 이 길은 돌작길"이 되어버린다.

　이처럼 '병일'이 살고 있는 집 앞의 '길'은 인간의 삶을 편리하게 하기 위하여 만들어진 견고한 '길'이 아니라 계절의 변화에 따라 시시때때로 변화하는 유동적인 '길'이다. 그렇기에 각기병으로 다리가 불편한 '병일'은 "몸의 중심을 잡기 위하여 외나무다리나 건너듯이 두 팔을 허우적거리며" 길을 걸을 수밖에 없다.

　'병일'의 집 앞 골목길은 '계절의 변화'라는 외적 요인에 의해 질거나 물이 흐르거나 얼음판이 되거나 아예 돌작길로 되어버리기 일쑤다. 이 '길'을 매일 오가는 '병일'의 인생길 또한 평탄치 않다는 것은 쉽게 짐작할 수 있다. 이러한 의미에서 견고하지 못한 '길'은 '병일'로 하여금 '집'과 '일터'를 하나의 고리로 연결하고는 있지만 그 노정이 무기력한 것이 사실이다.

　하지만 여기서 반대쪽으로 시선을 돌려보면 '병일'의 집 앞 '길'의

---

4) 최명익, 최명익 단편선 『비 오는 길』, 문학과지성사, 2004, 44~45면. 본 논문의 텍스트는 문학과지성사에서 발간한 최명익 단편선 『비 오는 길』로 삼았다. 이후 작품을 인용할 경우 인용문 아래에 작품명과 면수만 밝힐 것이다.

긍정적인 의미도 엿볼 수 있다. 그것은 계절의 변화에 순응하며 자연 대상물과 '길'을 공유하고 있다는 사실에서 그러하다. 비록 걷기에 불편한 '길'일지라도 자연 대상물과 공유하며 함께 걷는 '길'은 일제강점기 부정적 현실을 살아가고 있는 '병일'로 하여금 새로운 삶의 '길'을 가능하게 한다.

> 그 성문 밖을 지나치면 신흥 상공 도시라는 이 도시의 공장 지대에 들어서게 된다. 병일이가 봉직하고 있는 공장도 그곳에 있었다.
> 병일이는 이 길을 2년간이나 걸었다. 아침에는 집에서 공장으로 저녁에는 공장에서 집으로 가는 가장 가까운 길이므로 이 길을 걷는 것이었다. (「비 오는 길」, 47면)

'병일'은 자신의 일터인 공장으로 출퇴근하기 위하여 좁은 골목길을 매일 걷는다. '병일'은 "아침에는 집에서 공장으로 저녁에는 공장에서 집으로" 가기 위해 이 길을 2년간이나 걸었다. '병일'에게 이 '길'은 자신의 생활을 가능하게 하는 '일터'와 '집'을 연결하는 하나의 공간으로 인식된다. 그것은 '병일'의 삶을 가능케 하는 생산적인 '길'을 의미한다. 이 '길'을 오가며 '병일'은 '집'과 '일터'를 삶의 전부로 인식하고 있다.

비 오는 여름 밤 '병일'은 사진관 처마에서 비를 피하다 주인(이칠성)이 비를 피하고 가라는 말에 사진관에 들러 그와 함께 술을 마신다. 진흙물의 거리는 '병일'의 삶처럼 음산한 분위기를 연출하기에 충분하다. 하지만 '병일'은 그 '길'에서 '이칠성'을 만난다. '이칠성'은 '병일'에게 술을 권하며 집을 사겠다거나 큰 사진관을 열 것이라는 등 사람 사는 재미에 대해 충고하듯 말한다. '이칠성'의 내력과 생활에 대한 자랑을 듣던 '병일'은 자신의 생활에 대해 자포자기하듯 즐겨하던 독서도 하지 않는다.

> 대개가 어두운 때였으므로 신작로에도 사람의 내왕이 드물었다. 설혹 매일같이 길을 엇갈려 지나치는 사람이 있어도 언제나 그들은 노방(路傍)의 타인이었다.
> 외짝 거리 점포의 유리창 안에 앉아 있는 노인의 얼굴이나 그 곁에 쌓여 있는 능금알이나 병일에게는 다를 것이 없었다. (「비오는 길」, 50면)

'병일'에게 '길'에서 만나는 사람들은 '노방의 타인'일 따름이다. '길'에서 만난 타인들은 '병일'에게 아무런 의미를 부여할 수 없는 사람들이다. 그렇기에 '병일' 또한 타인들에게 '노방의 타인'일 수밖에 없다. 그래서 '병일'은 "유리창 안에 앉아 있는 노인의 얼굴이나 그 곁에 쌓여 있는 능금알"을 동일한 대상으로 인식한다.

하지만 깊게 생각해보면 '노방의 타인'들 또한 '병일'과 동시대를 함께 살아가고 있는 인생의 동반자로 여겨진다. 왜냐하면 자의든 타의든 이러한 '노방의 타인'들이 모여 하나의 공동체를 형성하며 살아가고 있기 때문이다. 이처럼 '타인'은 '자아'와 무관하게 생을 살아가고 있는 것 같지만 넓은 의미에서 이들은 같은 시간과 공간을 살아가는 인생의 동반자로 유기적인 삶을 살게 마련이다.

> 어느덧 장질부사의 흉스럽던 소식도 가라앉고 말았다. 홍수도 나지 않고 지루하던 장마도 이럭저럭 끝날 모양이었다. 병일이는 혹시 늦은 장맛비를 맞게 되는 때가 있어도 어느 집 처마로 들어가서 비를 그으려고 하지 않았다. 노방의 타인은 언제까지나 노방의 타인이기를 바랐다.

그리고 지금부터는 더욱 독서에 강행군을 하리라고 계획하며
그 길을 걸었다. (「비 오는 길」, 79면)

매일 걷는 '길'을 따라 귀가한 '병일'은 비 오는 길에서 벌어진 산문
적 현실에 흐르고 있는 힘찬 리듬을 본다. 그 리듬은 엄숙한 비판의 힘
으로 '병일'로 하여금 '희망과 목표'도 없이 '고독감'을 느끼고 있는
자신의 생활에 대해 반성을 하게 한다. '병일'은 노방의 타인 '이칠성'
을 만나면서 '행복의 기준은 무엇이고 인생의 희망과 목표를 찾을 수
없는 나에게 행복은 어떤 의미를 담아내는가'에 대해 고민함으로써
'산다는 것'의 의미를 찾고자 한다. 하지만 장질부사로 죽은 '이칠성'
의 죽음을 보고 '병일'은 자신이 그동안 해왔던 '독서'를 통하여 인생
의 참다운 행복을 찾고자 한다.

3. 전통과 근대의 단절

「봄과 신작로」에서 '자동차'라는 근대 문물은 '신작로'라는 '길'을
통해 등장인물에게 다가온다. 여기서의 '길'은 성적 욕망의 부름이며,
이것을 가능하게 하는 매개는 바로 '우물'[5]과 '자동차'이다.

금녀와 유감이가 물을 긷는 우물은 이 동리의 한편 모퉁이를
스치고 지나간 신작로 기슭에 서 있는 버드나무 밑에 있었다. 이
편 산모퉁이에서 저 넓은 벌판 가운데로 난 신작로를 매일 오고

---

[5] '우물'은 구원과 영혼, 명상, 사물이 지니는 여성적 속성을 상징한다. 이것이 문학
작품에 투영될 때에는 거울이나 호수를 들여다봄으로써 자아 성찰, 나르시시즘의
세계를 상징하기도 하고 신생, 순화, 새로운 생명을 상징하기도 한다. (이승훈, 『문
학상징사전』, 고려원, 1995, 394~395면 참조)

가는 짐자동차가 우물 둑에 서곤 했다.

　언제부터 그 자동차가 이 길을 오고 가게 되었는지는 모르나 금녀와 유감이가 이 우물에서 처음 보는 운전수는 우물에 나온 여인들과 내외 없이 농지거리를 하는 것이었다. (「봄과 신작로」, 141면)

　'금녀'와 '유감'이는 '우물'에서 짐자동차 운전수를 만난다. '우물'은 새로움과 끝없음 그리고 생산의 의미를 간직하고 있다. '우물'은 성적 욕망의 근거를 마련하기에 충분하며 이러한 공간은 '집'이라는 닫힌 공간에서 '우물'이라는 열린 공간으로의 개방을 통해 작중 인물들은 세상과 소통을 하게 된다. 세상과 소통을 하면서 '우물'에서 만나게 되는 '운전수'는 등장 인물의 성적 욕망을 채워주는 역할자이기에 충분하다. 이 과정에서 등장 인물들은 전통적 윤리의식과 근대의식의 괴리 현상에 고뇌하지 않을 수 없다. 그것은 '근대'의 공간을 살아가면서 '전통'의 그것들이 헐떡이며 따라잡지 못하는 의식의 빈곤에 기인한 것이다.

　　자동차를 보자 춘삼이는 물었던 곰방대를 빼 들고

　　"제미씨 한번 돌창에나 구게백이롬. 백당 놈의 거."

　　이렇게 중얼거리는 춘삼이는 그 자동차가 미운 것이 한두 가지가 아니었다.

　　이른 봄 어느 날이었다. 우차에 짐을 싣고 동구 밖에 나갔을 때 이리로 오던 그 짐자동차가 따지개 눈석이 길에 바퀴가 빠져 결난 황소 영각같이 으르럭거리기만 하고 기동을 못했다. 마침 춘삼이를 만난 운전수는 춘삼이와 소의 힘을 빌렸다. 춘삼이는 돌을 주워오고 나뭇가지를 꺾어다 와락와락 스미는 길에다 깔고 제 소에 자동차를 매어서 끌어내주었다. 그때 운전수는 막코 한 개비를 주고 갔다.

그 후 며칠 지나서였다. 성안에서 먹은 술에 거나하니 취한 춘삼이는 빈 우차에 걸터앉아 탄탄한 신작로에 제 길을 찾아가는 소 고삐를 얹어놓고 귀밑이 간지러운 봄바람에 어느덧 건들건들 졸고 있었다. 졸던 춘삼이가 덜컹 소리와 흠칫하는 충동에 놀라 눈을 떴을 때, 전날 그 자동차는 우차 꽁무니에 코를 부딪히고 섰고 매섭게 눈을 발가집은 운전수가 뛰어내리자 춘삼의 뺨을 두세 번 후려갈기고 갔다.

그리고 또 한 가지는 바로 며칠 전 일이다. 춘삼이는 역시 우차를 몰고 동구 밖에 나섰을 때 뒤에서 오는 자동차 고동을 들었다. 전날 일이 분하지만 할 수 없이 길을 비켜줄밖에 없었다. 운전수와 조수는 장한 듯이 몸을 흔들며 창가를 하는 것이었다. 그리고 싱글싱글 웃는 것이 보였다. 춘삼이는 불끈 쥐어지는 주먹으로 하다못해 자동차 유리창이라도 부숴주고 싶었다. 그러나 주먹을 들 새도 없이 자동차는 그의 곁을 스치고 지나간다. 씽하니 그의 귀를 스치는 바람결에

"금녀와 유감이는 어이 안 오나."

이런 창가(?) 소리가 들렸다. 흠칫 놀란 춘삼이가 눈을 더 크게 떴을 때에는 지나친 자동차 창밖으로 조수의 얼굴이 나오자 한층 더 새진 목청으로 "금녀와 유감이는" 하고는 혀끝이 날름했다. 그 혀끝이 사라지자 와하하 하고 터지는 웃음소리. 그 웃음소리를 싣고 자동차는 달아나고 말았다. (「봄과 신작로」, 148~149면)

「비 오는 길」에서 '병일'이 걷던 '길'과 「봄과 신작로」에서 '운전수'가 '자동차'를 끌고 다니는 '신작로'는 '길'이라는 면에서는 동일하지만 그것이 상징하는 바는 사뭇 다르다. '병일'이 걷던 '길'이 그곳을 2년 동안 반복적으로 걸으면서 '노방의 타인'의 삶을 통해 '자아'의 생활을 반성하는 공간이었다면 '짐자동차'가 다니는 '신작로'는 등장인물들의 만남의 공간으로서 근대와 전통의 대립 양상을 보이고 있기 때문이다.

'유감'이의 남편 '춘삼'이는 자동차 '운전수'와 적대 관계에 있다. 그것은 전통적 산물인 '우차'와 근대의 산물인 '자동차'가 '신작로'에서 만나면서 시작된다. 「봄과 신작로」에서 '신작로'는 자동차, 아카시아 나무 등의 외래적인 물질로 인해 순수성의 오염과 훼손이라는 모습으로 드러난다. '신작로'가 자동차와 아카시아 등의 근대 문물이 마을로 유입되는 통로가 되기 때문이다.

금녀가 죽기 전날 저녁에 금녀네 시집 송아지가 죽었다. 그날 아침에 금녀의 새스방이 끌고 나가서 동둑 아카시아나무에 매었던 송아지가 갑자기 죽었다. (「봄과 신작로」, 160면)

이 뜻하지 않은 소의 변사로 온 동리가 불안에 싸여 떠들고 있는 저녁에 금녀는 죽었다. 부중이라는 집증으로 한방의가 처방한 악이 화로 위에서 쓴 풀뿌리 냄새를 피우며 끓는 소리를 늘으면서 금녀는 죽었다. (「봄과 신작로」, 160면)

송아지가 죽은 원인은 밈도는 아카시아 껍질을 먹은 탓이라는 기사가 난 신문이 구장 집에 온 날 금녀의 상여는 나갔다.
온 동리 사람들은 심지도 않고 접하지도 않았지만 산에나 들에나 마당귀에나 심지어 부엌 담 안에까지 뻗어 들어온 아카시아 나무를 새삼스럽게 흘겨보며 소와 돼지를 경계하였다.
아카시아는 본시 아메리카의 소산이라는 신문 기사를 들은 그들은
"거 흉한 놈의 나무 같으니라구. 아메리카라니 양코대 사는 미국 말이지? 어떤 놈이 갖다 심었는지 미국서 예까지 와서 우리 동네 소를 죽여! 억울하지."
"억울한 말 다 해서. 사람의 신수라니. 생때같은 송아지가 죽고 엊그제 다려온 메누리가 죽구."
"그러게 말이야. 소는 미국 아카시아를 먹구 죽었대두 꽃 같은

색시는 왜 죽었을까." (「봄과 신작로」, 161면)

'자동차'는 금녀로 하여금 현실에서의 성적 불만족과 불륜, 그리고 죽음에 이르는 상황을 불러왔고, '아카시아'는 송아지의 죽음이라는 결과를 초래 하였다. 이것은 평화로운 마을에 '신작로'가 생기면서 외래 문물이 유입되어 전통적 산물이 훼손되는 모습을 보여준다. 또한 '신작로'는 불륜에 빠진 금녀가 막연히 동경하는 '평양'이라는 이상적 공간과 연결된다. 그런 의미에서 '신작로'는 근대 문물의 무의지적 유입이 초래한 전통적 가치의 상실로 이해된다.

이러한 최명익 소설에 나타난 근대에 대한 비판의식은 비록 전망을 담아내는 단계까지는 아닐지라도 식민지 현실의 불안하고 우울한 분위기를 환기시킬 수 있는, 그리하여 꿈과 희망으로 나아갈 수 있게 하는 소통을 추동한다.6)

'봄'은 새로움의 시작이고 생명의 탄생, 인생에 있어서 밝은 희망의 메시지를 내포하는 출발점이다. '신작로' 또한 새로움의 의미에서는 '봄'과 그 상징성을 동일하게 내포하고 있다. 하지만 이 작품에서 '봄'이나 '신작로'는 전통적 가치의 새로움을 부정하고 밖으로부터 밀려드는 외래 문물의 부정적 요인으로 작용하고 있다. 결국 '근대'의 산물로 대표되는 '신작로'의 '자동차'는 '금녀'를 죽음에 이르게 하였다. 식민지 현실을 극복하기 위한 이들의 '길 찾기'는 알 수 없는 미지의 공간으로 이동하게 하여 불안, 두려움, 생소함 등을 동반하게 한다.

---

6) 김현정, 「최명익 소설에 나타난 소통의 의미」, 어문연구학회 전국학술대회 논문집, 2007. 11, 203면.

4. 기차의 속도와 내면의식의 표출

앞 장에서 살펴본 '신작로'를 달리는 '자동차'와 더불어 근대의 '속도'를 느끼게 하는 것은 바로 '기차'의 등장이다. 철도 위를 달리는 '기차'는 광범위한 공간의 이동을 가능하게 하여 삶에 대한 다양한 인식의 변화를 가져왔다.

「무성격자」에서 무의식의 순환적이고 연상적인 요구에 부응하기 위하여 사건의 계기적 진전을 희생하게 되는 것은 시간의 요소와 유기적인 관계를 형성하고 있기 때문이다. 이러한 양상은 「무성격자」에서 '내적 독백'의 형태로 나타난다. 이러한 내적 독백의 '의식의 흐름' 수법은 회상과 예상 등으로 양분되는 이원구조가 하나의 소설 작품에서 무질서한 양상으로 동시에 진행된다. 따라서 「무성격자」와 같은 작품에서 계기적 시간은 과거, 현재, 미래기 매우 혼합된 양상으로 나타나게 된다.[7]

　　모두 자리가 잡힌 모양으로 차 안의 현화도 가라앉고 차바퀴 소리의 반향도 차차 적어갔다. 매연의 도시를 벗어난 차는 푸른 산 푸른 들 사이를 달리기 시작한 것이다. 창밖으로 보이는 밀보리는 기름이 흐르는 듯이 자라서 흐늑흐늑 푸른 물결을 치고 있다. 오래간만에 보는 교외 풍경에 머리 속으로 싱그러운 바람이 불어드는 듯이 가벼워짐을 느낀 정일이는 담배를 붙여 물었다. 그러나 두어 모금 속 깊이 빨아들인 연기에 또 현기가 나고 아찔해진 정일이는 담배를 창밖으로 던지고 다시 눈을 감을밖에 없었다. 다시 눈을 감은 정일이는 자기의 피폐하고 침퇴한 뇌로 폐물이 발호하는 현상이라고밖에 할 수 없는 생각이 마치 여름날

---

7) 김진석, 「최명익 소설 연구」, 『인문과학 논문집』제2호, 서원대 인문과학연구소, 1993, 27면.

썩은 물에 북질북질 끓어오르는 투명치 못한 물거품같이 자꾸
떠오르는 것이 괴로웠다. (「무성격자」, 83면)

　위에 인용한 「무성격자」에서 '정일'은 두 달 전 위암 진단을 받은
아버지의 병세가 악화되었다는 전보를 받고 고향으로 간다. '정일'은
기차를 타고 고향으로 가는 동안 '문주'를 병원에 입원시킨 일과 두어
달 전 아버지가 위암으로 진단되었다는 편지를 받고 고향에 내려갈 때
'문주'가 K역까지 따라왔던 일, '문주'를 처음 만나게 된 일 등의 과거
일들을 회상[8]하고 있다. 이는 '철도'가 있기에 가능하다.
　달리는 기차[9] 안에서 창밖으로 펼쳐진 풍경을 보던 정일은 '기차'라
는 교통수단을 통해 과거의 일들을 회상하게 된다. 이것은 달리는 기
차의 유리창이 '기차 안'과 '기차 밖'을 구획하여 공간의 분할이 형성
되면서 가능하게 되었다. 차창 밖의 스쳐지나가는 풍경들은 '기차 안'
의 현실 공간을 과거로 이동시켜 '정일'로 하여금 '시간의 역전현상'
을 경험하게 한다.

　건강할 때에는 마치 돌갓(石冠)을 벗긴 은진미륵같이 장대한
몸이었다고 생각하면 더욱 가벼웠다. 이 몸에는 벌써 육체적인

---

8) 기차 안에서의 과거에 대한 회상은 정일로 하여금 고향과 객지라는 이원적 공간을
가르고 예술가의 순수한 삶과 자신의 이상이 실현되지 않는 현실 사이에서 드러난
다. 그리고 속물적이며 권위적인 구한말 세대인 아버지와 화해를 시도하는데 그에
대한 비판이 연민으로 바뀌면서 정일은 고향에 머물기로 한다. 아버지와 문주의 죽
음은 정일의 고독과 방황을 끝내는 계기가 된다. (이미림, 앞의 논문, 354면.)

9) 사실 승차는 산책과 함께 근대적 거리를 경험하는 대표적인 두 양상이다. 그렇기에
산책과 승차는 유사성도 있지만, 경험의 형식이나 내용상 구별되는 점 역시 가지고
있다. 거리의 군중들과 적당한 거리를 유지하면서 느릿느릿 걸어가는 산책과 달리,
승차는 교통 기관의 비상한 속도감과 함께 동승자들에 대한 불가피한 신체적 접촉
역시 감수해야 한다는 점에서 산책과는 차이가 있는 것이다. (장수익, 「최명익론－
승차 모티프를 중심으로」, 『외국문학』44호, 열음사, 1995. 8, 133면)

생의 본능욕 같은 것은 남아 있을 것 같지도 않다고 정일이는 생각하였다. 이렇게 생의 기능을 완전히 잃었다고 할밖에 없는 이 몸이 아직 살려고 하고 아직도 살아 있는 것은 육체적인 생의 본능욕 이상의 의지력이 있는 탓이 아닌가? 자기가 만든 세상에 대한 애착을 버리지 않으려는 끝없는 의지력이 이 파멸된 육체의 생명을 이같이 끌어 나가는 것이 아닐까? 이렇게 정일이는 아버지의 황홀한 눈과 죽고 싶지 않다고 부르짖는 말에 솟아오르는 자기의 감격과 눈물을 해석하였던 것이다. 의지력이라는 보이지 않는 에너지로 살아서 움직이는 기계같이도 행각되는 만수노인의 몸은 더욱 가벼워지고 졸아들었다. (「무성격자」, 116면)

아버지의 죽음에 이르는 험난한 길을 엿보고 있는 '정일'은 아버지의 육체는 죽음에 다다랐지만 살고 싶은 의지력으로 생명의 끈을 잡고 있음에 많은 생각을 한다. 만수노인은 "자기가 만든 세상에 대한 애착을 버리지 않으려는 끝없는 의지력"으로 죽음의 문턱에서 버티고 있는 것이다. 이를 지켜보는 '정일'은 자신의 방탕한 생활에 대해 반성을 한다. 돈만 아는 수전노 아버지로 여겨왔던 그에게 아버지의 삶에 대한 강한 의지력은 정일로 하여금 아버지의 인생을 되짚어보게 하고 나아가 자신의 현재 삶을 되돌아보게 한다. 그러한 정일은 "아버지의 입에서 어떤 애정의 말이 나올까 겁나서" 아버지로부터 몸을 피할 수밖에 없다.

시속 오십 몇 킬로라는 특급 차창 밖에는, 다리쉼을 할 만한 정거장도 없이 흘러갈 뿐이었다. 산, 들, 강, 작은 동리, 전신주, 꽤 길게 평행한 신작로의 행인과 소와 말, 그렇게 빨리 흘러가는 푼수로는, 우리가 지나친, 공간과 시간 저편 뒤에 가로막힌 어떤 장벽이 있다면, 그것들은, 캔버스 위의 한 터치 또 한 터치의 오일 같이 거기 부딪혀서 농후한 한 폭 그림이 될 것이나 아닐까?

고 나는 그러한 망상의 그림을 눈앞에 그리며 흘러갔다. (「심문」, 164면)

「심문」에서 '명일'은 재작년 상처를 한 뒤 중학교 도화 선생을 사직하고 방랑과 방탕한 생활을 한다. 평양에서 '여옥'을 만나 그녀를 모델로 그림을 그리고자 하나 그녀의 모습에서 죽은 아내(혜숙)의 이미지가 겹쳐 오면서 '명일'은 괴로워한다. '여옥'은 편지를 남기고 '명일'에게서 떠난다. '여옥'이 떠난 지 한 달여 후에 하얼빈에서 실업가로서 성공했다는 이군의 편지를 통해 '여옥'이 하얼빈의 카바레에서 댄서로 일한다는 사실을 접한다. '명일'는 하얼빈으로 여행을 떠난다.

'명일'은 남아도는 시간을 방랑, 방탕, 술, 계집 등 퇴폐적인 행위로 소일하고 있다. '쓸데없는 자유'에 구속된 자아는 자기방기적인 행동을 통하여 현실도피를 꾀하는 것이다. 이 경우 규범할 만한 가치체계가 없기 때문에 니힐한 자의식은 과거의 시간으로 역류할 수밖에 없다.[10]

'나'는 하얼빈에서 이군의 주선으로 마약 중독자가 된 '여옥'을 만난다. '여옥'은 고아로, 동경 유학을 마친 문학 소녀이다. '현혁'은 '여옥'의 첫 사랑으로 한때 좌익 운동을 전면에서 지휘하여 많은 사람들로부터 존경을 받았던 인물이다. 하지만 감옥에서 출소한 후 사회주의 운동의 벽을 느끼고 좌절, 방랑하다가 신경통, 위경련 등의 질병으로 쇠약해져간다. 결국 병의 아픔을 잊기 위해 마약을 하게 된다. '현혁'은 '여옥'에 의존하며 살아가는데 혹시 그녀가 자신을 버릴지도 모른다는 생각에 강제로 '여옥'에게 마약을 권유하여 둘은 마약 중독자가 된다. '여옥'은 마약 중독자인 '현혁'을 만나 그를 뒷바라지 하기 위해

---

10) 김진석, 앞의 논문, 35면.

카바레의 댄서가 되었다. 이미 마약 중독자로 전락하여 오로지 마약을 위해 자신을 이용하는 '현혁'에게 배신감을 느끼면서도 '여옥'은 그를 사랑하는 마음과 동정으로 인해 그의 곁을 떠나지 못한다. '여옥'은 '명일'에게 '현혁'을 만나 '여옥'을 사랑한다 말하고 그에게서 벗어나 갱생의 삶을 살 수 있도록 도와달라고 한다. '현혁'은 '여옥'의 예상대로 순순히 '명일'에게 '여옥'의 방 열쇠를 주며 돈을 요구한다. '명일'은 '여옥'이 보석을 팔아 마련한 삼백 환을 '현혁'에게 건네주고 '여옥'을 '현혁'에게서 구한다. 이튿날 '여옥'은 유서를 남기고 생을 마감한다.

「심문」에서 두 이성간의 모티프는, 액자 구조를 가진 이 소설에서 곁 이야기와 속 이야기에서 각각 명일과 여옥, 여옥과 현혁의 관계로 평양과 할빈의 두 공간에서 펼쳐지고 있다. 명일은 지나친 허무주의에 빠져 뚜렷한 이유도 없이 직장을 그만두었을 뿐만 아니라 여옥에게서 보는 죽은 아내의 환상에 사로잡혀 언제나 그녀를 '이중인상'으로 대하게 되고, 여옥이의 열정과 순정을 그대로 받아들이지 못하는 객관적 태도를 보이게 된다.[11]

'명일'은 죽은 '여옥'의 인당에서 아내 혜숙을 보듯 반가움을 느끼고, "그 영롱한 인당에 그들의 아름다운 심문(心紋)이 비쳐" 보임을 느낀다. 「심문」은 자아분열적인 '명일'의 의식세계와 그것에 비쳐지는 동시대 지식인의 삶과 죽음의 문제를 그린 마음의 풍속도라고 할 수 있다.

최명익은 암울한 일제강점기 지식인의 내면세계와 자아분열 양상을 작품 속에 반영하고 있다. 그의 작품에는 등장인물들의 정신적 무

---

11) 김용인, 「최명익 소설의 주요 모티프 연구」, 『어문논집』제26집, 중앙어문학회, 1998. 12, 258면.

력감, 퇴행적 행위를 반복적으로 그리고 있어 그들의 우울, 좌절, 권태 등이 소설의 분위기를 형성한다.

5. 자아의 모색과 단절

최명익 소설에서 '길'을 따라 걷는 등장인물들은 한 곳에 정착하여 생의 근거를 형성하지 못하고 부유하는 삶을 살고 있다. 한 곳에 정착하여 생을 누리지 못하는 등장인물들은 부표처럼 떠돌게 되어 생의 단단한 뿌리를 한 곳에 내릴 수 없다. 이것은 등장인물들이 일제강점기라는 당대 현실을 수동적으로 받아드릴 수밖에 없음의 징후들이다. 꿈과 이상이 사라진 현실 속에서 무엇을 어쩌지도 못하는 인물들은 잘 닦인 '길'을 따라 끝도 알 수 없는 '길'을 황망히 걸을 뿐이다. 그 '길'을 걸음으로써 현재의 공간에서 또 다른 공간으로 이동을 하지만 그들은 현실에 대한 어떠한 대안도 찾지 못하고 그 속에 깊숙이 침잠하고 만다. 삶에 대한 다양한 모색이 단절됨으로써 최명익 소설의 '길'은 열려 있으되 갇힐 수밖에 없는 단절을 경험하게 한다. 이것은 '길'이 현재의 공간에서 또 다른 공간으로의 이동을 가능하게 하지만 일제강점기를 살아가는 인물들로 하여금 새로운 '길 찾기'에서는 좌절하고 마는 현실에 대한 부정의식의 표출이기 때문이다.

일반적으로 '봄'은 새로움의 시작이고 생명의 탄생, 인생에 있어서 다양한 희망의 메시지를 내포하는 출발점이다. '신작로' 또한 새로움의 의미에서 '봄'과 그 상징성을 동일하게 내포하고 있다. 하지만 최명익 소설에서 '봄'이나 '신작로'는 전통적 가치의 새로움을 부정하고 밖으로부터 밀려드는 외래 문물의 부정적 요인으로 작용하고 있다. 결국 '근대'의 산물로 대표되는 '신작로'의 '자동차'는 등장인물을 죽음에 이르게 하였다. 식민지 현실을 극복하기 위한 이들의 '길 찾기'는 알 수 없는 미지의 공간으로 이동하게 하여 불안, 두려움, 생소함 등을 동반하게 한다.

참고문헌

김동권, 「최명익 소설 연구」, 『건국대학교 대학원 논문집』제38집, 1994.

김용인, 「최명익 소설의 주요 모티프 연구」, 『어문논집』제26집, 중앙어문
학회, 1998.

김진석, 「최명익 소설 연구」, 『인문과학 논문집』제2호, 서원대 인문과학
연구소, 1993.

김현정, 「최명익 소설에 나타난 소통의 의미」, 어문연구학회 전국학술대
회 논문집, 2007. 11.

유철상, 「최명익의 <무성격자>에 나타난 기수로서의 심리묘사」, 『한국
현대문학연구』제10집, 한국현대문학회, 2001. 12.

이미림, 「최명익 소설의 '기차' 공간과 '여성'을 통한 자아탐색」, 『국어교
육』105호, 한국국어교육학회, 2001.

이승훈, 『문학상징사전』, 고려원, 1995.

이재선, 『우리 문학은 어디에서 왔는가』, 소설문학사, 1986.

장수익, 「최명익론 – 승차 모티프를 중심으로」, 『외국문학』44호, 열음사,
1995. 8.

최명익, 최명익 단편선『비 오는 길』, 문학과지성사, 2004.

최혜실, 「1930년대 한국 모더니즘 소설 연구」, 서울대 대학원 박사학위논
문, 1991.

찾아보기

▶김교식 金教植

충남 금산 출생. 대전대학교 국어국문학과 및 동 대학원 졸업(문학박사). 현재
대전대학교 연구전담전임강사. 주요 논문으로는 「이상문학에 나타난 주체의
내면의식 연구」, 「최상규 문학 연구」 등이 있음.

한국현대문학의 내면의식

지은이 김교식
인쇄일 초판1쇄 2009년 05월 27일
발행일 초판1쇄 2009년 05월 29일
펴낸이 정구형
총괄 박지연
편집 강정수
디자인 김숙희 선승희
마케팅 정찬용
관리 한미애 손지애
펴낸곳 국학자료원
　　　　등록일 2005 03 14 제17 – 423호
　　　　서울시 강동구 성내동 447 – 11 현영빌딩 2층
　　　　Tel 442 – 4623 Fax 442 – 4625
　　　　www.kookhak.co.kr
　　　　kookhak2001@hanmail.net

ISBN 978 – 89 – 6137 – 447 – 7 *93800

가격 24,000원

* 저자와의 협의하에 인지는 생략합니다.
새미는 국학자료원의 자회사입니다.
잘못된 책은 구입하신 곳에서 교환하여 드립니다.